꿈술사의
# 환상상점

# 꿈술사의
# 환상상점

서랍의날씨

목
차

# 멸망의 날

꿈 왕국의 왕자, 카셀은 한밤중에 눈을 떴다. 불길한 징조였다. 카셀은 그가 살아 온 18년 동안 단 한 번도 자다 깬 적이 없었다. 밤에 푹 자는 것은 꿈 왕국에서 반드시 지켜야 할 미덕이었다. 카셀은 몸을 뒤척이며 다시 잠들기 위해 애썼다.

막 다시 잠들려던 순간, 누군가 카셀의 방문을 벌컥 열고 들어왔다. 열린 문으로 밝은 빛과 시끄러운 소리가 쏟아져 들어왔다. 카셀은 눈이 부셔 인상을 찌푸린 채 방에 들어오는 사람의 실루엣을 바라봤다.

"카셀, 일어나세요."

카셀은 익숙한 목소리에 눈을 번쩍 떴다. 그의 어머니, 꿈 왕국의 왕비였다. 카셀은 자리에서 일어나 왕비를 맞이했다. 문이 다시 닫히자 밖의 소란은 한순간에 사라졌다.

"어머니, 무슨 일이신가요? 이 밤중에……."

왕비는 평소처럼 우아하지만 평소와는 달리 조급한 발걸음으로 카셀에게 다가왔다. 그녀는 카셀의 양어깨에 손을 얹고 비장하게 말했다.

"카셀, 내 말 잘 들어요. 드림이터가 왕궁 코앞까지 왔습니다. 그는 드림스톤을 노리고 있어요. 드림이터가 드림스톤을 갖게 되면 꿈 왕국뿐만 아니라 모든 현실 세계의 꿈까지 지배할 수 있게 됩니다."

"드림이터라면, 제가 키워 낸 '그것'을 말씀하시는 건가요. 하지만 어머니, 그렇게 되면 인간들은……."

"맞습니다. 아예 꿈이 파괴되어 더는 꿈을 꾸지 않거나 반대로 영원히 꿈만 꾸면서 드림이터의 배를 채워 주겠죠. 그것만큼은 막아야 합니다. 이제 그대가 꿈 왕국과 현실의 희망이요, 미래입니다. 반드시 드림스톤을 지켜야 해요. 왕께서는 이미 드림이터가 있는 곳으로 향하셨고, 저도 곧 그쪽으로 갈 겁니다."

두려움에 카셀의 얼굴이 하얗게 질렸다. 평화로운 꿈 왕국에서 자란 그는 이런 일에 익숙하지 않았다.

"카셀, 그대의 꿈술사 능력은 누구보다 강력해요. 우리가 시간을 끌며 드림이터의 힘을 빼놓으면 그대가 마지막 일격을 가하세요. 그렇게 하면 드림이터를 영영 이 꿈 왕국에서 몰아낼 수 있을 겁니다. 반드시 그대가 해내야 해요.”

“하지만 어머니……. 제가 할 수 있을까요?”

“그건 중요하지 않습니다. 해내야만 합니다. 의심을 갖지 마세요, 카셀. 그대는 ‘예언된 자’이며, 그 누구보다 강력한 꿈술사입니다. 자신을 믿어요.”

“예언된 자라니, 그게 무슨 말씀…….”

그러나 왕비는 카셀의 질문에 답하지 않았다. 그저 시간이 없다는 듯 카셀을 한 번 꼭 끌어안았다. 아주 어릴 때를 제외하면 한 번도 안긴 적이 없던 품이었다. 카셀은 어쩐지 눈이 시큰했다.

“내 아들, 우리가 늘 그대를 사랑한다는 사실을 잊지 말아요. 그럼 안녕히.”

왕비는 그대로 카셀을 뒤로하고 방을 나갔다. 그녀는 한 번도 돌아보지 않았다. 무거운 짐을 진 것처럼 그 등이 잘게 떨리는 것 같았다.

왕비의 모습이 사라지자 카셀은 창문을 가리고 있던 커튼을 열어젖혔다. 잠들기 직전까지만 해도 평화롭고 아름다웠던 꿈 왕국의 모습은 어디에도 없었다. 공기 중에 은하수처럼 빛나던 꿈가루는 매캐한 냄새를 풍기는 불씨로 바뀌었다. 구름 한 점 없이 하늘을 밝게 비추던 두 개의 달은 왕국 곳곳에서 피어오르는 연기에 가려졌다. 항상 잔잔히 들려오던 꿈요정들의 노랫소리는 비명으로 변했다. 아름답던 땅은 불타오르고, 반짝이던 강은 말라 버렸으며, 화려하던 건물은 무너져 내렸다.

그리고 거대한 용이 있었다.

그 용은 뒷발로는 왕국의 땅을 짓밟고, 앞발로는 왕국에서 재배하던 꿈을 붙잡아 전부 입에 집어넣고 있었다. 왕과 왕비는 그 용을 '드림이터'라고 불렀다. 모든 꿈의 재앙이자 꿈 왕국의 악몽이었다.

동시에 카셀이 정을 주고 키웠던 생명이었다. 카셀과 드림이터의 첫 만남은 꿈 왕국, 카셀이 관리하던 꿈 재배지에서였다. 그때 드림이터는 아주 작고 검은 물체에 불과했다. 아무것도 몰랐던 어린 카셀은 그런 드림이터에게 자신이 키우던 꿈을 먹이로 주며 키웠다. 그러나 드림이터는 점점 커지는 덩치와 더불어 꿈에 대한 탐욕 역시 과해졌고, 결국 카셀은 드림이터가 완전히 자라기 전에 그를 쫓아냈었다.

그리고 쫓겨났던 드림이터가 지금의 모습으로 돌아왔다. 백 배는 더 거대해지고, 천 배는 더 포악해진 모습으로.

드림이터를 거둔 것이 지금의 결과를 불러올 줄 알았다면 절대

그러지 않았으리라. 그러나 후회는 늦었고, 이제 드림이터와 맞서 싸우거나, 꿈 왕국과 함께 죽음을 맞이해야 했다.

하지만 저것과 싸우라고?

이 먼 거리에서도 드림이터의 위압감은 엄청났다. 카셀은 직감적으로 자신은 드림이터의 한 입 거리도 되지 않는다는 것을 알았다. 그는 창문을 등지고 주저앉았다. 카셀은 드림이터와 싸우다 죽고 싶지 않았고, 그렇다고 이대로 아무것도 하지 못한 채 죽고 싶지도 않았다.

그는 왕비와의 대화를 곱씹었다. 왕과 왕비가 드림이터를 붙잡아 두고 힘을 빼놓으면, 그가 마지막 일격을 가하라고 했다. 하지만 카셀은 스스로 생각하는 것보다도 더 겁쟁이였고, 감히 드림이터를 직접 대면할 용기조차 없었다.

그래서 그는 대신 다른 일을 하기로 했다. 드림스톤. 왕비는 드림스톤이 드림이터의 손에 들어가면 안 된다고 했다. 드림스톤은 꿈 왕국의 가장 중요한 보물로, 꿈 왕국에 '꿈의 힘'을 가져다주는 수정이었다. 드림스톤이 있기에 꿈 왕국이 유지될 수 있었고, 현실 사람들이 꿈을 꿀 수 있었다. 만일 드림이터가 드림스톤을 손에 넣게 된다면, 꿈 왕국이 멸망하는 것은 물론이고 모든 인간들이 드림이터의 지배 아래 놓일 수도 있었다. 반대로 말하자면, 드림스톤만 지켜 낸다면 꿈 왕국을 재건하는 것도 가능했다. 꿈술사의 능력과 꿈가루의 힘 역시 드림스톤으로부터 나오기 때문이었다.

카셀은 일단 드림스톤부터 안전한 곳으로 옮기기로 마음먹었다. 그때까지는 왕과 왕비가 시간을 끌 수 있으리라 믿었다.

"이건 절대 도망치는 게 아니야. 일단 드림스톤을 지키는 게 먼저니까……. 그래서 그런 거야. 도망치는 게 아니야."

카셀은 중얼거리며 꿈 왕국의 보물창고로 향했다. 시종들과 꿈 요정들이 비명을 지르며 뛰어다녔지만, 그는 주변을 돌아보지 않았다.

보물창고는 왕궁의 지하 가장 깊숙한 곳에 있었다. 보물창고 주변은 고요했다. 카셀은 망설이다가 문을 열었다.

그리고 드림스톤으로부터 뿜어져 나오는 수백 가지 광채에 눈을 감아야 했다. 카셀은 드림스톤을 직접 보는 것이 처음이었다. 늘 그림 속에만 있었던 드림스톤이 그의 눈앞에 존재했다. 제단 위에 놓여 있는 드림스톤은 그의 생각보다 더 아름답고, 더 밝게 빛나고, 더…… 작았다. 카셀의 두 주먹을 합친 것만 한 크기였다. 카셀은 홀린 듯이 드림스톤을 향해 손을 뻗었다.

카셀의 손끝이 막 드림스톤에 닿으려던 찰나, 왕궁이 통째로 흔들렸다. 지진이라도 난 것처럼 흔들림은 점점 심해졌다. 중심을 잡고 서 있는 것조차 불가능해졌다. 결국 위태롭게 흔들리던 드림스톤이 제단 위에서 굴러 떨어졌다.

"안 돼!"

카셀은 다급히 드림스톤을 줍기 위해 기어갔다. 다행히 멀지 않은 곳에 멈춘 드림스톤은 여전히 스스로 찬란하게 빛나고 있었다. 카셀은 드림스톤을 집어 들었다. 체온에 딱 맞는 온도였다. 카셀은 드림스톤을 쥐고 보물창고를 나가기 위해 몸을 돌렸다.

그리고······

카셀은 잠시 아무 생각도 할 수 없었다. 그는 꿈 왕국의 왕자로서 늘 자신이 보통 사람들과는 다른 초월적 존재라고 생각해 왔지만, 진정한 초월적 존재가 눈앞에 오자 자신이 얼마나 오만했는지 깨달았다.

두려움에 짓눌린다는 감각. 숨이 안 쉬어지고, 동공이 팽창하고, 다리가 풀리고, 몸이 움직이지 않았다.

드림이터가 앞에 있었다. 보물창고의 입구는 드림이터의 검은 몸에 비해 턱없이 작았고, 드림이터는 작은 문을 열고 정중히 들어오기보다는 아예 왕궁을 통째로 부숴 버리기를 택했다.

어머니는? 아버지는? 드림이터를 막겠다고 분명······.

생각은 길게 이어지지 못했다. 드림이터가 앞발을 휘둘렀다. 아무렇게나 휘두른 앞발에 꿈 왕국의 수많은 보물들이 휩쓸려 망가지고, 깨지고, 부서졌다. 카셀은 머지않아 자신의 몸도 저렇게 부서지리라는 것을 깨달았다.

어떻게 해야 하지? 아드레날린이 폭주한 머리가 제멋대로 굴러갔다. 이미 꿈 왕국도, 왕도, 왕비도 그의 머릿속엔 존재하지 않았다. 그저 생존뿐이었다. 카셀은 손에 쥐고 있었던 드림스톤을 꽉 쥔 채 간헐적으로 숨만 헐떡거렸다.

곧이어 드림이터가 입을 벌리더니 거대하게 포효했다. 그 소리를 정면에서 받아 낸 카셀의 양쪽 귀에서 한 줄기 피가 흘렀지만 아픔도 느껴지지 않았다.

어떻게,

해야,

하지?

머리가 핑핑 돌았다. 카셀은 손에 쥔 드림스톤과 드림이터의 붉은 눈을 번갈아 봤다. 선택지는 둘이었다.

첫째, 싸운다. 왕비의 말대로 그의 부모님이 드림이터의 힘을 빼놓은 게 맞는다면 가능할지도 몰랐다. 하지만 지금 드림이터는 너무나도 멀쩡해 보였다. 왕과 왕비의 생각보다도 드림이터가 너무 강력해서 아무 영향도 끼치지 못한 것 같았다. 카셸이 맞서 싸운다 해도 변변한 공격 한 번 못하고 그대로 절명할 것이 분명했다.

둘째, 도망간다. 지금은 도망에 성공하더라도 언젠가 드림이터가 쫓아올 테지만, 일단 당장 목숨은 부지할 수 있었다. 그리고 목숨만 붙어 있다면 훗날을 도모할 수 있었다. 그의 손에는 드림스톤이 있었고, 드림스톤만 멀쩡하다면 꿈 왕국을 다시 세우는 것은 불가능하지 않았다.

결정은 내려졌다. 카셸의 손끝에서 빛무리가 생겨났다. 꿈가루였다. 카셸은 손을 움직여 꿈가루로 공중에 마법진을 그렸다. 한 번도 그려 본 적 없는 종류의 마법진이었다. 그마저도 왕궁 서재의 고서에서 한두 번 본 게 전부였다. 맞게 그렸는지 확인할 시간도 없었다.

마법진이 완성됨과 동시에, 드림이터가 카셸에게 날카로운 발톱을 휘둘렀다. 발톱의 끝에 드림스톤이 걸렸다. 무엇으로도 파괴할 수 없다던 드림스톤은 드림이터의 발톱에 스친 것만으로도 일곱 조각으로 부서지고 말았다. 카셸은 드림스톤을 놓쳐 버렸지만, 다행인지 불행인지 카셸의 손바닥에 조각 하나가 박혀 들어갔다. 카셸은 마법진을 따라 생긴 공간의 틈에 자신의 몸을 끼워

넣었다. 손에 박힌 드림스톤 한 조각도 함께.

카셀은 도박에 자신의 목숨을 맡기고 싶지 않았다. 왕자로서, 그리고 꿈술사로서의 모든 의무를 저버리더라도. 훗날 지독하게 후회하게 되더라도.

그래서 인생의 기로에서, 그는 도망을 택했다.

# 환상 상점

## 0

‘꿈 팝니다. 원하는 어떤 환상이든 꿈꿀 수 있게 해 드려요.’

어느 날 신문에 짧은 광고가 실렸다. 처음에는 단순한 장난이나 흔한 체험 카페 같은 거라고 생각했던 사람들은, 조금씩 퍼지는 입소문에 하나둘씩 ‘환상 상점’을 찾기 시작했다.

좁은 길이 거미줄처럼 엮여 있는 골목. 낡은 악기점과 골동품점, 고서점이 늘어서 있는 골목은 시간의 흐름에서 벗어난 느낌을 준다. 방문자들은 생소한 감각 속에서 한참을 더 걷고 나서야, 그 골목 가장 구석진 곳에서 ‘꿈술사의 환상 상점’이라고 적힌 나무 간판을 발견할 수 있다. 화려하지도 않고, 낡기까지 했지만 어쩐지 그리운 향수를 자극하는 간판이었다.

그렇게 꿈을 구매하러 환상 상점에 방문한 손님들은 가장 먼저 그 어디서도 맡아 본 적 없는 이국적인 향을 들이마시게 된다. 어떤 해도 끼치지 않고, 중독되지도 않지만 몸을 나른하고 늘어지게 만드는 마약 같은 향이었다. 그때쯤 되면 손님들은 깨닫는다. 아, 이미 환상은 시작되었구나, 하고.

이제 꿈을 구매하려는 사람들은 기묘한 내용의 서약서를 작성해야 한다. 그러고 나면 더는 돌이킬 수 없다.

## 서약서

1. 꿈술사와 꿈 구매자는 꿈의 내용이 전부 환상일 뿐임을 인지한다.
2. 혹시 모를 상황에 대처하기 위해 꿈술사는 꿈 구매자의 꿈에 함께 진입한다.
3. 꿈술사는 꿈 구매자의 꿈에 절대 개입하지 않는다.
4. 꿈 구매자는 꿈이 시작된 이후에는 어떤 상황에서든 꿈을 중단할 수 없다.
4-2. 단, 꿈 구매자의 실제 신변이 위험한 경우에는 예외로 한다.
5. 꿈술사와 꿈 구매자는 상담 및 꿈의 내용에 관한 모든 것을 비밀로 한다.

기묘한 서약서를 작성한 꿈 구매자는 환상 상점의 두 주인과 함께 '꿈의 방'으로 들어가게 된다. 꿈의 방으로 향하는 길은 미로 같아서, 안내가 없으면 순식간에 길을 잃고 만다.

그곳에서 간단한 상담을 마치고, 환상 상점의 주인이 주는 음료 한 잔을 마시고 나면 잠이 들고…… 그렇게 원했던 꿈이 시작된다.

# 첫 만남

## 1

카셀은 굴러 떨어졌다.

"아으……."

그는 바닥에 부딪혀 아픈 머리를 부여잡고 자리에서 일어났다. 자신이 어디서 굴러 떨어졌는지를 확인하기 위해 고개를 들었다.

그리고 한 쌍의 검은 눈동자와 마주쳤다.

"으아악!"

너무 놀란 나머지 카셀은 다시 그 자리에 주저앉아 버렸다. 뒤늦게 자신이 얼마나 꼴사나웠는지를 깨닫고 얼굴을 붉혔지만.

검은 눈동자의 주인은 어린 여자아이였다.

카셀이 그런 짓을 하는 동안에도 여자애는 눈 한 번 깜박이지 않고 카셀을 뚫어져라 바라보고 있었다. 부담스럽고 맹렬한 눈빛이었다. 카셀은 그제야 정신을 차리고 주변을 제대로 둘러봤다.

방 안은 꿈 왕궁에 있던 카셀의 방보다 조금, 아니 훨씬 작았지만 나름대로 아늑하고 편안했다. 책상 위에는 문제집이 가득했고, 연필이 여기저기 굴러다녔다. 옷과 양말도 여기저기 엉망으로 놓여 있었다. 이 방의 주인은 정리 정돈엔 소질이 없는 듯했다.

시선을 반대편으로 옮기자 책장이 눈에 들어왔다. 한쪽 벽을 가득 채울 정도로 큰 책장에는 동화책이 가득 꽂혀 있었다. 모든 것이 지저분한 방에서 오로지 책장 하나만이 먼지 하나 없이 깨끗했다. 몇몇 책은 너무 낡아 제목을 알아볼 수 없었다.

카셀은 마지막으로 자신이 굴러 떨어졌던 침대를 돌아봤다가, 고개를 돌렸다. 다시 여자애와 눈이 마주쳤다. 보아하니 잘 자고 있던 이 여자애의 꿈에서 카셀이 튀어나와 버린 모양이었다.

카셀은 무슨 말을 해야 할지 몰라 당황하다가, 아무래도 불청객이 먼저 인사를 하는 게 맞겠다 싶어 인사말을 고민했다.

카셀은 오래전 읽었던 현실 세계에 대한 서적을 떠올렸다. 현실 세계 사람들은 항상 가면을 쓰고 살아간다고 했다. 늘 웃거나, 거짓으로 상대를 동정하거나, 미안함을 꾸며 내는 그런 가면을.

그래서 카셀은 조금도 웃을 기분이 아니었지만 어떻게든 무해하고 친절한 미소를 보이려 애쓰며 인사부터 했다.

"저기…… 안녕?"

기나긴 침묵 끝에, 여자애가 드디어 입을 열었다.

"너, 산타 할아버지야?"

그게 첫 만남이었다.


여자애는 말이 많았다. 너무 많았다. 다행인지 불행인지 카셀은 현실 세계의 모든 언어를 할 수 있었다. 카셀은 여자애와 마주보고 침대에 앉은 지 몇 분 지나지도 않아 여자애의 이름과 나이와 사는 곳과 가족 관계, 심지어는 여자애가 올해 '산타 할아버지'를 얼마나 기다렸는지까지 알 수 있었다. 그리고 얼떨결에 대화에 휩쓸려 자신의 정체까지 전부 털어놓고 말았다.

카셀은 여자애와의 짧고 방대한 대화에서 몇 가지 사실을 알게 되었다.

첫째, 여자애의 이름은 한윤슬이다.

둘째, 여자애의 나이는 카셀보다 4살 어린 14살이다.

셋째, 여자애는 대한민국 국민이다.

넷째, 여자애는 부모님과 함께 살며, 형제자매는 없다.

마지막, 오늘은 크리스마스다.

꿈 왕국에도 크리스마스가 있었다. 정확히는 먼 옛날, 한 왕이 12월 25일을 공휴일로 선언했다. 연말마다 심각한 과로에 시달리던 꿈 요정들의 요구 때문이었다. 꿈 요정들은 크리스마스에 쉬는 대신 전날 밤에 현실 세계로 나가 평소 좋아하던 인간에게 자신이 직접 가꾼 꿈을 선물하는 풍습이 있었다.

꿈 왕국은 사계절이 없이 항상 따뜻한 탓에, 카셀이 기억하는 크리스마스는 늘 포근했다. 쉴 새 없이 오가는 꿈 요정들의 날개에서 떨어지던 반짝이는 꿈가루가 떠올랐다. 꿈 요정들이 신날 때면 부르던 콧노래도, 부모님과 함께하던 저녁 만찬도……

카셀은 주먹을 쥐고 울음을 참았다. 그의 옆에서는 여자애, 아니 윤슬이 아직도 신나게 떠들고 있었다. 윤슬은 한시도 입을 다

물지 않았다. 카셀은 저도 모르게 윤슬의 끝나지 않는 수다에 빠져들었다. 윤슬은 그렇게 카셀을 우울 속에서 끌어냈다.

"여튼, 들어봐. 내가 올해 크리스마스 선물로 뭘 빌었는지 알아? 동화 속 왕자님이야! 처음엔 카셀이 산타 할아버지인 줄 알았는데, 이제 봤더니 선물이었어!"

"그러니까 내가 왕자인 건 맞는데 동화 속 왕자님은 아니라니까……."

"동화 속인지, 꿈속인지가 중요한 게 아니야. 산타 할아버지가 진짜 있는 게 중요하다니까! 아, 그리고 카셀의 그, 뭐라고 했지?"

"꿈 왕국. 그리고 산타가 날 데려다 준 게 아니야. 내 발로 온 거지. 그게 중요한 게 아니라 지금 꿈 왕국이……."

"그래, 꿈 왕국! 세상에, 너무 멋져!"

윤슬이 별안간 자리에서 벌떡 일어났다. 카셀은 질린 눈으로 그렇게 많이 말하고서도 에너지가 넘치는 윤슬을 올려다봤다.

"봐봐, 내가 맞았어! 엄빠가 틀린 거라고! 환상은 진짜야!"

"엄…… 뭐?"

"엄빠. 엄마랑 아빠. 그런 말도 몰라? 아, 왕자님이라고 했지. 그러면 모를 수도 있겠다."

윤슬은 다시 자리에 털썩 주저앉았다. 그리고 카셀의 양어깨를 잡으며 심각하게 물었다.

"그래서, 왜 여기로 온 거야? 꿈 왕국의 왕자님이 없어지면 안 되는 거 아닌가? 아니면 곧 다시 돌아갈 예정?"

카셀은 그제야 자신이 말할 거리가 생겼음에 기뻐해야 할지,

아니면 이렇게 지쳤는데도 더 말해야 한다는 사실에 슬퍼해야 할지 알 수 없었다. 그래도 최대한 성실히 윤슬에게 꿈 왕국과 드림이터에 대한 이야기를 들려줬다.

꿈 왕국이 얼마나 찬란하고 아름다웠는지, 그런 꿈 왕국을 드림이터가 어떻게 짓밟았는지, 그리고 자신은 어떻게 도망쳤는지. 왕자로서의 의무를 저버리고 드림이터에게서 도망쳤다고 말할 때는 부끄러움에 얼굴이 뜨거워지기도 했다.

그러나 윤슬은 카셀이 도망친 부분에는 신경 쓰지 않았다. 윤슬은 이미 꿈 왕국 자체에 푹 빠져 있었다.

"진짜 동화 속 왕자님이잖아? 사악한 용을 물리치고 세상을 구하는 그런 왕자님! 그럼 카셀, 공주님도 있어?"

"공주님? 공주님이 왜 필요해?"

"동화에는 항상 공주님이 나오잖아. 왕자님과 함께 용을 물리치고 세상을 구하고 왕자님과 결혼해서 오래오래 행복하게 사는 공주님 말이야. 없어?"

"없어."

"그럼 내가 그 공주님 할게."

카셀은 황당함에 입을 떡 벌리고 말았다. 그러나 그때쯤 카셀은 윤슬의 끝도 없는 수다와 통통 튀는 사고방식에 익숙해져 있었다. 그는 그래서 윤슬의 '공주님 선언'을 대충 넘겨 버리고 앞으로의 계획을 설명했다.

"공주님은 나중 일이고, 일단은 꿈 왕국을 다시 세워야 해. 꿈 왕국이 완전히 없어지면 사람들은 더 이상 꿈을 꾸지 못할 거야."

"꿈을 안 꾸면 어떻게 되는데?"

"꿈은 그렇게 단순한 게 아니야. 꿈을 꾸지 않는다는 것은 곧 미래를 꿈꾸지 않는다는 거야. 미래를 꿈꾸지 않으면 삶의 원동력이 사라지게 돼. 바라는 것도, 이루고 싶은 것도 없이 그저 '살아있기에 살아있는' 사람이 되고 말지. 그런 사람들은 영혼을 잃어버리게 돼. 아무 감정도 느끼지 못하고, 바라지도, 꿈꾸지도 않는 인형이 된다고."

윤슬은 그제야 조금 심각해졌다. 윤슬은 자신이 이미 거대한 동화 속 이야기의 일부가 되었으며, 그런 사람들은 진지함과 신중함을 갖춰야 한다는 사실을 깨달았다. 그녀는 자세를 고쳐 앉으며 카셀에게 물었다.

"그러면 어떻게 해야 꿈 왕국을 다시 세울 수 있는데?"

"일단 드림스톤을…… 헉, 맞다. 내 손!"

카셀은 다급하게 자신의 오른손을 이리저리 살펴봤다. 하지만 하얗고 곧은 손에는 작은 생채기 하나 없었다.

"뭐지……? 현실로 넘어오면서 몸도 바뀐 건가?"

영문을 몰라 멍하니 있던 것도 잠시, 손에 박혀 있던 드림스톤까지 생각이 미치자 카셀은 소스라치며 벌떡 일어났다.

"너, 너 혹시 보석 못 봤어?"

"보석?"

카셀은 윤슬의 방 이곳저곳을 분주하게 들춰 보며 드림스톤 조각을 찾아다녔다. 분명 현실로 넘어오기 전까지만 해도 손에 박혀 있었는데 갑자기 드림스톤은 사라지고 상처까지 전부 아물어 있다니.

"응. 내 손바닥보다 조금 작고 끝이 날카로운……. 정확히는 보석은 아니고 깨진 수정 조각인데, 여러 색으로 빛나. 엄청 밝게. 너 못 봤어? 나랑 같이 떨어진 게 아닌가? 어떡하지?"

카셀이 윤슬의 방 이곳저곳을 뒤적였다. 하지만 돼지우리나 다름없는 지저분한 방 안에서 단번에 드림스톤 조각을 찾아내기는 어려웠다.

"그 서랍장은 열지 마. 거긴 내 보물 상자야. 그리고…… 보긴 했어, 보석."

"뭐? 어디? 여기 있어?"

그러나 윤슬은 바로 대답하지 않았다. 단지 무언가 마음에 들지 않는다는 듯 미간을 찌푸리고 카셀을 쳐다보고 있을 뿐이었다. 시간을 끄는 윤슬에 카셀은 애가 탔다. 카셀은 거의 윤슬에게 애원했다.

"제발. 그게 없으면 안 돼."

"내 이름은 '너'가 아니야."

"뭐?"

"내 이름은 '너'가 아니라 '윤슬'이라고."

카셀은 눈을 질끈 감았다. 어쩌다가 하필 이렇게 고집불통 꿈에서 떨어졌을까. 척 봐도 윤슬은 아직 카셀의 상황을 완벽하게 공감하지 못하고 있었다. 꿈 왕국이라는 환상 속의 세상이 실제로 존재한다는 것은 기뻤지만, 어디까지나 동화 속 이야기처럼 생각하는 모양이었다. 꿈 왕국도, 드림이터도.

카셀은 일단 윤슬의 도움이 필요하니 장단을 맞춰 주기로 마음 먹었다.

"지금 그게 중요해?"

"중요해. 나한테는."

"알았어, 윤슬. 됐지? 이제 말해 줘. 내 드림스톤은 어디 있어?"

"저기."

카셀은 윤슬의 손끝을 따라 시선을 옮겼다. 윤슬이 가리킨 곳은 블라인드가 내려진 창문이었다. 카셀은 조심스럽게 블라인드를 들췄다.

그곳엔 나비 날개를 가진 작은 요정이 드림스톤 조각을 품에 가득 안고 새근새근 자고 있었다.

"맙소사, 팅글?"

"이름이 팅글이야? 팅커벨인 줄 알았는데. 카셀이랑 같이 떨어졌어. 근데 저걸 들고 꾸물꾸물 구석진 곳으로 들어가더라고. 그래서 일단 내버려 뒀어."

카셀은 자고 있는 팅글을 조심스럽게 손에 담았다. 카셀의 두 손바닥에 딱 알맞게 들어차는 팅글은 카셀의 비서였던 꿈 요정이었다.

카셀은 팅글을 이리저리 확인했다. 다행히 팅글은 다친 곳 없이 잠자고 있을 뿐이었다. 팅글을 확인하자 카셀은 혼자 현실 세계에 떨어졌다는 외로움에서 잠시 벗어날 수 있었다. 팅글도 살아 있으니 어쩌면 꿈 왕국의 모두가 죽은 게 아닐지도 모른다는 생각도 들었다.

어쩌면 다른 꿈 요정들도, 어쩌면…… 부모님도.

그리고 팅글이 몸에 한가득 껴안고 있는 드림스톤 조각까지. 조각을 보자 완전히 깨져 버렸던 드림스톤이 생각났다. 드림이터의 손에 온전한 드림스톤이 넘어가지 않아 차라리 다행이었다. 동시에 다른 드림스톤 조각을 어떻게 찾아야 할지 막막하기도 했다.

그때, 윤슬이 곁에 다가왔다.

"요정이야? 날개 봐, 너무 예쁘다……. 너무 귀엽고……. 세상에 어떻게 이런 생명체가……."

"응, 꿈 요정이야. 팅글은 꿈 왕국에서 내 비서였고."

"비서면 무슨 일을 했는데? 꿈 요정은? 얘네도 팅커벨처럼 가루 같은 거 뿌리고 날아다녀? 세상에, 상상만 했는데도 귀여워서 아파트 부숴 버리고 싶어."

험악한 말과 함께 윤슬은 팅글을 향해 손끝을 뻗었다. 카셀은 잠시 흠칫했다가, 그녀에게 팅글을 해치려는 의도가 없다는 것을 알고 내버려 뒀다. 윤슬은 팅글의 날개 끄트머리를 조심스럽게 쓰다듬었다.

"팅커벨……은 모르겠고, 날아다닐 때 몸에 있는 꿈가루가 떨어지긴 해."

"꿈가루? 그게 뭔데?"

"꿈 왕국의 아주 중요한 물질이야."

"어떻게 써?"

"사람들이 꿈가루를 마시면 곧 잠들고 꿈을 꾸게 돼. 꿈 요정들은 꿈가루를 먹고 살고. 아, 그리고 꿈술사가 능력을 쓸 때도 꼭 필요해. 꿈술사가 꿈가루를 먹거나 주입받으면 능력을 강화할 수 도 있어."

"근데 꿈술사면 꿈을 막 자유롭게 다뤄? 지금 나한테도 그냥 꿈을 꾸게 만들 수 있어?"

카셀은 계속되는 질문 공세에 잠시 아찔해졌지만 최대한 친절 하고 자세하게 설명하기 위해 애썼다.

"꿈술사마다 달라. 나는 꿈을 만들어 내지는 못해. 이미 있는 꿈에 들어가는 건 가능하고. 대신 일단 꿈속에 들어가면 그 꿈을 어느 정도 바꿀 수는 있어."

카셀의 설명을 들은 윤슬은 눈을 반짝였다. 그녀의 머릿속에 순식간에 멋진 계획이 세워졌다. 카셀을 도와 세상을 구하고, 겸 사겸사 자신의 꿈도 이루는 그런 계획이.

"그러니까 꿈 왕국은 꿈속 세상에 존재하는 곳이고, 네가 다른 사람의 꿈에 들어가야 그 꿈 왕국에 갈 수 있다는 거지?"

"맞아. 나는 꿈을 꾸지 않으니까. 꿈 왕국에서 현실로 나오는 건 간단하지만, 현실에서 꿈 왕국으로 돌아가는 건 조금 다른 문 제거든. 꿈에서 깨는 건 쉬운데 꿈을 꾸는 건 마음대로 안 되잖아. 그런 거랑 똑같다. 다른 사람의 꿈을 빌려야 해."

"그럼 내 꿈을 써."

"뭐라고?"

"내 꿈에 들어와. 매일 너를 위해 꿈을 꿔 줄게."

카셀은 인상을 찌푸렸다. 그가 보기에 윤슬은 어디까지나 작고 연약한 인간 여자아이에 불과했다.

"안 돼."

"뭐? 왜!"

"꿈속에서 죽으면 자아를 잃어버리게 돼. 드림이터는 얼마든지 너를 집어삼킬 수 있고. 위험해서 안 돼."

"위험할 땐 도망치면 되잖아! 꿈에서 마음대로 나오는 것도 못 해?"

"그건 되는데……."

"그럼 뭐가 문제야? 현실에 아는 사람 있어?"

윤슬의 질문에 카셀은 말문이 막혔다. 당연히 없었다. 그도 알고 있었다. 윤슬의 방법이 최선이었다. 하지만 카셀은 왕자로 자랐고, 꿈 왕국의 엄격한 인성 교육 때문에 그 어떤 상황에서도 다른 사람을 쉽게 이용하면 안 된다고 배워 왔다. 하지만 윤슬도 원하는데…… 서로 좋은 것 아닌가?

카셀이 갈팡질팡하는 사이, 윤슬이 쐐기를 박았다.

"그게 내 꿈이야. 동화 속 공주님이 되는 거. 물론 나는 얌전히 용한테 잡혀가서 성에 갇힐 생각도 없고, 위험할 때 왕자님의 도움만을 기다릴 생각도 없지만. 어쨌든 내가 14년 평생 꿈꿔 왔던 게 바로 이거라고!"

"……."

"카셀, 너 꿈술사라며. 그럼 내 꿈도 이뤄 줘야 하는 거 아니야?"

윤슬과 카셀은 한참 동안 서로 마주 보고 눈싸움했다. 카셀의 고민하는 눈빛과 윤슬의 결연한 눈빛.

승자는 정해졌다.

"……내가 졌다."

카셀이 고개를 절레절레 저으며 말했다. 윤슬을 환호성을 지르며 카셀을 껴안았다. 카셀은 팅글을 담고 있는 손을 옆으로 빼며 눈을 질끈 감고 이 어색한 신체 접촉을 견뎠다. 그때, 누군가 문을 똑똑 두드렸다. 카셀과 윤슬은 껴안은 상태로 둘 다 몸이 굳었다.

"윤슬아, 새벽에 왜 그렇게 소리를 질러……. 엄마 깼잖아. 무슨 통화를 그렇게 소리 지르면서 하니."

"……아, 어, 엄마. 응, 통화 중이야. 미, 미안해. 이제 잘게."

"그래. 얼른 자. 내일 학교 가야지."

방문 밖의 발소리가 다시 멀어지고도 한참이 지나고 나서야 윤슬은 카셀을 놓아줬다.

그리고 카셀을 똑바로 바라보며 비장하게 속삭였다.

"그럼 이제 작전 시작이야."

윤슬은 카셀의 생각보다도 더 고집불통이었고, 더 왈가닥이었으며, 더 불도저 같았다.

작전의 첫 단계는 카셀을 현실에 적응하게 하는 것이었다. 가장 먼저 윤슬의 가족으로 편입시켜야 했다. 카셀은 윤슬의 방에 숨어 있으면 된다고 했지만, 윤슬은 절대 안 된다고 했다. 사람은 방 안에서만 살 수 없다고.

윤슬은 다음 날 학교에 다녀오자마자 그녀의 부모님에게 카셀의 존재를 밝혔다. 물론 카셀의 진짜 정체를 밝힌 것은 아니었다. 윤슬은 카셀을 '주웠다'라고 했다. 집이 몽땅 불에 타 버려 하루아침에 알거지가 됐다고. 꿈 왕국이 드림이터한테 불타 버렸으니 완전히 틀린 말은 아니었다. 하지만 한순간에 왕자님에서 알거지가 되어 버린 카셀은 어쩐지 기분이 찝찝했다.

그리고 윤슬은 자신이 책임지기로 했으니 이제부터 우리 집에서 같이 살 거라고 당당하게 선언했다. 옆에 가만히 서 있던 카셀은 윤슬의 말도 안 되는 억지에 혼자 안절부절못하고 있었다. 세상 어떤 부모가 그 말을 듣고 생판 남을, 그것도 다 큰 남성을 집에 들이겠는가.

하지만 윤슬의 부모님은 그녀의 그런 고집에 익숙해졌는지 그저 모든 것에 순응하고 납득했다.

이를테면 이런 식이었다.

"외국에서 태어났지만 어릴 때부터 한국에서 살았다고? 그래서, 카셀 군이 몇 살이라고 했지?"

"18살이래. 대학교까지 졸업했고."

"18살이면 고2 아니니? 어떻게 벌써 대학교를……."

"천재라서 조기 졸업했대!"

……틀린 말은 아니었다. 그는 꿈 왕국의 왕실 아카데미를 남들보다 7년 이른 나이에 수석으로 조기 졸업했다. 카셀은 고개를 끄덕이다 맞은편에 앉아 있는 윤슬 어머니의 경탄에 찬 시선을

정면으로 마주했다. 카셀의 목덜미를 타고 식은땀이 한 방울 흘렀다.

"그럼 카셀 군이 윤슬이 과외라도 해주면 좋겠네! 전공이 뭐예요?"

그의 전공은 꿈 구현학이었다. 그걸 곧이곧대로 말했다간 이상한 사람 취급받게 될지도 몰랐다. 그는 윤슬을 쳐다봤다. 도와달라는 간절함을 느낀 윤슬이 다급하게 둘러댔다.

"겨, 경영학! 영어랑 국어 잘한대. 수학도 잘할 거야. 아마도?"

카셀은 살짝 한숨을 쉬고는 윤슬의 부모님에게 천천히 설명했다.

"영어와 국어, 수학 모두 자신 있습니다. 맡겨주시면 노력하겠습니다. 윤슬 양이 학교에 가 있을 때는 두 분 가게를 돕고, 윤슬 양이 집에 오면 공부를 가르치면 좋을 것 같은데 어떻게 생각하시는지요? 은인이니 어떻게든 돕고 싶습니다."

그 말에 지금까지 한마디도 하지 않았던 윤슬의 아버지가 박수를 한 번 쳤다. 카셀은 속으로 흠칫했지만 알거지, 아니 왕자로서 품위를 지키고자 애써 태연한 척했다.

"숙식 알바생. 좋군."

"그래, 마침 남는 방이 하나 있으니 거기서 머물도록 해요."

그렇게 카셀은 얼떨결에 윤슬의 집 방 한 칸까지 얻어 함께 살게 됐다.

카셀은 윤슬 아버지의 옷을 빌려 입고 이제 자신의 공간이 된 방에 들어왔다. 방을 한 번 둘러본 그는 한숨을 푹 내쉬었다. 꿈 왕궁의 호화로운 방에서 자란 카셀에게 이 방은 너무 좁았다. 물론 지금 그가 찬물 더운물 가릴 처지는 아니었다.

카셀은 어떻게든 방을 넓어 보이게 하려고 최대한 가구들을 구석으로 밀어 넣었다. 그리고 방 한구석에 푹신한 쿠션과 담요를 깔고 그 위에 팅글을 눕혔다. 어찌 된 일인지 팅글은 한나절이 지나도록 일어나지 않았다.

방 정리를 끝내고 한숨 돌리자 벌써 밖이 어두워진 것이 보였다.

'현실 세계의 겨울은 낮이 짧군.'

곧 있으면 윤슬이 학원에서 돌아올 시간이었다. 카셀은 윤슬의 어머니를 도와 저녁을 차리기로 했다. 꿈 왕국에서 카셀은 집안일은커녕 옷 입는 것 하나하나까지도 시중을 받았지만, 얹혀사는 처지에서 아무 일도 안 할 수는 없는 노릇이었다.

"방은 어때요?"

"더할 나위 없이 좋습니다. 친절과 배려에 진심으로 감사드립니다. 내일부터는 두 분의 일을 돕도록 하겠습니다."

카셀의 말에 윤슬의 어머니가 웃음을 터트렸다. 카셀이 의아한 표정으로 쳐다보자 그녀는 미소를 지은 채 부드럽게 말했다.

"그렇게까지 격식 차릴 필요 없어요. 당분간 같이 지낼 건데. 그래서 말인데 말 편하게 해도 될까요?"

"물론입니다. 그나저나 제가 도울 건 없을까요?"

"그럼 이제 말 편하게 한다? 이 반찬 접시 좀 식탁에 옮겨와 줄래? 참, 그리고 이모라고 불러. 남편은 삼촌이라고 부르고. 누가 물어보면 친척이라고 말하는 게 좋을 것 같아."

"네, 이모."

"아들 하나 생긴 것 같아서 좋네. 편하게 지내. 어쨌든 윤슬이가 믿고 좋아하는 데는 이유가 있겠지. 걔는 어릴 때부터 좀……뭐랄까, 독특했달까?"

카셀은 김치가 담긴 접시를 조심스럽게 식탁에 옮겨 놓으며 윤슬의 어머니, 아니 이모의 말을 경청했다. 윤슬의 꿈을 통해 꿈 왕국에 다시 들어가야 하므로 그녀에 대해 최대한 많이 알아 두는 게 좋았다.

"걔가 밀어붙인 일 중에 잘못된 게 하나도 없거든. 선견지명이라고 해야 할지, 아니면 뭔가 본능 같은 게 있는 건지……."

"……."

"한 번은 친구들과 약속을 잡았는데 윤슬이가 울면서 나가지 말라고 하더라고. 뜬금없이 불이 너무 무섭다면서. 달래 보고 화도 내 보고 했는데 애가 숨이 넘어갈 것처럼 울길래 일단 약속을 아예 취소하고 다음에 보자고 했어. 근데 그날 약속 장소에서 큰 불이 났다더라. 만나기로 했던 딱 그 시간에 말이야."

물론 본능적인 직감을 가진 사람도 있다. 아니면 단순히 우연과 우연이 겹쳐 그럴 수도 있고. 카셀은 그때까지만 해도 대수롭지 않게 생각했다.

"그런데 그런 일이 일 년에 한두 번은 꼭 있어. 처음엔 우연이겠지, 우연이겠지 했는데……. 어느 날은 너무 신기해서 윤슬이한테 물어봤거든. 어떻게 알았냐고."

"뭐라고 하던가요?"

"봤대."

"……네?"

"봤대, 꿈에서."

카셀은 예상치 못한 말에 흠칫했다. 꿈에서 봤다는 것은 곧 예지몽을 꾼다는 것이었다. 한두 번은 단순한 우연이거나, 평소 갖고 있던 불안감이 꿈으로 표출되는 것이라고 칠 수 있다. 하지만 그게 우연이 아니라면? 단순한 불안감의 표출이 아니라면?

윤슬은 왜 열네 살이 됐음에도 환상이 실재한다고 굳게 믿고 있는 걸까? 아무리 천진난만한 아이라도 자라면서 그건 동화 속 이야기라고 생각하게 되는 것이 일반적이다. 그렇다면 윤슬은 왜?

카셀은 윤슬의 꿈에서 튀어나왔다. 지금까지만 해도 정신이 없었던 탓에 그는 그 점에 대해 의문을 갖지 않았다.

그 많고 많은 꿈 중에 하필 윤슬의 꿈이었던 이유가 뭘까?

카셀은 직감했다. 윤슬에게 무언가가 있다.


저녁 식사는 단란한 분위기에서 시작됐다. 항상 드넓은 만찬장에서 식사했던 카셀은 이렇게 가까이 붙어 앉아 있는 것이 익숙하지 않았지만, 나름대로 정감 있고 좋다고 생각했다. 다만 여러 명이 한 접시에서 젓가락으로 음식을 집어 가는 것은 조금 비위생적인 것 같았지만……. 꿈 왕국에는 '현실에 가면 현실의 법을 따라라'라는 속담이 있었다. 카셀은 최대한 현실의 법을 따르기로 마음먹었다. 이렇게 소박한 식사는 처음이었지만 음식은 카셀의 입맛에 꽤 맞았다. 식사 중에는 소소한 대화만 오갔고, 대체로는 조용한 분위기였다.

카셀을 윤슬 가족들의 질문에 적당히 대답하며 윤슬에게 숨겨진 '비밀'에 대해 고민했다. 어떤 방식으로든 윤슬은 꿈 왕국과 이어진 연결고리를 갖고 있었다. 그것을 알아내야 했다.

식사를 끝마친 둘은 각자 사용한 식기를 설거지하고, 나란히 윤슬의 방으로 돌아왔다. 카셀은 궁금했던 것을 가장 먼저 묻기로 했다.

"윤슬, 혹시 꿈 왕국에 대해 이미 알고 있었어?"

"응? 아니? 동화에서도 본 적 없어."

"그런데 어떻게⋯⋯."

"왜?"

"너, 예지몽을 꾼다며."

카셀이 진지한 표정으로 말하자 윤슬이 웃음을 터뜨렸다. 마치 터무니없는 헛소리를 들은 사람처럼.

"엄마가 그래? 아니, 엄마는 내가 무슨 대단한 사람이라도 되는 줄 안다니까? 어릴 때는 나보고 체조 영재네, 음악 영재네, 과학 영재네 하면서 여기저기 데리고 다녔다고."

윤슬이 다시 생각해도 웃긴다는 듯 고개를 절레절레 흔들며 말을 이었다.

"그건 그냥 우연이었어. 예지몽 같은 게 아니었다고. 예지몽은 훨씬 더 멋진 거 아냐? 계시 같은 거잖아."

"꼭 그런 건 아냐. 그리고…….."

"게다가 몇 번 없었어. 몇 년 전, 아주 어릴 때 일이었고."

"어릴 때 꿈에서 이상한 걸 본 적은 없고?"

"이상한 거 뭐? 귀신? 산타? 일곱 난쟁이? 텍사스 전기톱 살인마?"

대체 애는 꿈에서 뭘 본 거지……. 꿈 왕국에서 저런 꿈도 생산했나? 카셀은 질린 표정으로 잠시 생각했다.

어쨌든 윤슬이 기억하지 못하는 것인지, 아니면 정말 그런 일이 없었던 것인지는 모르겠지만 저렇게까지 부정하는 것을 보니 어느 쪽이든 지금 윤슬을 추궁해서 답이 나올 것 같지는 않았다. 일단 카셀은 윤슬의 꿈을 빌려 꿈 왕국으로 돌아가 보기로 했다.

"따로 준비할 건 없어?"

"없어. 그런데 꿈가루가 필요해서……. 팅글이 있어야 해. 일단 방에 가서 데려올게."

카셀은 자신의 방으로 돌아가 구석에 눕혀 뒀던 팅글을 조심히 손에 담아왔다. 윤슬은 여전히 팅글에게 빠져 있었다. 윤슬은 카셀의 손 위에서 여전히 잠들어 있는 팅글을 보며 작게 탄성을 질렀다.

"진짜 너무 작고 귀엽고 사랑스럽고 아름다워…….."

카셀은 그런 윤슬을 보고 피식 웃었다. 그는 손을 살짝 옆으로 흔들어 팅글을 조심스레 깨웠다.

"우음…….."

"팅글, 팅글."

"더 잘래요. 왕자님⋯⋯."

"일어나야 해. 꼬박 20시간을 넘게 잤어. 왜 이렇게 오래 자?"

팅글은 좀처럼 일어나지 못했다. 꿈 요정들이 대체로 잠이 많긴 하지만 이 정도는 아니었다. 꿈 요정들은 보통 하루 12시간 정도를 자고, 일이 많으면 10시간을, 휴일에는 15시간 정도를 잔다. 팅글은 어젯밤 11시경 카셀이 윤슬의 꿈에서 튀어나왔을 때도 이미 잠들어 있었다.

카셀이 계속해서 깨우자 결국 팅글도 눈을 비비며 일어났다. 팅글은 카셀의 손 위에서 기지개를 켜고 하품도 하며 잠을 쫓아냈다. 윤슬은 곁에서 입을 틀어막고 '이렇게 작고 귀여운데 말을 해!'라고 말하는 듯한 표정으로 팅글의 모든 몸짓을 하나하나 눈에 담았다. 그녀는 이미 팅글과 사랑에 빠진 듯했다.

"너무 졸려요, 왕자님. 이렇게 졸린 적이 없었는데⋯⋯."

"깨워서 미안해. 하지만 네가 해 줘야 할 일이 있어. 어디까지 기억해?"

"으음⋯⋯. 무서운 괴물이 왔어요. 저는 왕자님을 지키려고 계속 따라다녔고요. 그러다가 마지막에 왕자님이 마법진을 그리시기에 저도 따라갔어요. 저는 왕자님의 꿈 요정이잖아요."

긴박한 와중에도 자신을 지키기 위해 그 작은 몸으로 사방팔방 뛰어다녔다니, 카셀은 내심 감동했다. 팅글은 이제 완전히 잠에서 깼는지 카셀의 손에서 벗어나 주변을 날기 시작했다. 윤슬은 또다시 입을 틀어막아야 했다.

"정말 고마워, 팅글."

"해야 할 일을 했을 뿐인걸요. 그나저나 제가 해야 할 일이 뭔가요?"

"아, 혹시 꿈가루 있어? 지금 급하게 꿈 왕국에 들어가야 하는데, 꿈가루가 하나도 없어."

"물론 있지요! 꿈 요정들은 늘 비상용 꿈가루를 갖고 다닌답니다. 근데 말 그대로 비상용이라서 양이 많지는 않아요."

"아주 조금이면 돼. 정말 고마워. 함께 꿈 왕국으로 돌아가 보자. 아마 드림이터 때문에 거기서 계속 지낼 수는 없겠지만……."

팅글이 숨을 크게 들이마시더니 푸우, 하는 소리와 함께 한번에 내뱉었다. 팅글의 숨에서 은하수를 닮은 신비로운 가루가 섞여 나왔다. 윤슬이 옆에서 탄성을 지를 정도로 아름답고 환상적인 모습이었다. 팅글은 공중에 떠다니는 가루를 한데 모았다.

"윤슬, 침대에 누워 볼래? 이 가루를 마시면 곧 잠들 거야. 네가 꿈을 꾸기 시작하면 나는 그 꿈에 진입할 거고. 아마 지금의 내 몸도 같이."

"너무 설렌다. 처음으로 떠나는 내 환상 여행……."

윤슬은 상기된 얼굴을 감추지 못하며 침대에 누웠다. 그녀는 기대감으로 가득 찬 반짝이는 눈으로 카셀을 바라봤다. 팅글은 그런 윤슬의 코와 입으로 꿈가루를 흘려 넣었다.

조금 시간이 지나자, 윤슬이 천천히 잠들었다. 윤슬이 완전히 잠든 것을 확인한 카셀은 팅글에게 말했다.

"팅글, 너는 이곳에 남아서 윤슬의 꿈에서 꿈가루를 채취해. 인간의 꿈에서는 꿈가루가 자연적으로 생성되기도 하니까."

"네, 왕자님. 꿈가루 채취는 숨 쉬는 것보다 쉬운 일이니까 걱정하지 말고 조심해서 다녀오세요!"

"남의 꿈에 들어가는 건 학교 실습이 마지막인데. 잘 할 수 있겠지?"

"당연하죠! 왕자님은 역사상 최고의 꿈술사시니까요!"

카셀은 피식 웃으며 팅글의 머리를 한 번 쓰다듬고는 윤슬에게 다가갔다. 윤슬의 이마에 검지 끝을 살짝 얹은 카셀이 심호흡을 한 번 했다. 손끝이 밝게 빛나더니 이내 그의 모습이 사라졌다.

윤슬의 방에 남은 것은 잠든 윤슬의 몸과 팅글 뿐이었다. 팅글은 카셀이 명령한 일을 하기 위해 눈을 감고 집중하기 시작했다.

# 초원과 폐허

## 2

 

윤슬은 넓은 초원에서 눈을 떴다. 단 한 번도 본 적 없는 곳이었다. 윤슬은 무작정 천천히 걸으며 주변을 둘러봤다. 끝없이 펼쳐진 풀밭에는 아무것도 없었다. 꽃도, 나무도, 작은 벌레들이 만드는 소음도 없었다. 단지 구름 한 점 없는 하늘만이 풀밭 위를 덮고 있을 뿐이었다. 시야에는 오로지 초록빛과 하늘빛만 가득했다. 윤슬은 하늘을 올려다보았지만, 태양은 찾을 수 없었다.

"해가 없는데도 한낮이네."

하지만 윤슬은 신기하다고 생각하지 않았다. 처음부터 태양이 없는 게 더 자연스러웠다. 왜 그런 생각을 하는지도 모른 채, 윤슬은 계속 걸었다.

한참을 걷다 보니 문득 의문이 들었다. 내가 왜 여기 있지? 뭔가를 잊어버린 것만 같은 느낌이 들어 자신이 걸어온 길을 되돌아봤다. 풀밭에는 발자국도 남지 않았다. 윤슬은 갸웃거리며 다시 앞을 보고 걷기 시작했다.

그렇게 한참을 걸으니 아무 생각도 나지 않았다. 자신이 왜 여기 있는지, 무엇을 위해 이곳을 걷고 있는지에 대한 의문조차 사라졌다. 이제 그녀는 자신의 이름도 잊었다. 그저 그 공간에 존재했고, 존재했기 때문에 걷고 있을 뿐이었다.

그때였다.

"으악!"

쿵, 소리와 함께 허공에서 누군가가 떨어졌다. 그녀는 오랜만에 풀과 하늘이 아닌 다른 무언가를 보았다.

"아, 왜 자꾸 이런 식으로 떨어지는 거야."

떨어진 사람은 투덜거리며 허리를 짚고 일어났다. 그녀는 가만히 선 채 그 사람을 바라봤다. 여자인지 남자인지 알 수 없었다. 그는 동화에서나 나올 법한 왕자의 제복을 입고 있었다. 견장에 달린 금색 술을 닮은 밝은 머리카락은 짧았지만 외모는 눈이 부시게 아름다웠고, 무엇보다 그 사람에게는 외견만으로 가늠할 수 없는 무언가가 있었다.

그녀는 그 사람에게 다가갔다. 상대는 그제야 그녀를 발견했는지 손을 흔들며 살짝 웃었다. 눈동자는 하늘보다 옅은 푸른색이었다. 마치 구름 몇 조각을 눈동자에 풀어 섞은 것처럼.

"윤슬."

윤슬? 그게 뭐지? 그녀는 멍하니 생각했다. 어쩐지 그 단어가 뜻하는 바를 알면 안 될 것 같았다. 그녀는 단지 그 이름을……

아, 이름.

그건 그녀의 이름이었다. 윤슬은 그제야 자신이 오랜 시간 호흡하지 않고 있었다는 것을 깨달았다. 윤슬은 크게 숨을 들이마셨다가 순간 몰려오는 현기증에 자리에 쓰러졌다.

"윤슬! 왜 그래? 어지러워?"

상대가 다급하게 윤슬에게 다가와 쓰러진 그녀의 몸을 흔들었다. 안색은 창백했고, 눈동자는 공허했다. 카셀은 다급해졌다. 그녀는 잘못되면 안 된다. 카셀은 자신의 목적은 둘째 치고, 순수한 호의로 다가왔던 사람을 자신 때문에 망가지게 하고 싶지는 않았다.

윤슬은 지금까지 멈춰 왔던 숨을 한 번에 몰아쉬었다. 들숨 한 번에 자신의 이름과, 날숨 한 번에 자신의 가족이 떠올랐다. 그렇게 호흡을 한 번 할 때마다 잊어버렸던 것들이 되돌아왔다.

"왜 그래! 뭔가 잘못됐나? 아니, 그럴 리가 없는데……."

상대는 일견 절박하게까지 보이는 눈으로 윤슬을 바라보고 있었다. 그 눈을 가까이서 마주하고 나서야 윤슬은 상대를 기억해냈다.

"카셀……."

"하, 괜찮은 거 맞지? 아니, 아니다. 일단 돌아가야겠어."

윤슬은 마법진을 그리려는 카셀의 손을 살짝 잡았다. 힘도 주지 않은, 가벼운 접촉이었지만 카셀은 마치 수갑이라도 찬 것처럼 손을 움직이지 못했다.

"괜찮아. 그냥 조금, 오래 걸어서 그래."

윤슬이 만류했다. 카셀은 미간을 찌푸린 채 윤슬의 안색을 살폈다. 윤슬이 숨을 천천히 마실 때마다 그녀의 안색은 점차 나아졌다. 카셀은 도로 손을 내렸다. 그는 그때까지도 부여잡고 있던 윤슬의 몸을 천천히 풀밭에 눕히고 그녀의 곁에 앉았다.

"무슨 일이 있었던 거야?"

안도가 섞인 깊은 한숨과 함께 카셀이 물었다.

"모르겠어. 걷다 보니까 자꾸 내가 누군지 잊어버려서……."

"내가 누군지 잊어버려?"

윤슬은 고개를 끄덕이며 말을 이었다.

"내가 누군지, 왜 여기 왔는지 전부 잊어버렸어. 하나도 기억이 안 났고, 그냥 계속 걷기만 했어. 그냥 살아있어서 걷는 사람처럼."

"꿈가루 때문일 리는 없는데. 뭐지?"

카셀이 한참 고민에 빠져 있는데, 윤슬이 그의 팔을 툭툭 건드렸다. 카셀은 고개를 돌려 윤슬을 바라봤다. 윤슬은 이제 완전히 멀쩡해진 것처럼 보였다. 그녀는 누운 채 주변을 한번 둘러보며 물었다.

"여기가 꿈 왕국이야? 그렇다기엔 너무 아무것도 없는데……."

"아니야. 우린 아직 네 꿈속이야. 정확히는 꿈에서도 가장 깊은 곳, 네 순수한 무의식이지. 여긴 네 본질이야. 정상적인 방법으로는 여기까지 올 수 없어. 이건 내가 의도적으로 너를 데리고 온 거고."

"내 무의식이 이렇게 텅 비어 있다고?"

정확히는 비어 있지 않았다. 카셀은 '진짜' 텅 빈 무의식이 어떤

지 잘 알고 있었다. 그건 끔찍했다. 빛도, 암흑도, 생각도, 존재도 없는 곳이었다. 이렇게 아름답지 않았다.

윤슬의 무의식은 비어 있는 게 아니라 가득 차 있는 것이었다. 무엇이든 원하는 대로 세울 수 있을 만큼 넓은 초원, 태양이나 구름이 없어도 압도적으로 아름다운 하늘. 윤슬의 무의식은 언제든 더 많은 것을 받아들일 준비를 하고 있었다.

카셀은 윤슬의 질문에 답하는 대신 자리를 털고 일어났다. 윤슬도 카셀이 내민 손을 붙잡고 일어났다. 윤슬은 여전히 불안한 표정을 하고 있었다. 내가 비정상인 것은 아닐까, 하는 불안함으로 가득 차 있었다. 카셀은 툭 내뱉듯 무심하게 중얼거렸다.

"가득 차 있는걸, 뭐."

꿈 왕국으로 가는 길을 가늠하느라 카셀은 그 말을 들은 윤슬의 얼굴이 어땠는지 보지 못했다.


윤슬은 카셀을 따라 풀밭을 걸었다. 꿈속이라 그런지 아무리 오래 걸어도 힘들지 않았다. 잠시 후 카셀은 자리에 멈춰 섰다.

"도착했어?"

"아직. 근데 거의 다 온 것 같아."

"대체 꿈 왕국이 어디 있기에 이렇게 오래 걸어야 하는 거야? 여기 있긴 한 거야?"

"여기 있다기보다는……. 네 꿈의 경계로 가야 해서 그래. 모든 꿈의 가장자리는 꿈 왕국과 맞닿아 있거든. 원래 꿈속 공간이 이렇게 넓지는 않아. 꿈이 보통 한정된 공간 안에서 진행되는 이유가 그거거든. 그런데 네 꿈은 유독 커서 가장자리가 좀 머네."

"내가 좀 꿈이 크긴 해."

윤슬이 뽐내듯 가슴을 내밀었다. 카셀은 피식 웃으며 한쪽 무릎을 꿇고 앉았다. 풀밭의 흙을 잠시 살피던 그는 아까와 달라진 흙냄새를 깨달았다. 다른 사람들은 맡을 수 없는, 오로지 꿈술사만이 느낄 수 있는 꿈가루 특유의 향이었다.

"여기네."

카셀의 말에 윤슬이 영문을 모르겠다는 표정으로 주변을 두리번거렸다. 아직도 그들은 초원의 한가운데였다.

"여기가 가장자리라고?"

"응. 여기가 꿈 왕국과 맞닿아 있어. 내가 길을 뚫을 테니……."

"잠깐, 카셀, 잠깐만!"

카셀이 마법진을 그리려던 순간 윤슬이 카셀의 손을 붙잡았다.

"꿈 왕국이 드림이터한테 무너졌다고 했잖아. 그럼 만약에 우리가 꿈 왕국에 들어갔는데 드림이터를 만나면 어떡해?"

윤슬의 질문에 카셀이 숨을 들이켰다. 그는 무의식중에 드림이터와 대면했던 과거를 지워 버리고 있었다. 지나친 두려움 때문이었다. 카셀은 꿈 왕국에 돌아가도 드림이터를 다시 마주할 일은 없으리라 생각하고 있었다.

"없을 거야. 이미 꿈 왕국의 꿈을 전부 먹어 치웠을 테니까. 그리고 어차피 오늘은 꿈 왕국이 어떻게 됐는지만 대충 살피는 게 목표니까 괜찮을 거야."

"그래도 만약에 아직 있으면? 그래도 꿈이니까 난 잡아먹혀도 괜찮다 쳐도, 너는? 넌 삽아먹히면 그대로 죽는 거 아냐?"

카셀은 윤슬의 말에서 잘못된 점을 찾아냈다. 꿈속이라고 해서 드림이터에게 잡아먹혀도 괜찮은 것은 아니었다. 꿈속의 자신은 무의식이다. 단순히 죽을 것 같은 순간에 깨어나는 게 아니라, 꿈속에서 완전히 죽어 버린다면 그 사람은 무의식을 잃는 것이 된다. 그렇게 되면 꿈에서 깨어나도 영혼이 없는 사람처럼 살아가야 한다.

카셀은 이 사실을 윤슬에게 말해야 할지 고민했다. 그의 양심은 윤슬에게 솔직하게 알려야 한다고 말하고 있었지만, 만일 진실을 말한다면 윤슬이 더는 자신을 도와주지 않을 것 같아 걱정됐다.

그래도……

카셀은 왕비의 가르침을 떠올렸다.

'왕자, 꿈은 무의식의 거울입니다. 장차 왕자가 꿈 왕국의 왕이 되면, 모든 꿈이 그대의 권속 아래 놓일 겁니다. 그때는 왕자의 성격에 따라 꿈이 변화할 거예요. 모든 사람들의 꿈을 지금처럼 유지하기 위해서는, 그대의 마음가짐이 무엇보다도 중요합니다.'

왕비의 가르침은 카셀에게 있어 절대적 진리와도 같았다. 결국 그는 입을 열었다.

"윤슬. 아무리 꿈속이라고는 해도 완전히 죽으면 진짜 네 정신에 영향을 줄 수도 있어. 그러니 늘 조심해. 그리고……."

"괜찮아! 뭐, 언제나 모험엔 위험이 따르는 법이지. 별일이야 있겠어? 나는 카셀이 더 걱정인데."

카셀은 이미 한 번 드림이터로부터 도망치는 데에 성공한 전적이 있었다. 비록 후회하고 있긴 했지만, 어쨌든 다시 한 번 도망치는 것은 가능할 터였다. 마법진을 완성하기만 하면 언제든 윤슬과 함께 현실로 나올 수 있었다.

"한시도 내 곁에서 떨어지지 마. 드림이터를 보면 바로 마법진을 그릴 거야. 마법진이 완성되면 다시 현실로 나갈 수 있어. 나와 떨어지면 안 돼."

"걱정하지 마. 손이라도 잡고 다닐까?"

윤슬이 가볍게 말했다. 카셀은 불안한 미소를 지으며 윤슬에게 손을 내밀었다. 손을 잡자는 말은 농담이었던 윤슬은 잠시 멈칫했다가, 조심스럽게 카셀의 손 위에 자신의 손을 얹었다.

카셀이 허공에 마법진을 그렸다. 그의 손끝을 따라 흘러나온 꿈가루가 복잡한 모양의 마법진을 완성해 나갔다. 여러 문양과 원이 서로 얽혀 있는 모양이었다. 몇 개는 서로 얽혀 정교한 톱니바퀴를 닮아 있었다. 평소 같았으면 그 모습을 보고 눈을 반짝이며 신기해했을 윤슬이었지만, 지금은 카셀의 손을 잡은 채 심각하게 두근거리는 심장을 가라앉히느라 마법진에는 신경조차 쓰지 못했다.

마법진이 완성되고, 카셀이 마지막으로 꿈술사의 힘을 불어넣자 마법진이 밝게 빛나며 작동하기 시작했다. 얽혀 있던 부분들이 톱니바퀴처럼 돌아가면서 그 자리에 커다란 포탈이 나타났다.

"갈까?"

"응!"

카셀과 윤슬은 손을 잡고 나란히 포탈로 들어갔다. 윤슬은 포탈에 들어선 순간 몸이 쑥 빨려 들어가는 느낌에 눈을 질끈 감았다. 차원을 넘나드는 것이 처음인 윤슬의 몸에서 이상 신호를 보냈다. 토할 것처럼 속이 울렁거리고, 머리가 어지럽고, 다리가 풀렸다. 심각한 멀미였다. 윤슬은 치밀어 오르는 구역질을 참아 내느라 애썼다.

둘은 건너편에 도착했다. 카셀은 이런 이동에 익숙해 아무렇지도 않았다. 다만 그는 공간이 바뀌자마자 눈에 들어온 광경에 말을 잃었다.

"윤슬, 도착……했어. 도착했는데, 이게, 대체 무슨……."

카셀의 목소리에 윤슬이 조심스럽게 눈을 떴다. 눈을 뜨는 그 짧은 순간에도 윤슬은 아무리 드림이터에게 짓밟혔을지언정 과거의 아름다움을 여전히 간직하고 있을 꿈 왕국의 거대한 자연과 왕궁을 상상했다.

"……."

그러나 윤슬 역시 카셀처럼 말을 잃고 말았다. 카셀이 첫 만남에서 들려줬던 아름다운 꿈 왕국은 어디에도 없었다. 산도, 강도, 들도 전부 형체조차 찾아볼 수 없었다.

드림이터의 발에 짓밟힌 산은 전부 평평해졌고, 산에서 흘러내려온 토사가 강을 메웠다. 그렇게 메워진 땅은 전부 드림이터가 뿜어 낸 불의 열기에 바짝 말라 쩍쩍 갈라지고 있었다. 꿈 왕국의 들판은 해가 지면 꿈 열매가 뿜어내는 찬란한 빛으로 아름답게 빛났다. 그러나 들판은 이미 사막이 된 지 오래였다. 간신히 서 있는 나무 몇 그루는 완전히 불타 버려 그대로 숯이 되었다. 항상 대기를 반짝이게 했던 꿈가루는 드림이터가 이미 전부 마셔 버렸는지 흔적조차 없었다. 고즈넉하고 아름다웠을 건물들은 형체조차 없이 부서져 땅에 널브러진 잔해로 변했다. 아직도 이곳저곳에서 타오르는 화염에 하늘은 노을로 뒤덮인 것처럼 붉었고, 하늘과 태양은 연기에 가려져 한낮임에도 어두웠다. 온 세상이 검붉은 잿빛이었다. 카셀이 도망쳐 나올 때까지만 해도 이 정도는 아니었다.

다만 딱 하나, 왕궁만이 완전히 무너지지 않은 채 겨우 서 있었다. 그마저도 이곳저곳이 무너지고 불타 예전의 장엄한 아름다움을 지키지는 못했다. 카셀은 왕궁의 가장 높은 첨탑 꼭대기에서 바람에 흔들리고 있는 꿈 왕국의 깃발을 멍하니 올려다봤다. 이미 반 이상 불타 버려 꿈 왕국의 문양은 없어졌지만, 여전히 조금씩 펄럭이고 있었다.

카셀은 그 자리에 무릎을 꿇고 주저앉았다. 그때까지 윤슬과 잡고 있던 손마저 놓쳐 버렸다. 지금도 눈을 감으면 아름답던 꿈 왕국의 모습이 생생했다. 꿈 요정들과 꿈술사들이 한데 어울려 뛰어놀던 들판, 은하수처럼 반짝이며 흐르던 강, 너무 뜨겁지도 차갑지도 않게 비추던 태양, 서로 다른 색으로 하늘을 신비롭게 비추던 두 개의 달……

그 무엇도 남아 있지 않았다.

카셀은 무릎을 꿇은 그대로 땅에 손을 뻗어 흙을 한 움큼 쥐었다. 원래 꿈 왕국의 토양은 비옥하고 촉촉했다. 어느 곳이든 꿈을 심으면 무럭무럭 자랐다. 그러나 지금 카셀이 쥔 흙은 조금의 물기도 없이 들어 올리는 순간 먼지처럼 손에서 흩어졌다.

윤슬이 먼저 충격에서 헤어 나왔다. 그녀는 주저앉아 있는 카셀의 한쪽 팔을 부축해 자리에서 일어나게 했다. 윤슬은 허리 숙여 카셀의 바지에 묻은 먼지를 탁탁 털어주며 말했다.

"다시 세우면 돼. 전부 다시 만들 수 있어. 네가 그랬잖아. 드림 스톤만 찾으면 된다며."

멍하니 윤슬을 바라보던 카셀의 눈이 투명하게 부풀었다. 눈 앞의 광경에서 헤어 나오자 가장 먼저 왕과 왕비가 떠오른 탓이었다.

"아버지, 어머니……."

윤슬은 흐느끼기 시작한 카셀을 끌어안고 토닥였다. 윤슬보다 카셀이 훨씬 더 큰 탓에 까치발을 떼고 어깨만 간신히 끌어안을 수 있었다.

"괜찮으실 거야, 잘 계실 거야……."

윤슬의 어설픈 위로에도 불구하고 카셀은 고개를 저었다. 직감으로 알 수 있었다. 드림이터를 막으러 최전방으로 떠난 그의 부모님은 결코 살아 돌아올 수 없었을 것이다. 이 땅 어딘가에서 그의 아버지, 어머니가 드림이터에게 짓밟혔을 순간을 생각하면 미칠 것 같았다.

꿈술사는 죽으면 꿈가루가 되어 흩어진다. 흩어진 꿈가루는 대기와 대지로 섞여 들어가 꿈을 키워 내는 영양분이 된다. 그렇게 꿈술사는 새로운 꿈이 되어 윤회를 계속한다. 그러나 대기 중엔

단 한 줌의 꿈가루도 남아 있지 않았다. 드림이터는 그의 부모님을 영원히 앗아가고야 만 것이다.

카셀의 눈에서 무거운 눈물이 쉴 새 없이 뚝뚝 떨어졌다. 그는 아무 말도, 어떤 행동도 없이 그저 윤슬에게 안긴 채 눈물만 흘렸다. 윤슬은 어찌할 바를 모르고 어떻게든 카셀을 위로하기 위해 애썼다.

"카셀 잘못이 아니야, 어쩔 수 없었던 거잖아……."

카셀은 한참이 지나서야 비틀대며 겨우 자리에서 일어났다. 너무 많이 운 탓에 어지러웠다. 윤슬은 그런 카셀을 걱정 섞인 눈으로 바라보며 조심스럽게 그를 부축했다.

"……왕궁으로 가자. 가서 뭐라도 남은 게 있는지 찾아봐야겠어."

카셀이 쉬어 버린 목소리로 작게 말했다. 윤슬은 입술을 깨물었다. 돌아가자고 말하려 했지만, 카셀이 원치 않을 것 같았다.

"조금만 보다가 돌아가자. 위험할지도 모르니까."

결국 윤슬은 그렇게만 말했다.


왕궁으로 가는 길은 험난했다. 윤슬의 꿈속에서는 아무리 걸어도 힘들지 않지만, 꿈 왕국에서는 달랐다.

동화 속 공주님이 간힌 탑처럼 괴물이 나오지는 않았다. 하지만 이미 사막화된 땅이 내뿜는 열기와 재가 섞여 매캐한 공기 탓에 숨 쉬는 것조차 힘들었다. 땀이 비 오듯 흘렀는데, 열기 때문에 금방 증발해도 또다시 흘러내려 눈이 따가웠다. 카셀은 겉옷을 벗어 땀으로 범벅된 윤슬의 얼굴을 닦아 줬다. 옷을 한쪽 팔에 걸친 카셀은 힘겨워하는 윤슬의 손을 잡아 왕궁 쪽으로 이끌었다.

"헉, 헉……. 목말라……."

두세 걸음만 걸어도 숨이 찼다. 바싹 마른 공기는 극심한 갈증을 일으켰지만, 주변에는 물 한 방울 없었다. 결국 얼마 가지 못하고 윤슬이 탈진해 자리에 쓰러졌다. 카셀 역시 지친 건 마찬가지였지만, 그는 군말 없이 윤슬을 업고 다시 걸음을 옮겼다.

반쯤 무너졌을지라도 왕궁 안쪽이 그나마 열기가 덜할 터였다. 카셀은 걸음을 재촉했다. 카셀이 걸을 때마다 흔들리는 시야 속에서, 윤슬은 더 버티지 못하고 천천히 눈을 감았다.

그렇게 얼마나 걸었을까. 그새 해가 졌는지 하늘이 아까보다 더 어두워졌다. 달은 보이지 않았다. 그들은 마침내 왕궁에 다다랐다. 정문은 완전히 불타 버려 흔적조차 없었다. 카셀은 윤슬을 조심스레 깨웠다.

"윤슬, 도착했어."

하지만 윤슬은 좀처럼 깨어나지 못했다. 카셀은 더 깨우지 않고 윤슬을 업은 채 그대로 왕궁 안으로 들어갔다. 그는 가장 먼저 익숙한 자신의 방으로 향했다. 간신히 경첩만 붙어 있는 방문을 열고 들어가자, 재와 먼지로 뒤덮였지만 그나마 멀쩡한 방이 보였다. 카셀은 새카매진 침대보를 걷었다. 하얀 매트리스가 드러났다. 카셀은 매트리스에 윤슬을 눕히고 휘장을 쳤다. 조금이라도 열기를 줄이려는 의도였다.

이어 카셀은 방에 붙어 있는 욕실로 향했다. 수도꼭지를 틀어

봐도 물은 나오지 않았다. 기대도 안 했지만, 그래도 허탈했다. 카셀은 욕실에 그대로 주저앉았다. 차가운 대리석에 닿자 열기로 익었던 몸이 천천히 식었다. 눈꺼풀이 무거워졌다.

"잠들면 안 되는데……."

지친 몸은 마음을 따라주지 않았다. 카셀은 그대로 눈을 감았다.


눈을 뜬 윤슬은 바짝 말라 버석한 입안 때문에 인상을 썼다. 여전히 후덥지근하긴 했지만 그래도 쓰러지기 전보다는 열기가 훨씬 덜했다. 최소한 땀이 줄줄 흐를 정도는 아니었다.

"으으…… 물……."

윤슬은 목을 부여잡고 일어났다. 아직 흐린 눈을 비비고 주변을 둘러보자 처음 보는 방이 시야에 들어왔다. 색이 바랬지만 여전히 화려한 방이었다.

"여긴 어디지?"

무심코 혼잣말을 한 윤슬은 바로 목에서 느껴지는 고통에 다시 목을 감쌌다. 거칠게 갈라진 목소리도 자신 같지 않았다. 윤슬은 침대에서 벗어나 방 이곳저곳을 둘러봤다. 그러다 욕실 바닥에 불편한 자세로 잠들어 있는 카셀을 발견했다.

"카셀, 카셀!"

윤슬은 목소리가 잘 나오지 않아 속삭이듯 카셀의 이름을 불렀다. 카셀이 흠칫 놀라며 깼다. 그 역시 목이 아픈지 인상을 찌푸렸다.

"윤슬."

갈라진 목소리도 마찬가지였다. 윤슬은 여전히 속삭이는 목소리로 말했다.

"시간이 얼마나 지난 거야? 혹시 물 없을까?"

"몸은 괜찮아?"

"몸은 괜찮은데 목이 너무 아파. 카셀은 목 괜찮아? 물 없어?"

"목은 나도 아프고, 물은…… 찾아봐야 할 것 같아. 왕궁 지하에 피난소가 있어. 일단 거기로 가 보자. 겸사겸사 왕궁도 둘러보고."

카셀은 자리를 털고 일어나 윤슬과 함께 방으로 돌아왔다. 낮인지 잠들기 전보다는 주변이 밝았다. 덕분에 열기도 더했다. 카셀은 결국 얇은 셔츠와 바지만 남기고 거추장스러운 예복을 모두 벗었다.

둘은 함께 카셀의 방을 나왔다. 윤슬은 꿈 왕궁 이곳저곳을 신기하게 둘러보며 물었다.

"그냥 물을 만들면 안 돼? 꿈술사면 꿈속에서 마음대로 할 수 있는 거 아냐?"

"꿈 왕국은 꿈속 세계지만 꿈술사의 영향을 받지 않아. 아무리 꿈술사라고 해도 꿈 왕국 안에서는 다른 사람들의 꿈을 조종하듯 마음대로 할 수는 없어. 뭐, 간단한 마법은 가능하지만 창조 같은 건 안 돼."

"근데 꿈속에서 잘 수도 있는 거야?"

"이론상으로는 가능해. 나도 꿈 왕국에서 살 때 잠을 잤으니까.

보통은 꿈을 짧게 꿔서 안 그러지만…….”

카셀은 이곳저곳 부서진 계단을 조심히 내려가며 설명했다. 중간 중간 윤슬이 넘어지지 않게 잡아 주기도 했다.

두 층을 내려가자 거대한 홀이 나왔다. 로비로 쓰이는 곳이었다. 천장에서 화려하게 빛을 비추던 샹들리에는 볼품없이 산산조각이 난 채 바닥에 떨어져 있었다. 카셀은 아직도 눈을 감으면 아른거리는 꿈 왕궁의 옛 모습에 마음이 아렸다.

한 층을 더 내려가자 왕궁의 지하층이 나왔다. 드림이터가 지하층까지 부순 탓에 여기저기 무너져 있었다. 꿈가루를 이용해 곳곳에 밝혀 두었던 등불도 모조리 사라진 탓에 카셀은 직접 꿈가루를 불러내 길을 밝혔다. 다행히 사람이 지나다닐 만한 좁은 틈은 있었다.

“위험하겠는데.”

“따로 건드리지만 않으면 괜찮지 않을까? 근데 지하에 감옥도 있어?”

“꿈 왕국에는 ‘죄’라는 개념이 없어. 죄를 짓는 사람이 아예 없거든. 죄라고 해 봐야 그날 자기가 해야 하는 일을 안 하는 것 정도라서……. 그래서 감옥은 없고, 지하층에는 피난소, 식료품 저장소, 보물창고가 있어. 피난소에 가면 보관해 둔 물이 있을 거야.”

“그럼 얼른 가자.”

둘은 발걸음을 재촉했다. 다행히 피난소는 그들이 내려온 계단에서 멀지 않은 곳에 있었고, 문은 부서져 있었지만 안쪽은 멀쩡했다. 피난소답게 튼튼히 지은 덕분이었다. 둘은 금방 물을 찾아 냈다. 카셀은 먼저 윤슬에게 한 병을 주고, 자신도 한 병 꺼내 입을 축였다.

"여긴 먼지도 별로 안 들어왔네."

한 번에 다 마셔 버린 윤슬이 표면이 깨끗한 유리병을 매만지며 말했다. 카셀 역시 다행이라는 듯 고개를 끄덕였다.

"그럼 이제 우리는 뭘 해야 해?"

"사실 처음 목표는 말 그대로 둘러보는 거였는데……. 내가 욕심을 부렸어. 미안해."

"아니야. 어차피 나도 궁금했어, 어떤 곳인지."

그 말에 카셀이 피식 웃었다.

"기대했을 텐데 이런 모습이라서 실망하진 않았어?"

"아니! 전혀! 조각을 찾아서 드림스톤을 완성하면 전부 다시 지을 수 있는 거 아니야?"

"확실하진 않지만 내가 아는 드림스톤의 힘이라면 가능해. 드림스톤이 있기에 꿈 왕국이 그대로 유지됐던 거니까. 전부 되돌릴 수 있을 거야."

카셀과 윤슬은 각자 물 두 병을 더 챙기며 피난소에서 나왔다.

"이제 꿈가루 창고로 가서 보관해 뒀던 꿈가루를 챙겨 나올 거야. 그리고 잠깐 보물창고에 들러서 드림스톤 조각을 찾아봐야겠어. 그런데 시간이 될지 모르겠네."

"하루 정도 지난 것 같은데 현실에선 얼마나 지났을까?"

"딱 정해져 있진 않아. 같은 꿈을 꾸고 일어나도 어떤 사람은

10분이 지나고, 어떤 사람은 2시간이 지나기도 하니까. 그래도 꿈을 너무 오래 꾸는 건 좋지 않지."

카셀과 윤슬은 피난처보다 깊은 곳에 있는 꿈가루 창고로 향했다. 카셀은 보물창고에 가까워질수록 드림이터와 마주했던 순간의 기억이 계속해서 떠올랐다.

거대한 몸과 날개, 덩치에 걸맞게 커다란 발, 발끝의 날카로운 발톱, 그리고 섬뜩한 붉은 눈까지……. 그 눈에는 오로지 꿈에 대한 끝없는 허기와 진득한 탐욕만이 가득했다. 카셀을 숨도 쉬지 못할 만큼 두렵게 만들었던 눈이었다. 그 눈만 떠올리면 카셀은 저절로 몸이 떨리고 식은땀이 흘렀다.

"카셀, 괜찮아?"

"……응."

윤슬은 곁눈질로 얼굴이 창백하게 질린 카셀을 흘끔 살피며 그를 따라 계단을 내려갔다.

"여기야."

"잠겨 있는데?"

그렇게 도착한 꿈 창고의 문은 커다란 자물쇠로 굳게 잠겨 있었다. 카셀은 눈을 깜빡일 때마다 나타나는 드림이터의 잔상에 완전히 진이 빠져 있었다. 그는 벽에 기대 잠시 숨을 골랐다. 카셀 대신 윤슬이 먼저 자물쇠에 다가갔다.

그녀는 무작정 자물쇠를 잡아당기기 시작했다. 몇 번 자물쇠가 철컹거렸지만, 그뿐이었다. 꿈가루는 꿈 왕국의 가장 중요한 자산이었다. 그런 꿈가루를 보관한 곳이니만큼 자물쇠는 다른 그 어느 곳보다 견고했다. 결국 윤슬은 머지않아 포기했다. 자물쇠를 자세히 살펴보던 윤슬이 말했다.

"열쇠 구멍도 없는데? 너무 단단해서 엔간해서는 안 부서지겠어. 자를 만한 도구 없나?"

윤슬이 주변을 둘러보는 사이, 카셀이 천천히 자물쇠에 다가갔다. 그는 힘이 들어가지 않는 손을 간신히 올려 검지로 자물쇠 위에 마법진을 그리기 시작했다.

"이 자물쇠에는 마법이 걸려 있어. 열쇠나 도구로는 못 열어. 정확히는 창고 전체에 보호 마법이 걸려 있지."

검지 끝에서 찬란한 빛의 꿈가루가 흘러나왔다. 하지만 덜덜 떨리는 손 때문에 마법진의 일부가 일그러졌다. 카셀은 잘못 그린 부분을 지웠다가 다시 그렸다. 손이 너무 떨릴 때는 아예 멈추기도 했다. 그렇게 마법진 하나를 다 그리는 데에만 한참이 걸렸다.

마침내 마법진을 완성한 카셀이 힘을 불어넣자 마법진이 밝게 빛나며 작동했다. 마법진의 톱니바퀴가 천천히 돌아가기 시작했다. 그렇게 가장 큰 톱니바퀴가 네 바퀴쯤 돌아갔을 때, 잘 작동하는 듯하던 톱니바퀴가 어느 순간 걸리더니 더는 돌아가지 않았다. 가장 큰 톱니바퀴와 두 번째로 큰 톱니바퀴가 제대로 맞물리지 않았다. 고장 난 듯 제자리에 멈춰 덜덜거리기만 할 뿐이었다. 끼긱거리는 소리와 함께 억지로 작동하려 애쓰던 톱니바퀴는 결국 어느 순간 그대로 허공에 흩어졌다.

"아."

"응? 아무 일도 안 일어나는데?"

"내가, 손을 떨어서⋯⋯. 하, 잠시만."

카셀은 이런 실수를 해 본 적이 없었다. 비록 지금 그가 겪는 모든 일이 처음이긴 했지만, 아무리 그래도 마법은 카셀이 가장 자신 있는 분야였다. 심지어 자물쇠를 여는 마법진은 그렇게 복잡한 것도 아니었다. 카셀은 생전 처음 마법에 실패한 충격에 주먹으로 벽을 쾅 쳤다.

"아, 깜짝이야! 왜 그래?"

"실패했어. 다시 그릴 건데, 지금 손이, 너무 떨려서⋯⋯. 아, 놀라게 해서 미안."

"다시 그리면 되지, 뭘 또 미안해? 어차피 카셀 너만 열 수 있는 거잖아. 근데 마법진은 잘못 그리면 작동이 아예 안 되는구나. 신기하다."

윤슬은 아무렇지도 않아 보였다. 카셀은 그런 윤슬의 모습에 평정심을 되찾으려 애쓰며 마법진을 다시 그리기 시작했다. 손에 바짝 들어간 힘을 증명이라도 하듯 카셀의 손끝에서 흘러나오는 꿈가루가 한층 더 찬란하게 반짝였다.

카셀은 머릿속으로 왕비의 가르침을 떠올렸다. 그는 아주 어릴 적부터 왕비에게 마법을 배웠다. 왕비는 훌륭한 어머니면서 동시에 훌륭한 마법사이기도 했다. 꿈술사로서의 능력은 왕이나 카셀이 더 뛰어났지만, 마법진을 그리는 능력만큼은 왕비가 왕국에서 제일이었다.

'그 어떤 상황에서라도 평정심을 유지하세요, 카셀. 마법진을 그리는 것은 생각보다 복잡한 일입니다. 조금이라도 어긋나면 작동하지 않지요. 마음이 흔들리면 손끝도 흔들립니다. 평정심을 유지하고 마음을 가라앉히세요. 그대의 마음은 바다가 아니라 호수여야 합니다. 파도가 치지 않는, 아주 고요한 호수요.'

그는 계속해서 심호흡하며 마법진을 아주 신중하게 그려 나갔다. 머릿속으로는 바람에도 물결이 일지 않을 정도로 잠잠하고 고요한 호수를 생각하면서. 그러자 자잘하게 떨리던 손끝이 가라앉고, 시선이 고요해졌다.

마침내 카셀이 다시 마법진에 힘을 불어넣자 자물쇠가 작동하기 시작했다. 열쇠 구멍조차 없는 자물쇠 안에서 철컥거리는 소리가 났다. 자물쇠 안쪽의 복잡한 잠금장치가 하나하나 풀리며 나는 소리였다. 이윽고 자물쇠가 완전히 풀려 바닥에 툭, 떨어졌다.

"오, 열렸다!"

윤슬이 신기해하며 먼저 문을 열었다. 양쪽 문을 밀자 거대한 꿈가루 창고가 모습을 드러냈다. 선반에 꿈가루가 들어 있는 유리병이 빼곡히 놓여 있었다. 창고 안에는 그 어떤 조명도 없었지만, 은하수를 닮은 꿈가루가 스스로 빛을 내고 있었다. 카셀의 얼굴 역시 그 빛을 받아 신비롭게 빛났다. 윤슬은 카셀의 얼굴에 순간적으로 넋을 잃었다가, 애써 다시 꿈가루로 시선을 돌렸다.

"드림이터가 꿈가루도 다 먹는다고 하지 않았어?"

윤슬은 유리병 하나를 조심스럽게 들어 카셀에게 건넸다. 카셀은 그 유리병을 받아 자세히 살폈다.

"꿈가루는 유리병 속에 밀봉해 두지 않으면 전부 공기 중에 흩어져 버려. 봐, 입구가 완전히 밀봉돼 있지? 덕분에 여기 있는 꿈가루는 안 들켰나 봐."

"그나마 다행이네! 근데 다 챙겨갈 수 있을까? 너무 많은데."

"일단 당장 쓸 만큼만 챙겨가자. 팅글에게도 필요하니까 한 네 병 정도? 어차피 전부 잘 보관돼 있고, 자물쇠는 다시 걸면 되니까."

윤슬은 유리병 두 개를 가볍게 들었다. 생수병과 비슷한 크기의 유리병은 꿈가루로 가득 차 있었지만, 속이 빈 것처럼 어떤 무게도 느껴지지 않았다. 윤슬이 신기하다는 듯 중얼거렸다.

"정말 신기하다. 엄청 가볍네."

"꿈가루는 무게가 없어."

카셀 역시 유리병 하나를 더 손에 들었다. 둘은 욕심 부리지 않고 꿈가루 창고를 나섰다. 열 때와 비슷한 방법으로 자물쇠를 다시 잠근 카셀은 윤슬과 지하 더 깊은 곳으로 향하려 했다.

그 순간, 지진이라도 난 것처럼 왕궁이 크게 흔들렸다.

"아!"

윤슬은 순간 중심을 잃고 넘어지면서 들고 있던 유리병을 전부 놓치고 말았다. 깨진 유리병에서 꿈가루가 피어올랐다. 꿈가루는 순식간에 공중에 흩어지면서 공기를 반짝이며 물들였다. 카셀은 재빠르게 넘어진 윤슬에게 달려들어 한 손으로 그녀의 입과 코를 막았다.

"마시지 마! 이중 꿈은 위험해. 내가 손을 떼도 숨참아. 알았어?"

윤슬이 고개를 끄덕이자 카셀은 그제야 윤슬의 얼굴에서 손을 떼고 그녀를 일으켜 세웠다. 카셀은 보물창고로 향하는 통로가 막힌 것을 확인하고 빠르게 계획을 수정했다. 저곳으로는 갈 수 없다. 그렇다면 여기서 나가야 했다.

그런데, 지진이 왜 일어났을까?

꿈 왕국에는 자연재해가 없다. 그 자체로 하나의 완전한 공간이기 때문이었다. 지금 상황에서 지진이 일어날 만한 원인은 단 둘뿐이었다.

위태롭게 서 있던 꿈 왕궁 한쪽이 무너졌거나, 아니면…….

어딘가에서 열기가 훅 끼쳐 왔다. 지하에 내려온 이후로는 느끼지 못했던 열기였다. 카셀은 반사적으로 열기가 불어 왔던 곳으로 고개를 돌렸다.

그리고 그 붉은 눈과 마주쳤다.

"아……."

카셀이 작게 신음했다. 맥박이 빨라지고, 심장이 요동쳤다. 마주하는 것만으로도 깊은 공포에 잠겨 손끝 하나 움직일 수가 없었는데도, 온몸이 주인의 의지를 거스르고 덜덜 떨려왔다.

도망치고 싶었다. 도망쳐야만 했다. 살아남고 싶었다. 살아남아야만 했다. 그런데 아무것도 할 수가 없었다.

카셀은 그저 멍하니 천천히 다가오는 드림이터를 쳐다보고 있었다. 모든 것이 느리게 흘러갔다. 공기에 흩어져 색색의 빛으로 천천히 반짝이는 꿈가루의 작은 입자 하나하나, 드림이터가 내뿜는 열기에 지글거리며 녹아내리는 벽면의 돌, 여전히 떨리는 손목의 혈관을 작게 밀어 올리는 맥박, 어두운 곳에서 점점 가까워지는 드림이터의 붉은 두 눈.

마침내 드림이터의 머리가 비좁은 지하통로를 밀고 전부 들어왔다. 아마 그 뒤로는 거대한 몸뚱어리에 짓밟힌 꿈 왕궁의 지하 복도가 완전히 무너져 내렸을 터였다. 카셀이 마침내 죽음을 직감하고 눈을 감았을 때였다.

"카셀!"

윤슬이 발작하듯 비명을 질렀다. 그때까지도 숨을 참고 있던 그녀는 카셀의 이름을 부르기 위해 마지막 숨을 전부 토해 냈다. 카셀의 시간이 그제야 제대로 돌아가기 시작했다.

꿈가루를 느낀 드림이터가 카셀을 향해 달려들었다. 하지만 워낙 큰 몸뚱이가 통로 이곳저곳에 걸렸다. 카셀은 드림이터가 몸부림치는 틈을 타 재빠르게 손끝으로 마법진을 그리기 시작했다. 처음 도망칠 때 그렸던 바로 그 마법진이었다.

이번에는 손끝이 떨리지 않았다. 그의 마음은 여전히 고요한 호수였다.

마침내 완전히 가까워진 드림이터가 카셀을 향해 입을 쩍 벌렸을 때, 카셀의 마법진이 빛을 내며 가동하기 시작했다. 공간이 갈라지면서 틈이 만들어졌다. 카셀은 오랫동안 숨을 참은 탓에 거의 기절하기 직전인 윤슬을 끌어안고 그 틈에 몸을 던졌다. 한쪽 손에는 여전히 꿈가루 유리병을 든 채였다.

드림이터가 불을 뿜었다. 불은 한참이 지나고서야 사그라졌다.

그러나 남은 자리에는 아무것도 없었다. 깨진 유리병에서 피어오르는 꿈가루만이 허공에서 빛날 뿐이었다.

밖은 어느새 새벽인지 하늘이 푸르게 밝아 오고 있었다. 카셀은 또다시 침대에서 굴러떨어졌다. 그는 떨어지자마자 자리에서 벌떡 일어났다. 카셀의 옷자락 끄트머리가 새카맣게 그을려 있었다. 그는 옷에 묻은 그을음을 털어 내며 다급하게 침대 위에 여전히 누워 있는 윤슬을 살폈다.

"윤슬! 윤슬?"

함께 꿈에서 나왔음에도 윤슬은 눈을 뜨지 않았다. 카셀은 유리병을 바닥에 내려놓고 윤슬의 맥을 짚었다.

"너무 약해."

윤슬의 맥박은 뛰긴 했지만, 너무 느리고 또 약하게 뛰고 있었다. 카셀은 급히 팔을 걷어붙이고 무릎을 꿇은 채 심폐소생술을 시작했다. 힘차게 가슴을 여러 번 압박하고 숨을 두 번 불어넣었을 때, 윤슬이 드디어 눈을 떴다.

"커헉! 컥, 콜록, 콜록."

윤슬은 눈을 뜨자마자 격하게 기침했다. 오랫동안 숨을 쉬지 않았기 때문이었다. 카셀은 그제야 한숨 돌리며 이마에 흐른 땀을 닦아 냈다.

"아으……."

"하아, 하아. 괜찮아?"

"세상에, 죽다 살았네⋯⋯."

윤슬이 침대에서 몸을 일으켰다. 카셀은 윤슬의 등을 토닥이며 그녀가 진정할 수 있게 도왔다. 한참 숨을 고르던 윤슬이 중얼거렸다.

"숨찬은 건 꿈속의 나인데, 왜 내가⋯⋯."

"꿈이 현실에 영향을 줄 때도 있어. 꿈속에서 죽어 버리면 현실의 너도 무사하지 않을 거라고 했잖아."

"그래도 다행이다. 꿈가루는?"

"다행히 두 병은 챙겼어. 이 정도면 당분간은 충분해."

윤슬은 진이 다 빠졌는지 도로 침대에 털썩 누웠다. 카셀은 무릎을 꿇은 자세 그대로 그녀의 옆에 앉아 있었다. 그 모습을 흘긋 본 윤슬이 자신의 옆자리를 톡톡 쳤다.

"뭐 해? 카셀도 고생했잖아. 잠깐 누워."

"나는 꿈 왕국 사람이라 현실에서는 잠을 자지 않아."

"그냥 쉬라는 거지."

거기까지 말한 윤슬이 다시 눈을 감았다. 카셀은 아주 느릿느릿, 그리고 조심스럽게 윤슬의 옆에 모로 누웠다. 윤슬이 눈을 감은 채 물었다.

"몇 시야?"

"6시 반. 시간이 많이 흘렀어."

"곧 일어날 시간이다⋯⋯. 근데 졸리진 않네. 신기하다."

"어쨌든 몸은 잠자고 있었으니까. 그래도 계속 긴장해서 근육통이 올 수도 있어. 숨도 오래 안 쉬었으니까 오늘 하루는 조심해. 좀 이상하면 바로 병원 가고."

카셀의 말에 윤슬이 고개를 끄덕였다. 이윽고 그녀는 다시 눈을 뜨더니 카셀을 향해 돌아누웠다. 윤슬의 눈이 반짝였다. 그 반짝임 속에는 기쁨, 즐거움, 환희, 호기심이 뒤엉켜 있었다. 무엇보다도 그녀의 눈에는 확신이 가득했다. 환상 세계가 실재한다는 자신의 오랜 믿음에 대한 확신이.

그녀는 카셀을 똑바로 바라보며 말했다.

"근데 난 좋았어. 재미있었다……고는 말 못 하겠지만. 너무 신기했어. 정말 그 세계가 있구나, 내가 틀린 게 아니었구나 싶었어."

"앞으로는 나 혼자 갈 건데."

"아니. 절대 안 돼. 같이 가. 어차피 내 꿈으로 들어가야 하잖아."

"네 꿈에 너를 놓고 가면?"

"그럼 카셀이 다시 돌아올 때까지 거기서 계속 울 거야. 엄청나게 큰 소리로. 시끄러워서라도 날 데려갈 때까지."

그 말에 카셀이 피식 웃었다. 윤슬은 그를 웃게 만들기 위해 실없는 소리를 이어갔다. 덕분에 카셀은 꿈 왕국과 자신의 부모님에 대한 생각을 잠시 잊을 수 있었다.

대신 그는 속으로 다시는 윤슬을 위험에 빠트리지 않으리라 마음먹었다. 그래도 윤슬이 정말 울어버린다면 그녀를 이길 수 없을 것이 분명했다. 둘은 그렇게 한참을 나란히 누워있었다. 윤슬이 학교에 가야 하는 시간이 될 때까지.

　이후로 둘은 윤슬이 아플 때를 제외하면 매일같이 꿈 왕국을
드나들었다. 윤슬은 자신을 잊어버리는 끔찍한 일은 두 번 다시
겪지 않았다.

　둘은 꿈 왕국에 본격적으로 진입하기 전, 윤슬의 꿈에서 열기
와 갈증에 대한 만반의 준비를 했다. 열기를 막을 만한 옷을 입고,
머리와 얼굴을 가리는 천을 뒤집어쓰고, 물병 여러 개를 챙겼다.

　그렇게 꿈 왕국에 진입하면 둘은 재빠르게 불타고 갈라지는 땅
을 넘어 무너진 꿈 왕궁으로 들어갔고, 처음보다 훨씬 수월하게
해야 할 일을 해냈다. 온몸을 감싼 천 덕분에 열기는 피부에 직접
닿지 않았고, 무엇보다도 물이 충분해 갈증을 달랠 수 있었다.

　다행인지 불행인지 드림이터는 두 번 다시 그들의 눈앞에 나
타나지 않았다. 초반에는 드림이터를 경계하며 늘 함께 지내던
카셀과 윤슬은 머지않아 마음 놓고 꿈 왕궁을 돌아다니기 시작
했다.

　팅글에게 필요한 꿈가루는 한 달에 한 병 정도였고, 혹시 모르
니 여유분을 더 챙긴다 해도 열 병 이상 필요하지는 않았다. 열
병을 구하고 나자 카셀과 윤슬은 꿈 왕궁의 서고에 들어가 드림
이터와 드림스톤에 대한 글을 한 줄이라도 찾아 보기 위해 애
썼다.

　하지만 서고는 이미 반쯤 불탄 이후였고, 여기저기 날아다니는
종이들을 한데 모아 분류하는 것조차도 힘들었다. 종이를 전부

모은 후에도 상황은 별반 다르지 않았다.

멀쩡한 종이는 하나도 없었다. 반쯤 타 버렸거나, 이미 완전히 타서 사라졌거나, 불씨가 옮아 붙어 여기저기 구멍나 버린 종이들뿐이었다.

그래도 카셀과 윤슬은 오랜 시간에 걸쳐 남아 있는 모든 종이를 수집하고 엮어 냈다. 그중 그나마 읽을 수 있는 부분을 전부 해석해 봐도, 드림이터나 드림스톤에 대한 정보는 없었다.

카셀과 윤슬은 점차 지쳐갔다. 그렇게 10년이 지나자 모든 종이의 해석이 끝났다.

"끝났다……."

"그 종이엔 뭐 있었어?"

"아니, 이번에도 똑같아. 아무것도 없었어."

결과적으로 아무런 소득도 없었다. 둘은 인정해야만 했다. 그들이 10년간 매달려 왔던 일은 사실상 무의미했다는 것을.

시간이 지나고 꿈 왕국을 드나드는 일에 점점 익숙해지면서 둘은 각자의 변화를 겪었다.

윤슬은 더 이상 꿈 왕국이 신기하지 않았다. 그곳은 단순한 환상이 아니었다. 매일 밤이면 드나드는 윤슬의 또 다른 현실이었다. 윤슬은 꿈 세계와 꿈 왕국에 완전히 익숙해졌고, 꿈과 관련된 법칙을 완전히 통달했으며, 그 영향으로 분석심리학에 푹 빠졌다.

카셀은 이제 꿈 왕국에 들어갈 때마다 눈시울을 붉히지 않게 되었다. 그 역시도 무너진 꿈 왕국에 익숙해졌고, 꿈 왕국의 멸망이 현실이라는 것을 받아들였다. 그런 상황 속에서 계속해서 모습을 보이지 않는 드림이터와 좀처럼 진전이 없는 드림스톤에 대한 조사, 그리고 무엇보다도 카셀을 친아들처럼 대해 주는 윤슬의 부모님과 많이 흘러가 버린 세월 덕분에 그의 슬픔과 절망과 복수심은 점차 무뎌지기 시작했다.

드림이터를 물리치고 꿈 왕국을 재건할 방법은 보이지 않았고, 따뜻한 사람들과 함께하는 현실은 너무도 안정적이었다.

그래서 언제부턴가 카셀은 해서는 안 되는 생각을 하기 시작했다.

어쩌면 이대로 사는 것도 괜찮겠다고.

이대로 윤슬이 나이를 먹고 손주를 볼 때까지 그녀를 지켜볼 수 있게 된다면 상관없을 것 같다고. 현실 세계에서 자신은 나이를 먹지 않으니 대대손손 윤슬의 피를 이어받은 사람들을 돌보면 될 것 같다고. 윤슬의 부모님을 새로운 부모님처럼 모시고, 이전의 부모님은 가슴에 묻고, 평화롭고 평범한 인생을 살아보는 것도 괜찮을 것 같다고. 카셀은 윤슬이 위험해지기보다는 행복해지기를 바랐다. 그는 점차 꿈 왕국 재건을 향한 동력을 잃어갔다.

카셀과 윤슬은 한 몸처럼 자랐다. 눈만 봐도 서로의 생각을 읽을 수 있었고, 손만 잡아도 서로의 마음을 알 수 있었다.

윤슬은 24살에 재수해서 들어간 대학교를 졸업했다. 그러나 카셀의 시간은 꿈에 매여 있었다. 카셀의 시간은 현실에서 흐르지 않았다.

윤슬이 중학생이던 3년간 그녀는 하루 8시간을 잤고, 그 덕분에 카셀은 남들의 3분의 1만큼만 나이를 먹었다.

　윤슬이 고등학교에 들어간 후로는 하루 6시간을 잤기에 그때 카셀은 남들보다 4배 느리게 나이를 먹었다.

　윤슬이 재수하던 1년은 하루 4시간만 잤기에 남들보다 6배 느린 시간을 보내야 했다.

　대학생이 된 윤슬은 공부에 열심이었고, 고등학교 때와 마찬가지로 하루 6시간만 잤다. 그럼 카셀은 하루에 6시간만큼만 성숙해졌다.

　그렇게 윤슬이 24살이 되었을 때, 카셀의 나이는 18살에서 약 2년 11개월이 지난 21살이 되었다.

　카셀의 안온한 평화가 깨진 것도 그즈음이었다.

# 꿈을 먹힌 사람들

## 3

"카셀, 일 안 갔어?"

익숙한 목소리에 카셀은 읽고 있던 책을 덮었다. 책 표지에는 커다란 글씨로 '주식 초보를 위한 101가지 투자 상식'이라고 쓰여 있었다. 10년간 현실 세계에 머물면서 카셀은 완전히 현실과 대한민국 사회에 동화되어 있었다. 그는 요즘 한창 주식에 관심이 많았다. 윤슬의 부모님 일을 돕고, 짬짬이 아르바이트도 하면서 모은 돈이 꽤 있었기 때문이었다.

"쉬는 날이야."

"뭐 읽어?"

"주식 책. 돈을 좀 굴려볼까 싶어서."

"와, 카셀⋯⋯."

"왜?"

"너 진짜 왕자님 안 같아."

카셀이 빙긋 웃더니 꼬고 있던 다리를 풀고 소파에서 일어났다. 편한 베이지색 면바지에 검은색 긴 팔 티를 입은 평범한 모습이었지만, 워낙 키가 큰 데다가 체격이 좋고 얼굴이 잘생겨서 ― 이 이유가 가장 컸다 ― 다시 왕자님처럼 보였다. 윤슬은 저도 모르게 침을 꿀꺽 삼키며 가까워지는 카셀의 얼굴을 올려다봤다. 카셀이 윤슬의 팔을 잡아당겨 자리에 앉히며 말했다.

"이제 왕자님 아니라니까."

"근데 나는 공주님 할 건데?"

"……네가 애야?"

"이제 너보단 누나지."

카셀은 순간 말을 잃었다. 요즘 그의 가장 큰 고민이 바로 그거였다.

카셀은 현실 세계에서 나이를 먹지 않았다. 그의 시간은 꿈 세계에서만 흘렀다. 그는 내내 그 자리에 멈춰 있었다. 윤슬이 계속해서 앞으로 나아가고 있는 시간 동안.

처음에는 윤슬의 자손을 지켜 줄 수 있으리란 생각에 차라리 그게 좋다고 생각하기도 했다. 하지만 점차 벌어지는 윤슬과의 나이 차를 되새길 때면 울적해졌다.

카셀은 윤슬을 사랑하는가? 남녀 간의 사랑만을 말하는 것이 아니었다. 그는 윤슬과 강력한 유대감을 느꼈고, 세상 그 무엇도 그 유대감을 끊을 수 없으리라 확신했다. 그 결과 이제 카셀은 윤슬의 죽음을 지켜볼 자신이 없었다. 그들은 한 몸을 넘어선 관계였다. 의식과 무의식, 자아, 이드, 초자아, 콤플렉스, 페르소나, 그림자, 아니마와 아니무스가 전부 얽혀 영혼마저 하나로 이어져 있었다.

그러니 그녀 없이 어떻게 살아가겠는가?

그러나 그것이 단지 '사랑'이란 간단한 말로 정의될 수 있는가?

윤슬은 확실히 카셀을 사랑했다. 남자로서도. 그건 너무나도 분명한 사실이었다. 카셀도 눈치 채고 있었다. 자신을 볼 때면 윤슬의 눈과 볼과 심장이 어떻게 변화하는지 전부 알았다.

그러나 카셀은, 그는……

"무슨 생각해?"

"모든 것이 이대로였으면 좋겠다는 생각."

카셀은 언젠가 윤슬의 마지막 순간이 오면 끝까지 곁을 지키지 못하고 또다시 도망칠지도 모르겠다고 생각했다. 그는 10년 전이나 지금이나 늘 겁쟁이였다.

그런 카셀의 생각을 아는지 모르는지, 윤슬은 카셀이 덮은 주식 책을 뒤적였다. 카셀은 윤슬을 바라보다 문득 대수롭지 않게 물었다.

"그런데 이모랑 이모부는? 아직도 주무셔? 몇 시지?"

핸드폰을 보자 벌써 오전 11시가 다 되어 가는 시간이었다. 윤슬의 부모님은 부지런한 사람들이었다. 늦어도 아침 8시 전에는 일어났다. 카셀은 의아해하며 윤슬을 쳐다봤지만, 윤슬 역시 어깨를 으쓱이며 자신도 모른다고 했다.

둘이 입을 다물고 서로의 눈을 바라보자, 갑자기 집안이 소름 끼치는 고요함으로 가득 찼다. 안방에서는 어떤 소리도 들려오지 않았다. 코 고는 소리도, 뒤척이는 소리도 없었다.

마치 그 안에 아무도 없는 것처럼.

동시에 엄습하는 불안감에 카셀과 윤슬의 눈이 흔들렸다. 영혼이 얽힌 그들은 말하지 않아도 서로의 생각을 알 수 있었다. 윤슬이 천천히 자리에서 일어났다. 그녀의 손끝이 경련하고 있었다. 카셀이 그 손을 잡아주기도 전에 윤슬은 이미 안방을 향해 걸어가고 있었다.

윤슬이 안방 문을 노크했다. 똑, 똑, 똑. 규칙적인 소리가 지나치게 크게 들렸다. 카셀은 마른침을 삼키며 윤슬에게 다가갔다.

"윤슬, 내가 열……."

카셀의 말이 끝나기도 전에 윤슬이 안방 문을 열어젖혔다. 윤슬은 점점 가빠오는 숨을 어찌 하지도 못한 채 침대로 다가갔다. 윤슬의 부모님이 배 위에 양손을 겹쳐 얹은 정자세로 누워 있었다. 지나치게 올바른 자세는 기묘한 분위기를 조성했다. 관에 들어갈 사람들 같았다. 카셀과 윤슬은 동시에 목뒤의 솜털이 쭈뼛 서는 것을 느꼈다.

"어, 엄마? 아빠?"

그들은 일어나지 않았다.

"자는 거 맞지? 일어나 봐. 아빠, 엄마! 일어나!"

윤슬이 발작처럼 비명을 지르며 부모님에게 달려들었다. 죽음을 연상시키는 자세와 고요함에 윤슬이 잠시 이성을 잃었다. 카셀 역시 얼굴이 허옇게 질린 채 윤슬의 부모님에게 다가갔다.

윤슬이 옆에서 세상이 무너진 듯 비명을 지르며 울고 있을 때, 카셀은 급히 누워있는 사람들의 코 아래에 손을 갖다 댔다. 옅게

나마 느껴지는 호흡에 안도하는 것도 잠시, 윤슬은 지나친 정신적 충격에 급기야 졸도할 것처럼 휘청대기 시작했다.

카셀은 윤슬이 넘어지기 전에 다급하게 윤슬을 뒤에서 끌어안아 진정시켰다. 윤슬은 몸부림치며 그의 품에서 벗어나려 했다. 카셀은 그런 윤슬을 강하게 붙잡았다.

"놔! 놓으라고! 엄마!"

"윤슬, 진정해! 주무시는 거야. 숨 쉬고 계신다고! 자세히 봐!"

카셀의 말에 윤슬의 움직임이 멈췄다. 윤슬은 눈물을 흘리며 부모님이 덮고 있는 이불에 시선을 집중했다. 그러자 과연 조금씩 오르락내리락하는 이불이 보였다.

"그럼 왜 이렇게 소리를 질러도 안 일어나? 이게 자는 거야? 자는 게 맞아? 그냥 깊게 잠들어서 그런 거야? 응?"

"……."

"뭐라고 말 좀 해봐, 카셀! 제발, 혹……."

온몸에 힘이 풀린 윤슬이 카셀의 품에서 주저앉았다. 카셀은 윤슬을 따라 몸을 굽히며 그녀를 안심시키기 위해 노력했다. 윤슬을 안전하게 바닥에 앉힌 카셀이 윤슬을 토닥였다.

"내가 살펴볼 테니 앉아 있어. 괜찮으실 거야. 제발 울지 마, 윤슬."

"자는 게 맞지? 제발 맞다고 해 줘……."

카셀은 윤슬의 부모님에게 다가갔다. 이런 소란 속에서도 그들은 평온한 표정으로 잠들어 있었다. 카셀은 조심스럽게 윤슬의 어머니의 이마에 손을 얹었다. 그리고 자신도 눈을 감았다. 어떤 꿈을 꾸는지 잠시 살펴보려는 의도였다. 카셀의 손끝에서 꿈가루가 흘러나왔다.

카셀은 그녀의 무의식을 들춰 봤다. 윤슬은 그런 카셀을 간절하게 바라봤는데, 곧 그의 이마에서 식은땀이 흐르는 것을 볼 수 있었다.

시간이 지나고, 카셀은 이번에는 윤슬의 아버지에게 다가가 같은 행동을 반복했다. 그 모든 일이 끝나자 마침내 카셀은 윤슬을 바라봤다. 윤슬은 계속해서 눈물을 흘리고 있었다.

카셀은 턱 끝에서 끝없이 떨어지는 눈물이 자신 같다고 느꼈다. 추락하고 추락하다 결국 절벽 아래에서 수십 조각으로 산개하고 마는.

절벽 아래로 추락하자 검은 어둠이 파도처럼 카셀을 덮쳤다. 그는 불가항력적일 정도로 거대한 두려움 앞에서 표정을 감추지 못했다.

윤슬은 자신을 바라보고만 있는 카셀의 표정에서 무언가를 느꼈는지 자리에서 벌떡 일어났다. 그녀는 두 손으로 카셀의 오른손을 붙잡고 자신의 얼굴에 비비며 울었다.

"뭘 봤어? 뭘 봤냐고, 뭘 봤기에 그런 표정을 짓냐고……. 카셀, 아, 나 진짜 죽을 것 같아. 제발 뭐라도 말 좀 해 줘……."

"……아무것도."

"뭐라고?"

"아무것도 못 봤어."

"그게 무슨 소리야?"

카셀이 무거운 표정으로 말했다.

"아무래도 드림이터에게 꿈을 먹힌 것 같아."

윤슬은 한참을 울다 지쳤는지 소파에 앉아 넋을 놓고 있었다. 허공을 바라보는 그녀의 눈이 당장이라도 다시 눈물을 흘릴 것처럼 붉었다. 카셀은 그 모습을 걱정스럽게 지켜보며 따뜻한 차를 끓여왔다. 차를 테이블에 올려놓은 카셀은 윤슬의 옆자리에 앉았다.

"좀 마셔. 많이 울었잖아."

"……고마워."

카셀은 윤슬이 생각을 정리할 시간이 필요하다고 생각했다. 하지만 윤슬은 옅은 녹색 찻물을 바라보다 카셀에게 물었다.

"그래서, 뭘 봤어? 드림이터에게 꿈을 먹히면 어떻게 되는데?"

카셀이 한숨을 한 번 푹 쉬고는 말했다.

"내가 옛날에 했던 말 기억 나? 처음 만난 날에 말이야."

"무슨 말?"

"꿈을 꾸지 않는다는 건 곧 미래를 꿈꾸지 않는다는 뜻이라고 했던 거. 꿈꾸지 않는 사람들은 아주 삭막하고 무미건조한 사람이 되어 버려. 감정도 없고, 바라는 것이나 꿈꾸는 것도 없는 그런 사람이. 꿈속에는 말 그대로 아무것도 없었어. 그저 빈 곳이었어."

"지금 내 부모님이 그렇다는 거야? 그럼 그게 깨워도 못 일어나는 거랑 상관이 있어?"

"꿈을 먹힌 충격으로 잠시 그러시는 거 같아. 빈 꿈속에서 헤매고 계신 거지. 어느 정도 회복되면 일어나긴 하실 거야. 하지만 ……."

카셀이 말을 흐렸다. 윤슬은 카셀과의 대화 내내 찻물만 들여다보고 있다가 그제야 고개를 들어 카셀과 눈을 마주했다. 카셀의 푸른 눈이 걱정과 슬픔으로 얼룩져 있는 것을 보면서, 윤슬은 소중한 것을 잃어버린 사람이 자신 혼자만은 아니라는 생각에 기묘한 위안을 얻었다.

"일어나셔도 옛날처럼 너를, 그리고 나를 사랑하고 아껴 주진 않으실 거야."

"……."

"하지만 그렇다고 함께했던 시간이 전부 사라지는 건 아니야. 언제까지고 두 분은 우리의 마음속에서……."

"네 부모님이 아니라고 쉽게 말하지 마!"

윤슬이 소리쳤다. 놀란 카셀은 입을 다물었다. 그는 입술을 몇 번 달싹이다 이내 포기했다. 저도 모르게 말을 뱉어 버린 윤슬은 입술을 깨물었다.

"미안해. 나도 모르게 그만……."

사실 윤슬도 알고 있었다. 카셀의 표정만 봐도 느껴졌다. 카셀은 지금 겨우 이성을 붙잡고 있을 뿐이었다. 카셀은 이모부와 이모처럼 따랐던 윤슬의 부모님에 더해, 과거 드림이터에게 당했던 꿈 왕국의 왕과 왕비에 대한 기억으로 괴로워하고 있었다. 그러나 그는 이를 악물고 견뎌 냈다.

여기서 자신마저 무너지게 된다면 윤슬이 믿고 의지할 수 있는 사람이 단 한 명도 남지 않게 되기에.

사실 카셀은 아까 윤슬의 부모님의 꿈을 잠시 들여다봤을 때, 비명을 지르며 또다시 도망치고 싶었다. 카셀이 도망치지 않았던 것은 오로지 곁에서 울고 있는 윤슬과, 윤슬의 부모님이 지난 10년간 그에게 보여 준 따뜻한 마음 때문이었다.

그들의 꿈은 드림이터가 한 입 한 입 꼭꼭 씹어 삼켜 단 한 조각도 남아 있지 않았다. 온통 까맸다. 너무 어두운 나머지 카셀은 그곳에서 자신이 눈을 뜨고 있는지 감고 있는지조차 알 수 없었다. 들여다보는 것만으로도 식은땀이 나고 진이 빠졌다.

"괜찮으실 거야. 나도 꿈을 먹힌 사람을 직접 본 건 처음이지만, 어머니한테 들어본 적 있어. 분명 고칠 방법이 있을 거야."

"응, 제발 나았으면 좋겠다……."

"많이 울어서 피곤할 텐데 좀 잘래? 두 분께는 꿈가루를 써 볼게."

"나도 볼래."

윤슬은 좀처럼 쉬려 들지를 않았다. 카셀은 그런 윤슬이 걱정됐다. 그는 윤슬의 팔을 끌어 자연스럽게 그녀의 방으로 데려가며 말했다.

"하지만 아까부터 너무 많이 울었잖아. 차라리 물 좀 많이 마시고 한숨 자 두는 게 어떨까? 체력을 아껴 둬야지. 나중에 너희 부모님께서 정신을 차리시면 윤슬 네가 두 분을 지켜야 하잖아."

"그건 그렇지만……."

"윤슬. 어차피 나는 네 부모님의 꿈속으로 들어갈 거야. 그곳은 꿈 왕국과는 달라. 네가 할 수 있는 건 없어. 내가 책임지고 어떻게든 두 분을 깨워 볼게. 날 믿어 줘."

카셀이 이렇게까지 단호하게 말하는 건 처음 있는 일이었다. 윤슬은 자라면서 어느 정도 부드러워지기는 했지만, 그래도 여전히 어릴 적의 불도저 같은 성격을 어느 정도 갖고 있었다. 카셀은 대체로 그런 윤슬의 의견을 존중하고 물러나는 편이었다. 하지만 이번만큼은 카셀도 양보하지 않았다.

"그럼 나보다 먼저 엄마 아빠가 일어나면 깨워 줘야 해……."

"걱정하지 마. 꼭 그럴게."

윤슬은 카셀의 두 손을 꼭 잡고 몇 번이고 당부했다. 그러고 나서야 미련이 남는 듯 몇 번이고 뒤돌아보며 자신의 방에 들어갔다.

마침내 윤슬의 방문이 닫히자, 카셀은 문에 기대 잠시 한숨을 쉬었다. 어깨가 무거웠다.

이제 그는 선택해야 했다. 언제까지고 드림이터의 앞에서 도망쳤던 18살의 어린애로 남을 것인지, 아니면 목숨을 걸어서라도 드림이터를 물리치고 사랑하는 사람들을 구해 내는 영웅이 될 것인지.

어린애로 남으면 자신의 목숨은 구할 수 있을 터였다. 하지만 명예도, 긍지도, 행복도 없이 남은 일생을 지난날만 후회하며 살아가게 될 것이 분명했다.

영웅이 된다면 죽을지도 모른다. 하지만 그 죽음에는 명예와

긍지와 행복, 그리고 한 점 부끄러움 없는 인생이 남을 터였다.

그리고…… 윤슬이 이 세상에 남겠지. 그녀의 부모님과 함께.

카셀은 쿠션 위에서 자고 있던 팅글을 깨웠다.

"팅글!"

"우음……. 무슨 일이세요, 왕자님?"

"이제 그렇게 안 불러도 된다니까. 도와줄 일이 있어. 아, 그리고 드림스톤 조각 어디 있어?"

"드림스톤 조각은 왜요? 그리고 저는 죽을 때까지 왕자님을 왕자님이라고 부를 거예요! 저는 왕자님께 이름을 받은 꿈 요정 비서니까요!"

"……그래. 일단 상황 설명을 해 줄게. 윤슬의 부모님이 드림이터에게 꿈을 먹힌 것 같아. 확실하진 않지만, 증세가 어머니께 들었던 것과 비슷해. 일단 꿈가루를 챙기고 두 분의 꿈에 들어가서 어떻게든 꿈을 복구해 볼 거야."

빠르게 이어지는 카셀의 설명에 팅글이 잠시 입을 벌렸다.

"자, 잠시만요! 드림이터는 오랫동안 잠잠했잖아요! 근데 갑자기요?"

"그러니까 상황도 확인할 겸 직접 들어가 보겠다고."

"아니, 왕자님이 직접 들어가시겠다고요?"

카셀은 꿈 왕국에서 챙겨 온 꿈가루 유리병 중 하나를 들었다. 지난 10년간 카셀과 윤슬은 종종 꿈 왕국을 왔다 갔다 하며 꿈가루를 챙겨 왔고, 이제 유리병은 수십 개가 넘었다. 카셀은 자신과 윤슬의 방에 각각 거대한 서랍장을 설치해 그 안에 꿈가루를 보관하고 있었다.

"드림이터가 먹은 꿈은 위험해요! 드림이터가 아직 남아 있을
수도 있고, 무엇보다 꿈 공간이 완전히 파괴돼서 소멸하면……."

"아직 그 정도는 아니었어. 잠깐 들여다봤거든. 시간이 없는데,
빨리 도와 주지 않을래?"

팅글은 그래도 왕자님이 직접 위험한 곳에 발을 들이면 안
된다고 주장하고 싶었지만, 카셀의 의지가 워낙 확고한데다가 왕
자님의 명령을 더는 거스를 수 없었다.

"당연히 도와 드리긴 해야죠. 하지만 꼭 몸조심하셔야 해요. 왕
자님께서는 꿈 왕국의 유일한 희망이세요. 첫째도 왕자님, 둘째
도 왕자님, 셋째도 왕자님입니다. 위험하다 싶으면 바로 나오셔
야 해요. 꼭이요."

결국 팅글은 풀죽은 목소리로 마지막 당부를 하며 자신이 안전
하게 보관하고 있던 드림스톤 조각을 내밀었다. 카셀은 조각을
챙기고 팅글에게 살짝 웃어 보이며 말했다. 어딘지 위태로워 보
이는 미소였다.

"고마워. 이제 나한테 꿈가루를 주입해 줘. 세 병 정도."

팅글이 펄쩍 뛰었다.

"그게 무슨 말씀이세요? 도와달라는 말씀이 윤슬 양의 부모님
에게 꿈가루를 주입하라는 게 아니었어요? 왕자님이 그걸 대체
왜……?"

"드림이터는 강해. 인정하기 싫지만, 나보다 더 강하지. 그런 드
림이터가 먹어 치운 꿈을 조금이라도 되돌려놓기 위해서는 내가

지금보다 더 강해져야 해. 하지만 훈련으로 단시간에 그게 되겠어? 수십 년은 필요할걸. 정석적인 방법을 쓰면 늦어 버리고 말 거야."

"그게 마약이랑 뭐가 달라요!"

"달라. 마약은 중독되지만, 꿈가루는 그렇지 않으니까. 내 이득을 위해서 그러는 것도 아니고. 도와 줄 거야, 말 거야? 내가 직접 흡입하면 효과가 떨어져. 꿈 요정이 다루는 꿈가루만큼 순도 높은 것은 없잖아."

팅글의 몸이 벌벌 떨렸다. 카셀은 팅글에게 다른 누구보다 소중하고 고귀하신 왕자님이었다. 꿈 왕국이 멸망했다 해도 그건 변함없는 진리였다. 그 어떤 상황에서도 카셀이 우선순위여야 했다. 그러나 카셀은 지금 고작 운 좋게 꿈과 환상의 세계에 편입된 여자애의 부모님을 위해 자신의 몸을 망치려 들고 있었다. 그들은 심지어 꿈술사도 아니었다. 그저 평범한 현실 세계의 인간일 뿐이었다.

현실 세계의 인간들이 꿈가루를 마시면 잠들고 꿈을 꾼다. 그리고 그렇게 마신 꿈가루는 꿈술사가 그 사람의 꿈에 진입하고, 그 꿈을 조종할 수 있는 매개체가 된다.

그러나 꿈술사가 꿈가루를 직접 흡입하거나 몸에 주입하면 꿈술사의 능력은 비약적으로 강화된다. 그러나 그렇게 능력이 강화되는 만큼 부작용이 존재한다. 몸에 들어온 꿈가루를 제대로 흡수하지 못하면 체내에서 폭발하고 만다. 꿈가루가 폭발하면 꿈술사의 신체는 그 압력을 견디지 못하고 가루가 되어 흩어진다. 죽는 것이다.

2800년 전, 꿈 왕국을 통치하던 '미친 왕 도이르'가 그랬다. 도이르는 만 년 뒤의 역사서에도 기록될 만큼 전설적인 꿈술사가 되려 했다. 결국 지하에 보관해 뒀던 꿈가루를 한 번에 전부 자신의 몸에 주입했다. 도이르는 잠시 '꿈술사들은 꿈 왕국을 마음대로 조종할 수 없다'는 드림스톤의 제약을 넘어설 정도로 강해졌고, 자신의 입맛대로 꿈 왕국의 지형을 바꾸기 시작했다.

도이르는 그렇게 자신의 전지전능함을 자랑하다가 그날 해가 지기 전에 체내에서 일어난 꿈가루 충돌로 그대로 가루가 되어 흩어져 버렸고, 그가 목숨을 바쳐 바꿔 놨던 꿈 왕국의 지형은 드림스톤의 힘으로 도로 제자리를 찾았다. 그 일 이후 꿈술사가 꿈가루를 직접 주입받는 일은 암묵적으로 금기시되었고, 꿈 왕국이 멸망하던 날까지 유효했다.

"절대 안 돼요! 미친 왕 도이르를 모르세요? 왕자님은 절대 ……."

"그럼 그냥 내가 마실게. 대신 그러면 효과가 떨어지니까 열 병 정도는 마셔야겠다."

카셀은 심드렁하게 대꾸하고는 꿈가루 병을 더 집어 들었다. 진심은 아니었다. 그저 협박이었다. 꿈가루 열 병은 평범한 사람 만 명을 재울 수 있을 정도로 많은 양이었다.

팅글은 다시 한 번 펄쩍 뛰며 카셀의 검지를 온몸으로 끌어안고 어떻게든 막으려 했다. 하지만 작디작은 팅글의 힘은 카셀에게 조금의 영향도 끼치지 못했다. 카셀이 유리병을 열려 하자, 결국 팅글이 비명을 지르듯 울며 말했다.

"알았어요! 제가 주입할게요, 제가 할게요…… 왕자님, 혹, 제가 하겠습니다. 그러니 제발 그러지 마세요. 진짜 죽어요, 아무리 꿈술사라고 해도 그렇게 무작정 마시면 정말 죽는다고요. 도이르처럼요……."

카셀은 복잡한 심경으로 자신의 손가락을 구명줄처럼 붙잡은 채 오열하는 팅글을 내려다보았다. 카셀은 아주 어린 시절부터 팅글과 함께했다. 언어를 배우던 순간부터, 꿈가루를 다룰 수 있던 시절부터 늘 팅글이 같이 있었다. 팅글은 꿈 요정의 정석 같은 존재였다. 언제나 낙천적이었고, 순수했으며, 밝게 웃었다. 팅글의 우는 모습은 카셀조차 처음 보는 것이었다. 카셀은 결국 유리병을 향해 뻗었던 손을 거두고 팅글을 조심스럽게 손바닥에 앉혔다.

"미안. 미안해, 팅글. 울리려고 한 게 아니었어. 너도 알잖아. 윤슬의 부모님은 나한테 너무 고맙고 소중한 분들이라서, 내 두 번째 부모님 같은 분들이라서 그랬어."

"아무리 그래도 왕자님이 더 소중해요……. 제가 할게요. 최대한 안전하게 할 수 있어요. 노력할게요……."

그러니 제발, 미친 왕 도이르가 되려 하지 마세요. 카셀의 손 위에서 엎드려 비는 팅글은 그런 말을 하는 듯했다. 그 모습에 카셀의 마음이 죄책감으로 무거워졌다. 팅글을 협박하고 싶지는 않았다. 다만 그만큼 카셀은 절박했다.

"힘든 일이란 거 알아. 하지만 부탁할게, 팅글. 일단 세 병 정도 주입하고, 내 상태를 보고 가능하다면 한두 병 정도 더 주입해 줘. 드림이터가 먹어 버린 꿈을 어떻게든 회복시키려면 그 정도는 돼야 할 것 같아."

복구가 가능할지는 미지수였으나 카셀은 의도적으로 비관적인 가정을 피했다. 일단 노력이라도 해 봐야 했다.

카셀은 팅글에게 유리병을 건네고 자신의 침대에 누웠다. 그는 눈을 감고 몸속으로 주입될 꿈가루를 느끼기 위해 집중했다. 다량의 꿈가루가 한번에 몸에 들어오면 기존에 있던 몸속의 꿈가루와 충돌을 일으킨다. 카셀은 그 충돌을 자신의 힘으로 가라앉혀 새로운 꿈가루를 온전히 흡수해야 했다.

팅글은 한참 동안 유리병을 복잡한 눈으로 바라보았다. 마음의 준비를 끝낸 팅글은 결연한 표정으로 병을 단단히 밀봉하고 있던 코르크 마개를 뽑았다. 팅글은 공중으로 흩어지는 꿈가루를 한데 모았다. 꿈가루는 덩어리진 채 공중에 떠서 울렁였다. 팅글은 한숨을 푹 쉬었다. 자신의 왕자님이 주입을 견뎌 낼지 알 수 없었다.

마지막의 마지막 순간까지도 고민하던 팅글은 결국 꿈가루 덩어리를 카셀의 오른손 검지를 통해 주입하기 시작했다. 은하수를 닮은 꿈가루 덩어리에서 거미줄만큼 얇고 반짝이는 실이 뽑혀 나왔다. 은색 실은 카셀의 오른손 검지 끝으로 스며들듯 흡수됐다. 곧 꿈가루가 카셀의 체내에 퍼지기 시작했다.

오른손 검지 끝은 꿈술사들의 '꿈가루 통로'였다. 꿈술사들은 오른손 검지를 통해 꿈가루를 뽑아 낼 수 있고, 그렇게 체내에서 뽑아낸 꿈가루는 꿈술사가 능력을 펼치는 매개체가 된다. 반대로 오른손 검지를 통해 꿈가루를 몸에 주입할 수 있는데, 이렇게 되면 꿈술사는 사용할 수 있는 꿈가루가 갑자기 많아지면서 순간적으로 폭발적인 능력을 사용할 수 있게 된다.

카셀의 손끝을 통해 그의 몸에 주입된 꿈가루는 카셀의 혈관과 신경, 뼈와 살, 근육과 내장에 삽시간에 퍼졌다. 카셀의 피부 아래가 꿈가루의 빛으로 밝게 반짝였다. 우주를 닮은 꿈가루가 몸속을 파고들자 카셀의 몸이 순간 경련했다.

"왕자님, 버티셔야 해요⋯⋯. 제발요."

팅글은 목숨까지도 바칠 수 있는 자신의 왕자님에게 이런 짓을 하자니 걱정과 죄책감으로 죽을 맛이었다.


카셀은 카셀대로 죽을 맛이었다.

'이렇게 아프다고는 안 했잖아!'

처음 꿈가루가 손끝을 통해 들어왔을 때까지는 견딜 만했다. 그러나 꿈가루가 본격적으로 몸속을 헤집기 시작하자 무시무시한 격통이 그의 전신을 덮쳤다. 카셀은 이를 악물고 몸을 파고드는 꿈가루의 힘을 자신의 능력으로 짓누르기 위해 애썼다.

아주 고운 꿈가루의 입자 수억, 수조 개가 혈관과 신경 내부에 들러붙었다. 꿈가루의 입자는 날카로운 표면과 모서리를 갖고 있었다. 그 입자 하나하나마다 송곳으로 찌르는 것 같은 고통이 느껴졌다. 겉으로부터, 피부 표면으로부터 느껴지는 고통이 아니라 몸속 깊숙한 곳에서부터 시작되는 고통이라 더 격하게 느껴졌다.

카셀의 신체는 갑작스러운 침입자에 대한 공격을 시작했고, 그

침입자는 카셀의 몸을 점령하기 위해 카셀의 신체를 찔러 댔다.

"으윽!"

고통을 참고 참던 카셀의 손가락이 기이하게 뒤틀렸다. 너무 강한 힘을 준 나머지 관절이 견디지 못한 것이었다. 극심한 고통에 생리적인 눈물이 계속해서 흘렀다. 카셀은 입을 크게 벌렸다. 비명을 지르고 싶었는데, 배에 조금이라도 힘을 주려고 하면 고통이 더 크게 느껴지는 탓에 그러지 못했다. 비명조차 허락되지 않자 카셀은 꿈가루를 도로 토해 내고 싶었다. 아니, 지금 고통이 느껴지는 몸의 모든 부위를 입으로 뱉어 내고 싶었다. 이것들이 전부 없어야 살 수 있을 것 같았다. 그렇게 껍데기만 남고 싶었다. 그럼 이 고통도 전부 사라지리라. 그러나 불가능한 일이었고, 카셀은 고통을 고스란히 느껴야만 했다.

"왕자님! 안 돼요! 거부하시면 안 돼요! 받아들이셔야 해요!"

어디선가 팅글의 목소리가 들렸다. 그러나 목소리는 너무 멀었고, 윙윙 울리기까지 했다. 심지어 카셀은 언어를 이해할 수 있을 만한 상태가 아니었다.

카셀은 이제 모든 것을 포기하고 싶어졌다. 자신이 대체 무엇을 위해 이런 고통을 감당해야 한단 말인가? 세상 그 어떤 것도 이렇게 고통스러운 대가를 치를 가치가 없었다. 그런 의문 속에서 카셀은 정신과 의지를 놓아 갔다. 몸속의 꿈가루를 억누르던 힘이 점차 약해지면서 꿈가루가 행복하다는 듯 맹렬히 들끓기 시작했다.

그러자 다급해진 것은 팅글이었다. 팅글은 안절부절못하고 카셀의 주변을 어지럽게 날아다녔다. 이대로라면 완전히 흡수되지 못한 꿈가루가 충돌을 일으켜 폭발할 터였다. 그러나 여기서 팅글이 뭔가 더 해 줄 수 있는 것은 없었다. 한번 주입되어 이미 혈관에 들러붙은 꿈가루는 도로 거둘 수 없다. 팅글은 포기하지 않고 카셀의 귀에 대고 계속해서 소리 질렀다.

"왕-자-님!"

그때까지도 눈을 감고 있던 카셀이 눈물로 푹 젖은 금빛 속눈썹을 들어 올렸다. 흐릿한 동공과 얼룩진 홍채 근처로 실핏줄이 잔뜩 터져 있었다. 카셀의 밝은 하늘색 눈동자와 붉은 실핏줄이 대비되어 섬뜩한 인상을 자아냈다. 카셀이 눈을 뜬 것을 확인한 팅글은 다시 소리 질렀다. 목에서 피가 나올 것 같았지만 그건 중요하지 않았다.

"꿈-가-루-를-녹-여-야-해-요!"

그러나 카셀은 다시 천천히 눈을 감기 시작했다. 팅글은 직감했다. 저 눈이 다시 완전히 감기면 카셀은 기절할 것이고, 카셀이 기절하면 억누를 사람이 없어진 꿈가루는 폭주하면서 카셀을 죽일 것이 분명했다. 팅글은 카셀의 눈꺼풀을 잡고 위로 밀어 냈다. 눈이 감기지 않도록.

"능-력-으-로-꿈-가-루-를-녹-여-요!"

순간 카셀의 눈에 이채가 돌았다. 팅글의 말을 알아들은 것일까. 팅글은 혹시라도 카셀이 잊어버리지 않도록 말을 반복했다.

"꿈-가-루-를-녹-여-서-흡-수-시-켜-요!"

카셀의 손끝이 움찔거렸다. 다행히 완전히 정신을 놓은 건 아니었던 모양이다. 카셀은 팅글의 모습에서 이성을 되찾고, 목적을 되새겼다.

카셀은 여전히 날을 세우고 있는 꿈가루들을 달래려 했다. 입자 하나하나를 세어 가며 자신의 능력으로 감싸서 녹여 내고, 그렇게 녹인 꿈가루를 혈관 내벽을 통해 육체에 흡수시켰다. 꿈가루는 녹아서 흡수되는 순간까지도 카셀에게 칼에 찔리고 썰리는 듯한 고통을 남겼다.

정신을 차리면 살고, 정신을 잃으면 죽는다. 생과 사의 경계에서 카셀은 단 하나만을 생각했다.

윤슬.

어느 순간부터 꿈 왕국보다도, 드림이터보다도 더 중요해진 사람을.

카셀은 마음속의 분노를, 증오를, 공포를 사그라뜨렸다. 대신 그 자리에 희망을, 기쁨을, 사랑을 채워 넣었다. 카셀의 감정에 동화된 꿈가루들이 점차 서로를 따스하게 품기 시작했다. 조금 전까지 서로를 공격하며 충돌하던 모습과는 정반대였다. 그렇게 서로를 품은 꿈가루가 녹아내리며 융화되자, 꿈가루 입자가 뭉툭해지면서 고통도 점차 가라앉았다.

카셀은 그렇게 녹아내린 꿈가루를 자신의 온몸에 순환시켰다. 많은 양의 꿈가루가 카셀의 몸 곳곳에 스며들었다. 그 과정에서 평소보다 혈액이 빨리 돌고 감각이 극도로 예민해졌다.

카셀은 눈을 떴다.

가장 먼저 눈에 들어온 것은 팅글도, 방 천장도 아닌…….

공중을 떠다니는 먼지였다.

"괘, 괜찮으세요, 왕자님?"

팅글이 덜덜 떨며 물었다. 팅글의 목소리는 원래 유리구슬이 굴러가는 듯 작고 맑았는데, 지금은 그 목소리가 천둥처럼 크게 들렸다. 카셀은 하도 목에 힘을 준 나머지 다 쉬어 버린 목소리로 답했다.

"……이상한데."

"네? 뭐가요? 어디가 이상해요? 뭔가 잘못된 건……."

"아니, 먼지가 보여. 이런 게 원래 보이나?"

순간 식겁했던 팅글이 한숨을 내쉬면서 가슴을 쓸어내렸다.

"종종 그래요. 신체가 강화되면서 감각도 강해진 거죠. 근데 그건 잠깐이에요. 금방 다시 돌아올 거예요."

"다행이네."

"다른 문제는 없으세요? 물론 훌륭히 견뎌 내셨지만……."

"모르는 고통 앞에서 더 용감해진다는 게 무슨 말인지 알았어."

"왕자님이라서 가능했던 거예요. 다른 사람들이었으면 이미 폭발했어요. 왕자님이라서, 왕자님이 가장 강한 꿈술사라서……. 다시는 이러지 마세요."

카셀은 팅글의 조그마한 얼굴 위로 주룩주룩 흐르는 눈물을 닦아 주었다. 다정한 손길에 팅글이 카셀의 손가락에 얼굴을 비비며 울었다. 카셀은 마찬가지로 다정한 목소리로 태연하게 물었다.

"세 병 다 주입한 거야?"

순간 온몸에 소름이 돋은 팅글이 안 그래도 커다란 눈을 더 크게 뜨며 카셀을 쳐다봤다. 눈물에 젖은 속눈썹이 반짝거렸다. 팅글이 기어들어 가는 목소리로 답했다.

"아뇨……. 한 병만 넣었는데……."

"나머지 두 병 더 주입해 줘. 한 번에."

매도 몰아서 맞는 게 낫지. 카셀은 중얼거리며 다시 침대에 누웠다. 카셀이 흘린 식은땀으로 시트가 푹 젖은 탓에 축축했지만 아랑곳하지 않았다. 매도 몰아서 맞는 게 낫고, 빨래도 몰아서 하는 게 나으니까.

팅글은 울상을 지었지만, 카셀의 굳은 결심을 무너트릴 수는 없었다. 결국 팅글이 다 죽어 가는 얼굴로 두 번째 꿈가루 유리병의 뚜껑을 열었다.

카셀은 눈을 감고 다가올 고통에 대비했다.

곧 주입이 다시 시작됐고, 카셀은 두 배로 늘어난 꿈가루의 양만큼 더 큰 고통을 견뎌야 했다.


카셀은 누운 자리에서 일어나 아직도 저릿한 몸을 이리저리 둘러봤다. 딱히 달라진 점은 없었다. 예민해졌던 감각은 시간이 지나자 다시 정상으로 돌아왔고, 이제 고통도 완전히 가라앉았다. 카셀은 너무 많이 운 나머지 잔뜩 부어 버린 눈을 깜빡이며 팅글에게 웃어 보였다. 팅글 역시 오랫동안 힘을 쓴 나머지 지쳐 버린 얼굴로 카셀을 바라봤다. 팅글의 눈에 원망이 서렸다.

"나 못생겨졌겠다."

"말도 안 되는 말씀 마세요……. 그 얼굴이 눈 좀 부었다고 못생겨질 얼굴인가요?"

"고마워, 팅글."

"다신 이런 부탁 하지 말아 주세요."

카셀은 대답 없이 씩 웃기만 했다. 팅글은 카셀의 어린 시절이 떠올랐다. 왕궁의 교육을 받으며 자라 책임감 강하고 매사에 신중한 성격이 되기는 했지만, 네다섯 살쯤의 카셀은 왕궁의 말썽꾸러기였다. 꿈을 재배해야 하는 텃밭을 온통 헤집어 놓거나, 돌연 사라져 버려 모든 사람들이 사색이 되어 사방팔방으로 찾아다닐 때 왕궁의 보물창고 깊은 곳에서 잠들어 있기도 했다.

그리고 지금 카셀의 미소는 어린 시절과 똑 닮아 있었다. 이번 한 번으로 끝나지는 않겠다는 생각에 팅글은 앓는 소리를 냈다.

"으으. 내가 앓느니 죽지, 진짜."

"부탁하면 들어 줄 거잖아."

"그게 부탁이었나요? 협박이었잖아요!"

"어쨌든."

카셀은 팅글을 두어 번 토닥이다 방을 나서려 했다. 팅글은 그런 카셀을 붙잡았다.

"바로 꿈에 들어가시려고요? 조금 더 회복하시는 게 좋을 것 같은데……."

"말했잖아. 시간이 없어. 더 쉰다고 큰 차이도 없을 것 같고. 오히려 개운한걸! 다녀올게. 집 잘 지키고 있어."

"제가 무슨 강아진가요!"

팅글이 빽 소리를 질렀지만 카셀은 대답 없이 등 뒤로 손을 한 번 흔들어 주고 팅글이 가져다 둔 드림스톤 조각을 챙겨 자신의 방을 나왔다.

카셀은 안방으로 들어섰다. 윤슬의 부모님은 여전히 죽은 듯 자고 있었다. 카셀은 손을 몇 번 쥐었다 펴며 강해진 능력을 가늠 하려 했으나, 좀처럼 알 수 없었다.

"들어가서 확인해 보면 되겠지."

카셀은 먼저 윤슬의 아버지에게 다가갔다. 지난 10년간 카셀의 이모부였던 남자였다. 과묵하지만 엉뚱한 면이 있고 까다롭지 않 은 사람이었다. 종종 카셀을 불러 용돈을 쥐어 주기도 했다. 여자 친구도 좀 사귀라면서.

"베풀어 주신 은혜 전부 갚겠습니다, 이모부."

카셀이 먼저 윤슬의 아버지를 '이모부'라고 부른 것은 지금이 처음이었다. 그는 손끝에서 꿈가루를 뽑아 내 이모부가 들이마시 게 했다.

마침내 꿈에 진입할 준비를 모두 마친 카셀은 이모부의 이마에 검지 끝을 갖다 대고 눈을 감았다. 둘의 피부가 맞닿은 곳이 빛나 기 시작하더니, 이내 카셀의 모습이 사라졌다.

이모부의 꿈속에 진입한 카셀은 온몸을 파고드는 냉기에 몸을 움츠렸다. 손가락 하나 까딱할 수 없는 추위였다. 조금이라도 움직이면 곧바로 얼어붙은 신체가 깨져나갈 것만 같았다. 주변을 아무리 둘러봐도 아주 미세한 빛도, 소리도 없었다. 모든 공간이 검은색이었다. 눈을 깜박여 봐도 눈을 뜨고 있는지 감고 있는지 알 수 없었다. 숨을 쉬고는 있었지만 그저 관성일 뿐, 공기가 폐로 들어온다는 느낌이 없었다. 위도, 아래도, 방향도 존재하지 않았다. 카셀은 자신이 이 공간에서 유일하게 존재하는 물체임을 깨달았다.

카셀은 일단 무작정 움직이기 시작했다. 감각을 연 채 걷고 또 걷다 보면 꿈의 가장자리가 나올 거라는 생각에서였다. 꿈의 가장자리에는 부서진 꿈이 외부로 흘러나가는 구멍이 있을 터였다.

그러나 아무리 걸어도 가장자리에 도달할 수 없었다. 정확히는 가장자리가 어느 방향인지는 알 수 있었으나 아무리 그 방향으로 걸어도 제자리였다. 마치 카셀이 걷는 만큼 꿈이 팽창하는 느낌이었다. 카셀은 일단 걷는 것을 포기하고 자리에 멈춰 섰다.

혹시 이미 늦어 버린 것은 아닐까? 이미 이 공간은 새로운 꿈이 다시는 자리 잡을 수 없는, 황폐한 곳이 되어 버린 것이 아닐까? 카셀은 불길한 예감과 동시에 고개를 힘차게 저었다.

"아니야, 그럴 리 없어. 이 공간이 이미 완전히 무너졌다면 내가 들어오지도 못했을 거야. 아직 희망은 있어. 공간이 유지되고 있잖아."

그러는 와중에도 주변의 온도는 점점 낮아졌다. 죽어 버린 세계는 절대영도에 가까워진다. 카셀은 얼어 죽기 전에 일단 뭐라도 해야겠다고 생각했다. 그는 검지를 들어 올려 꿈가루를 불러

냈다.

"이미 존재하는 꿈을 조작해 본 적은 있지만…… 아예 새로 창조하는 건 처음인데."

카셀은 일단 자신이 아는 마법진을 모두 떠올려 봤다. 꿈을 정화하는 마법진, 꿈을 치유하는 마법진, 꿈을 조작하는 마법진 등 수많은 마법진이 있었다. 카셀은 머릿속으로 수많은 마법진을 조합하고 편집하여 가상의 마법진 하나를 만들어 냈다. 제대로 작동할지, 작동한다면 의도한 대로 먹힐지는 알 수 없었지만 일단 뭐라도 해 봐야 했다.

카셀은 팔을 움직여 꿈가루로 마법진을 그리려 했다. 하지만 추위 때문에 아예 마법진이 그려지지 않았다. 마법진을 그리려면 꿈가루가 제자리를 유지해야 하는데, 온도가 너무 낮아 마법진을 완성하기도 전에 꿈가루가 전부 얼어붙어 빛을 잃고 흩어졌다. 카셀은 절망감에 한숨을 내쉬었다. 이 공간에서는 마법진을 그리는 것 자체가 불가능했다.

이렇게 되면 온전히 카셀이 가진 꿈술사 능력을 사용해야 했다. 카셀은 지금까지 배워 온 수많은 꿈술사 능력과 기술을 떠올렸다. 카셀의 머릿속에서 수천 페이지 분량의 책이 펼쳐졌다. 빠른 속도로 페이지를 넘기며 관련된 내용을 찾던 카셀이 마침내 원하는 부분을 찾아냈다.


**꿈 창조**

꿈 창조는 드림스톤의 고유 권능으로, 꿈술사의 능력만으로는 불가능하다. 그러나 운 좋게 드림스톤을 손에 넣었다면 완전히 불가능한 것도 아니다. 꿈술사가 드림스톤에 힘을 불어넣으면 꿈술사와 드림스톤이 동화되는데, 이때 꿈술사는 일시적으로 드림스톤의 권능을 얻을 수 있다. 다만 성공 여부는 온전히 드림스톤의 의지에 달려 있으며, 치명적인 부작용이…… (후략)

'드림스톤의 의지에 달려 있다'는 부분이 무슨 뜻인지 모르겠으나 지금으로서는 이게 최선이었다. 다만 책이 '온전한 드림스톤'을 전제로 하고 있다는 점이 마음에 걸렸다.

"이러나저러나 일단 해 봐야지."

카셀은 챙겨왔던 드림스톤 조각을 꺼냈다. 조각을 손에 쥐고 힘을 불어넣자 깨진 이후로 빛을 잃었던 조각이 다시 빛나기 시작했다. 카셀은 계속해서 힘을 주입했다. 조각은 마치 스펀지처럼 카셀의 힘을 마구잡이로 빨아들였다. 아무리 힘을 불어넣어도 조각은 만족하지 못했다. 이제 조각은 카셀이 주입하는 힘을 받아먹는 것이 아니라 아예 스스로 카셀의 체내에 있는 힘까지 빨아먹기 시작했다. 카셀은 모든 힘을 소진할 각오로 드림스톤 조각에게 자신을 맡겼다. 꿈가루를 주입받지 않았다면 진즉 탈진해서 정신을 잃고 말았으리란 생각에 안도하면서.

시간이 지날수록 드림스톤 조각의 빛은 점점 강해지고, 찬란해졌다. 그러던 어느 순간 단순히 빛나기만 하던 조각이 잘게 울리더니 가동하기 시작했다. 동시에 카셀의 머릿속으로 해석되지 않는 속삭임이 들려왔다. 고막이 아닌 뇌에 대고 직접 속삭이는 듯

한 느낌이었다. 그 목소리에는 여자와 남자가 섞여 있었고, 노인과 아이가 섞여 있었으며, 인간과 짐승이 섞여 있었다. 수천 개의 목소리가 한데 합쳐진 것 같았다.

그 언어는 고대 꿈 왕국어를 닮았는데, 그마저도 완전히 똑같지는 않았다. 카셀은 오로지 몇몇 단어만을 알아들을 수 있었다.

'예언된 자…… 의지…… 무기…… 대가?'

카셀은 영문을 모르겠다는 얼굴로 멍청하게 서 있었다. 그러자 드림스톤의 진동이 더욱 강해졌다. 짜증이라도 내는 것 같았다.

'계약하려면 대가를 말해, 이 멍청아!'

그 순간, 알아들을 수 없던 속삭임이 갑자기 선명한 꿈 왕국어로 변했다. 대가를 말하라는 게 무슨 뜻인지 도통 알 수가 없어 카셀이 머뭇거리는 사이, 목소리가 다시 호통 쳤다.

'대가!'

"힘, 힘이요!"

'계약은 성립되었다.'

마지막 속삭임과 함께 드림스톤 조각의 진동도 멈췄다. 카셀의 힘 역시 더는 흡수하지 않았다. 카셀은 탈진 직전까지 힘을 흡수당한 탓에 진땀을 뻘뻘 흘리며 조각을 쥐고 있던 손을 내려다보았다.

그의 손에는 거대한 창이 들려 있었다. 손잡이 끝에는 화려한 용 두 마리의 꼬리가 얽혀 있었다. 카셀의 키보다도 긴 장대에는 그 두 마리 용의 몸이 서로 얽힌 모습이 섬세하게 음각되어 있었는데, 어찌나 사실적인지 살아 움직이는 듯했다. 용의 몸을 타고 올라가면 창날이 나왔다. 날의 아랫부분에는 하나로 합쳐진 두 마리 용의 머리가 입을 크게 벌리고 있었다. 그 입에서부터 여의주 대신 거대한 원뿔형의 창날이 튀어나와 있었다. 마치 모든 것을 갈라버릴 듯 위협적이었다. 전체적으로 드림스톤처럼 오색 빛이 나는 투명한 금속과 황금으로 이루어져 있어 매우 화려했다.

드림스톤 조각은 온데간데없이 사라졌지만, 카셀은 어쩐지 이 창이 드림스톤 조각 그 자체라는 것을 알 수 있었다.

카셀은 팔을 가볍게 휘둘러 봤다. 겉만 봤을 때는 무척 무거워 보이는 무기였지만, 막상 휘두르자 아예 무게가 느껴지지 않았다. 물리법칙에서 벗어난 것처럼 왼쪽으로 휘두르다 중간에 갑자기 방향을 바꿔도 관성이 전혀 느껴지지 않았다.

이 창을 본 카셀의 소감은 간단했다.

'아니, 이걸로 뭘 어쩌라고?'

카셀은 왕자로서 몇 가지 무술을 배우기는 했으나 어디까지나 교양을 갖추기 위한 것에 불과했다. 본격적으로 무술을 할 줄 아는 것도 아니었고, 더욱이 창은 손에 들어본 적도 없었다.

카셀은 무심결에 팔을 길게 뻗어 창끝으로 허공을 찔렀다. 순간 힘이 쭉 빠져나가는 느낌이 들면서 창의 원뿔 부분이 전부 하얗게 빛나기 시작하더니, 마치 주사기의 피스톤을 누른 것처럼 그 빛이 원뿔의 뾰족한 부분으로 쏘아졌다. 카셀이 순간적인 현기증에 비틀거리는 동안, 그 빛은 무의 공간에서 자유롭게 퍼졌다. 마치 어린 꿈요정들이 뛰어노는 것 같은 모습이었다.

그리고 그 빛이 닿는 곳마다, 꿈이 새롭게 창조되었다.

카셀은 창에 의지해 똑바로 섰다. 능력을 너무 많이 소진한 탓에 이미 제대로 서 있기도 힘든 상태였다. 여전히 머리는 핑글핑글 돌고 속은 울렁거렸지만, 그는 꼿꼿이 고개를 들고 자신 앞에 펼쳐진 환상적인 장면을 눈에 담았다. 빛은 얼지도 않았고, 깨지지도 않았으며, 사라지지도 않았다. 자유 의지를 갖고 유유히 존재하며 자신이 해야 할 일이 무엇인지 안다는 듯 살아 움직였다.

무의 공간 곳곳에, 마치 새카만 도화지에 잉크가 번지듯 꿈이 생겨났다. 일부는 상상력으로 만들어진 환상이었고, 일부는 실제 있었던 과거의 기억이었다. 모두 옛날에 있었다는 무성영화처럼 흑백이긴 했지만, 분명 꿈이었다. 카셀은 그중 가장 크게 번지며 자리 잡은 기억을 툭 건드렸다. 그러자 상영기가 돌아가듯 기억이 재생되었다. 흑백의 기억 속에는 윤슬의 어머니가 있었고, 윤슬이 있었고…… 카셀도 있었다.

시간이 얼마나 지났을까. 마침내 모든 빛이 제 할 일을 다 하고 천천히 사라졌다. 무의 공간은 이제 거대하고 아름다운 흑백 그림으로 가득 차 있었다.

무엇이든 닿으면 없애버리는 무(無)에서 카셀은 유(有)를 창조해 냈다.

카셀은 마지막 남은 모든 힘을 쥐어짜 꿈에서 빠져나오는 마법진을 그렸다. 마법진을 이루는 꿈가루가 얼어붙어 사라져 버렸던 아까와는 달랐다. 이미 새롭게 창조된 꿈들의 공간에서 마법진은 정상적으로 가동되었다. 카셀은 꿈에서 빠져나옴과 동시에 정신을 잃었다.

카셀은 자신을 부르는 목소리에 눈을 떴다.

"카셀! 카셀!"

문 두드리는 소리에 반사적으로 고개를 돌리자 굳게 잠긴 문이 시야에 들어왔다. 윤슬이 미친 듯이 문을 두드리고 문고리를 돌리며 안방에 들어오려 하고 있었다. 카셀은 자리에서 벌떡 일어났다. 일어난 순간 눈앞이 어두워지며 현기증이 일었다. 넘어질 뻔했지만 겨우 벽을 짚고 중심을 잡았다.

"얼마나 쓰러져 있었던 거지……."

오른쪽 주머니가 묵직했다. 손을 넣어 보자 깨진 드림스톤 조각이 잡혔다. 꿈에서 나옴과 동시에 다시 원래 모습으로 돌아간 듯했다. 설마 다음번에도 그만큼 힘을 불어넣어야 창으로 변하는 건 아니겠지……. 카셀은 문고리를 돌리다 무심코 이모부와 이모가 잠들어 있던 침대를 바라봤다.

그 순간, 이미 깨어 있던 이모부와 카셀의 눈이 마주쳤다.

눈을 뜨고 있긴 했는데, 뭔가…… 이상했다. 이유를 알 수 없는 섬뜩함에 카셀이 가만히 서 있는 사이, 얼굴이 하얗게 질려 있는 윤슬이 재빠르게 들어왔다. 윤슬은 눈을 뜬 자신의 아버지를 발견하고 달려갔다.

"아빠! 괜찮아? 아픈 데는 없어? 카셀, 다 해결된 거야?"

윤슬은 아직도 정신이 없는지 우왕좌왕하다가 결국 자신의 아버지 옆에 앉아 눈물을 떨궜다. 카셀을 쳐다보던 이모부의 눈동자가 스르륵, 윤슬에게로 이동했다. 카셀은 최대한 침착하게 말했다.

"윤슬, 이리 와."

"뭐?"

연신 눈물을 닦던 윤슬이 얼빠진 표정으로 되물었다. 카셀은 윤슬에게 손을 뻗었다.

"이리 오라고."

"무슨 소리야? 왜? 뭐가 잘못됐어?"

그 순간, 윤슬의 아버지가 입을 열었다. 꿈을 먹혀 오랫동안 잠들어 있던 사람치고는 지나치게 또렷한 목소리였다.

"딸."

윤슬은 반색하며 힘없이 침대에 늘어져 있던 아버지의 손을 붙잡았다. 그녀는 그 손에 입을 갖다 대고 오열했다. 불안감이 카셀의 전신을 휩쓸었다. 뭔가 잘못된 것 같았다. 콕 짚을 수는 없었지만, 이모부는 지금 뭔가 이상했다. 눈앞에서 딸이 심하게 울고 있는데도 토닥임 한 번이 없었다. 윤슬은 안도감에 이상한 점을 전혀 느끼지 못하고 행복하게 중얼거렸다.

"진짜 큰일 나는 줄 알았잖아……. 진짜 다행이다. 미안해, 미안해. 아빠, 사랑해."

"나 배고파."

"응?"

"배고파."

윤슬이 멍하니 얼굴을 들어 올렸다. 카셀은 이모부의 얼굴이 밀랍 인형을 닮았다고 생각했다. 살아있는 사람이 아니라, 굉장히 정교하게 본뜬 밀랍 인형을.

"딸, 배고파. 딸, 배고파. 딸, 배고파."

윤슬의 아버지는 조금의 표정 변화도 없이 기계적인 음성으로 배고프다는 말을 반복했다. 카셀의 등줄기에 식은땀이 흘렀다. 윤슬은 이 상황을 이해하지 못하겠다는 표정이었다. 윤슬은 아직 눈을 뜨지 못한 어머니와 자신을 무감정한 눈으로 쳐다보는 아버지를 번갈아 바라봤다. 그러던 어느 순간 윤슬이 퍼뜩 자리에서 일어났다.

"배, 배고프지? 미안. 빨리 밥해줄게. 조금만 기다려!"

윤슬은 카셀을 쳐다보지도 않고 허둥지둥 안방을 나갔다. 스쳐 지나간 얼굴에는 혼란이 가득했다. 이어서 현관문이 열렸다 닫히는 소리가 들렸다.

카셀은 천천히 안방 문을 다시 닫았다. 그리고는 이모부에게로 다가갔다. 이모부는 자신에게 다가오는 카셀을 텅 빈 눈으로 바라봤다.

"이모부."

"카셀."

"……괜찮으세요?"

"배고파."

카셀이 이를 악물었다. 무언가 아주 많이 잘못되었다. 카셀은 이모부가 놀라지 않도록 느린 동작으로 침대에 걸터앉았다.

"이모부, 저 기억하세요?"

"카셀."

"지금 기분이 어떠세요?"

"아무것도 없어."

카셀은 기분이 없다는 게 무슨 뜻인지 단번에 알아차렸다. 현재 이모부는 모든 기억과 욕망이 있긴 했다. 보통 꿈을 잃어버린 사람들은 기억과 욕망이 존재하지 않는다. 배고픔이나 졸림 같은 욕구조차 느끼지 못하는 백치가 되는 것이다. 거기에 더해 꿈을 꾸지 않는 사람들이 한 가지 더 잃어버리는 것이 있었다.

바로 감정이었다.

카셀은 자신이 재창조한 이모부의 꿈을 떠올렸다. 기억도 있었고, 욕망도 있었다. 그러나 그것들은 전부 색채가 없었다.

카셀의 이모부는 모든 기억과 신체의 욕구는 정상적으로 갖고 있었지만, 감정을 잃어버린 것이다. 마치 유성영화만큼 생생한 감정을 불러일으키지 못하는 무성영화처럼.

"이모부, 윤슬을 사랑하세요?"

그 말에 이모부가 고개를 갸우뚱했다. '사랑'이 무슨 말인지 모르겠다는 것처럼. 카셀은 더는 대답을 기다리지 않았다. 자리에서 일어난 그는 침대를 빙 돌아 아직 눈을 감고 있는 이모에게 다가갔다. 카셀의 움직임마다 이모부의 시선이 따라붙었다.

쓰러져 있던 사이 어느 정도 힘이 회복된 것인지, 간단한 능력 정도는 사용할 수 있었다. 카셀은 이모의 이마에 검지를 얹고 눈을 감았다. 이모의 꿈을 들여다보기 위해서였다. 이모부는 그런 카셀을 밋밋한 얼굴로 바라봤다.

그러나 카셀은 꿈의 한 자락조차 엿보지 못했다. 아무것도 없었다. 이모부의 꿈에는 드림이터가 꿈을 먹어 치운 자리에 남은 '무의 공간'이라도 존재했다면, 이모의 꿈에는 아예 그런 공간조차 없었다. 꿈이라는 것 자체가 완전히 사라져 버린 것이었다. 카셀이 힘없이 팔을 떨궜다.

"이모……."

심지어 그나마 꿈을 되살리는 데 성공했다고 생각한 이모부마저 감정을 잃어버렸다. 카셀은 자신의 모든 행동을 되짚어 봤다. 어디서부터 잘못됐는지, 무엇을 잘못했는지 한참 고민했다. 그러나 답은 늘 그렇듯 하나였다.

처음부터, 모든 것이었다.

밥을 준비하겠다고 나간 윤슬은 한참이 지나도 돌아오지 않았다.


윤슬은 새벽이 되어서야 집에 돌아왔다. 어디서 울다 왔는지 눈이 퉁퉁 부어 있었다. 현관에 서서 계속 기다리던 카셀은 윤슬을 보자마자 한마디 하기 위해 입을 열었다.

"그렇게 나가면 걱정……."

카셀의 잔소리는 윤슬의 갑작스러운 포옹에 가로막혔다. 곧이어 윤슬의 어깨가 들썩이기 시작했다. 카셀은 품속에서 숨죽여 우는 윤슬의 머리를 한숨과 함께 다정하게 쓰다듬었다.

"……윤슬."

"뭔가 잘못된 거지?"

"다행히 기억은 온전하신데…….."

"무슨 일이 있었던 거야?"

카셀은 윤슬을 천천히 거실 소파로 데려가며 상황을 설명했다. 윤슬은 조금 진정됐는지 카셀의 말을 진지하게 경청했다. 카셀은 윤슬이 집을 비운 사이 이모부와 대화했던 내용을 말하고, 이모부가 가게 경영을 윤슬에게 넘겼다는 사실까지 전달했다.

"……그래서 이모부께서 하시던 고서점은 윤슬 네가 물려받게 됐어. 어떻게 운영할지는 윤슬 네게 달렸어. 그대로 고서점으로 운영해도 괜찮고, 아예 카페 같은 걸 열어도 괜찮을 것 같아. 네 생각은 어때?"

"일단 돈은 벌어야 하니까……. 엄마는 병원에 보내야겠지?"

"아무래도 그렇지. 계속 저렇게 누워계시면 위험하니까."

"그럼 내일 일단 아빠 서점에 들러 봐야겠네. 사실 난 한 번도 아빠 서점에 가 본 적이 없어서 어떤 책을 파는지도 몰라. 그냥 오래된 책을 판다는 것 정도만 알지."

갓 대학을 졸업하고 취업을 준비하던 윤슬은 순식간에 가장이 되어 버렸다.

"카셀, 내일 같이 서점 정리하는 것 좀 도와줄래?"

"그래. 일단 푹 쉬어. 이모부 저녁은 내가 챙겨 드렸으니까 걱정하지 말고."

"고마워, 카셀. 노력해 준 것도 고맙고. 잘 자."

윤슬은 먼저 소파에서 일어났다. 뒤돌아 자신의 방에 들어가려던 윤슬을 향해 카셀이 조급하게 말했다.

"윤슬, 내가 부모님을 잃었을 때 난 모든 것이 끝났다고 생각했어. 하지만 지금 나는 잘 살고 있잖아? 부모님을 잊어버린 건 아니지만. 그러니까……."

윤슬이 몸을 돌려 다시 카셀을 바라봤다. 그녀는 자신을 위로하려는 카셀에게 힘없는 미소를 지어 보였다.

"알아. 다 괜찮아질 거란 거."

"그러니까 너무 절망하지 마. 아직 희망은 있어. 이모부랑 이모는 내가 어떻게든……."

"고마워. 그래도 너를 희생하진 마. 이제 나한테 남은 건 너밖에 없으니까."

카셀은 믿음을 주기 위해 단호하게 고개를 끄덕였다. 윤슬은 그대로 방에 들어갔다. 문이 닫히고, 거실에 혼자 남은 카셀이 고개를 뒤로 젖힌 채 오른팔로 눈을 가렸다.

"이제 나한테 남은 것도 너밖에 없어."

가려진 오른팔 아래로 오랫동안 참아 온 눈물이 진득하게 기어갔다.

# 환상 상점 오픈

**4**

　고서점은 집 건물 1층에 있었다. 카셀과 윤슬은 고서점을 정리했다. 윤슬은 장부와 재고를 대조하며 경영 상태를 살펴봤고, 카셀은 몸 쓰는 일을 도맡았다. 주로 높은 곳에 있거나 무거운 책을 꺼내 상태를 확인하고 재고를 파악하는 일이었다.

　고서점이 보유하고 있는 책은 생각보다 많았고, 둘은 온종일 열심히 책 정리를 반복했다. 그러다 보니 어느덧 일도 막바지에 다다랐다.

　"카셀! 그게 마지막이야?"

　"이 칸만 하면 돼!"

　카셀은 가장 구석진 곳에 있는 책장만을 남겨 두고 있었다. 그 책장은 유독 크고 높아서, 천장에 붙어 있었다. 카셀은 맨 위쪽 칸을 향해 팔을 뻗었다. 남들보다 훨씬 큰 카셀조차 까치발을 딛고 서야 손이 닿았다.

카셀은 책을 한 권씩 뽑아 꼼꼼히 상태를 살피고 재고 목록에 표시했다. 마침내 마지막 칸을 전부 확인한 카셀이 책을 다시 꽂아 넣으려는데, 이상하게 책장 안쪽에 무언가 끼어 있는지 끝까지 들어가지 않았다. 눈높이에서는 보이지 않자 카셀은 어쩔 수 없이 방금 꽂았던 책을 도로 몇 권 꺼냈다.

그리고 오른손을 길게 뻗어 책장 안쪽을 더듬었다. 손끝에 오래된 가죽 특유의 느낌이 닿았다. 카셀은 조심스럽게 책을 꺼냈다.

책은 굉장히 두꺼웠다. 오래된 가죽 표지는 낡을 대로 낡아 조금만 만져도 부스러졌다. 이미 제목도 알아보기 힘들 정도였지만, 카셀은 겨우 제목이 한글이 아닌 고대 꿈 왕국 문자로 쓰여 있다는 것만을 알아차렸다.

"뭐야, 이게?"

가장 먼저 든 감정은 놀라움이었다. 꿈 왕국 서고에나 있을 법한 책이 이곳에 있다니. 대체 이 책이 어쩌다가 현실 세계까지 흘러들어온 것인지, 왜 그게 하필 윤슬의 아버지에게 있었는지 등등 의문점이 끝도 없이 떠올랐다.

카셀은 고개를 저어 의문을 털어 냈다. 당장 알 방법이 없는 일에 매달리는 건 그의 성격이 아니었다. 카셀은 단지 이 책을 통해 드림이터나 드림스톤에 대한 아주 작은 단서라도 찾을 수 있다면 만족했다.

잊고 싶었던 꿈 왕국의 기억들이 다시 의식 위로 떠오르기 시작했다. 귀가 먹먹해지고, 심장박동이 커졌다. 괴롭고, 슬펐다. 후회뫘고, 비통했다.

하지만 그런 부정적인 감정만이 전부는 아니었다. 카셀의 마음 한구석에서 희망 역시 점점 차올랐다. 어쩌면 윤슬에 대한 미스터리를 풀고, 드림스톤 조각을 찾고, 꿈 왕국을 재건할 실마리가 이 책에 있을지도 모른다.

"카셀, 다 했어?"

책장 너머 윤슬의 목소리가 들려왔지만 카셀은 대답하지 않았다. 정확히는 윤슬의 목소리를 듣지조차 못했다. 혹시라도 책이 찢어질까 덜덜 떨리는 손으로 조심스럽게 책장을 넘길 뿐이었다.

책 표지는 다 닳았지만 다행히 내지는 거의 완벽하게 보존되어 있었다. 카셀은 속표지에 적힌 제목을 읽었다. 고대 꿈 왕국 문자는 복잡한 표음문자인데다가 지금의 문자 체계와는 완전히 달라서, 카셀은 짧은 제목을 읽는 데만도 꽤 오래 걸렸다.

"……꿈술사 아르고 논문집?"

'아르고'라면 카셀 역시 알고 있었다. 그는 약 2500년 전의 꿈술사로, 천재라고 칭해지는 몇 안 되는 꿈술사였다. 힘이 강해서가 아니라, 너무 똑똑했기 때문이었다. 아르고는 왕위계승권자였지만 스스로 왕위를 포기하고 학자가 된 사람이었다. 그는 꿈 구현학 분야에서 혁신을 일궈 냈다.

"이거다!"

아르고라면 끝없는 지식과 연구를 통해 무언가를 알아 냈을 것이 분명했다.

카셀은 천천히 책장을 넘겼다. 하지만 책은 전부 고대 꿈 왕국 문자로 쓰여 있어서, 지금 당장 전부 읽을 수는 없었다. 카셀이 아쉬운 마음으로 책 표지를 덮었을 때였다.

"뭐해?"

윤슬이 불쑥 카셀의 눈앞에 얼굴을 내밀었다.

"으아악! 깜짝이야!"

"아악! 왜 그래!"

집중하고 있던 탓에 윤슬이 가까이 오는 줄도 몰랐던 카셀이 와락 비명을 질러 버렸다. 윤슬 역시 덩달아 놀라 버렸다.

"아, 미안. 너무 놀라서."

"아니, 대체 뭘 보고 있었기에 그렇게 놀라?"

카셀은 대답 대신 다 닳은 책 표지 대신 속표지의 제목을 보여 줬다. 당연히 윤슬은 책의 정체를 알 수 없었다.

"뭐야, 이게? 어느 나라 말이지? 나 이런 글자는 처음 봐."

"꿈 왕국의 고대 문자야. '꿈술사 아르고 논문집'이라고 쓰여 있어."

"어?"

뜻밖의 말에 윤슬이 멍하니 입을 벌렸다.

"꿈술사 논문집? 그런 게 왜 여기 있어? 아르고는 누군데?"

"아르고는 전설적인 학자야. 그 사람의 논문을 모아 둔 책인가 봐! 꿈 왕국과 현실 세계의 교류가 우리가 처음이 아니었던 것 같아. 하긴, 나도 현실로 넘어왔는데, 다른 사람들이라고 넘어가지 못했겠어?"

"아니, 근데 그게 왜 하필 우리 아빠한테?"

"그것까진 모르겠지만……. 어쨌든 이 책이 있다는 사실 자체가 중요해! 이게 실마리가 되어 줄 수도 있어! 집에 가서 천천히 읽어 보자."

둘은 책을 챙겨 들고 집으로 올라왔다. 집으로 돌아간 둘은 조심스럽게 책을 펼쳐 봤다. 비록 종이는 누렇게 변색됐지만, 훼손된 부분은 없었다.

몇 장 넘기자 드디어 빼곡하게 적힌 본문이 나왔다. 카셀과 윤슬은 그 페이지를 보고 동시에 침묵했다.

돋보기가 없으면 읽을 수 없을 정도로 글자는 작았고, 줄 간격과 여백은 숨이 막힐 정도로 좁았으며, 하다못해 문단을 나누지도 않은 탓에 페이지에 흰 공간이 아예 없을 정도였다.

침묵 끝에, 윤슬이 카셀에게 조심스럽게 물었다.

"근데 카셀, 너 이 글자 전부 읽을 수 있어?"

"……읽을 수 있긴 해."

"난…… 못하겠어. 글자가 너무 그림처럼 생겼어. 편집은 또 왜 저래? 벌써 눈 아파."

"고대 꿈 왕국 문자는 표의문자야."

"그림이 맞긴 맞다는 소리네."

눈이 아픈 것을 참고 애써 서론을 느릿하게 해석해 나가던 카셀도 너무 복잡하고 형이상학적인 문장에 결국 눈을 감아 버렸다. 그러자 고대 문자의 잔상이 어지럽게 눈 안쪽에 남아 조금씩 꿈틀거렸다.

카셀은 한숨을 푹 쉬고는 윤슬에게 말했다.

"……돋보기 있어?"

"핸드폰으로 찍어서 확대해. 그게 나을 거야."

그 말을 끝으로 윤슬은 도망가 버렸다.

"그것 참…… 좋은 생각이네……."

카셀은 울고 싶었다.


똑똑. 윤슬이 방문을 두드렸다. 하지만 안쪽에선 답이 없었다. 윤슬은 하는 수 없이 그냥 문을 열었다.

"카셀, 벌써 일주일째야. 나가서 햇빛이라도 좀 쐬."

여전히 카셀은 답이 없었다. 윤슬은 천천히 책상에 앉아 있는 카셀에게 걸어갔다. 카셀의 책상 위는 좋게 말해서 복잡했고, 나쁘게 말하면 더러웠다.

독서대에는 '꿈술사 아르고 논문집'이 펼쳐져 있었다. 그 옆에 있는 노트북에는 메모장이 켜져 있었다. 독서대와 노트북 주변으로는 샤프 여러 자루와 거의 다 쓴 지우개, 그리고 휘갈긴 글씨체로 낙서하듯 적은 종이가 잔뜩 쌓여 있었다. 심지어 더러는 바닥에 떨어져 있었다.

카셀이 뭔가를 종이에 적는가 싶더니 이내 줄을 쫙쫙 그으며 소리 질렀다.

"으악! 이게 아니야! 문맥이 안 맞아!"

카셀은 종이를 구기더니 아무렇게나 등 뒤로 던졌다.

툭, 그 종이는 윤슬의 이마에 정통으로 맞고 땅에 떨어졌다. 아프지는 않았지만, 기분이 묘했다. 윤슬은 바닥에 떨어진 종이를 주워 펼쳐 봤다. 그 안에는 정체를 알 수 없는 그림과 함께 새카맣게 칠해져 읽을 수 없는 문장 몇 줄이 쓰여 있었다.

잠시 조용해졌던 카셀이 다시 몸을 뒤틀며 소리 지르기 시작했다.

"아니, 그냥 '꿈술사 능력은 물리법칙을 따른다'라고 하면 되는데 대체 왜 '꿈술사 능력은 세상의 여러 물리법칙을 비롯해 여타 당연시되는 자연법칙을 거스르지 아니한다'라고 하냐고!"

"카셀!"

이대로는 안 되겠다는 생각에 윤슬이 큰 소리로 카셀을 부르며 그의 어깨를 흔들었다.

"으앗! 아, 깜짝이야."

카셀은 화들짝 놀라며 뒤를 돌아봤다. 윤슬은 본 적 없는 카셀의 퀭한 모습에 덩달아 놀랐다. 턱까지 내려온 다크서클, 식사도 잘 하지 않아 홀쭉해진 볼, 덩달아 푸석해진 피부까지…….

'이 와중에도 잘생겼으니 대단하다고 해 줘야 하나.'

윤슬은 잠시 고민했다.

카셀은 '꿈술사 아르고 논문집'을 한국어로 번역하고 있었다. 그는 현실에 존재하는 모든 언어를 할 수 있었지만, 애석하게도 고대 꿈 왕국어는 예외였다. 사전이 있는 것도 아니고, 번역기가 있을 리도 없었다. 결국 온전히 카셀의 기억과 지식에만 의존해야 했다. 그것만으로도 눈물 나게 힘든데 심지어 논문이라 용어나 문장 구조가 너무 어렵고 복잡했다. 덕분에 작업도 더뎠다.

원래는 윤슬도 카셀을 도와 함께 작업하려 했다. 하지만 카셀은 고대 꿈 왕국 문자는 배우는 데만도 몇 년이 넘게 걸린다며 거절했다. 자기가 최대한 빨리 해석을 끝마칠 테니 윤슬은 부모님을 잘 돌봐 드리라면서.

"얼마나 했어?"

"……350쪽 중에서 60쪽 정도 했어."

"응, 고생했어. 우리 이제 다른 방법을 찾아 볼까?"

윤슬의 말에 카셀이 그녀를 쳐다봤다. 카셀은 옅은 하늘색 눈이 유독 창백했다. 늘 따스한 하늘같던 평소의 색이 아니었다. 눈동자에 가득 담겨 있던 맑은 빛이 사라지고, 점점 혼탁해지고 있었다. 윤슬은 이제 거의 회색으로 보이는 카셀의 눈동자를 보고 할 말을 잃었다.

단번에 알 수 있었다. 카셀은 윤슬의 부모님에 대한 죄책감과 드림이터에 대한 집착에 좀먹히고 있었다.

윤슬을 가만히 바라보던 카셀이 느릿하게 입을 열었다. 자조적인 미소와 함께였다.

"윤슬, 이제 다른 방법은 없어. 드림이터는 현실에 존재할 수 없는 대신 꿈에서 꿈으로 옮겨 다녀. 그럼 우리가 세상의 모든 꿈을 감시하면서 드림이터가 어디 있는지 찾아 낼 수 있을까?"

"하지만……."

"만약 찾아 낸다 해도, 그다음에는? 우리까지 위험해지겠지. 내가 죽는 건 상관없어. 하지만 네가 죽으면? 네가 없으면 나는 어떡해? 죄책감에 제대로 숨이라도 쉴 수 있을까?"

"……."

"게다가 네 부모님이 그렇게 되신 것도 나 때문이잖아. 내가 네 꿈을 통해 현실로 와서. 이것만으로도 나는 네게, 네 부모님에게 씻을 수 없는 죄를 저질렀어. 나는 어떻게든 이 죄를 씻어 낼 거야."

윤슬은 아무 말도 할 수 없었다. 그건 카셀의 탓이 아니었다. 드림이터의 탓이었다. 하지만 윤슬이 아는 카셀은 선하고 고결한 사람이었다. 카셀 때문에 벌어진 일이 아니더라도, 그는 윤슬과 윤슬의 부모님에게 닥친 모든 불행을 자신의 탓으로 돌릴 것이 분명했다. 그리고는 그 죄책감에 스스로를 죽여 버리겠지.

"이제 세상에 우리가 읽지 않은 꿈 왕국 책은 이것뿐이야. 나는 반드시 이 책에서 실마리를 찾을 거야. 반드시."

카셀은 거의 광적인 믿음에 사로잡혀 있었다. 그 믿음을 놓치면 남는 것이 아무것도 없는 사람처럼.

"그렇지 않다면, 이렇게 운명처럼……. 마치 내가 네 꿈에서 나온 것처럼 이 책이 내게 왔을 리가 없어. 그래, 이 세계에는 신을 믿는 사람들이 많다고 했지. 신이란 게 정말 있다면 지금 그가 나를 인도하고 있는 거야."

결국 윤슬은 한숨을 크게 쉬고 카셀을 끌어안았다. 카셀은 얌전히 윤슬에게 안겨 있다가, 이윽고 자신도 양팔을 벌려 윤슬을 품에 안았다. 체격 차 때문에 한순간에 윤슬이 카셀의 품에 안긴 모양이 됐다.

"카셀."

"응."

"다 괜찮으니까 몸은 좀 챙기면서 해."

"알았어. 약속할게."

"정말 드림이터가 돌아왔다면, 그래서 다시 사람들의 꿈을 잡아먹기 시작했다면……. 이제 정말 네가 세상에 남은 마지막 희망이야. 네가 아니면 그 누구도 드림이터를 물리칠 수 없어."

카셀이 고개를 끄덕였다. 맞는 말이었다. 다른 누구도 아닌 카셀이 해야만 하는 일이었다.

이제 전 세계 사람들의 꿈이 카셀의 손에 달려 있었다.

"내가 모두를 지켜 낼 거야."

카셀이 다짐하듯 굳게 말했다.


그렇게 한 달, 두 달 시간이 흘러갔다.

윤슬은 어머니를 요양 병원으로 보냈다. 윤슬은 고서점을 운영해야 했고, 카셀은 하루 종일 논문집 번역에 몰두하고 있었으며, 윤슬의 아버지는 다른 사람을 돌볼 만한 상황이 아니어서 어쩔 수 없었다.

"하……."

윤슬은 통장에 찍힌 금액을 바라보며 한숨을 쉬었다. 이번 달 병원비도 만만치 않았다. 모아 둔 돈이 있어 그나마 몇 달은 버틸 수 있겠지만, 시간이 길어질수록 고서점 수입만으로는 병원비를 감당하기 힘들 터였다.

윤슬은 오늘도 손님이 한 명도 오지 않는 고서점을 일찍 닫고 집으로 올라왔다. 그녀는 가장 먼저 아버지를 살폈다. 윤슬의 아버지는 여전히 멍한 얼굴로 침대에 앉아 있었다.

"아빠, 나 왔어."

"응."

"배 안 고파?"

"배고파."

"밥 가져다줄게. 조금만 기다려."

다음으로 윤슬은 카셸의 방에 들어갔다. 여전히 카셸은 노크 소리를 듣지 못했지만, 윤슬은 꼬박꼬박 노크했다. 일종의 예의였다. 잠시 시간이 지나도 카셸의 답이 없자 윤슬은 방문을 벌컥 열고 카셸의 이름을 불렀다.

"카셸."

이번에도 못 들을 거라는 생각과 달리, 카셸은 바로 반응했다.

"윤슬."

"응?"

"내가 뭔가를 찾은 것 같아."

"뭐?"

윤슬은 다급히 카셸에게 뛰어갔다. 카셸의 책상은 평소와 달리 완전히 깔끔하게 정리되어 있었다. 종이는 한쪽에 각 맞춰 쌓여 있었고, 필기구도 필통에 들어가 있었다. 카셸의 앞에는 오로지 논문집과 메모장에 글자가 빼곡하게 입력된 노트북만이 있었다.

"뭔데?"

"이 부분 해석이 유독 어려웠거든? 동음이의어랑 다의어가 너

무 많아서. 그래도 나름 문맥에 맞춰서 해석해 봤더니 이 문장이
나왔어."

카셀은 피곤하다는 듯 마른세수를 했다. 윤슬은 노트북 화면을
응시했다. 검은색으로 블록 선택된 문장이 눈에 들어왔다.


……드림스톤은 이론적으로 파괴가 가능하다. 드림스톤은 '꿈을
창조하는 힘'을 담고 있는 그릇으로, 그에 대응되는 '꿈을 소멸시키
는 힘'으로 파괴할 수 있다. 그러나 파괴된 드림스톤의 조각은 그 기질
에 따라 스스로 사람들의 꿈에 들어간다. 드림스톤에는 의지가 있으며
……


"그, 그러니까 드림스톤이 지금 사람들의 꿈속에 있다는 거
지?"

"그런 것 같아. 원래 훨씬 어려운 문장이었는데 최대한 쉽게 바
꾼 거야."

"그럼 드림이터가 엄마 아빠 꿈을 먹어 버린 것도……."

"드림스톤을 찾으려고 그런 걸 수도 있지. 근데 더 중요한 건
이 부분이야."

카셀이 스크롤을 조금 내렸다. 그리고는 또 다른 문장을 블록
선택했다. 윤슬은 저도 모르게 그 문장을 따라 읽었다.

"조각으로 나눠진 드림스톤은 꿈술사의 힘과 공명하며…… 각
각 다른 꿈의 공간에서 꿈술사를 끌어들인다고? 이게 무슨 소리
야?"

"나도 모르겠어. 꿈술사를 끌어들인다는 게 정확히 무슨 뜻인지. 근데 내가 꿈에 들어가면 본능적으로 드림스톤이 있는 곳으로 가게 된다는 것 같아."

"지금까지 내 꿈에 들어갔을 때 너 뭐 느낀 거 없었어?"

"없었는데……. 다른 사람들한테 실험을 좀 해 봐야 할 것 같은데, 도와줄 만한 사람 없을까?"

카셀은 윤슬의 가족을 제외하면 딱히 아는 사람이 없었다. 그나마 매일 아침 마주치는 옆집 할머니가 전부였다.

그 순간, 윤슬의 머릿속에 번뜩이는 아이디어가 떠올랐다.

윤슬은 지금까지 현실적인 문제들로 고민하고 있었다. 아무리 윤슬이 고서점을 운영한다고 해도, 그것만으로는 어머니의 병원비와 생활비를 전부 감당하기 힘들었다. 주민등록번호조차 없는 카셀은 다른 일을 구할 수도 없었다.

하지만 고서점을 리모델링해서 사람들의 관심을 끌 만한 테마 카페로 만든다면?

세상에는 수많은 테마 카페가 있었다. 고양이 카페, VR 카페 같은 건 이제 너무 흔해서 경쟁력이 없었다.

하지만 카셀에게는 세상에 단 하나뿐인 능력이 있었다.

윤슬은 조심스럽게 입을 열었다.

"카셀, 사실…… 우리 집 경제 상황이 그렇게 좋지 않아. 너도 알지? 지금 우리 수입은 고서점이 전부인 거. 그것도 손님이 거의 없는."

"알고 있지. 그래서 저번에 내가 막노동이라도 하겠다 했는데

······.”

“주민등록증도 없는데 위험하잖아. 괜히 불법체류로 신고라도 당하면 어떡하려고? 대신 방금 좋은 아이디어가 떠올랐어.”

카셀이 눈을 동그랗게 뜨고 윤슬을 쳐다봤다. 실핏줄이 잔뜩 터져 카셀의 눈이 온통 붉었다.

“카셀, 혹시 나랑 같이 ‘꿈 상점’을 열어 볼래?”

“꿈 상점?”

“응. 꿈을 파는 거야. 사람들은 누구나 꾸고 싶은 꿈이 있잖아. 연예인 꿈이나 돌아가신 할머니 꿈 같은 거. 그런 꿈을 파는 상점을 여는 게 어떨까 싶어. 사람들한테는 최면이라고 하고. 뭐, 크게 틀린 말도 아니니깐.”

카셀의 표정이 어두워졌다. 그는 단 한 번도 자신의 능력을 돈 주고 판다는 생각을 해 본 적이 없었다. 꿈 왕국의 유일한 왕자로서 자존심, 긍지와 현실적인 문제 사이에서 그는 잠시 고민했다.

하지만 결국 현실적인 문제가 승리했다. 무엇보다 카셀은 죄책감 때문에라도 윤슬이 하고 싶어 하는 일이라면 뭐든 도와주고 싶었다.

“가게 이름은 정해 놨어?”

“꿈술사의 환상 상점 어때?”

“꿈술사라는 단어를 함부로 쓰면······.”

“에이, 아는 사람이 나 말고 또 누가 있다고? 그리고 원래 가게 이름은 그렇게 딱 관심을 끌어야 하는 거야.”

윤슬은 카셀을 확실히 설득하기 위해 노력했다.

"실내도 판타지에 나오는 도서관처럼 꾸미면 반응 좋을 거야. 그리고 실제로 원하는 꿈을 꾸게 할 수도 있잖아? 한 번 성공하면 SNS에서 입소문 좀 타겠지. '이색 테마 카페' 이런 거로 유명해질 수도 있고."

그래도 카셀이 망설이는 기색을 보이자 윤슬이 씩 웃으며 덧붙였다. 언뜻 야비하게까지 느껴지는 미소였다.

"그리고 무엇보다…… 비싸게 받으면 돼."

"……"

이게 맞을까, 카셀은 한 번 더 고민했지만 윤슬의 불도저 같은 성격을 막을 수는 없었다.

두 달 후.

카셀과 윤슬은 마침내 리모델링이 끝난 고서점, 아니 '꿈술사의 환상 상점'에 들어섰다.

입구에는 '꿈술사의 환상 상점'이라고 적힌 커다란 나무 간판이 자리했다. 일부러 낡은 느낌을 준 간판은 상점의 고풍스러운 분위기를 한층 돋웠다.

나무 손잡이에는 '환상 상점'이라는 말에 딱 맞게 신비로운 문양이 섬세하게 양각되어 있었다. 손잡이를 돌리는 순간 다른 세계로 이어지는 문을 여는 것 같은 느낌을 줬다.

문을 열고 들어가자 가장 먼저 알 수 없는 향이 후각을 사로잡았다. 은은하면서도 어디서도 맡아 본 적 없이 독특한 향이 사람을 한순간에 매혹한다. 환상 상점에 들어온 사람이라면 누구든 그 향에 홀려 아찔함과 몽롱함을 동시에 느끼게 된다.

내부는 어둑했다. 조명은 수많은 향초와 작은 무드등들이 전부였다. 신비스러운 분위기를 더해 주는 동시에 손님들이 잠들기 쉽게 하기 위한 것이었다.

환상 상점은 전체적으로 정통 판타지 소설에 나올 법한 마녀의 집 같았다. 가구는 전부 앤틱한 디자인의 나무 가구였고, 화병이나 찻잔처럼 소소한 소품 하나하나까지 분위기에 맞추기 위해 심혈을 기울여 고른 티가 났다.

로비 한쪽에는 음료를 제조할 수 있는 바가 있었다. 손님이 원하는 음료를 만들어 줘야 하기에, 웬만한 대형 카페 저리 가라 할 정도로 장비가 다양하게 준비되어 있었다. 찬장에는 꿈가루 유리병이 가득 들어 있었다.

"와! 진짜 상상한 그대로야!"

환상 상점에 들어선 윤슬이 두근대는 마음을 감추지 못하고 외쳤다. 환상 상점의 인테리어는 윤슬이 구상했다. 어릴 적부터 온갖 판타지 소설을 섭렵해 온 윤슬의 경력이 빛을 발하는 순간이었다. 윤슬이 등받이가 독특한 나무 의자를 끌어안고 볼을 비비며 말했다.

"하, 이 의자 좀 봐⋯⋯. 진짜 3주 동안 찾아다닌 보람이 있다⋯⋯."

카셀 역시 상점을 둘러보며 감탄했다. 카셀도 지난 두 달 동안 하루 종일 윤슬을 따라 이리저리 발품을 팔아야만 했다. 분명 카셀이 윤슬보다 더 체력이 좋은데도, 그는 매일 녹초가 되어 잠들었다. 그러고도 윤슬은 새벽같이 일어나 카셀을 억지로 깨웠다. 그러면 카셀은 또다시 윤슬과 이곳저곳을 돌아다니며 가구와 소품을 골라야 했다. 도대체 저런 체력이 어디서 나오는지 알 수가 없었다. 카셀은 아련한 눈으로 윤슬이 끌어안고 있는 의자를 바라봤다. 저 의자를 찾아내기 위해 얼마나 고생했던가.

카셀이 잠시 눈물을 삼키고 있을 때, 윤슬이 의자에서 얼굴을 떼고는 코를 킁킁거렸다.

"내가 몇 번이고 말했지만 이 향 너무 좋아. 딱 몽환적이고, 신비롭고……. 진짜 처음 맡아보는 향이야. 고생했어, 카셀."

"고마워. 마음에 든다니 다행이야."

윤슬이 인테리어를 도맡아 했다면 카셀은 상점에 놓을 향초 때문에 고생했다. 처음에는 기성 향수 중 하나를 고르려고 했지만, 좀처럼 마음에 드는 것이 없었다. 결국 카셀이 수도권의 향수 공방이란 공방은 죄다 돌아다니며 직접 향을 만들어야만 했다.

수백 가지 향료로 수천 가지 조합을 해 가며 마침내 만들어 낸 향수는 30가지가 넘는 향료가 알 수 없는 조합으로 이리저리 섞여 있었다. 한 번 들이마시면 독특하고 이국적인 향이 느껴졌고, 두 번 들이마시면 현실인지 환상인지 알 수 없을 정도로 신비롭고 몽환적인 향이 느껴졌고, 세 번 들이마시면 몽롱해졌다. 그런데도 전혀 어지럽거나 텁텁하지 않았다. 마치 테트리스처럼 모든 향료가 딱 알맞게 차곡차곡 쌓여 조화로운 향기를 만들어 냈다.

둘은 로비에서 안쪽으로 이어지는 상담실로 향했다. 상담실로 들어가는 복도는 언뜻 짧게 느껴졌지만, 뒤를 돌아보면 언제 이렇게 걸어왔나 싶어질 정도로 로비에서 멀어져 있었다. 시공간의 경계가 흐려지고, 손님들은 이쯤에서 본격적으로 몽롱함과 신비감을 느끼기 시작한다.

상담실은 손님들이 편안하고 아늑한 분위기에서 자신의 이야기를 마음껏 할 수 있도록 꾸몄다. 로비보다 밝은 주황색 등 아래, 적당한 높이의 원형 테이블을 가운데 두고 소파 세 개가 삼각형 모양으로 서로 마주하고 있었다. 카셀, 윤슬, 손님이 각각 앉을 자리였다.

상담실에서 더 안쪽으로 들어가면 마침내 환상 상점의 가장 깊은 곳, '꿈의 방'이 나왔다. 환상 상점에서 가장 어둡고, 가장 고요하고, 가장 신비로운 공간이었다.

그냥 보면 단순히 어두운 수면실 같았다. 편안하게 누울 수 있는 최고급 침대형 의자가 정중앙에 자리하고 있었다. 손님의 꿈에 함께 들어가면 현실에 남을 윤슬의 몸을 앉힐 의자도 준비되어 있었다.

전반적으로 검은색에 가까운 남색의 방이었다. 자잘한 은색 점이 불규칙하게 반짝이는 진한 남색 벽지가 검은 대리석 바닥에 그대로 반사되었다. 덕분에 우주 공간 한가운데 있는 듯한 느낌을 줬다. 적은 빛으로도 선명하게 반짝이는 은색 점 덕분에 벽지는 밤하늘을 닮아 있었다. 현실이라기엔 너무 환상 같고, 환상이라기엔 손에 선명히 만져졌다.

환상 상점만의 독특한 향은 꿈의 방에서 가장 진해졌다. 안 그래도 꿈가루 음료를 마셔 몽롱해져 있을 손님들은 이곳에서 환상과 현실의 경계를 완전히 잊어버리게 된다.

그렇게 모든 요소가 환상이라는 상점의 콘셉트에 딱 맞게 준비되었을 때, 마침내 '꿈술사의 환상 상점'이 오픈했다.

# 첫 번째 손님

**5**

카셀과 윤슬은 인터넷과 신문에 광고를 냈다.

'꿈 팝니다. 원하는 어떤 환상이든 꿈꿀 수 있게 해 드려요.'

처음에는 그대로 광고나 묻히나 싶었지만, 팔로워가 24만 명에 달하는 유명 SNS 페이지에서 이 광고를 올리면서 갑자기 입소문이 퍼지기 시작했다.

'꿈을 판다'니, 난생 처음 들어 보는 소리에 믿지 못하는 사람들이 대부분이었다. 그러면서도 다들 흥미가 있긴 했는지 홈페이지를 기웃대거나, 직접 전화로 문의하는 사람들은 많았다. 물론 장난으로 전화하는 사람들이 대다수였다.

그리고 모든 일에는 처음이 있는 법. 대망의 첫 손님이 꿈술사의 환상 상점에 예약했다.

"네, 손님. 먼저 대화를 통해 어떤 꿈을 꾸고 싶은지 자세하게 듣는 '상담 시간'을 가질 거고요. 상담이라고 하긴 했지만 사실상 손님의 요구 사항을 듣고 어떤 꿈을 만들어 낼지 구상하는 단계예요. 상담 시간에는 저희가 음료 한 잔을 무료로 제공해 드려요. 음료를 다 마시고 준비가 끝나면 서약서에 서명하시고 '꿈의 방'으로 옮기실 거예요. 거기서 본격적으로 꿈을 꾸시는 거죠."

윤슬은 전화기를 붙들고 끊임없는 손님의 질문에 최대한 친절하게 답했다.

"네, 맞아요. 최면하고 비슷한 거예요. 보통 꿈은 한 시간 정도 꾸게 되실 거고요. 앞뒤 상담 시간까지 포함하면 2시간 정도 진행될 거예요. 한 타임에 한 분만 받아서 1:1로 계속 케어할 테니까 문제 생길 일은 없으실 거예요. 네, 하루에 총 다섯 타임만 예약 받고 있어요."

카셀 역시 인터넷으로 쏟아지는 문의에 정신없이 답하고 있었다. 자주 하는 질문들을 정리해서 공지로 올려 놨지만, 그걸 읽는 사람은 거의 없었다. 결국 카셀은 반복되는 질문에 반복되는 답을 해야만 했다.

"아, 음료는 따로 정해진 건 없고, 원하시는 메뉴 말씀해 주시면 저희가 최대한 만들어 드려요. 네? 사업자등록이요? 당연히 되어 있죠."

전화는 그 뒤로도 한참을 이어졌다. 무슨 걱정이 그렇게 많은지, 전화 상대는 심지어 상점 내부에 있는 알레르기 요인까지 물어봤다.

마침내 30분을 넘게 계속됐던 통화를 끊고, 윤슬은 땀을 훔치는 시늉을 하며 한숨을 푹 쉬었다.

"너무 사기 같아 보였나? 꿈이 아니라 그냥 최면 같은 거라고 거짓말했어야 했나?"

"아냐, 윤슬. 오히려 꿈이라서 더 관심을 얻고 있는 거지. 첫 손님만 잘 해 내면 금방 사람들이 몰려올 거야."

"아니, 간만 보지 말고 직접 예약해서 한번 해 보라니까! 그렇게 의심되면 문의라도 하지 말든지! 애당초 할 생각도 없으면서 왜 찔러 보는 거야!"

윤슬이 씩씩거리던 그때, 다시 상점 전화벨이 울렸다. 윤슬은 냅다 전화를 받았다. 그리고는 세상에서 가장 친절한 목소리로 말했다.

"네, '꿈술사의 환상 상점'입니다. 어떤 꿈을 찾아서 오셨나요?"

카셀은 그 변화에 고개를 절레절레 저었다.

전화 상대가 짧게 뭐라고 말하자, 윤슬의 표정이 한순간에 확 밝아졌다.

"네, 그러면 내일 오후 3시 타임에 뵐게요!"

옆에서 듣고 있던 카셀이 자리에서 벌떡 일어났다. 윤슬이 뒤돌아 감격 어린 표정으로 카셀을 바라봤다.

"카셀……."

"뭐래? 예약하겠대?"

"응! 내일 오후 3시! 꺄아! 첫 손님이다!"

둘은 서로 하이파이브하며 설레는 마음을 껴안고 첫 손님과의 만남을 기다렸다.

그리고 마침내 다음 날 오후 3시가 되었다.


차라랑. 상점의 문이 열리면서 문에 걸어 둔 종이 맑게 울렸다. 시간에 맞춰 기다리고 있던 카셀과 윤슬은 허리 숙여 그들의 첫 손님을 맞이했다.

"어서 오세요. 꿈술사의 환상 상점입니다."

"엄마! 좋은 냄새 나!"

"어머, 향기가……."

문을 열고 들어온 손님은 둘이었다. 키가 크고 매섭게 생긴 여자와 그 여자의 손을 꼭 잡은 어린아이였다. 둘은 가게에 들어오자마자 향기에 감탄부터 했다. 다른 무엇보다도 향으로 승부 보자는 카셀의 아이디어가 빛을 발하는 순간이었다.

"반가워요. 어제 전화로 예약한 사람입니다."

"만나 뵙게 되어 반갑습니다. 혹시 두 분 중 어느 분이 꿈을 꾸게 되실까요?"

"제 아이, 하연입니다. 오늘이 생일인데 여기 오고 싶다고 아주 노래를 불러서요."

여자는 굉장히 우아하면서도 고고한 말투로 말했다. 차가운 말투였지만 무례할 정도는 아니었다. 하지만 표정은 여전히 매서웠다. 단지 자신의 아이를 쳐다볼 때만 날카로운 눈초리가 조금 누그러졌다.

사회생활이 처음이나 마찬가지인 윤슬은 여자에게 살짝 기가 죽었지만, 최대한 티 내지 않고 웃으며 손님들을 안내했다.

"그럼 이쪽으로 오시겠어요? 원래 상담실은 꿈을 구매하실 분만 들어오실 수 있지만, 손님이 미성년자시니만큼 오늘은 어머님께도 같이 설명해 드리는 게 좋을 것 같네요."

그들은 함께 상담실로 향했다. 카셀이 어디선가 의자 하나를 더 가져왔다. 네 명이 테이블에 마주 보고 앉았는데, 카셀은 아직 어린 하연이가 과할 정도로 꼿꼿하게 앉아 있는 모습을 보고 놀랐다.

'자세가 무슨 벌 받는 애 같네.'

카셀이 속으로 생각하며 하연을 살피는 동안, 윤슬은 꿈을 꾸게 하는 절차와 방법에 대해 자세히 설명했다. 여자는 어제 전화로 물었던 질문을 다시 하면서 걱정되는 마음을 숨기지 않았다.

마침내 길고 긴 설명이 끝나자, 여자가 고개를 끄덕였다.

"좋아요. 들어 보니 위험한 건 아닌 것 같네요. 한번 믿고 맡겨

보겠어요. 이제 서약서에 서명하면 되나요?"

"네, 맞습니다. 원래는 하연이만 하면 되지만 어머님께서도 옆에 같이 서명해 주시겠어요?"

윤슬은 서약서를 내밀었다. 여자는 서약서를 받아 처음부터 마지막까지 꼼꼼히 읽었다. 그러더니 서약서 내용이 흥미로운 듯 한쪽 눈썹을 올렸다.

"독특하군요. 좋아요, 문제 될 건 없어 보이네요. 하연아, 엄마가 사인하면 옆에 너도 이름 적어."

그렇게 모든 사전 절차가 끝났다.

"그럼 이제 하연이가 꾸고 싶은 꿈에 대해 말할 차례인가요?"

"네, 맞습니다. 그런데 그 전에 잠시……."

윤슬은 여자에게 조심스럽게 말했다.

"꼬마 아가씨도 엄마에게 비밀로 하고 싶은 꿈이 있는 법 아니겠어요? 주의사항은 전부 말씀드렸으니 지금은 잠시 꼬마 아가씨가 저희에게 마음 터놓고 이야기할 시간을 주시겠어요?"

여자는 윤슬과 카셀을 날카로운 눈빛으로 번갈아 바라보더니 이내 자리에서 일어났다.

"하연아, 혹시라도 뭔가 이상하면 바로 나와야 해. 알았지?"

"응, 엄마. 걱정하지 말라니까? 내가 애도 아니고."

그 말에 카셀이 입 안쪽 살을 지그시 깨물었다. 윤슬은 참지 못하고 작게 풉, 웃음을 터트렸다.

"조금이라도 문제가 생기면 가만히 있지 않을 거예요."

여자가 다시 서릿발 같은 목소리로 카셀과 윤슬에게 경고했다.

진지한 표정으로 돌아온 카셀이 대답했다.

"물론이죠, 어머님. 걱정하지 않으셔도 됩니다."

여자가 상담실 문을 닫고 나갔다. 그제야 딱딱하게 굳어 있던 하연의 자세가 조금 풀어졌다. 카셀은 하연에게 다정히 물었다.

"꼬마 아가씨, 마시고 싶은 거 있어요?"

"핫초코요! 엄마는 단 거 못 먹게 해요. 난 맨날 먹고 싶은데 ……."

"그럼 내가 만들어 줄까요? 마시멜로까지 띄워서?"

"헉, 진짜요? 저 핫초코 먹어도 돼요?"

"그럼요. 여기서는 뭐든 할 수 있답니다."

"앗싸!"

카셀이 자리에서 일어났다. 카셀은 방에서 나가며 하연에게 말했다.

"그럼 내가 만들어 올게. 대신 마시멜로는 딱 두 개만 먹어야 해!"

상담실에서 나가자 로비에 앉아 있는 여자가 카셀의 눈에 들어왔다. 뭐가 그렇게 불안한지, 카셀이 방금 문을 닫고 나온 쪽을 바라보며 손톱을 물어뜯고 있었다. 카셀은 그녀에게 다가갔다. 카셀이 걸어오자 여자는 그제야 상담실 문에서 눈을 뗐다.

"무슨 일이시죠?"

"어머님, 혹시 하연이가 건강상의 이유로 단 걸 먹으면 안 되나요?"

"네? 무슨 말씀이세요?"

"하연이가 핫초코를 마시고 싶다는데, 혹시나 걱정돼서요."

그 말에 여자가 고개를 숙이고 한숨을 푹 쉬었다.

"아뇨, 그런 건 아니에요. 보나 마나 제가 못 먹게 한다고 했겠죠. 생일이니 한 잔 정도는 괜찮아요. 대신 딱 한 잔 만이에요. 더 마시면 애 살쪄요."

카셀은 단순히 살찐다는 이유로 과도하게 하연을 속박하는 것이 아닌가 싶었다. 하지만 이내 소아비만이 걱정돼서일 거라며 대수롭지 않게 생각했다.

"많이 긴장되시는 것 같은데, 따뜻한 차라도 한 잔 드릴까요? 마음 좀 가라앉히실 수 있게요."

"한 잔만 무료 제공 아닌가요?"

그 말에 카셀이 빙그레 웃으며 답했다.

"두 분 다 환상 상점의 손님이시니까요."

"……감사합니다."

카셀은 빠르게 핫초코와 캐모마일 차를 만들었다. 핫초코에 작게 자른 마시멜로 두 개를 띄우는 것 역시 잊지 않았다. 캐모마일 차는 옛날 유럽 귀족들이 마셨을 법한 고급스러운 찻잔에 따랐다. 하지만 하연에게 줄 핫초코는 특별히 준비한 귀여운 캐릭터 머그잔에 담았다. 마지막으로 팅글이 핫초코에 꿈가루 한 꼬집을 넣는 것도 잊지 않았다.

"여기, 캐모마일 차입니다."

"감사해요."

카셀은 그대로 상담실로 들어가려 했다. 하지만 뒤에서 여자의 목소리가 그를 붙잡았다.

"저기······."

"네, 어머님."

"뭐라고 부르면 될까요?"

"편하게 꿈술사라고 불러주시면 됩니다."

여자는 고개를 끄덕이더니 한참 입을 떼지 못하고 망설였다. 그러더니 이내 한숨을 쉬었다.

"······이걸 뭐라 말해야 할지 모르겠네요."

얘기가 길어질 것으로 보여 카셀은 여자의 건너편 의자에 앉았다. 여자는 찻잔에는 손도 대지 않았다. 여전히 초조하게 손톱을 물어뜯을 뿐이었다.

"편하게 말씀하셔도 됩니다. 환상 상점에서 하신 모든 이야기는 전부 비밀이니까요. 이건 손님들과 저희 사이의 신뢰고, 반드시 지켜야 할 약속입니다."

"알았어요. 처음 본 사람에게 이런 말을 해도 되는지는 모르겠지만, 왠지 마음이 편해져서······. 사실 저희 하연이 가정사가 좀 복잡해요."

카셀은 말없이 깊고 푸른 눈으로 여자를 바라보며 귀를 기울였다. 왠지 모를 신뢰를 주는 카셀에 용기를 얻었는지 여자가 말을 이었다.

"제가 재혼했거든요. 그게 작년 일입니다. 아무래도 하연이가 남편, 그러니까 새아빠랑 좀처럼 친해지질 못해서요. 점점 말수도 줄어들고, 계속 아빠 앞에서 주눅들어 있고요. 요즘은 심지어 친구들하고도 잘 안 만나려고 해요."

"무슨 말씀인지 이해했습니다."

"물론 무작정 둘이 친해지길 바라는 건 제 욕심이긴 하지만요. 아까 서약서 보니까 꿈에 같이 들어간다고 하셨는데, 그런 게 어떻게 가능한지는 모르겠지만……. 혹시 꿈에서 그런 부분도 도와주실 수 있나요?"

"죄송하지만, 저희 상점에서는 구매자의 정신에 영향을 줄 수 있는 행위는 일절 하지 않습니다. 또한, 꿈술사는 구매자의 꿈에 절대 개입하지 않습니다."

"알겠습니다. 무리한 부탁이긴 했죠."

여자가 체념한 듯 고개를 떨궜다. 그러나 곧 이어지는 카셀의 말에 반색하며 도로 고개를 번쩍 들었다.

"하지만 꿈은 곧 무의식의 거울이죠. 혹시 꿈에서 무슨 일이 생긴다면 어머님께 살짝 전달해 드리는 정도는 할 수 있을 것 같습니다."

"정말인가요?"

"네. 하연이를 위한 일이기도 하니까요."

"감사합니다. 정말 감사합니다. 사실 상담 센터도 여러 곳 다녀봤는데 좀처럼 해결이 안 돼서 포기하고 있었어요."

이제 여자는 처음의 오만한 인상에서 완전히 벗어나 있었다. 카셀은 처음 여자의 쌀쌀맞은 모습이 자신의 아이를 지키기 위한 가시였다는 사실을 깨달았다. 카셀은 부드럽게 웃으며 자리에서 일어났다.

"이런, 핫초코가 다 식겠네요. 얼른 들어가 봐야겠어요. 걱정하지 마시고 차 드시면서 기다리고 계셔요."

여자는 그제야 차 한 모금을 마셨다. 그리고는 카셀에게 마주 미소 지었다. 카셀은 그 미소를 뒤로하고 상담실로 돌아왔다.

"하연아, 오래 기다렸어? 여기 핫초코."

"네! 그래도 얌전히 기다리고 있었어요."

"천천히 마셔. 마시면서 꾸고 싶은 꿈 얘기 좀 해 줄래?"

하연은 고개를 명랑하게 끄덕이며 핫초코를 한 입 마시더니 몸을 부르르 떨며 눈을 감고 그 맛을 음미했다. 아이다운 순수한 모습과 애늙은이 같은 모습이 동시에 보였다. 결국 카셀과 윤슬은 터져 나오는 웃음을 참지 못했다.

"언니, 오빠! 왜 웃어요?"

하연이 뚱하게 묻자 여전히 웃음기를 지우지 못한 윤슬이 다정하게 답했다.

"하연이가 귀여워서. 그래서, 하연이는 무슨 꿈을 꾸고 싶을까?"

"혹시 헨젤과 그레텔 아세요? 거기 보면 과자집이 나오잖아요. 저는 그 과자집을 갖는 게 소원이에요! 아, 그리고 초콜릿 분수도 꼭 있어야 해요!"

"근데 헨젤과 그레텔엔 마녀도 나오잖아. 꿈에 마녀가 나오면?"

"마녀는 안 무서워요. 그리고 마녀는 화로에 집어넣으면 돼요!"

"어, 음, 그래. 맞, 맞는 말이긴 하지……."

윤슬이 떨떠름히 맞장구쳤다. 하연은 발을 동동 굴렀다.

"얼른 꿈 주세요!"

"코코아 다 마셨어?"

"네! 근데 벌써 졸려요……."

"괜찮아. 잠들면 과자집 꿈을 꾸게 될 거야. '꿈의 방'으로 갈까?"

"네……. 저 잘래요……."

하연은 벌써 꾸벅꾸벅 졸기 시작했다. 카셀은 하연을 안아 들고 윤슬과 함께 꿈의 방에 들어갔다.

'꿈의 방'은 말 그대로 손님들이 꿈을 꾸게 되는 공간이었다. 조도부터 온도, 심지어 습도까지 전부 숙면을 위해 조성되어 있었다.

카셀은 조심스럽게 하연을 푹신한 의자에 앉혔다. 등받이 각도를 조절하자 의자가 마치 침대처럼 펼쳐졌다.

"우음……."

하연이 입을 오물거리며 몸을 뒤척였다. 곧 나름대로 편한 자세를 찾았는지 깊은 잠에 빠져들었다. 윤슬 역시 바로 옆자리에 준비된 자리에 앉았다. 카셀은 왼손으로는 윤슬의 손을 잡고, 오른손으로는 하연의 미간을 짚었다.

이내 카셀이 능력을 사용하자, 윤슬의 눈이 감김과 동시에 카셀의 몸 역시 모습을 감췄다.

윤슬은 울창한 나무들 사이에서 눈을 떴다. 풀도 어찌나 높이 자랐는지, 윤슬의 허벅지 중간까지 왔다. 높은 풀숲 사이로 작은 오솔길이 보였다. 윤슬의 옆에는 아직 손을 놓지 않은 카셀이 있었다.

　"이 길로 가면 되나?"

　"아마도? 일단 가 보자."

　둘은 오솔길을 따라 걸었다. 혹시라도 하연에게 들키지 않도록 조심스러운 발걸음이었다. 얼마 지나지 않아, 거대한 과자집이 모습을 드러냈다. 말 그대로 동화에서나 나올 법한 집이었다.

　나무 대신 초콜릿 롤케이크 기둥이 서 있었고, 벽은 비스킷이었다. 대문은 커다란 판 초콜릿이었고, 창문은 투명한 사탕이었다. 게다가 벽 중간 중간 자그마한 사탕과 초콜릿들이 보석처럼 박혀 있었다. 집 꼭대기의 굴뚝은 거대한 콘 아이스크림이 거꾸로 박혀 있는 모습이었다. 게다가 마당의 한가운데 있는 3단 분수에서는 물 대신 진한 초콜릿이 흐르고 있었다.

　단 것을 좋아하는 윤슬은 그 광경을 보자마자 정신을 못 차렸다.

　"헐, 대박. 나도 이거 한 입만 먹어 보면 안 돼?"

　"윤슬."

　"아니, 진짜 한 입만."

　"꿈술사는 꿈 구매자의 꿈에 절대 개입하지 않는다. 서약서 3

번 조항이야. 벌써 잊어버린 건 아니지?"

윤슬은 '이런 것도 개입이라고 할 수 있느냐'며 투덜거렸지만, 카셀은 단호히 고개를 저었다. 결국 윤슬은 과자집에 대한 미련을 버려야만 했다.

"하연이는 어디 갔지?"

"저기 있네."

카셀이 분수 쪽을 가리켰다. 윤슬의 시선 역시 분수 쪽을 향했다. 하지만 분수는 고요했다. 윤슬이 카셀에게 다시 물어보려던 순간, 초콜릿 분수 한쪽에서 공기 방울이 올라오기 시작했다. 윤슬은 설마 하는 생각에 입을 떡 벌리고 그쪽을 주시했다. 그러던 그 순간, 공기 방울이 올라오던 곳에서 하연이 튀어나왔다.

"푸하!"

머리부터 발끝까지 초콜릿으로 범벅이 된 바람에 움직이는 초콜릿 동상처럼 보였다. 하연은 초콜릿 분수에서 나오더니 손을 핥았다.

"맛있다……."

하연은 잠시 감격한 표정을 짓더니, 이내 쪼그려 앉은 채 벽에 붙어 있는 사탕과 초콜릿을 떼어 내기 시작했다. 조막만 한 손이 군것질로 가득 차자, 하연은 떼어 낸 사탕과 초콜릿을 한 번에 입에 털어 넣었다. 그리고는 세상에서 제일 행복한 표정으로 우물거리기 시작했다.

"너무 맛있어……. 행복해……."

카셀과 윤슬은 저도 모르게 흐뭇한 미소를 지었다.

하연은 사탕과 초콜릿을 먹다가, 중간 중간 벽에 구멍을 뚫어 비스킷을 초콜릿 분수에 찍어 먹기도 하고, 초콜릿 롤케이크 기둥을 베어 물기도 했다. 꿈속이라서 그런지 먹어도 먹어도 배가 안 부른 모양이었다.

그렇게 행복한 시간을 보내던 하연은 문득 자리에서 일어났다.

"집안에는 뭐가 있을까?"

그리고는 뻥 뚫려버린 벽을 통해 집안으로 쏙 들어갔다.

"어어?"

카셀과 윤슬이 당황하는 사이, 하연은 완전히 사라져 버렸다.

"우리도 들어가면 안 되겠지?"

"응. 그럼 하연이가 우리를 보게 될 거야. 우리는 어디까지나 지켜보는 역할이야."

윤슬은 카셀의 말에 수긍했다. 그녀는 아무 데나 털썩 앉았다. 카셀도 윤슬의 옆에 앉았다.

"소풍 나온 것 같다. 힐링 되고 좋네."

둘은 그렇게 간만의 평화를 즐겼다. 윤슬은 아예 풀밭에 드러누워 버렸다.

"카셀, 근데……."

쿵!

윤슬이 카셀에게 뭔가를 말하려던 그 순간, 갑자기 땅이 진동했다.

카셀은 자리에서 벌떡 일어났다. 윤슬도 주변을 두리번거렸다.

"뭐야? 드림이터야?"

"아니. 드림이터의 기운은 느껴지지 않아."

"그럼 이건 뭐야?"

카셀이 휙 고개를 돌려 걱정스러운 눈으로 과자집을 바라봤다. 그때 집안에서부터 찢어지는 듯한 어린아이의 비명이 흘러나왔다.

"꺄아아아악!"

동시에 초콜릿 문이 부서지면서 하연이 달려 나왔다. 무언가로부터 도망치듯 계속 뒤를 돌아보면서.

하연은 숲으로 도망치려고 했다. 하지만 문 안쪽에서 거대한 손이 불쑥 튀어나와 하연의 옷을 잡아챈 바람에 넘어지고 말았다. 다행히 하연은 땅바닥에 얼굴을 부딪치지는 않았다. 거대한 손이 옷깃을 단단히 잡고 있던 탓이었다.

그 손은 새빨갰다. 게다가 검고 긴 손톱이 자라 있었다. 거칠고 억센 털이 빼곡하게 붉은 손등을 덮고 있는 모습까지, 영락없는 악마의 손이었다.

이내 악마가 완전히 밖으로 나왔다. 머리 양쪽에는 거대한 검은 뿔이 달려 있고, 툭 불거진 눈은 사악하게 번들거렸다. 악마가 입맛을 다시며 음흉하게 웃었다. 그러자 입 안 가득 뾰족한 이빨이 보였다.

"놔! 이거 놔!"

하연은 몸부림치며 악마의 손을 떼어내려 했지만, 악마는 하연을 달랑 들어 올린 채 도로 집안으로 향했다.

"감히 겁도 없이 이 몸의 집을 뜯어먹어? 건방진 꼬맹이, 너를 구워 집어삼켜 버릴 테다!"

"살려 주세요! 잘못했어요! 아빠, 아니 아저씨! 다신 안 그럴게요!"

하연은 눈물 콧물로 얼굴이 범벅이 될 만큼 울었다. 하지만 악마에게 자비란 없었다. 악마는 그대로 반쯤 부서진 초콜릿 문을 쾅 닫고 들어가 버렸다.

카셀과 윤슬은 그때까지 굳은 채 그 모습을 지켜보고 있었다. 악마의 모습이 사라지고 나서야 윤슬은 정신을 차렸다.

"구해 줘야 하는 거 아냐?"

"……지켜봐야 해."

"이런 것도 개입하면 안 된다고? 그럼 우리가 하연이랑 같이 꿈속에 들어온 이유가 뭔데!"

결국 윤슬이 참지 못하고 소리를 질렀다. 순식간에 둘 사이의 분위기가 험악해졌다. 카셀도 이를 악물고 말했다.

"나라고 구해 주기 싫은 게 아니야. 우리가 함부로 끼어들었다가 하연이 무의식에 어떤 영향을 끼칠 줄 알고? 가만히 있는 게 하연이를 위한 거야."

"저러다가 잡아먹히면?"

"기껏 해봐야 꿈에서 깨는 정도겠지!"

"꿈속에서 죽으면 영혼을 잃는다며!"

"정확히는 잡아먹히기 직전에 알아서 깰 거야. 저 악마가 드림이터라서 무의식을 지배할 정도의 힘이 있는 게 아닌 이상."

'드림이터'라는 말이 나오자 윤슬의 얼굴이 하얗게 질렸다. 윤슬이 하연에 대한 걱정으로 물들어 가는 와중에도 카셀은 미간을 찌푸리고 과자집을 쳐다보고 있었다. 뭔가를 깊게 생각하는 눈치였다. 집안에서는 여전히 하연의 비명이 작게 들려왔다.

"저 악마가 드림이터라면? 드림이터가 모습을 바꾸고……."

그 말에 카셀이 단호하게 고개를 저었다.

"그럴 리 없어. 그랬다면 다른 누구보다 내가 먼저 느꼈을 거야. 그리고 뭔가 이상해."

"뭐가 이상한데?"

"꿈의 무의식의 거울이지. 그래서 우리도 마녀가 등장할 줄 알았잖아? 마치 헨젤과 그레텔처럼. 동화가 하연이의 무의식에 있을 테니까."

윤슬이 고개를 끄덕였다. 카셀의 말에 집중하느라 조금 진정된 윤슬을 보며 카셀이 말을 이었다.

"근데 마녀가 아니라 악마가 등장했지. 그럼 저 악마가 하연이 무의식 속에 있다는 거잖아. 그리고 아까 하연이가 아빠라고 하지 않았어?"

거기까지 들은 윤슬이 눈을 크게 떴다. 그녀 역시 뭔가 이상하다는 것을 알아차린 후였다.

"그럼…… 하연이 아버지가 저런 악마라는 거야?"

"응, 확신할 수는 없지만. 그리고 아까 하연이네 어머님이 나한테 하신 말씀이 자꾸 걸려."

"무슨 말씀을 하셨는데?"

"작년에 재혼하셨는데, 하연이가 새아빠랑 좀처럼 친해지질 못해서 걱정이라고 하셨어. 게다가 새아빠랑 같이 살기 시작하고 나서부터 점점 말수가 줄고 늘 주눅 들어 있대. 게다가 요즘은 친구들하고도 안 만난다고 하시더라고."

하연의 가정사를 알게 된 윤슬은 잠시 고민하다 조심스럽게 말했다.

"사회적 위축은 가정폭력 피해 아동들의 대표적인 증상이야. 가해자는 하연이 아버지일 확률이 높고. 확실하진 않아도 혹시 모르니까 하연이네 어머님께 말씀은 드려 봐야겠는걸."

카셀 역시 고개를 끄덕였다. 그때, 갑자기 하늘 한구석이 까맣게 물들기 시작했다. 마치 페이드아웃 되듯, 점차 어두워지는 꿈에 윤슬이 당황했다.

"왜, 왜 이러지?"

"꿈에서 깨려는 거야. 집안 상황을 좀 봐야겠어. 들어가 보자."

"그러고 보니 조용해졌네. 하연이…… 괜찮겠지?"

"괜찮을 거야. 다들 어릴 때 악몽 한 번씩은 꾸니까."

둘은 조심스럽게 초콜릿 문을 열고 집안으로 들어섰다. 집안 역시 바깥쪽처럼 온갖 종류의 사탕과 초콜릿, 젤리로 한가득 꾸며져 있었다. 단내가 풀풀 풍겨 머리가 아플 정도였다. 둘은 발소리가 나지 않게 살금살금 걸으며 집안을 살폈다. 그런 와중에도 꿈은 점차 어두워지고 있었다.

그때, 윤슬이 무언가를 발견하고 카셀을 불렀다.

"카셀, 이것 좀 봐. 이거 오븐 같은데, 설마……."

오븐 입구가 살짝 열린 채였다. 위에는 하연의 머리 끈이 놓여 있었다. 윤슬은 경악하며 그대로 주저앉아 오븐을 열려고 했다.

"잠깐, 윤슬."

"이번에도 안 된다고 하면 진짜 너 가만 안 둘⋯⋯."

딱. 윤슬의 말이 끝나기도 전에 카셀이 오른손을 한 번 튕기자 작은 빛이 반짝였다. 카셀의 손끝에서 나온 꿈가루의 빛이었다. 동시에 점차 어두워지던 주변이 그대로 멈췄다.

순간적으로 너무 고요해진 나머지 윤슬은 귀가 먹먹하다는 느낌마저 받았다. 윤슬은 창밖을 바라봤다. 바람에 떨어지던 나뭇잎들이 공중에 그대로 멈춰 있는 모습이 보였다. 하늘의 구름 역시 더는 흘러가지 않았다. 윤슬이 얼떨떨한 표정을 짓자 카셀이 직접 오븐을 열었다.

"이렇게 하면 괜찮을 거야."

윤슬은 긴장하며 천천히 열리는 오븐을 노려봤다.

그 안에는 작은 여자아이가 들어 있었다. 그 모습을 보자마자 윤슬이 분통을 터트렸다. 얼마나 화가 났는지 눈이 벌게진 채였다.

"이런 미친 놈! 설마 현실에서도 이런 건 아니겠지?"

"동화랑 어느 정도 섞였을 거야. 진정해, 윤슬."

윤슬은 울면서도 조심스럽게 오븐에서 하연을 빼 내 안아 들었다. 시간이 정지된 탓에 하연은 숨 쉬는 것을 멈춘 상태였지만, 따뜻한 체온이 아직 느껴졌다. 그래도 불안한지 윤슬이 떨리는 목소리로 카셀에게 물었다.

"사, 살아 있는 거 맞지?"

"응. 꿈속에서 죽는 일은 거의 없다니까. 보통은 직전에 깨. 그러니까 걱정하지 마."

카셀은 하연의 눈을 가리고 멈춰 놓았던 시간을 도로 움직이기 시작했다. 공중에 떠 있던 나뭇잎이 바닥으로 떨어지고, 구름이 다시 바람에 천천히 흘러갔다. 동시에 세상이 점점 더 어두워지기 시작했다. 이제 코앞에 있는 물건조차 볼 수 없을 정도였다.

하연은 기절한 듯 움직이지 않았다. 윤슬은 하연에게서 풍기는 오븐 특유의 탄내에 한숨을 쉬었다.

"여기 더 있기 싫어. 일단 나가자."

"그래……. 어?"

뒤돌려던 카셀은 오븐 안쪽에서 빛나는 무언가를 발견하고 도로 주저앉았다. 한 치 앞도 보기 힘들 정도로 어두워졌는데도 그 빛만큼은 선명하게 눈에 들어왔다.

카셀은 그 순간 굉장히 비이성적인 열망을 느꼈다. 저 빛을 반드시 가져야만 한다는 강렬한 욕구가 카셀의 머리를 장악했다. 지금 저 빛을 놓치면 평생토록 후회할 것이 분명했다.

카셀은 홀린 사람처럼 오븐에 손을 넣어 그 빛을 움켜잡았다.

바로 그때, 꿈이 완전히 꺼졌다.

윤슬은 눈을 뜨자마자 카셀부터 찾았다. 다행히 이번에는 굴러 떨어지지 않았는지, 카셀은 하연의 의자 옆에 똑바로 서 있었다.

이윽고 그가 눈을 떴다.

커튼처럼 풍성한 금빛 속눈썹이 천천히 올라가자 깊이를 알 수 없는 푸른 눈동자가 모습을 드러냈다. 윤슬은 그 눈동자가 천천히 빛을 찾아 가는 모습을 지켜봤다. 그녀는 그 모습에서 기적을 찾고 싶었다. 자신의 감정이 무엇인지 확신하지도 못하는 상태에서, 윤슬은 본능적으로 카셀에게 그 감정을 확인받고 싶었다.

완전히 정신을 차린 카셀은 가장 먼저 하연의 상태를 살폈다. 다행히 무사히 깨어나고 있었다. 잠시 후 하연도 눈을 떴다.

"하연아, 괜찮……."

"으아아앙!"

그러나 카셀의 질문이 채 끝나기도 전에, 하연이 큰 소리로 울음부터 터트렸다. 윤슬은 하연의 어머니를 불러오기 위해 다급히 꿈의 방을 나갔다. 당황한 카셀이 하연을 안아 올리려 했지만 하연은 거세게 몸부림치며 거부했다.

"엄마! 엄마아!"

급기야 하연은 울며 자신의 어머니를 찾기 시작했다. 카셀이 어쩔 줄 몰라 하는 사이, 윤슬이 밖에 앉아 있던 여자를 데리고 들어왔다.

"하연아, 왜 그래! 괜찮아, 엄마 왔잖아."

여자가 하연을 안아 올렸다. 카셀이 안으려 했을 때는 그렇게 거부하던 아이는 기다렸다는 듯 여자의 목을 끌어안고 품에 폭 안겼다. 다행히 하연은 금방 진정했다.

한숨 돌리던 카셀과 윤슬은 이내 송곳처럼 날카로운 시선과 마주해야 했다. 여자가 매몰찬 말투로 따졌다.

"두 분, 무슨 일인지 제대로 설명해 주셔야 할 겁니다."

"그, 그게……."

"제대로 설명하지 못할 것 같으면 더 이상 영업할 생각은 접으세요."

윤슬이 제대로 대답하지 못하는 사이, 여자의 눈초리는 시시각각 뾰족해지고 있었다. 그때, 생각을 차분히 정리한 카셀이 한 걸음 앞으로 나섰다.

"어머님, 아까 제게 하신 말씀 기억하시나요? 하연이 아버지와 관련해서 하신 말씀이요."

"네. 그게 왜요?"

"저희가 꿈속에서 본 게 있는데, 어떻게 말씀드려야 할지……."

"머뭇거리지 말고 제대로 말씀하세요."

카셀은 최대한 믿음직한 목소리를 내기 위해 노력했다. 이미 신뢰는 깨져 버렸지만, 최소한 카셀이 지금 하려는 말은 여자에게 의심받아서는 안 된다. 하연의 안전과 직결된 일이었다. 여자가 카셀의 말을 헛소리로 치부해버리면 하연은 혹시 모를 가정폭력의 위험에서 안전해질 수 없었다.

"꿈 자체에는 문제가 없었습니다. 초반에 하연이는 꿈속에서 행복하게 뛰어놀았고요. 그런데 갑자기 악마가 나타났습니다. 악마는 하연이를 잡아 오븐 안에 집어넣었습니다. 헨젤과 그레텔에 나오는 마녀처럼요. 하연이는 꿈속에서 악마에게 죽을 뻔했습니다. 지금은 그것 때문에 놀라서 우는 거고요."

"그래서요?"

"자세히 설명해 드리려면 조금 복잡하지만…… 저희는 '헨젤과 그레텔'을 바탕으로 꿈을 구상했습니다. 그런데 하연이의 무의식에 마녀가 아니라 '악마의 모습을 한 성인 남성'이 등장했다는 말씀입니다."

카셀이 말을 이을수록 여자의 얼굴이 점점 붉어지기 시작했다. 거의 폭발 직전의 화산 같았다. 그녀는 이제 숨을 씩씩대며 분노를 참지 못하고 있었다.

"물론 동화가 영향을 준 것일 수도 있습니다. 하지만 꿈은 무의식의 발현입니다. 이건 하연이 안전과도 관련된 일이라 아주 작은 의심이라도 말씀드리는 게 좋을 것 같아서요."

"요점만 말씀하세요."

"결론적으로 저희는 가정폭력의 가능성이 크다고 보았습니다. 특히 하연이가 요즘 사회적으로 위축된 모습을 보였던 점 역시 가정폭력과 관련 있는 것 같습니다. 물론 확실하다는 것은 아닙니다. 그래도……."

짝! 카셀의 말이 채 끝나기도 전에 여자가 카셀의 뺨을 때렸다. 카셀의 고개가 휙 돌아감과 동시에 윤슬이 비명을 질렀다.

"어머님!"

"지금 무슨 소리를 지껄이는 건지 알고나 있는 거야? 지금 감히 내 남편을 범죄자 취급해? 어디서 멀쩡한 가정을 뒤집어엎으려고!"

윤슬이 앞으로 나서려 했지만 카셀이 제지했다. 카셀은 갑자기 얻어맞은 상황 속에서도 침착했다.

"하연이가 듣습니다, 어머님."

"네가 한 말이 애 정서에 더 안 좋아! 애 아빠를 가정폭력범으로 몰고 가?"

"하연이한테 직접 물어보는 건 어떠신지요. 그게 가장 확실할 것 같습니다. 저희로서도 하연이가 진심으로 걱정돼서 이런 말씀을 드리는 겁니다."

카셀이 정중하게 고개를 숙였다. 카셀이 일관되게 보여준 침착함에 여자도 조금 진정한 듯 보였다. 여자는 품에 안고 있던 하연에게로 시선을 돌렸다.

"하연아, 아빠가 너한테 무슨 짓 안 했지?"

고압적인 여자의 말투에 겁먹은 하연이 움츠러들었다. 하연은 아예 입을 꾹 다물며 여자의 어깨에 얼굴을 푹 파묻었다. 하연의 반응에 여자가 기고만장해졌다.

"그것 봐! 없다잖아! 내가 너희들 명예훼손으로 싹 다 고소할 거야!"

그때, 결국 보다 못한 윤슬이 더 이상 참지 못하고 끼어들었다.

"그렇게 물어보시면 안 돼요!"

"넌 또 뭔데 끼어들어?"

"하연아, 혹시 하연이를 무섭게 하는 사람 있어?"

윤슬은 아예 여자를 무시하고 하연에게 직접 묻기 시작했다. 여자와는 정반대로, 달래듯 부드러운 말투였다. 겁먹고 숨어 있던 하연은 윤슬의 친절함에 조금 안심됐는지 고개를 빼꼼 들었다. 윤슬은 허리를 살짝 숙여 하연과 눈을 맞추고 다시 물었다.

"혹시 하연이를 무섭게 하거나 아프게 하는 사람 있어? 누나랑 오빠가 하연이 걱정돼서 그래."

하연은 잠시 머뭇거리다가 작은 목소리로 웅얼거렸다.

"······씨가 그래요."

"누가 그런다고?"

"아저씨가······."

윤슬도, 카셀도, 그리고 하연을 안고 있던 여자도 똑똑히 들었다. 여자는 그대로 딱딱하게 굳어 믿을 수 없다는 표정으로 하연을 쳐다봤다.

"하연아, 내 딸, 다시 말해 봐봐. 아빠가 그런다고?"

"내 아빠 아니야! 아저씨야!"

하연은 '아빠'라는 단어에 강한 거부감을 보이더니 이내 닭똥 같은 눈물을 흘리기 시작했다.

"아빠라고 하면, 혹, 라이터로 하연이 태울 거라고 했단 말이야!"

결국 하연이 울면서 모든 일을 털어놓기 시작했다.

"처음부터 아저씨가 그랬어. 나는 아저씨 딸 아니라고, 아빠라고 부르면 지져 버릴 거라고. 혹, 그리고 아저씨 돈으로 먹고살면서 건방지게 굴지 말라 그랬어. 친구 만난다고 돌아다니지 말고 집 안에만 얌전히 있으라고······."

더 들을 필요도 없었다. 윤슬은 하연을 달래며 더 말하지 않아도 된다고 속삭였다. 하연은 무서웠던 기억이 다시 떠오르는지 한동안 울다가 이내 지쳐 잠들었다.

여자는 내내 망부석처럼 서 있었다. 오랫동안 하연을 안고 있었는데도 큰 충격 때문에 힘들지도 않은 모양이었다. 윤슬이 여자에게 쏘아붙였다.

"이래도 명예훼손으로 고소하실 건가요?"

"……."

여자는 아무 말도 하지 못하고 눈을 질끈 감았다. 잠시 후 다시 뜬 여자의 눈에는 눈물이 가득 차 있었다.

"하연이를 위해서라도 정상 가족을 꾸려야 한다고 생각했어요. 나 혼자 키우는 것보다는 아빠가 꼭 있어야 한다고……. 단 걸 못 먹게 하는 것도 남편 때문이었어요. 애가 살찌면 보기 싫다고 해서요. 사실 뭐든 먹게 해 주고 싶었는데, 혹시라도 아이가 미움 받을까 봐……."

"아빠가 없다고 해서 비정상인 건 아니에요. 정말 하연이를 위하셨다면 하연이를 잘 지켜 주셨어야죠."

"정말 다정한 사람이었는데, 정말 착한 사람이라고 생각했는데……. 그런 짓을 했을 줄은 정말 몰랐어요."

여자는 급기야 흐느껴 울기 시작했다. 카셀이 한숨과 함께 입을 열었다.

"어쨌든 늦기 전에 알게 돼서 다행이라고 생각합시다. 지금이라도 바로잡을 기회가 있으니까요. 저희는 바로 경찰에 신고할 생각인데, 괜찮으실까요?"

"……아니요. 신고하지 마세요."

울먹이면서도 단호하게 신고를 거부하는 여자의 말에 결국 윤슬이 폭발했다. 카셀도 막을 수 없는 불도저에 시동이 걸렸다. 윤슬이 여자에게 몸싸움이라도 할 것처럼 달려들었다. 카셀은 다급하게 윤슬을 뒤에서 끌어안고 그녀를 말리려 애썼다. 하지만 힘으로 몸싸움만 겨우 막아냈을 뿐이었다.

"야, 이 여자야! 제정신이야? 가정폭력의 끝은 살인이라는 말도 못 들어 봤어? 점점 심해질 거라고! 정신 안 차려? 하연이한테 정말 무슨 일이라도 생겨야 정신 차릴 거야?"

"윤슬! 손님이야, 손님! 예의는 지켜야지!"

카셀이 잡고 있는 와중에도 윤슬은 여자를 향해 발길질했다. 동시에 자신을 붙잡고 있는 카셀의 손가락을 하나씩 떼어 내려 했다. 카셀은 잠들어 있는 하연 쪽을 흘끔거리며 아이가 깨서 다시 울음을 터뜨릴까 걱정했다.

난장판 속에서 여자의 담담한 목소리가 들려왔다.

"제 손으로 신고하겠습니다."

거짓말처럼 윤슬의 몸부림이 뚝 멈췄다. 카셀과 윤슬은 둘 다 놀라 여자를 멍하니 바라봤다. 여자는 더 이상 눈물을 흘리지 않았다. 눈 속에 굳은 빛이 서려 있었다.

"제가 지금 신고할 테니까 걱정하지 마세요. 남편을 사랑하지만, 아니, 사랑했지만, 저한테는 하연이가 다른 그 무엇보다도 소중해요. 그러니까 제 손으로 하연이를 지킬 수 있게 해 주세요. 그거라도 하게 해 주세요……."

직접 신고하겠다는 말이 거짓은 아닌지 여자는 떨리는 손으로

112에 전화를 걸었다.

"여보세요, 경찰이죠? 가정폭력을 신고하려고 하는데요……."

며칠 후.

카셀은 하연의 꿈에서 추출한 꿈가루를 넣은 유리병을 조심스럽게 찬장에 넣고 있었다. 하연의 꿈가루는 당시의 불안정한 심리 상태를 증명하듯 조금 어둡게 반짝였다.

그때 핸드폰을 보던 윤슬이 인터넷에서 한 기사를 발견했다.

"카셀, 이거 봐봐."

기사 제목은 이랬다.

《7세 의붓딸에게 "라이터로 태워 죽이겠다" 협박한 30대 남성 입건》

기사 내용에는 환상 상점에서 하연이 했던 말뿐 아니라, 더 많은 가정폭력 정황이 적혀 있었다. 심지어 상습적인 협박을 일삼았다는 말까지 있었다. 한 변호사는 기자와의 인터뷰에서 상습범이 인정되어 가중 처벌되면 최대 3년 6개월의 징역형까지도 선고될 수 있다고 말했다.

댓글을 보자 가정폭력범을 욕하는 내용이 다수였다. 하지만 동시에 뒤늦게 가정폭력 사실을 알아차린 어머니도 의심스럽다는 댓글 또한 심심찮게 찾아볼 수 있었다. 그런 댓글에는 '어머니가 직접 신고했다는 내용은 안 보이냐'라는 답글이 꼭 달려 있긴 했지만.

기사를 다 읽은 카셀이 물었다.

"하연이는 괜찮을까?"

"최소한 지금 당장은 안전해지겠지만…… 판결이 어떻게 나올지가 걱정이네. 트라우마에 시달릴 수도 있으니까 그런 부분도 세심하게 챙겨 줘야 하고."

"천벌 받았으면 좋겠다."

"내 말이! 그렇게 작고 귀여운 애한테 어떻게 그러냐. 그래도 입건됐다니까 다행이다. 한숨 돌렸네. 그나저나 카셀, 나 너랑 진지하게 의논할 게 있어."

카셀은 윤슬을 바라봤다. 윤슬의 눈꼬리가 화난 것처럼 뾰족했다.

"하연이는 아직 어린아이였고, 그런 꿈을 꾸면 평생 갈 트라우마가 생길 수도 있어. 가뜩이나 아버지에 대한 공포가 강한 아이였잖아. 그때 왜 날 막았어? 최소한 바로 구해 냈으면 하연이가 오븐에 들어갈 일도 없었잖아."

올 것이 왔다. 카셀은 언젠가 이 문제로 윤슬과 싸우게 될지도 모른다고 짐작하고 있었다. 카셀은 윤슬을 이해시키려 애썼다.

"윤슬, 전에도 말했지만 꿈은 무의식의 일부야. 악몽을 무서워하는 사람들도 있지만, 그렇다고 악몽 때문에 트라우마가 생기지는 않아."

"네 말대로 꿈이 무의식의 일부기는 하지만 환상 상점에서 파는 꿈은 인공적으로 만들어 낸 것이기도 하잖아? 그럼 얘기가 달라져야 하는 거 아니야?"

"결국 꿈꾸기를 바라는 장면 자체가 이미 그 사람의 머릿속에 있잖아. 나는 꿈을 만들어 내지는 못한다니까? 나는 그냥 길잡이야. 내 역할은 무의식에서 구매자가 바라는 장면을 뽑아 내는 거라고."

하지만 윤슬은 쉽사리 수긍하지 못했다. 그녀 역시 하연이 악마의 손에 붙잡히던 장면을 잊지 못했다. 다신 그런 장면을 보고 싶지 않았다. 무엇보다도 소중하게 지켜 줘야 할 어린아이가 또다시 위험한 상황에 처하는 것을 막고 싶었다. 아무리 현실이 아닌 꿈속에서라도.

"아무리 그래도 나는 절대 못 참아. 그럼 앞으로 이렇게 하자. 손님이 미성년자일 때는 저번 같은 일이 생기면 네가 꿈을 멈추고 조치하는 걸로. 어때?"

이대로라면 한도 끝도 없이 윤슬과 다투게 될 것이 분명했다. 저렇게 곧은 눈을 한 윤슬은 웬만해서는 의견을 굽히지 않았다. 이만큼 양보한 것도 기적이었다. 카셀은 하는 수 없이 고개를 끄덕였다. 그러다 문득 생각났다는 듯 자신의 주머니를 뒤적이다 손바닥만 한 수정을 꺼냈다.

"얘기한다는 걸 잊어버렸네. 나 그때 오브 안에서 이걸 찾았어."

"뭐야, 이거. 드림스톤 조각 아니야? 이걸 어떻게 찾았어?"

"하연이 구조하고 나서 보니까 오브 안에 있더라. 뭔가 느낌이 이상해서 봤는데 이게 있었어."

카셀은 윤슬에게 드림스톤 조각을 넘겼다. 두 번째 조각이었다. 원래 갖고 있던 조각보다는 조금 작았다. 윤슬은 두 번째 조각을 신기하게 바라보다 다시 카셀에게 줬다.

"신기하네. 근데 이거 다 찾으면 어떡해? 자기들끼리 알아서 붙나?"

"나도 아직 잘 모르겠어. 지금 한 번 붙여 볼까?"

카셀은 주머니에서 첫 번째 조각까지 꺼내 양손에 조각을 쥐고 가까이 갖다 대 보았다. 둘은 내심 만화처럼 조각들이 딱 달라붙는 장면을 기대했다. 하지만 조각들은 아무런 반응도 없었다. 카셀이 조각을 서로 비비기까지 해봤지만, 수정 특유의 맑은 소리만 날 뿐이었다.

"엥? 나는 만화처럼 둘이 딱 맞춰질 줄 알았는데. 꿈가루라도 발라 줘야 하는 거 아니야?"

윤슬의 말에 카셀은 꿈가루를 아주 조금 뽑아 내서 검지를 조각난 부분에 문질러 봤다. 그러나 마찬가지였다. 다만 꿈가루 덕분에 조각이 조금 더 예쁘게 반짝거렸다. 윤슬이 인상을 찌푸렸다.

"대체 뭐지? 어떻게 해야 하는 거야?"

"조각을 다 모아야 하는 걸 수도 있어. 일단은 조각을 다 찾아보자."

"논문에서 드림스톤과 꿈술사는 서로 이끌린다고 했잖아. 딱 보자마자 이게 드림스톤이라는 걸 알았어? 대충 보면 그냥 보석 같은데."

카셀은 잠시 오븐 속에서 조각을 찾아 냈던 순간을 회상했다.

그 강렬한 이끌림을 어떻게 잊을 수 있을까. 마치 태생부터 하나로 연결되어 있었던 것 같았다. 잃어버린 일부, 쌍둥이나 영혼의 조각을 찾은 듯했다. 카셀은 그 감각을 말로 설명할 수가 없었다.

"그냥…… 알 수 있었어. 뭔가 홀린 것처럼."

"앞으로도 찾을 수 있겠어?"

"가능할 것 같아. 그 느낌만 그대로라면."

윤슬은 고개를 끄덕이며 여전히 아쉽다는 듯 잠시 카셀이 들고 있는 조각들을 바라봤다. 이내 그녀는 다시 핸드폰으로 하연과 관련된 기사를 찾아보기 시작했다.

다음 예약을 알리는 벨소리가 울리기 전까지.

# 두 번째 손님

## 6

신비로운 종소리와 함께 환상 상점의 문이 열렸다.

20대 초반으로 보이는 남자가 문을 열고 들어왔다. 마른 체구에, 평균 정도의 키를 가진 아주 평범한 사람이었다. 남자는 상점에 들어서자마자 경계하듯 주변을 살폈다.

"어서 오세요. 꿈술사의 환상 상점입니다."

남자는 쭈뼛거리며 카셀과 윤슬에게 마주 인사했다. 다만 조금 소심한 편인지 좀처럼 카셀과 윤슬의 눈을 마주치지 않았다.

"환상 상점 맞죠? 저 그제 예약한 사람인데요······."

"네, 김찬희 씨 맞으실까요?"

"네, 맞아요."

"그럼 먼저 상담부터 진행할까요? 이쪽으로 오시면 됩니다. 음료는 뭐로 준비해 드릴까요?"

"저 그냥 아메리카노면 돼요."

"네, 그럼 아메리카노로 준비해 드리겠습니다."

카셀이 음료를 만드는 동안, 윤슬은 찬희와 함께 상담실로 향했다. 찬희가 자리에 앉아서도 딱딱하게 굳어 있자 윤슬이 분위기를 부드럽게 만들기 위해 입을 열었다.

"마음 편하게 가지셔도 돼요. 말이 상담이지 자유롭게 말씀하시면 저희가 듣고 꿈을 구상해 드리는 거예요."

"아……."

하지만 찬희는 애매하게 반응할 뿐이었다. 여전히 시선은 허공 이곳저곳을 떠돌았다. 그는 시종일관 어딘가 몹시 불안하고 초조해 보였다. 종종 다리를 떨기도 하고, 손톱을 심하게 물어뜯기도 했다. 이미 손끝은 잔뜩 벗겨져 피가 비치는 곳도 있었다.

그 모습을 본 윤슬도 입을 다물었다. 때로 침묵을 편안해하는 사람도 있는 법이었다. 결국 카셀이 들어올 때까지 상담실 안은 조용했다.

"아메리카노 나왔습니다."

"감사합니다."

찬희는 목이 말랐는지 아메리카노를 받자마자 금방 절반 넘게 마셔 버렸다. 그리고는 목을 살짝 움츠린 채 물었다.

"어……. 이제 무슨 말을 하면 되나요?"

"뭐든 편하게 말씀해 주세요. 비밀은 반드시 엄수할 테니 걱정은 하지 않으셔도 됩니다."

찬희는 카셀의 대답을 듣고 나서도 좀처럼 입이 쉽게 떨어지지 않는지 한참 입을 벌렸다 닫기를 반복했다. 카셀과 윤슬은 그런 찬희를 재촉하지 않고 끈기 있게 기다렸다. 한참 후, 드디어 찬희가 이야기를 시작했다.

"얼마 전에…… 여자 친구를 떠나보냈어요."

"……."

"정말, 정말 많이 사랑했는데……. 이제 다신 볼 수 없겠죠. 꿈에서라도 한 번만 다시 보고 싶어요. 딱 한 번만……."

"일단 알겠습니다. 혹시 따로 생각해 두신 장소가 있을까요?"

"바닷가요. 같이 가기로 했었거든요. 여자 친구가 자긴 한 번도 바다 여행을 가본 적이 없다고 해서……."

급기야 찬희는 감정이 북받치는지 울먹이기 시작했다. 결국 그는 눈가를 훔치며 말을 이었다.

"꼭 하고 싶은 말이 있었는데 못했어요. 그렇게 가 버릴 줄 알았다면 진작 할걸……."

윤슬이 휴지를 내밀었다. 찬희는 휴지를 받아 들고 눈물을 닦으며 코를 훌쩍였다. 잠시 후, 어느 정도 진정된 찬희는 이내 졸음이 몰려오는지 눈을 느리게 깜박였다.

"그럼 이제 서약서에 서명하고 꿈의 방으로 가시죠. 거기서 원하시던 꿈을 꾸게 되실 겁니다."

셋은 그렇게 꿈의 방으로 들어갔다. 찬희는 의자에 앉자마자 쓰러지듯 잠에 빠져들었다. 이어서 카셀과 윤슬도 찬희의 꿈에 진입했다.

자글자글한 파도 소리가 귓가를 간지럽혔다. 하얀 거품이 모래 사장을 한 번 스치고 지나간 자리마다 흔적이 남았다. 태양이 노을을 흩뿌리며 수평선 너머로 천천히 내려가고 있었다.

영화처럼 아름다운 풍경을 뒤로 하고, 둘은 찬희를 찾아 나섰다.

"근데 뭔가 이상하지 않았어? 너무 불안해하던데."

"그러니까. 그리고 여자 친구 얘기를 할 때도 뭔가 이상했어. 처음엔 그냥 차인 건 줄 알았는데 듣다 보니까 그게 아닌 것 같더라."

조금 걷자, 모래사장 위에 서 있는 찬희와 한 여자가 보였다. 둘은 한 걸음 정도 떨어져 서로를 마주 보고 있었다. 카셀과 윤슬은 둘의 대화가 들릴 만큼 가까이 다가갔다. 카셀은 찬희에게 들키지 않도록 능력을 사용해 자신들의 모습을 감췄다.

찬희는 애처로운 표정으로 여자를 바라봤다. 이내 여자는 울기 시작했다. 그러자 찬희는 크게 당황하더니 여자의 어깨에 손을 얹었다. 달래기 위해서였지만, 여자는 오히려 소스라치며 그 손을 쳐 냈다.

"만지지 마!"

"왜 그래, 시영아…… 내가 잘못했어."

"흑, 건드리지 말라고! 대체 어떻게 여기까지 따라온 거야?"

결국 찬희는 시영을 더 이상 위로하지도 못하고 멍하니 서 있었다. 시영은 가만히 있는 찬희의 태도에 용기를 얻었는지 빠른 속도로 쏘아붙였다.

"이제 그만했으면 좋겠어. 너도 그만할 때 됐잖아. 이제 그냥 날 보내 줘. 포기해. 나 진짜 진절머리 나."

"시영아, 진짜 그러지 마. 내가 실수한 거야. 내가 다 잘못했어. 제발 한 번만 더 기회를 줘."

둘은 한참을 실랑이했다. 시영은 헤어지려고 하고, 찬희는 그런 시영을 붙잡으려는 상황 같았다.

그런데 어느 순간부터 찬희의 어조가 달라지기 시작했다. 점점 감정이 격해지는지, 말투가 거칠어지고 있었다. 게다가 태도도 문제였다.

"내가 잘못했어. 너한테 못 해 준 것도 많고 잘못한 일도 많아. 용서를 빌고 싶어서 이렇게 왔어."

"용서는 무슨 용서야? 네가 그럴 염치가 있어?"

"내가 이렇게까지 하는데 너 계속 그럴 거야? 나 지금 사과하러 온 거라고. 그럼 날 용서해 줘야 하는 거 아냐?"

"용서 맡겨놨어? 네가 지금 사과하는 사람의 태도야?"

절절매던 찬희는 뻔뻔해졌다. 급기야 시영에게 용서를 강요하며 윽박지르기까지 했다.

점점 험악해지는 분위기에 카셀과 윤슬이 신경을 집중했다. 몇 번 더 실랑이가 오가는 사이 찬희의 얼굴은 점점 일그러졌다.

"아악!"

갑자기 찬희가 시영의 머리채를 잡아챘다. 잡은 머리채를 휘두르며 폭력을 사용하는 찬희의 모습에 윤슬은 반사적으로 시영을 구하기 위해 뛰어들려 했다. 그러나 곧 시영이 찬희의 꿈속 존재라는 것을 깨닫고 진정했다. 카셀은 찬희의 모습에서 이상함을 느꼈다.

"이상한데. 저게 헤어진 여자 친구를 다시 한 번 보고 싶다는 사람의 태돈가?"

"그러게…… 착한 사람 같았는데, 어떻게 저렇게……."

"알아 볼까?"

"할 수 있어?"

카셀은 고개를 끄덕이며 손끝에서 꿈가루를 뽑아 냈다. 손끝이 움직이자 꿈가루가 공중에서 마법진을 그렸다. 마법진을 완성한 카셀이 힘을 불어넣자 마법진이 작동하기 시작했다. 두 개의 큰 톱니바퀴가 맞물리며 딸깍, 소리가 났다. 그와 동시에 찬희와 시영이 배경으로 서 있던 바다와 하늘이 하나로 합쳐지며 영상이 상영되기 시작했다. 윤슬은 입을 떡 벌렸다.

"헐, 영화관 같아. 이런 것도 된다고?"

"꿈 주인의 기억 일부를 재생하는 거야."

둘은 이내 찬희의 기억에 집중했다.


시작은 카페에 마주 앉은 찬희와 시영이었다. 찬희는 고개를 숙이고 있었고, 시영은 차가운 표정으로 그런 찬희를 바라보고 있었다.

"우리 이제 헤어져. 나 정말 더는 못 버티겠어."

"시영아, 미안해. 나 너 없으면 못 살아. 난 널 사랑해, 알잖아!"

"너는 사랑하는 여자를 그렇게 때리니? 감시는 또 어떻고? 내 폰에 위치추적 앱은 왜 깔았어? 내 친구들한테 내 뒷담은 왜 깠냐고!"

"미안해. 근데 나도 할 말이 있어. 너를 너무 사랑해서 그랬어. 어디 가는지 걱정됐고, 친구들보다 나랑 더 많은 시간을 보냈으면 했어. 한 번만 용서해 줘, 응?"

"사랑이고 나발이고, 한 번만 더 연락하면 경찰에 신고할 거야."

시영이 자리에서 일어나자 찬희가 다급히 의자 옆에 무릎을 꿇었다. 시영은 그 모습을 보고서도 기가 찬다는 듯 콧방귀를 뀌고 자리를 떠 버렸다. 찬희는 눈물을 뚝뚝 흘리다 이를 갈며 나지막이 중얼거렸다.

"이대로 보내줄 줄 알고? 두고 보자."

그 이후로 찬희는 본격적인 스토킹을 시작했다. 시도 때도 없이 전화와 문자를 반복하고, 받지 않거나 답장이 없으면 시영이 연락받을 때까지 몇 시간이고 계속했다. 시영이 핸드폰 번호를 바꿔도 찬희는 어떻게든 번호를 알아내서 연락했다. 거기서 끝이 아니었다.

찬희는 시영의 학교 수업 시간에 맞춰 강의실 앞에서 매일 기다렸다. 심지어 새벽 2시 넘은 야심한 시각에 집에 찾아가 문을 마구 두드릴 때도 잦았다. 시영이 경찰에 신고해도 '이미 위해를 가한 것이 아니어서 아무 조치도 취할 수 없다'라는 답변만 들었다.

찬희가 그런 짓을 한 지 6개월이 지났다. 시영은 스트레스로 인해 알아볼 수 없을 정도로 비쩍 말라 버렸다. 학교는 이미 결석 때문에 전 과목 F를 받았고, 핸드폰은 아예 없애 버렸다.

시영의 가족은 그동안 네 번이나 이사했다. 하지만 이사한 다음 날이면 어김없이 찬희가 찾아와 문을 두드리며 '한시영 나와!'라며 소리를 질러 댔다. 시영은 물론이고 시영의 가족들까지 외출을 못할 정도였다.

시영은 그래도 꾸역꾸역 버텼다. 1년이 지나면, 아니 2년이든 3년이든 시간이 아주 오래 지나면 저러다 말겠지, 하는 생각으로였다.

그러나 찬희는 멈추지 않았다. 어느 날 그는 시영의 집 문을 두드리며 이렇게 말했다.

"한시영, 난 네가 죽으면 관 뚜껑까지 두드릴 거야."

그 말을 듣고 4시간 뒤, 시영은 아파트 화단에 스스로 몸을 던졌다. 유서에는 한 문장만 쓰여 있었다.

**《관이나 납골함 말고, 화장해서 바닷가에 뿌려 주세요.》**

출동한 경찰은 2주간의 수사 끝에 시영의 죽음에 '단순 자살'이라는 이름을 붙였다. 시영의 가족은 찬희의 보복이 무서워 경찰에 아무 말도 하지 못했다. 경찰에 대한 오랜 불신은 사랑하는 딸을 잃은 피해자들의 입을 막아 버렸다.

기억은 거기서 끝났다.


카셀과 윤슬은 한동안 아무 말도 하지 못했다. 이 뒷이야기에 큰 충격을 받은 탓이었다. 둘은 사뭇 달라진 시선으로 아직 바닷가에서 실랑이 중인 찬희와 시영을 바라봤다.

그때, 찬희가 시영의 뺨을 때렸다. 시영은 충격에 고개가 휙 돌아간 채 바닥에 털썩 주저앉았다. 찬희는 분을 못 이기고 미친 사람처럼 소리를 질러댔다.

"왜 네 마음대로 뒤져! 내가 너 때문에 경찰서까지 가야 해?"

"흑, 제발, 제발 그만해……. 내가 죽었으면 됐잖아. 그럼 이제 끝나야 하잖아. 근데 왜 그래……."

"아니, 경찰서에서 나보고 너 살해했냐고 하더라니까? 내가 조사까지 받고 왔다고! 내 정신적 피해는 어떻게 보상할 건데? 뒤지면 다냐?"

시영은 무릎을 꿇고 싹싹 빌기 시작했다. 울며 잘못했다고 비는 얼굴 한쪽에 커다란 멍이 들어 있었다. 그래도 화가 풀리지 않는지 찬희는 결국 시영의 목을 조르기 시작했다. 시영은 변변한 반항조차 하지 못하고 그 폭력을 감당해야 했다.

"네가 뒤진 덕분에 학교에서도 다 날 피해 다닌다고! 어떻게 보상할 거야?"

그리고 차마 입에 담을 수도 없는 욕설이 난무했다. 윤슬은 결국 눈을 감고 귀를 막았고, 카셀의 손끝에서는 꿈가루가 위협적으로 반짝이다 사라지기를 반복했다.

시간이 지나자, 결국 시영의 몸에서 힘이 풀렸다. 찬희는 그제야 시영에게서 손을 뗐다.

"아, 속이 다 후련하네. 내가 죽였으면 억울하지라도 않지. 자기

169

혼자 뒤진 걸 나한테 뭐 어쩌라고."

찬희는 바닥을 향해 침을 퉤, 뱉더니 바다 구경이나 해야겠다며 시영을 뒤로하고 모래사장을 걸어갔다. 찬희가 어느 정도 멀어지자마자 카셀과 윤슬은 시영에게 달려갔다.

"정신 차려 보세요, 네?"

윤슬이 다급히 시영을 흔들어 봤지만 이미 그녀는 숨을 거둔 이후였다. 윤슬은 시영의 눈을 감겨 주며 이를 갈았다.

"꿈에서 나가면 신고할 거야. 죗값 치르게 할 거야."

카셀 역시도 분노를 참을 수가 없었다. 그는 찬희를 벌하고 싶다는 충동에 휩싸였다. 결국 참지 못한 카셀이 찬희의 뒷모습을 향해 손가락을 튕기려 했을 때였다.

꿈이 정지했다. 파도 소리가 멎었다. 윤슬은 갑자기 멈춰 버린 파도에 잠시 의아해했다.

"카셀, 네가 한 거야?"

"아냐, 이건……."

그 순간, 갑자기 꿈의 가장자리가 어두워지더니 산산이 조각나기 시작했다. 카셀은 이 현상의 범인을 알고 있었다.

윤슬은 시영의 몸에 손을 얹은 자세 그대로 불길한 하늘을 둘러봤다. 멈춰 버린 시간, 움직이지 않는 파도, 어두워지는 세상. 초현실적인 감각이 윤슬의 온몸을 감쌌다. 윤슬은 그 적막함 속에서 자신마저 이대로 정지하는 듯한 착각에 빠졌다. 공포가 정신을 잠식했다.

그 순간, 누군가 갑자기 윤슬의 손목을 잡았다.

"꺅!"

카셀은 다급히 뒤를 돌아봤다. 가장 먼저 눈에 들어온 것은 윤슬의 손목을 붙잡은 창백한 손이었다. 눈을 감겨 줬던 윤슬의 손길이 무색하게 시영은 눈을 번쩍 뜨고 있었다. 그 눈은 흰자가 없이 온통 검은색이었다. 그 안에는 어떤 빛도 없이 그저 끝없는 암흑만이 차올라 있었다. 시영의 눈을 발견한 윤슬은 계속해서 비명을 지르며 손을 뿌리치려 했다. 그러나 핏기 하나 없이 시퍼런 손가락은 좀처럼 떨어지지 않았다.

"윤슬!"

"카셀, 이분 왜, 왜 이러는 거야? 사, 살려줘!"

카셀까지 달라붙어 시영의 손을 떼어 내려 노력했지만 꿈쩍도 하지 않았다. 바닷물에 차게 식은 손가락은 납처럼 단단했다. 둘이 주저앉아 손가락과 씨름하는 사이 시영이 천천히 몸을 일으켰다. 누운 상태에서 그대로 상체만 일으키는 모습이 마치 마네킹이 살아 움직이는 것 같았다. 윤슬과 시영의 얼굴이 가까워졌다.

"저, 저리 가. 하지 마!"

되살아난 시영은 윤슬의 입이 움직이는 모습을 유심히 지켜보다가 자신도 입을 오물거렸다. 마치 말하는 법을 처음 배우는 아기처럼. 시영은 몇 번 오물거리기를 반복하더니, 이내 첫 마디를 내뱉었다.

"아, 이렇게 하는 거구나."

그녀의 목소리는 괴이했다. 남자도, 여자도, 노인도, 어린아이도 아니면서 동시에 수천 명이 함께 말하고 있는 것 같은 목소리였다. 시영이 말을 할 때마다 그녀의 입에서 검은 연기가 뿜어져 나왔다. 카셸과 윤슬은 알 수 없는 불길함에 숨죽이고 시영을 바라봤다.

"늘 상상했어. 나도 너희처럼 말하고 움직일 수 있다면 어떨지."

시영은 잡고 있던 윤슬의 손목에서 천천히 손가락을 뗐다. 새끼손가락부터 하나하나 떼어지자 강한 악력에 멍든 손목이 드러났다. 붉은 줄 네 개가 선명했다. 카셸은 미간을 찌푸리고 윤슬의 손목을 바라봤다가 다시 시영에게로 시선을 돌렸다.

카셸과 시영의 눈이 마주쳤다. 시영이 씨익 소름 돋는 웃음을 지었다. 입 꼬리가 귀까지 닿을 것처럼 올라갔다. 카셸은 시영의 눈에 가득 찬 검은자를 똑바로 바라보며 물었다.

"너, 뭐야."

시영이 마약 중독자처럼 하늘거리는 동작으로 카셸에게 기어갔다. 물에 젖은 머리까지 더해 물귀신처럼 보였다. 카셸은 온몸에 소름이 돋았지만 일단 시영의 관심이 윤슬을 떠나 다행이라고 생각했다.

마침내 카셸 앞에 도달한 시영이 바닥에 붙어 온몸을 비틀었다. 그녀는 신음처럼 카셸의 이름을 부르짖었다. 수천 개의 목소리가 한 데 메아리쳐 귓전을 울렸다.

"아, 카셸. 나의 카셸."

"……누가 너의 카셸이야. 내 이름은 어떻게 알았지?"

"너, 나를 알잖아. 이미 알고 있잖아."

시영이 엎드린 상태에서 상체를 들어 올렸다. 허리가 뒤쪽으로 꺾여 직각이 되었다. 그녀는 그 상태에서 양팔을 들어 카셀의 얼굴을 쓰다듬었다. 아직 몸을 움직이는 것이 익숙하지 않은지 팔 관절 역시 기괴한 각도로 꺾여 있었다. 그러나 시영은 개의치 않았다. 그저 카셀에게 닿기만 하면 된다는 것처럼.

그녀의 서늘한 손이 뺨에 닿은 순간, 카셀은 꿈을 부수고, 시영의 몸에 들어간 무언가의 정체를 알아차렸다.

"……네가, 어떻게."

"아, 본체는 꿈 왕국에서 잠들어 버렸어. 꿈을 너무 많이 먹었거든. 소화하느라 고생 좀 하고 있지."

드림이터였다. 카셀은 덜덜 떨며 드림이터의 손길을 받아들였다. 그는 아직 준비되어 있지 않았고, 드림이터의 공격 한 번이면 아무런 저항도 못 하고 스러질 것이 분명했다.

"그러고 보니 넌 내게 이름을 주지 않았지. 아아, 멍청한 카셀, 가엾고 아둔한 나의 카셀."

"……."

"가엾게도 덜덜 떨고 있구나. 하지만 걱정하지 말렴. 지금의 난 아무것도 하지 못해. 이런 몸에 들어와서 뭘 할 수 있겠어?"

그 말이 맞았다. 드림이터의 본체가 아닌 정신이 잠시 꿈속 등장인물에 빙의한 것일 뿐이었다. 그런데도 드림이터의 힘을 버티지 못한 꿈이 깨지고 있었다. 그 힘이 얼마나 커졌는지 짐작조차 할 수 없었다.

"나의 보호자, 나의 양육자, 그리고…… 나를 버린 자. 나의 아름다운 카셀."

드림이터는 애정과 증오가 가득 담긴 목소리로 카셀을 연신 불렀다. 카셀은 두려움에 짓눌리면서도 오른쪽 주머니에 넣어 둔 드림스톤 조각을 움켜쥐었다.

"언젠가 너를, 꼭 소멸시키고 말 거야. 너를 없애고 꿈 왕국을 다시 일으켜 세울 거야!"

그 말에 시영의 얼굴을 한 드림이터가 황홀하다는 듯 웃었다.

"그렇지, 그래야 내 카셀이지. 기다릴게, 그날만을……."

그때, 카셀이 주머니에 넣었던 손을 드림이터를 향해 뻗었다. 번개 같은 속도였다. 손에는 힘이 불어넣어져 시동이 걸린 드림스톤이 들려 있었다. 드림스톤은 이미 작은 진동과 함께 빛을 내고 있었다. 드림스톤은 곧바로 기다란 창이 되었다.

그리고 그 창끝은 그대로 시영의 육신을 관통했다. 드림이터는 카셀의 손과 자신의 가슴을 번갈아 바라봤다. 놀란 표정이었다. 물론 드림스톤 창의 존재에 놀란 것인지, 카셀의 용기에 놀란 것인지 알 수는 없었다.

카셀은 앉은 자세 그대로 왼쪽 다리로 몸을 지탱하고, 오른쪽 다리는 길게 뻗어 반원을 그리며 시계 방향으로 빠르게 회전했다. 왼쪽 팔 역시 땅을 짚어 균형을 잡았다. 카셀의 몸이 회전하면서 자연스럽게 드림이터의 몸에서 창이 빠져나왔다.

카셀은 천천히 자리에서 일어났다. 창끝으로는 여전히 드림이터를 겨눈 채였다. 카셀은 눈동자만 살짝 돌려 창을 확인했다. 그러나 창엔 피 한 방울 묻어 있지 않았다. 그 모습을 확인한 드림이터가 낄낄댔다. 시영의 가슴팍엔 건너편이 보일 정도로 커다란 구멍이 뚫려 있었다.

"말했잖아, 카셀. 아둔하긴. 이 몸은 내 것이 아니고, 이것은 실존하지도 않는 꿈속의 존재일뿐더러…… 그런 걸로는 나를 죽일 수 없어……. 고작 드림스톤 조각이잖아?"

그러나 확실히 드림이터의 말이 점점 느려지고 있었다.

"아아, 아직 할 말이 많은데…… 이 몸으로는 한계인가 봐……. 내 첫 목소리를 들은 소감이 어때, 카셀? 오로지 너를 위해서 특별히…… 이렇게……."

"꺼져, 이 괴물아."

"왜 너는 내게 이름을 지어 주지 않는지……. 나는 늘 네 생각뿐이야……. 또 만나, 카셀……. 보고 싶을……."

마침내 드림이터의 목소리가 완전히 잦아들었다. 시영의 눈에서 검은 기운이 연기가 되어 점점 빠져나갔다. 마침내 드림이터가 완전히 사라지자, 시영은 그대로 모래사장에 무너졌다. 그와 동시에 꿈이 다시 움직이기 시작했다. 어두워지던 꿈속 세상도 다시 밝아졌다. 파도 소리가 정적을 깼다.

숨죽이고 모든 것을 지켜보던 윤슬은 그제야 입을 열었다.

"가, 간 거야?"

"……응."

"드림이터지?"

카셀은 대답하지 않았다. 하지만 윤슬은 자신이 맞았음을 눈치

챘다.

"혹시나 해서 묻는 건데, 드림이터랑 무슨 사이야?"

"아무 사이 아냐."

"너한테 묘하게 집착하던데."

카셀은 깊어진 눈으로 윤슬을 바라봤다. 그는 무슨 말을 해야 할지 헤매는 것처럼 한참 입을 달싹거렸다.

"내가 어릴 적에, 잠시 함께 있었어. 내가 키웠고…… 내가 버 렸지."

윤슬은 더 자세히 듣고 싶었지만, 카셀은 설명할 생각이 없어 보였다. 대신 카셀은 아직도 모래사장 저편에 서 있는 찬희를 차 가운 눈으로 바라봤다.

"이제 할 일이 있지."

카셀이 손가락을 튕겼다. 손끝에서 꿈가루가 확 퍼지더니 이내 한 줄기 빛이 되어 찬희의 뒷모습을 향해 날아갔다.

찬희는 꿈에서 깼다. 간만에 기분이 상쾌했다.

"안녕히 계세요. 감사합니다. 덕분에 한을 풀었어요."

그는 무표정하게 앉아 있는 상점의 두 주인들에게 인사하고 나 왔다. 그들의 시선 따윈 신경 쓸 필요 없었다. 그는 이미 자신의 목표를 이뤘다. 게다가 신고해 봤자 증거가 없으니만큼 경찰에 잡혀 들어갈 일도 없었다.

"꿈을 증거로 댈 거야? 뭐 어쩔 거야."

콧노래를 부르며 상점을 나선 찬희를 맞이한 것은 건장한 체격의 두 남성이었다. 그들은 찬희를 발견하자마자 수갑을 꺼내 들며 그에게 다가왔다.

"김찬희 씨 맞으십니까?"

상쾌했던 기분이 곤두박질쳤다. 찬희는 불길함에 덜덜 떨며 대답했다. 그는 어느새 처음 상점으로 들어섰을 때의 초라한 모습으로 돌아와 있었다.

"어, 네…… 무, 무슨 일이신가요?"

"당신을 한시영 씨 자살 관여 혐의로 긴급 체포합니다."

"네? 뭐라고요? 무슨 죄요?"

"당신은 변호사를 선임할 수 있고, 변명의 기회가 있으며, 불리한 진술을 거부할 수 있고, 체포 적부심을 법원에 신청할 수 있습니다."

"자, 잠시만요! 내가 왜요! 한시영이 나랑 무슨 상관인데! 안 돼, 안 돼!"

찬희는 경찰들에게 끌려가면서 발악했다. 하지만 건장한 두 남성의 힘을 이길 수는 없었고, 그대로 경찰차에 밀어 넣어졌다.


이후로 찬희의 인생은 나락으로 떨어졌다. 경찰 조사 과정에서 그는 계속되는 심문에 결국 자신이 한 일을 전부 시인했다. 경찰은 이미 시영의 가족들과 이웃들에게 여러 증언을 받은 상태였다. 그 증언을 기반으로 찬희의 핸드폰 기록을 다시 조사한 결과 심각한 수준의 스토킹이 인정되었다. 그 스토킹은 시영을 자살로 몰아간 주요 원인이 되어, 법정에서 찬희는 무기징역형을 선고받았다.

그는 대형 로펌의 변호사도 선임하고, 항소도 해 보고, 반성문도 쓰고, 상고까지도 했지만 전부 소용없었다. 그는 재판이 진행되는 내내 두려움에 미쳐갔다. 형량을 줄이기 위한 모든 행동이 소용없자 그는 무력감에 빠졌다. 마지막 대법원 공판에서 그는 한마디 말도 하지 않았다. 결국 대법원에서 무기징역이 확정되면서 찬희는 사회와 영원히 격리되었다.

그는 그렇게 감옥에서 65년을 살았다. 마지막 10년은 알츠하이머성 치매와 함께였다. 자신이 누군지도 잊어버렸고, 음식을 씹어 삼키는 간단한 일상생활도 하지 못했다. 그러나 그는 죽는 순간까지 자신이 어떤 여자를 죽음으로 몰고 갔던 일 만큼은 선명히 기억했다. 그리고 그 일을 미치도록 후회했다.

그때 그러지만 않았더라면, 그냥 그녀를 보내줬더라면.

그렇다면 그녀도 삶을 살고, 자신도 일상을 살았을 텐데.

그녀의 이름도, 자신의 이름도 잊어 버렸지만 그는 지독히 후회했다.

그는 그렇게 눈을 감았다.

그리고 다시, 찬희는 꿈에서 깼다. 그의 텅 빈 눈 속에는 사람의 생기가 느껴지지 않았다.

"김찬희 씨, 일어나셨습니까?"

옆에서 카셀이 말을 걸었지만, 찬희는 알아듣지 못했다. 그저 한마디 말만 반복할 뿐이었다.

"내가 죽였는데……. 내가 죽였는데……."

찬희의 겉모습은 20대 초반의 멀쩡한 남성이었지만, 그의 정신은 감옥에서 65년을 보낸 치매 노인이었다. 찬희는 몸을 가누지 못하고 입에서 침을 질질 흘렸다.

카셀은 당황한 채 그 모습을 보다 119에 전화를 걸어 신고했다. 윤슬은 그 곁에서 입술을 깨물고 있었다. 곧 구급대원이 와서 카셀에게 몇 가지를 물어보더니 찬희를 데려갔다. 윤슬은 찬희의 뒷모습을 보다 물었다.

"그러니까…… 이게 최선이었던 거 맞겠지?"

"응. 꿈을 증거랍시고 경찰에 제출할 수는 없으니까."

"치매는 네가 의도한 거야?"

"아니. 난 그냥 법원에서 벌을 받는 것까지만 했어. 꿈에서라도 제대로 된 처벌을 받았으면 좋겠어서. 본인이 처벌에 대한 두려움이 있었기에 가능했고. 나는 그 두려움을 뽑아 내서 증폭시킨 거야."

카셀은 그 말 이후로 한참을 침묵하다 덧붙였다.

"나도 내가 맞는 행동을 한 건지 모르겠어. 물론 현실에도 어느 정도 영향은 있을 거로 생각했지만, 저 정도일 거라고는 생각 못 했고. 그래서 최대한 개입하지 않으려고 했는데……."

"물론 저런 악질 범죄자한테 인권이나 윤리가 무슨 소용이 있겠나 싶긴 하지만⋯⋯. 이상하게 속이 시원하지는 않네."

"그러게. 정당한 처벌이 아니라 이렇게⋯⋯ 내 손으로 옳지 않은 처벌을 내려서 그런가."

"나도 이번에 확실히 이해했어. 개입해서는 안 된다고 했던 네 말. 어쨌든 이제 자수하겠지?"

"응, 본인 의지는 아니겠지만⋯⋯. 그리고 조사하다 보면 시영 씨랑 연관 있다는 것도 나오겠지."

둘은 환상 상점을 정리하고 집으로 돌아갔다. 엄청난 사건을 겪은 탓에 둘 다 마음이 무거웠다.

"시영 씨 좋은 곳으로 가셨으면 좋겠다."

"좋은 곳으로 가셨을 거야. 찬희라는 그 사람도 뉘우칠 수 있다면 좋겠네."

"일단 오늘은 쉬자."

둘은 각자의 방에서 휴식을 취했다. 카셀은 자신이 한 일과 드림이터를 되짚었고, 윤슬은 드림이터와 카셀의 관계에 대해 생각했다.

침묵 속에 밤이 깊어졌다.

# 세 번째 손님

## 7

카셀은 잠들어 있는 윤슬에게 다가갔다. 윤슬에게는 뭐든 숨김 없이 솔직해지고 싶었지만, 그는 드림이터를 다시 한 번 만나야 했다. 물어 볼 것도 있었고, 들어야 할 말도 있었다.

그러면서도 드림이터와 대면하는 모습을 윤슬에게 보이고 싶지 않았다. 카셀은 윤슬 앞에서 완전무결한 사람이 되고 싶었다. 과거에 자신이 드림이터를 키워서 모든 일이 이렇게 됐다는 사실을 윤슬이 몰랐으면 했다. 윤슬의 부모님 역시 드림이터에게 당했다. 그런 윤슬이 사실은 카셀이 모든 악의 근원이라는 것을 알게 된다면, 그래서 그를 증오하게 된다면⋯⋯.

그래, 사실은 카셀이 모든 일의 원인이었다. 그래서 그는 자신의 손으로 끝을 맺고, 그 과정에서 자신이 죽는다 해도 모든 것을 감내하기로 마음먹은 지 오래였다.

윤슬만 마지막까지 모른다면.

"결국 내 이기적인 희망 사항일 뿐이지."

카셀은 중얼거리며 윤슬의 이마에 손을 얹었다. 다행히 그녀는 깊게 잠들어 꿈을 꾸고 있었다. 슬쩍 엿보자 또다시 그 넓은 초원이었다.

카셀은 윤슬과 마주치지 않게 일부러 초원의 반대편으로 진입하기로 마음먹었다. 카셀의 손끝에서 은하수를 닮은 꿈가루가 흘러나왔다.

곧이어 카셀의 모습이 사라졌다.

카셀은 곧바로 꿈 왕국을 찾아갔다. 다행히 금방 꿈 왕국으로 이어지는 통로를 찾을 수 있었다. 윤슬이 깨어나기 전에 꿈에서 나오려면 한시가 급했다. 카셀은 걸음을 재촉했다.

꿈 왕국은 여전히 폐허였다. 다만 이곳저곳에서 타오르던 불은 전부 사그라지고, 대신 그 자리를 잿더미가 채우고 있었다. 열기도 이전보다 훨씬 덜했다.

그는 꿈 왕국 어딘가에 있을 드림이터의 본체를 찾고 있었다. 지난번 드림이터와의 짧은 조우에서 카셀은 몇 가지 정보를 얻었다.

첫 번째, 드림이터는 지금 당장 카셀을 죽일 생각이 없다. 드림이터는 카셀을 미치도록 증오하면서도, 동시에 무슨 이유에선지 묘하게 호의적이었다.

두 번째, 드림이터는 드림스톤에 대해 뭔가를 알고 있다. 최소한 카셀보다는 많은 것을 알았고, 그 힘을 사용하는 방법도 알고 있는 듯했다. 카셀은 드림이터로부터 드림스톤에 대한 정보를 캐내려 했다.

그리고 무엇보다, 카셀은 사과하고 싶었다.

너를 키워서 미안하다고, 그리고 너를 버려서 미안하다고.

카셀은 주변을 둘러보며 걸었다. 모든 건물이 무너진 꿈 왕국의 땅은 전부 황야로 바뀌어 있었다. 그러나 드림이터의 거대한 몸뚱어리는 어디에서도 보이지 않았다. 그렇다면 남은 곳은 하나였다.

반쯤 무너졌지만, 여전히 아슬아슬하게 서 있는 꿈 왕궁. 카셀은 곧바로 그곳으로 향했다.

카셀은 정문에 들어서면서부터 고래고래 소리를 질렀다.

"어디 있어! 나와! 내가 온 걸 알고 있잖아!"

카셀의 목소리가 메아리가 되어 왕궁 이곳저곳에 울려 퍼졌다. 하지만 아무런 반응도 없었다.

"아직 잠들어 있나? 나오라고!"

카셀은 왕궁 복도를 걸으며 소리쳤다. 복도는 이미 천장이 전부 무너져 위층이 훤히 보였다. 드림이터의 거대한 몸에 치인 탓이었다. 그러다 문득, 카셀은 자리에 멈춰 서서 귀를 기울였다.

쿵, 쿵.

무언가 무거운 것이 바닥에 부딪히는 소리가 희미하게 들려왔다. 소리는 카셀의 등 뒤쪽 먼 곳에서부터 점점 가까워졌다. 카셀은 천천히 뒤를 돌아봤다.

드림이터가 육중한 검은 몸을 이끌고 다가오고 있었다. 붉은 눈으로 카셀을 빤히 바라보며. 용의 얼굴은 여전히 사나웠다.

카셀은 드림이터의 본체가 뿜어 내는 위압감에 순간 압도되었다. 그는 반사적으로 두어 번 뒷걸음질 쳤다가, 이내 마음을 굳게 다잡고 똑바로 섰다.

드림이터는 카셀과 10m쯤 거리를 두고 멈춰 섰다. 드림이터의 붉은 눈이 카셀의 이곳저곳을 훑으며 무언가를 찾아 내려 했다.

"뭘 찾는 거지?"

드림이터가 입을 크게 벌렸다. 불을 뿜어 내기 위한 준비 자세처럼 보였다. 카셀은 물러서지 않았다. 드림이터가 마음만 먹으면 카셀은 이 자리에서 흔적조차 없이 사라질 테지만, 어쩐지 그는 두렵지 않았다.

아니나 다를까, 드림이터는 불을 뿜지 않았다. 대신 드림이터의 목울대가 꿀렁거렸다. 드림이터는 몇 번 구역질하더니, 마침내 검은 무언가를 토해 냈다. 카셀은 반사적으로 자신을 향해 쏟아지는 것을 피해 옆으로 굴렀다. 그러나 그것은 카셀을 따라왔다. 덩어리가 팔에 달라붙고 나서야 카셀은 토사물의 정체를 알아차렸다.

검게 변색된 꿈가루 덩어리였다. 카셀은 이런 색의 꿈가루를 본 적이 없었다. 게다가 끈적거리기까지 했다. 카셀은 인상을 찌푸린 채 검은 덩어리를 털어 내려 애썼지만, 그럴수록 카셀의 온몸에 더욱 덕지덕지 달라붙었다. 카셀의 몸은 이제 검은색 꿈가루에 완전히 뒤덮여 얼굴조차 잘 보이지 않았다.

"무슨 속셈이지? 이런다고 내가 꿈이라도 꿀 것 같……."

카셀은 순간 몰려오는 졸음에 그대로 쓰러져 잠들 뻔했다. 가까스로 정신은 붙잡았지만, 몸이 휘청거리는 것은 막을 수 없었다. 카셀은 그대로 그 자리에 주저앉았다. 눈꺼풀이 천근을 단것처럼 무거웠다. 카셀은 겨우겨우 눈만 깜빡이며 잠들지 않으려 노력했다.

그러나 다시 한번 드림이터가 꿈가루를 토해 냈고, 카셀은 이번엔 속절없이 그 공격을 정면으로 맞아야만 했다.

"아, 안 돼……. 잠들면…… 안……."

카셀은 눈을 감았다.


"헉!"

카셀은 소스라치게 놀라며 눈을 떴다. 시간이 얼마나 지나갔는지 알 수 없었다. 그는 벌떡 일어나 주변을 살폈다. 드림이터의 꿈가루를 맞은 바로 그 왕궁 복도였다. 그러나 뭔가 이상했다.

"왕궁이…… 멀쩡해?"

드림이터가 무너트린 복도 천장이 멀쩡했다. 어디선가 계속 풍겨오던 매캐한 냄새도 없었다. 심지어 복도에는 국왕 부부의 초상화까지 멀쩡히 걸려 있었다. 카셀은 무언가에 홀린 듯 초상화로 다가갔다.

"아버지, 어머니……."

카셀은 그리운 얼굴들을 손끝으로 조심스레 쓰다듬었다. 그리고 그제야 자신의 키와 손이 지나치게 작다는 점을 눈치챘다.

"이게 뭐지?"

카셀은 자신의 양손을 내려다봤다. 작고, 가늘고, 보드라웠다. 영문을 알 수 없는 현상에 카셀이 혼란에 빠진 그때, 누군가 다정한 목소리로 그를 불렀다.

"카셀."

그러자 카셀의 몸이 자동으로 움직여졌다. 마치 줄이 달린 인형처럼 누군가 그의 몸을 조종하는 느낌이었다. 카셀은 그 사람의 품에 폭 안겼다. 시야가 전부 가려졌다. 그의 입도 의지와는 다르게 움직였다.

"어머니."

목소리의 정체는 매일 그리움에 사무쳤던 사람이었다. 너무 그리워서 의도적으로 잊으려 했던 사람이었다. 카셀은 고개를 들어 왕비의 얼굴을 보려 애썼지만, 몸은 마음처럼 움직여 주지 않았다.

"너무 상심하지 말아요. '그것'은 먼 훗날 이 나라를 파괴할 수도 있는 괴물입니다."

"하지만…… 추방할 때 꿈이라도 조금 주면 안 될까요? 굶어 죽을지도 모르잖아요……."

"그 꿈이 그것의 힘이 되어 줄 것입니다. 드림스톤이 깨어 있었다면 그것을 직접 죽일 수 있었겠지만, 예언이 내려진 이후로 드림스톤은 줄곧 시동이 걸리지 않더군요. 안타까운 일입니다. 물론 다른 방법을 찾고 있긴 합니다."

카셀은 결국 눈물을 터트렸다. 카셀의 정신은 그 와중에 기시감을 느꼈다. 어딘가 익숙한 장면이었다.

"현재로서는 추방이 최선인지라 하는 수 없이 추방령을 내리셨지만 국왕께서는 심히 걱정하고 계십니다."

카셀의 기억에 있는 일이었다. 분명 진짜 있었던 일이었다. 아마도…….

"드림이터는 우리와 공존할 수 없습니다. 드림이터는 파멸과 탐욕의 화신이에요. 카셀, 그대가 진정한 후계자라면 국왕 폐하의 결정에 동의해야 합니다."

드림이터를 버렸던 날의 일이었다.

카셀은 그제야 자신이 과거를 꿈꾸고 있음을 깨달았다. 드림이터는 이 기억을 통해 뭘 보여 주고 싶었던 것일까. 왜 하필 이날의 일일까.

카셀이 생각에 빠진 사이 왕비가 카셀의 볼을 타고 흐르는 눈물을 닦아 주며 말했다.

"왕자는 울지 않습니다. 왕자로서 본보기가 되어야지요."

그게 나름의 위로라는 것을 알고 있었다. 카셀은 고맙다고 인사하려 했지만 이번에도 입은 마음처럼 움직이지 않았다. 어린 카셀은 울며 소리쳤다.

"아버지는 제 마음을 하나도 몰라요! 걔는 제 유일한 친구란 말이에요! 어떻게 이럴 수 있어! 아버지는 저를 조금도 사랑하지 않는 게 분명해요!"

"카셀."

"어머니도 똑같아요!"

카셀은 왕비의 품을 박차고 등을 돌렸다. 카셀은 속으로 비명을 질러 댔다.

안 돼! 어머니의 얼굴을 봐! 가서 감사하다고, 사랑한다고 말해!

마지막일지도 모르는 어머니의 얼굴을 볼 수 없었다. 어떤 말도 하지 못했고, 오히려 원망의 말만 내뱉어 버렸다. 카셀은 속이 갈기갈기 찢기는 슬픔을 느꼈다. 그러나 눈물조차 마음대로 흘릴 수 없었다. 그저 잔뜩 성난 얼굴로 자신의 정원을 향해 달려가야만 했다. 이 괴이한 답답함에 카셀은 누구도 듣지 못할 비명을 질러댔다.

마침내 정원에 도착한 카셀은 다급하게 누군가를 찾았다.

"어디 있어? 나 왔어!"

꿈 열매가 무성하게 열린 나뭇가지 틈에서 무언가가 모습을 드러냈다. 그것은 어린아이 상체 크기의 검은 점액체였다. 그것이 꾸물거리며 나무를 타고 내려와 카셀의 앞에서 멈췄다.

어린 드림이터였다. 지금의 용과 같은 모습은 어디서도 찾아볼 수 없었다. 그저 정해진 형체가 없는 검은 덩어리에 불과했다. 카셀은 속으로는 본능적인 증오감에 시달리면서도 아무 거리낌 없이 그것을 품에 안았다.

"아버지가 너를 추방하신대. 원래는 죽이려고 하셨는데…… 다행히 추방으로 끝날 것 같아."

입이 없는 그것은 대답 대신 꾸물거리며 카셀의 얼굴에 자신의 몸을 갖다 댔다. 카셀은 말캉한 몸에 대고 눈물을 흘리며 말했다.

"위로해 주는 거야? 하지만 이제 더는 안 돼."

카셀은 품에 안고 있던 그것을 조심히 떼어 냈다. 그리고 바닥에 놓아 줬다. 그것은 영문을 알 수 없다는 듯 그 자리에 가만히 있었다.

"가! 너를 죽일 수 있는 방법을 찾으면 바로 죽인댔어. 그러니까 그냥 지금 떠나!"

하지만 그것은 멀어지지 않았다. 대신 다시 안아 달라는 듯 꿈지럭거리며 다가와 카셀의 다리에 몸을 비볐다. 카셀은 몇 번이고 더 가라는 말을 반복했다. 그러나 그것은 이러지 말라는 듯 애절하게 카셀에게 자신의 몸을 붙였다.

카셀은 결국 그것을 거칠게 발로 차 버렸다. 몇 미터나 멀리 나동그라진 그것은 잔뜩 움츠러든 채 카셀을 바라봤다. 얼굴이 없어 표정은 알 수 없었지만, 어쩐지 상처받은 눈빛이 보이는 듯했다.

그것은 그렇게 한참 카셀을 바라보다 몸을 돌려 느릿하게 꾸물거리며 카셀에게서 멀어져 갔다. 카셀은 오랫동안 그 뒷모습을 바라봤다. 마침내 그것이 정원을 빠져나갈 때까지, 그리고 카셀의 시야에서 완전히 사라질 때까지.

그러자 꿈이 차차 어두워졌다. 카셀은 이 끔찍한 꿈에서 깨어나기만을 기다렸다. 마음대로 움직일 수 없다는 것도, 부모님과 같은 공간에 있으면서 그 얼굴을 볼 수 없다는 것도 지독하게 괴로웠다.

그러나 그는 깨어나지 않았다. 대신 꿈은 훨씬 더 이후의 기억을 비추기 시작했다.

이번에 그는 드림이터가 되어 있었다. 척 보면 알 수 있었다. 꿈 왕국의 왕궁이 코앞에 있었다. 드림이터의 시선에서 바라본 꿈 왕궁은 생각보다 훨씬 작아 보였다.

드림이터, 아니 카셀은 오른손을 휘둘러 꿈 왕궁의 오른쪽 첨탑을 완전히 부숴 버렸다. 그리고는 입으로 불을 내뿜어 왕궁 정원을 완전히 불태워 버렸다. 카셀과 드림이터가 함께 뛰어놀았던 곳이었다. 정원에 있던 꿈 요정들도 덩달아 한순간에 증발해 버렸다.

'안 돼! 제발, 그만해!'

이번에도 그가 의지대로 할 수 있는 것은 아무것도 없었다. 카셀은 자기 손으로 꿈 왕궁을 부수고 있다는 착각에 시달렸다. 정신이 무너져 내릴 것 같았지만 눈을 감을 수도, 동작을 멈출 수도 없었다.

그 와중에 왕궁 정문을 등진 채 우뚝 서 있는 두 사람이 보였다.

'안 돼!'

카셀은 속으로 절규했다. 그의 부모님이었다. 왕과 왕비는 결연한 표정으로 거대한 드림이터를 바라보고 있었다.

카셀은 직감적으로 이것이 부모님의 마지막 순간이라는 것을 깨달았다. 그렇게 보고 싶던 부모님의 얼굴을 볼 수 있었지만 조금도 달갑지 않았다.

'도망가세요, 제발.'

수십 번을 빌었지만 그런 일은 일어나지 않았다. 꿈 왕국의 국왕과 왕비는 손을 모아 꿈가루를 소환하기 시작했다. 이 세상에 존재하는 모든 꿈가루를 불러내려는 것처럼 거대한 양의 꿈가루가 부모님의 몸 주변에서 소용돌이치기 시작했다. 꿈가루는 끝없이 계속해서 양이 불어났다. 카셀은 난생 처음 보는 광경에 압도당했다. 두 명이 힘을 합쳤다고는 하나 이처럼 많은 꿈가루를 한번에 다루는 장면은 처음이었다.

마침내 꿈 왕궁을 전부 다 덮을 정도가 되고서야 꿈가루의 팽창이 멈췄다. 꿈가루는 강하게 휘몰아치며 공격을 준비했다. 드림이터 역시 침착하게 입에서 다시 한 번 불을 뿜을 준비를 하고 있었다.

순간 정적이 흐른다 싶더니, 소용돌이치던 꿈가루가 일순간에 드림이터를 향해 쏘아져 나갔다. 공중에 은하수가 수놓였다. 드림이터의 입에서도 열기와 함께 불기둥이 뿜어져 나왔다. 마침내 드림이터의 입에서 뿜어져 나온 불기둥과 은하수를 닮은 꿈가루의 섬광이 공중에서 맞부딪쳤다.

순간 눈이 멀 만큼 밝은 빛이 번쩍였고, 드림이터가 눈을 감았다. 덕분에 카셀 역시 더는 부모님의 모습을 볼 수 없었다. 뒤이어 거대한 충격파가 태풍처럼 주변으로 퍼져 나갔다.

카셀은 마음 한편으로 희망을 품었다. 저만한 꿈가루의 힘이라면 부모님이 살아남았을지도 모른다. 비록 드림이터를 소멸시키지는 못했지만 그를 잠시 물리치고, 그 틈을 타 부모님이 도망쳤을 수도 있다.

한참 시간이 지나고, 마침내 드림이터가 눈을 떴다. 그제야 그 자리에 쓰러진 두 사람의 모습이 보였다. 이미 완전히 불타 버려 형체조차 알아보기 힘들었지만, 두 손을 마주 잡은 모습만큼은 그대로였다.

드림이터는 두 시체를 흘긋 보고는 아무렇지 않게 그 몸을 밟고 지나갔다. 바싹 말라 버린 시신이 가루가 되어 흩어졌다.

카셀은 무언가 자신의 안에서 부서져 버리는 것을 느꼈다. 그러나 무엇이 부서졌는지, 그것을 어떻게 다시 이어 붙여야 하는지는 알 수 없었다.

그렇게 꿈 왕궁 입성에 성공한 드림이터는 꿈 왕국에서 재배 중이던 모든 꿈을 단숨에 들이마시더니 이내 잠에 빠져들었다. 카셀은 드림이터가 완전히 잠들고 나서야 꿈에서 빠져나올 수 있었다.


카셀은 윤슬의 꿈으로 돌아왔다. 카셀은 꿈술사로서 다른 사람의 꿈은 많이 봐 왔지만, 자신의 꿈을 꾼 적은 처음이었다. 현실과 꿈의 경계가 희미해졌다. 카셀은 속이 타는 듯한 절망과 혼란 속에서 소리 없이 눈물만 흘렸다.

흐릿한 시야 너머로 누군가의 모습이 보였다. 카셀은 초점 없는 눈을 들어 상대를 똑바로 보려 애썼다. 그러나 눈물로 흐릿해진 시야는 좀처럼 맑아지지 않았다. 카셀은 자신이 가장 원하는 사람의 이름을 불렀다.

"윤슬……?"

상대는 한숨을 푹 내쉬더니 나긋한 목소리로 속삭였다.

"어때? 나는 네게 이런 환상을 선사할 수 있지. 그러니까 내게로 와. 너의 모든 것을 내게 바쳐, 나의 카셀. 너의 능력을, 너의 힘을, 네가 갖고 있는 그 드림스톤을."

"윤……"

"그래, 나는 윤슬이야. 네가 아끼고 사랑해 마지않는 윤슬. 그러니까……"

사람을 홀릴 것처럼 매혹적이고 아름다운 속삭임이었다. 카셀은 덜덜 떨리는 손으로 주머니에 손을 넣어 드림스톤 조각을 꺼내려 했다. 그 순간이었다.

"그래, 나를 사랑한다고 했잖아? 어서 드림스톤을 내게 줘."

"……뭐?"

카셀의 머릿속이 다시 맑아졌다.

정신을 차린 카셀은 가장 먼저 드림이터와의 거리를 벌렸다. 눈물은 어느새 멈춰 있었다.

그는 단 한 번도 윤슬에게 사랑한다는 말을 한 적이 없었다.

카셀은 흐릿한 모습을 다시 노려봤다. 눈가가 완전히 마르고 나서야 비로소 드림이터가 제대로 눈에 들어왔다. 한참 쳐다보자 윤슬이라고 생각했던 것은 인간의 형태를 닮은 검은 점액질 덩어리에 불과했다.

하마터면 드림이터에게 홀려 드림스톤 조각을 넘길 뻔했다. 간담이 서늘해진 카셀은 이를 악물었다.

"말을 할 수 있는 줄은 몰랐네. 속을 뻔했어. 날이 갈수록 영악해지는군."

드림이터는 말이 없었다.

"이제 묻는 말에 대답해. 왜 내게 그런 기억을 보여 줬지?"

"……."

"드림스톤에 대해 뭘 알고 있지?"

"……."

"대답하지 않을 건가? 그럼 내 이야기를 해 보지. 나는 네게 사과하러 이곳에 왔다."

무기물처럼 요지부동이었던 검은 덩어리가 카셀의 말에 요동쳤다.

"네가 받아야 할 정당한 사죄를 하고, 우리 둘 다 만족할 수 있는 방향으로 협상하러 왔다. 하지만 생각이 바뀌었어."

"카셀."

드림이터는 윤슬의 목소리를 따라했다. 꿈속 인물의 몸에 들어가고, 사람의 형태로 몸을 변형시키고, 꿈술사에게 꿈을 꾸게 만들더니 이제는 사람의 목소리를 흉내 내고 있었다. 꿈 왕국을 집어삼킨 드림이터의 힘이 어디까지 커진 것인지 알 수 없었다.

"윤슬을 따라 하지 마. 나를 현혹하려 하지 마. 너는 내 고향을 짓밟고, 내 부모님을 죽인 것으로도 모자라 그 장면을 내게 보여주며 나를 모욕했다. 나는 결코 네가 원하는 것을 내어주지 않을 것이다. 그것이 힘이든, 드림스톤이든, 사과든, 아니면…… 과거와 같은 애정이든."

"……."

"그러니 얌전히 기다려. 내가 너를 죽이러 올 때까지."

"넌 나를 죽이지 못해. 순순히 드림스톤을 넘기면 너와 윤슬은 건드리지 않을게. 나의 카셀, 우리 함께 정원을 뛰어놀자. 우리의 아름다운 정원을……."

드림이터는 간절하게 애원했다. 하지만 카셀은 그 속에 담긴 협박을 알아차렸다. 그는 고개를 저으며 단호하게 거절했다.

"잊었어? 우리의 정원은 네가 불태웠잖아."

그 말을 끝으로 카셀은 현실로 돌아가는 마법진을 그렸다. 마법진이 가동되고 카셀의 모습이 꿈 왕국에서 사라질 때까지, 드림이터는 아무 말 없이 그 자리에 서 있었다.

카셀은 윤슬의 방으로 돌아왔다. 날이 밝아 왔지만, 다행히 윤슬은 아직 잠들어 있었다. 잠꼬대 때문인지 이불이 바닥에 떨어져 있었다. 윤슬에게 이불을 다시 덮어 준 카셀은 다시 자신의 방으로 돌아갔다.

카셀은 해가 뜨고 윤슬이 일어날 때까지 꼼짝하지 않고 침대에 앉아 있었다. 의도적으로 오늘 자신이 본 것을 생각하지 않으려 애쓰며.

똑똑.

"카셀, 밥 먹자!"

윤슬이 방문을 두드렸다. 카셀은 침대에서 일어나 문을 열었다. 카셀의 얼굴을 보자마자 윤슬은 깜짝 놀랐다.

"뭐야? 무슨 일 있었어?"

"아니. 왜?"

"뭔가 묘하게 울적해 보이는데."

카셀은 피식 웃으며 윤슬의 앞머리를 흐트러뜨렸다. 윤슬의 주의를 다른 곳으로 돌리기 위한 행동이었다. 꿈 왕국에 다녀왔다고 솔직히 말할까 생각도 해 봤지만, 윤슬이 '왜 나를 두고 갔느냐'며 노발대발하는 모습을 보고 싶지는 않았다. 윤슬은 앞머리를 털며 투덜거렸다.

"아, 왜 그래! 어떻게 정리한 건데. 앞머리 길어서 눈 찌른다고."

"괜찮아. 이모부는 좀 어떠셔?"

"그대로지, 뭐. 요양 병원에서도 별일 없대."

"다행이네."

둘은 간단히 아침을 먹고 오늘의 손님을 맞이하러 환상 상점으로 출근했다.


문을 열고 들어온 사람은 멋진 중절모를 쓴 중년 남성이었다.

"어서 오세요. 꿈술사의 환상 상점입니다."

"안녕하세요. 오늘 예약한 박상철입니다."

상철은 모자를 벗으며 카셀과 윤슬에게 정중하게 마주 인사했다. 동작 하나하나 기품이 묻어나는 사람이었다. 둘은 상철을 상담실로 안내했다.

"음료는 어떻게 하시겠습니까?"

"……딸기우유 하나면 됩니다."

"그럼 그렇게 준비해 드리겠습니다."

카셀은 생딸기 우유를 준비하다가 문득 중절모와 딸기우유가 지독하게 어울리지 않는다는 생각에 피식 웃었다. 그때까지만 해도 카셀은 그저 '귀여운 취향을 갖고 계신 손님'이라고만 생각했다. 손님과 마주 앉아 가벼운 대화를 나누고 있던 윤슬 역시 마찬가지였다.

카셀은 직접 만든 딸기청과 우유를 섞고, 딸기 4개를 반으로 잘라 얼음과 함께 넣었다. 마지막으로 굵은 빨대까지 꽂은 카셀이 팅글에게 컵을 내밀자 팅글은 꿈가루를 음료 위에 솔솔 뿌렸다.

"생딸기 우유 나왔습니다."

카셀이 딸기 알이 그대로 살아 있는 딸기우유를 내밀자 상철은 두 손으로 조심스럽게 컵을 받았다. 그러나 테이블에 컵을 내려놓은 상철은 한참이 지나도 딸기우유를 마시지 않았다. 이러면 안 되는데, 카셀과 윤슬은 서로의 눈치를 봤다.

한동안 멍하니 앉아서 딸기우유를 바라만 보고 있던 상철이 천천히 입을 열었다.

"편의점 우유를 생각했는데……."

"최대한 맛있는 음료를 드리기 위해 노력하고 있어요."

상철은 떨리는 손으로 컵을 잡고 조심스럽게 한 모금 마셨다. 그는 이내 눈을 감더니 어깨를 떨기 시작했다. 감은 눈 사이로 눈물 줄기가 흘러내렸다. 깜짝 놀란 윤슬이 휴지를 몇 장 뽑아 남자에게 건넸다.

한참 시간이 지나고 상철은 가까스로 진정했다. 그는 떨리는 목소리로 천천히 자신의 이야기를 시작했다.

"딸이…… 참 좋아했습니다. 딱 이런 생딸기 우유를."

눈물이 계속해서 상철의 입가로 흘러내렸다. 그는 휴지로 눈가를 훔치며 말을 이었다.

"몇 달 전, 그 애는 스스로 목숨을 끊었습니다."

"삼가 고인의 명복을 빕니다."

윤슬과 카셀은 엄숙하게 고개 숙여 조의를 표했다.

"유서를 찾았는데……. 취업 스트레스 때문이라고 하더군요. 그러니까, 제 잘못이었던 겁니다."

"그렇게 생각하지 마셔요. 세상이 잘못한 겁니다."

윤슬이 위로하려 했지만 상철은 고개를 저었다.

"아비가 변변찮은 사람이라서 딸한테 많이 의지했습니다. 대학도 못 보내 준 딸은 어릴 때부터 안 해 본 아르바이트가 없었어요. 그러다가 딸이 딱 1년만 쉬면서 공부해 보고 싶은 게 생겼다고 하더군요. 그 시험만 붙으면 공무원이 될 수 있다고, 그러면 안정적인 소득이 생길 거라면서 말입니다. 그런데 1년만으로는 힘들더군요. 그래도 2년까지는 버틸 수 있었습니다. 비록 적지만 제가 일해서 얻는 수입도 있었고……."

"……."

"그런데 2년 차 시험에서는 붙었는데, 면접에서 다시 떨어졌습니다. 그날 크게 다퉜어요. 생활은 점점 힘들어지는데 계속 불합격이니……. 결국 저는 딸한테 그만 포기하라고 했습니다. 그러자 안 된다고, 자기는 이걸 너무 하고 싶다고 소리를 지르더군요. 저도 화가 나서 그만……."

상철이 더는 말하기 힘들다는 듯 고개를 푹 숙이고 흐느꼈다.

"더 말씀하지 않으셔도 괜찮습니다."

"아닙니다. 제 잘못입니다. 지금 저보다 그때 그 애가 더 힘들었을 겁니다. 제가 그때 딸에게 해서는 안 되는 말을 했습니다. 2년 해서 안 되면 그냥 포기해라, 남들은 잘만 붙는데 왜 너는 안 되냐, 네가 게으른 것 아니냐……."

"……."

"저는 몰랐습니다. 공무원 시험이라는 게 그렇게 어렵고 힘든 시험이라는 것을. 남들은 학원이며 인터넷 강의며 다 누리면서 공부하는데 딸은 그냥 혼자 공부하고 있었다는 것을."

"……."

"결국 며칠 뒤, 딸은 그렇게 스스로 떠나갔습니다. 그 와중에도 유서에 제게 미안하다고 써 놨더군요."

양쪽의 사정이 모두 이해가 되는 마음 아픈 일이었다. 카셀과 윤슬은 안타까움에 어쩔 줄을 몰랐다. 상철은 겨우 감정을 가라앉히며 환상 상점을 찾은 목적을 말했다.

"마지막으로 딸한테 미안하다는 말을 제대로 전해 주고 싶어서 왔습니다. 정말 한이 될 것 같아서……. 제 꿈속에서라도 그 말을 직접 전해 주고 싶습니다. 부탁드립니다."

상철은 마지막으로 카셀과 윤슬에게 고개를 깊게 숙였다. 카셀은 안타까워하며 상철을 위로했다.

"오늘 꾸시는 꿈이 조금이라도 위로가 되었으면 좋겠습니다. 그럼 이제 이 서약서에 서명해 주시면 됩니다."

윤슬이 서약서를 내밀고, 상철은 서약서의 내용을 읽어 보지도 않고 바로 서명했다. 카셀과 윤슬은 상철이 음료를 다 마실 때까지 기다렸다가, 꿈의 방으로 향했다.

"이쪽에 누우시면 됩니다."

상철이 준비된 의자에 눕자, 윤슬도 자리를 잡았다. 카셀은 상철의 미간에 손가락을 가져다 댔다. 이미 상철의 꿈이 시작되고 있었다. 카셀은 곧바로 상철의 꿈에 진입했다.

카셀과 윤슬은 비 오는 아파트 옥상에 서 있었다. 장소를 보자마자 윤슬은 상황을 깨달았다. 상철의 딸이 자살하기 바로 직전이었다.

마른 여성이 옥상 난간에 올라가 있었다. 아슬아슬하게 서 있는 그녀를 발견한 상철이 울부짖었다.

"미연아! 박미연!"

미연이 돌아봤다. 워낙 위험한 상황이었기에 그 작은 동작 하나만으로도 미연은 떨어질 듯 휘청거렸다. 상철은 비명을 질렀다.

"안 돼!"

"아빠……."

"미연아, 내가 잘못했다. 미안해. 정말 미안해. 제발 그러지 마라……."

상철은 딸에게 무릎을 꿇고 두 손을 모아 싹싹 빌었다.

"아빠가 잘못한 게 아니야. 그냥…… 사는 게 너무 힘들 뿐이지."

"아니야, 미연이 네가 얼마나 노력하고 있는지 잘 알면서 아빠가 너무 심한 말을 했어. 일단 내려와. 내려와서 얘기하자, 미연아. 응? 제발, 제발!"

"어릴 때는 미술 선생님이 되고 싶었어. 근데 미술은 돈이 많이 든대. 그래서 포기했었어. 조금 더 크고 나서는 꿈 같은 걸 가질 여유가 없었어. 알바로는 우리 둘이 사는 게 생각보다 힘들더라고. 언제 잘릴지도 모르고. 나는 그냥 남들만큼만 살고 싶었는데."

상철은 흐느끼듯 오열했다. 그는 바닥에 머리를 찧으며 미연에게 애원했다. 미연은 그런 아빠를 바라보다 천천히 하늘로 시선을 들었다.

"그러다가 공무원이 되면 안정적으로 살 수 있다더라고. 어쩌면 승진해서 더 많이 벌 수도 있고. 그래서 노력했어. 근데…… 안 되더라. 나는 그냥 뭘 해도 안 될 사람이었나 봐. 아빠 말대로 내가 게을러서 그랬을지도 모르지."

"미연아, 미연아……."

"왜 나는 안 됐을까? 대학을 못 나와서? 아빠 말대로 게을러서? 그러면 우리는 언제까지 이렇게 살아야 해? 그래도 나름 열심히 살았다고 생각했는데."

떨어지는 빗줄기 사이로 미연의 처연한 미소가 보였다.

"그래도 아빠, 이기적이고 못된 생각이지만 마지막으로 보고 싶었어. 아빠 잘못 아니야. 나는 세상이 그냥 너무 힘들었던 거야. 버티고 버티다가 어느 순간 무너진 거지."

"내 딸 미연아, 미안하다. 많이 사랑한다. 세상에서 제일 사랑해."

"아빠, 나도 많이 사랑해. 낳아 줘서 고마웠고, 키워 줘서 고마웠고, 함께여서 고마웠어. 그리고 많이 미안해. 이렇게 혼자 먼저 가게 돼서."

미연은 그 말을 마지막으로 뒤로 눕듯 난간 너머로 넘어갔다. 상철이 소리를 지르며 미연을 향해 손을 뻗었다. 하지만 손은 닿지 않았고, 미연은 그대로 멀어져갔다.

그 순간, 꿈속의 시간이 점점 느려지기 시작했다. 미연과 상철의 움직임이 영화 속 슬로우 모션처럼 느릿해졌다. 완전히 멈추지는 않았지만, 거의 멈춘 것처럼 보일 정도였다.

"카셀, 왜 그래? 개입하면 안 된다며!"

윤슬은 카셀을 돌아보며 물었다. 카셀은 당황하고 있었다.

"내가, 내가 한 게 아니야. 하지만 어떻게? 왜? 이건 내가 주관하는 꿈인데?"

카셀은 마법진을 그리며 시간을 다시 정상으로 돌려 놓으려

했다. 하지만 어떤 이유에선지 마법진은 그리는 족족 검게 변색되며 사그라졌다. 카셀의 얼굴이 불쾌감으로 일그러졌다.

이 꿈은 카셀이 구성한 것이었다. 카셀이 주관하고, 카셀의 지배 아래 있는 꿈이었다. 자신의 것을 부당하게 빼앗긴 느낌이었다.

카셀은 주변을 둘러보며 뭐가 잘못된 것인지 찾아 내려 애썼다. 윤슬은 무심코 비가 오는 하늘을 올려다봤다. 그리고 그녀는 발견했다.

느리게 떨어지는 빗방울 사이로 거대하고 붉은 눈이 깜박였다.

잠시 둘의 눈이 마주쳤다. 그 눈은 윤슬을 유심히 바라보고 있었다. 그녀는 붉은 눈에서 시선을 떼지 못하며 카셀을 불렀다.

"카셀, 하늘에……."

윤슬이 보는 방향을 따라 고개를 든 카셀은 익숙한 눈을 발견하고 인상을 찌푸렸다.

"또 너야? 징글징글하네. 내가 얌전히 기다리라고 했을 텐데."

카셀의 말에 눈이 초승달처럼 가느다래졌다. 비웃는 모양새였다. 카셀은 격분하여 드림이터를 쫓아내기 위해 붉은 눈을 향해 꿈가루를 화살처럼 쏘아 보냈다. 드림스톤 창은 아직 사용하지 않았다. 함부로 꺼냈다가 뺏길지도 모르거니와, 창으로 유효타를 먹일 수 있을지도 확신이 서지 않았다.

드림이터는 눈을 한 번 길게 감는 것만으로 카셀의 꿈가루를 간단히 막아 냈다. 카셀은 드림이터가 잠시 방심한 사이 꿈의 주도권을 다시 가져오려 했다.

꿈을 조작하는 일은 전적으로 꿈술사의 역량에 달려 있었다. 꿈술사의 능력이 강하면 강할수록, 조작의 규모와 범위 역시 커진다. 꿈속 시간을 멈추는 것은 세계의 법칙을 뒤바꾸는 것이나 마찬가지였고, 그렇기에 아주 강한 꿈술사들만 할 수 있었다.

그런데 그런 일을 드림이터가 흉내 내고 있었다. 비록 완전히 멈추게 하지는 못했지만.

카셀은 눈을 감고 자신의 꿈속에서 보았던 부모님의 마지막 전투를 떠올렸다. 어마어마한 꿈가루의 소용돌이를. 카셀의 온몸에서 꿈가루가 새어 나오기 시작했다.

"카셀!"

완전히 무아지경에 빠진 카셀은 윤슬의 부름을 듣지 못했다. 꿈가루가 카셀의 몸을 휘감았다. 윤슬은 거친 바람에 팔을 들어 얼굴을 가렸다. 카셀의 꿈가루는 어딘가 싸늘하고 날카로운 느낌을 줬다.

카셀은 그 꿈가루를 반구 형태의 막으로 펼쳤다. 그러자 꿈가루가 방어막처럼 상철의 꿈을 둘러싸기 시작했다. 빗방울은 꿈가루에 막혔다. 하늘이 꿈가루로 대체되자 마치 우주 속에 있는 것 같은 신비로운 분위기가 조성됐다.

온 세상을 덮을 만큼 거대한 방어진의 등장에 드림이터 역시 당황했는지 하늘을 슬쩍 찢고 나오려 했다. 카셀은 손가락을 까닥여 드림이터의 눈이 찢고 나온 하늘을 종잇장처럼 구겼다. 드림이터의 눈이 도로 가려졌다.

카셀은 자신의 정신을 두 개로 나눠 하나는 방어막을 유지하는

데 집중시키고, 다른 하나는 공간을 일그러뜨려 드림이터를 막는데 집중시켰다. 두 가지를 한 번에 하려니 죽을 맛이었다. 카셀은 그 와중에도 꿈의 주도권이 얼마나 남아 있는지를 가늠했다.

드림이터는 계속해서 하늘을 찢고 나오려 시도했다. 그러나 여러 차례 시도가 막히자 이번에는 아예 입을 벌려 하늘의 가장자리, 지평선 쪽부터 꿈을 뜯어 먹기 시작했다.

카셀은 드림이터의 공격이 향하는 곳의 방어막을 강화했다. 그러면서 한편으로는 꿈의 시간을 다시 원래대로 돌리기 위해 애썼다. 드림이터 역시 당하고만 있지는 않았다. 덕분에 꿈속 시간은 원래대로 돌아왔다 느려졌다를 반복했다. 상철과 미연의 움직임 역시 시간의 흐름에 따라 속도가 바뀌었다.

그때, 카셀의 집중력이 잠시 약해진 틈을 타 드림이터가 발톱으로 하늘을 길게 찢어 버렸다. 찢어진 하늘의 가장자리를 따라, 파괴된 꿈의 조각이 흩날렸다. 드림이터는 입을 벌려 그 조각들을 삼켰다. 이제 드림이터의 머리 전체가 하늘을 뚫고 상철의 꿈으로 들어왔다.

카셀은 드림이터가 꿈을 먹는 사이 다급하게 윤슬을 불렀다.

"윤슬!"

"카셀!"

"꿈에서 나가! 나가서 팅글한테 꿈가루를 회수하라고 해!"

윤슬은 카셀이 무슨 말을 하는지 바로 알아차렸다. 상철의 신체에 흡수된 꿈가루를 모두 거두면 상철은 금방 꿈에서 깰 것이다. 그렇다면 드림이터 역시 물러나야 했다.

"어떻게 나가?"

하지만 윤슬이 나가려면 카셀의 마법진이 필요했다. 카셀은 시간을 다시 되돌리려던 시도를 멈추고 방어막을 이루던 꿈가루 일부를 떼어 왔다. 방어막이 약해진 것을 눈치 챈 드림이터의 공격이 점점 거세졌다. 카셀은 꿈가루를 이용해 왼손으로 마법진을 그렸다. 너무 많은 일을 한꺼번에 하느라 카셀의 집중력이 바닥나고 있었다. 카셀의 관자놀이를 타고 식은땀이 연신 흘러내렸다.

"여기로 뛰어들어!"

카셀은 완성된 마법진을 가동함과 동시에 윤슬을 향해 날려 보냈고, 윤슬은 곧바로 마법진에 뛰어들었다. 마법진이 작동하면서 윤슬을 삼켰다. 그녀의 모습이 사라지자마자 카셀의 방어막이 완전히 깨지고 말았다.

카셀은 그 충격파로 미연이 떨어지고 있는 방향으로 튕겨 나갔다. 옥상 난간에 엎어진 카셀은 무심코 미연을 내려다봤다가 무언가 그녀의 목에서 반짝이는 것을 발견했다.

목걸이였는데, 모양이 독특했다. 마치 가공되지 않은 원석에 줄만 매단 모양새였다. 그때, 뒤에서 뭔가 섬뜩한 기운이 느껴졌다. 카셀은 미연을 향해 뛰어내리며 손을 뻗었다.

드림이터의 발톱이 카셀의 등을 거칠게 할퀴었다. 동시에 카셀의 손에 미연의 목걸이가 들어왔다. 카셀이 본능적으로 목걸이를 움켜쥐자 줄이 힘없이 끊어졌다. 카셀은 손에 목걸이를 쥔 채 그대로 땅으로 곤두박질쳤다.

땅은 눈 깜박할 사이 코앞까지 다가왔다. 마법진을 그릴 시간
조차 없었다.

카셀은 그대로 눈을 감았다.

카셀은 거칠게 바닥을 뒹굴었다.

"카셀!"

윤슬이 달려가 카셀의 얼굴을 부여잡았다. 다행히 크게 다친
곳은 없어 보였다. 카셀이 검은 옷을 입고 있던 탓에 윤슬은 카셀
의 등 뒤에서 조금씩 흐르는 피를 보지 못했다.

"안 다쳐서 다행이다……."

카셀은 화끈거리는 등의 상처를 애써 내색하지 않았다. 윤슬에
게 괜한 걱정을 안겨 주긴 싫었다. 대신 상황을 파악하려 이곳저
곳을 둘러봤다.

슬슬 잠에서 깨려는지 얼굴을 움찔거리는 상철의 옆에서 꿈가
루를 가득 끌어안은 팅글이 날아다녔다. 타이밍 좋게 팅글이 꿈
가루를 전부 회수한 모양이었다. 팅글은 상철이 정신을 차리기
전에 몸을 숨겼다.

한숨 돌린 카셀은 손에 쥐고 있던 목걸이를 내려다봤다. 조심
스럽게 주먹 쥔 손을 펼치자 미약하게 빛나는 목걸이의 원석이
보였다. 이제 척 보면 알 수 있었다. 또 하나의 드림스톤 조각이
었다.

"으으, 미연아……."

상철이 정신을 차리기 시작했다. 카셀과 윤슬은 그가 완전히 깨어날 때까지 기다렸다. 곧이어 상철이 눈을 떴다.

"흐흑……."

눈을 뜨자마자 울기 시작한 상철은 한참이 지나고 나서야 겨우 진정했다. 카셀과 윤슬은 조용히 기다리며 상철이 감정을 추스를 수 있도록 배려했다. 마침내 상철은 울음을 그치고 카셀과 윤슬에게 마지막 인사를 건넸다.

"먼 훗날, 딸을 다시 만나면 또 용서를 빌어야겠습니다. 오늘 정말 감사했습니다. 덕분에 꿈에서라도 딸을 다시 만날 수 있었습니다."

상철은 그 말을 마지막으로 힘없이 환상 상점을 나갔다. 윤슬은 그 뒷모습을 보며 씁쓸하게 중얼거렸다.

"나는 환상 상점을 통해서라면 사람들이 원하는 환상을 얻어 갈 거라고 생각했어. 어린아이들은 동심을, 어른들은 아름다운 꿈을. 하지만 다들 후회와 슬픔, 욕심으로 가득 차 있네."

"……."

"물론 드림스톤을 모으고 드림이터를 물리쳐서 사람들의 꿈을 지켜주기 위해 하는 거지만……. 이게 의미가 있을까?"

"알 수 없어. 그래도 끝까지 가야지. 우리는 각자 구해 내야 할 존재가 있으니까."

카셀이 결연하게 대답했다. 카셀은 꿈 왕국을 구해야 했고, 윤슬은 부모님을 구해야 했다. 둘은 그 목표를 잊지 않았다. 잊을 수 없었다.

카셀은 먼저 뒤돌았다. 꿈의 방을 정리하기 위해 몸을 숙인 순간, 카셀의 상처를 발견한 윤슬의 비명이 울려 퍼졌다. 카셀은 아차 싶었지만 이미 늦은 뒤였다.


카셀과 윤슬은 급하게 집으로 돌아왔다. 정확히는 윤슬이 카셀의 팔을 잡고 그를 질질 끌고 왔다. 카셀의 자초지종을 들은 윤슬은 집에 도착할 때까지 연신 눈물을 훔쳤다. 정작 카셀은 자기 상처에는 덤덤하면서도 윤슬이 계속 우는 것이 신경 쓰여 어쩔 줄 몰라 했다.

"바보야? 왜 말도 안 하고 참고 있어, 이걸!"

카셀은 웃옷을 벗고 침대에 엎드렸다. 한층 더 심각해 보이는 상처가 드러났다. 윤슬은 분을 이기지 못하고 카셀의 등을 한 대 때리려다가 멈칫했다. 대신 자신의 가슴을 주먹으로 쳤다.

"다쳤으면 다쳤다고, 아프다고 말이라도 해야지! 왜 말을 안 하냐고! 큰일이라도 나면 어떡하라고!"

카셀의 등에는 긴 발톱 자국이 세 줄이나 나 있었다. 오른쪽 날갯죽지부터 왼쪽 허리까지, 등 전체를 가로지르는 큰 상처였다. 하지만 카셀은 주민등록도 되어 있지 않고, 그렇다고 비자를 발급받고 들어온 외국인도 아니라서 혹시 모를 문제 때문에 병원에 갈 수 없었다.

윤슬은 일단 수건으로 상처를 눌러 지혈했다. 다행히 피는 금방 멎었다. 윤슬은 생리식염수를 부어 상처를 씻어 냈다. 상처가 깨끗해지자 깊은 상처가 더 잘 드러났다. 윤슬은 입술을 깨물고 조심스럽게 약을 펴 발랐다. 그 위에 거즈를 대고 붕대까지 감자 카셀의 상반신이 전부 붕대로 뒤덮였다.

치료가 끝나자 카셀이 침대에서 몸을 일으키려 했다. 윤슬은 카셀의 뒤통수를 꾹 눌러 버렸다. 카셀은 다시 침대에 엎어지고 말았다.

"윽……."

카셀이 고통에 신음하자 윤슬의 얼굴이 다시 일그러졌다. 윤슬이 울먹였다.

"늦었으면 어떡할 뻔했어. 죽었으면 어떡할 뻔했어……. 너 없으면 내가 어떻게 살아. 카셀, 네가 없으면 나는 어떡해."

"미안해, 윤슬. 숨기려고 그런 건 아니었어."

"변명하지 마!"

"으, 응. 미안."

서슬 퍼런 윤슬의 분노에 카셀의 기가 죽었다. 윤슬은 환상 상점의 모든 예약을 취소하고 카셀의 몸이 다 나을 때까지 당분간 영업하지 않기로 결정했다. 카셀은 괜찮다고 만류했지만 윤슬의 고집을 이길 수는 없었다.

환상 상점의 문이 다시 열린 것은 카셀이 다치고 한 달 정도 후였다.

# 네 번째 손님

## 8

상처는 갓 아물어 아직 붉은 흉이 선명했다. 윤슬은 아직도 불안해했다. 카셀은 그런 윤슬을 안심시키기 위해 최선을 다했다.

"진짜 괜찮아. 이제 아무 느낌도 없어."

"그래도 흉터가 남았잖아."

"뭐, 어때. 얼굴도 아니고."

카셀은 윤슬이 괜히 더 걱정하지 않도록 일부러 덤덤하게 대답했다. 드림이터가 지금, 이 순간에도 강해지고 있을 걸 생각하면 더 지체해서는 안 됐다. 윤슬은 하는 수 없이 환상 상점 문을 다시 열었다.

둘은 간만의 손님을 맞이하기 위해 환상 상점에 출근했다.

맑은 종소리와 함께 환상 상점의 문이 열렸다. 50대 중후반으로 보이는 남자였다. 정장을 입고 있었는데, 배가 너무 많이 튀어나와서 우스워 보였다. 게다가 인상을 찌푸리고 있어 성격이 나빠 보였다.

"어서 오세요, 꿈술사의 환상 상점입니다. 오늘 오후 세 시에 예약하신 이창석 님 맞으실까요?"

"예에."

창석은 건성으로 인사하는 둥 마는 둥 했다. 그는 어딘가 많이 불안한 듯 떨리는 시선으로 환상 상점 이곳저곳을 살펴봤다. 그러고는 몇 번 킁킁거리며 냄새를 맡더니 코를 찡그렸다.

"이게 무슨 냄새람?"

"아, 향이 불쾌하시면 줄여 드릴까요?"

"됐습니다. 어디로 들어가면 됩니까?"

"이쪽으로 오시면 됩니다."

카셀과 윤슬이 남자를 상담실로 안내했다. 남자는 자리에 앉자마자 다리를 덜덜 떨어 댔다. 게다가 땀까지 줄줄 흘리기 시작했다. 그는 안주머니에서 손수건을 꺼내 이마를 닦았다.

"음료는 무엇으로 하시겠습니까?"

"커피나 한잔 주시죠."

이번에는 윤슬이 나가 커피를 준비해 왔다. 꿈가루가 보이지 않게 잘 섞은 아메리카노였다. 남자는 목이 타는지 커피를 단숨에 들이켰다.

"이제 꾸고 싶으신 꿈에 대해 자유롭게 말씀해 주시면 됩니다."

"거, 흠, 큼……. 어디까지 자세하게 말씀드려야 합니까?"

"자세하면 자세할수록 더 완벽한 꿈을 꾸실 수 있지만, 그렇다고 억지로 말씀하실 필요는 없습니다."

"그래요, 뭐. 그럼 최대한 자세히 말해드리리다."

창석은 목을 가다듬고는 자신의 사정을 털어놓았다.

"나는 지금 소소하게 사업을 하나 하고 있습니다. 공동대표인 최 씨랑 함께요. 최 씨는 나와 20년도 더 넘은 친구지만, 최근 좀 심하게 다퉜습니다. 게다가 제가 진행했던 사업이…… 큼, 망해서 회사가 큰 타격을 입었습니다. 뭐, 거기까진 저도 최대한 수습하려고 노력하고 있었습니다. 최 씨가 주주총회를 소집해서 절 공동대표 자리에서 끌어내리고 자기 혼자 단독 대표가 되기 전까지는 말입니다."

창석이 거기까지 얘기했을 때만 해도, 카셀은 단순히 '주주총회 결과를 되돌리고 싶다' 정도의 꿈을 주문할 줄 알았다.

"아, 그러니까 내가 꾸고 싶은 꿈은……."

"네."

"최 씨를 죽이고 싶습니다."

"네?"

"내 가정도 있고 해서 현실에선 함부로 그놈을 죽일 수가 없습니다. 꿈속에서라도 한 번 그놈 목을 졸라 죽여 버리고 싶습니다."

상식을 벗어난 말에 카셀과 윤슬이 잠시 침묵했다. 한참 시간이 지난 후, 윤슬이 조심스럽게 창석을 만류했다.

"물론 그런 꿈을 꾸게 해 드릴 수는 있습니다. 하지만 꿈은 분명 실제 심리 상태에도 영향을 줍니다. 꿈속에서 원망하는 사람을 살해하는 경험은 큰 쾌감을 줄 테고, 그 감각을 잊지 못하고 현실에서도 비슷한 쾌락을 추구하게 될 수도 있습니다."

"상관없습니다. 그쪽들도 내가 나중에 현실에서도 그놈을 죽이든 말든 신경 쓸 일은 아니지 않습니까? 그저 돈만 받으면 되는 것 아닌가?"

창석의 무례한 말에 윤슬이 발끈했다.

"어떻게 신경 쓸 일이 아닙니까? 저희 상점에서 구매하신 꿈 때문에 다른 사람을 살해하시게 되면 그 책임은 당연히 저희한테도 있습니다!"

"아, 알았습니다, 알았습니다. 뭐, 서약서 비슷한 걸 쓴다고 하던데, 정 그러면 거기에 항목 하나를 추가하든가 하세요. 이후 현실에서 제가 저지르는 모든 일은 오늘 꿈과 관련 없다 그런 항목 말입니다."

창석은 내내 별것 아니라는 심드렁한 태도였고, 윤슬은 책상을 내려치며 자리에서 벌떡 일어났다.

"아무리 그래도 사람 목숨이 달렸는데 어떻게……."

"아니, 근데 여기 손님 대접이 원래 이런가? 손님이 하겠다면 그냥 알았다고 하면 되지!"

윤슬의 눈이 뒤집히려고 하자 결국 카셀이 윤슬의 팔목을 잡았다. 윤슬은 숨을 씩씩대다 다시 자리에 앉았다. 카셀이 침착한 목소리로 답했다.

"말씀하신 대로 서약서에 항목을 추가하여 진행하도록 하겠습니다. 불편하신 점이 있었다면 사과드리겠습니다."

"진작에 그럴 것이지."

카셀은 서약서 마지막에 창석이 말했던 항목을 추가했고, 창석은 그 서약서를 꼼꼼히 읽어 보더니 이내 서명했다.

셋은 바로 꿈의 방으로 향했다. 커피를 한번에 들이켠 덕분에 창석은 금방 잠에 빠졌다. 카셀 역시 윤슬의 손을 붙잡고 창석의 꿈속으로 들어갔다.

한밤중, 고급 아파트 현관문 앞. 창석은 무시무시한 얼굴로 서 있었다. 카셀과 윤슬은 비상계단 근처 구석진 곳의 어둠 속에 숨어 그 모습을 지켜봤다.

창석은 초인종을 눌렀다. 안쪽에서 누구냐고 묻는 말이 들렸지만 창석은 대답하지 않았다. 단지 한참 기다렸다가 다시 초인종을 눌렀다. 아주 침착하게, 그래서 누군가를 해하러 온 사람처럼 보이지 않도록.

윤슬은 내심 저 문이 열리지 않기를 바랐다. 하지만 이것은 어디까지나 창석의 꿈. 모든 시나리오는 창석이 원하는 대로, 카셀이 구상한 대로 흘러갈 터였다.

마침내 중년 여성의 목소리가 인터폰에서 흘러나왔다.

"누구세요?"

"제수씨, 오랜만입니다."

"어머, 창석 씨. 안녕하세요. 오랜만이네요. 무슨 일로……."

누가 들어도 껄끄러워하는 목소리였다. 하지만 창석은 태연하게 언제부턴가 들고 있던 음료수 상자를 인터폰 카메라에 보이게끔 흔들었다.

"지난번에 상현이랑 다툰 일도 미안하고 해서 사과도 드릴 겸 찾아뵀습니다. 잠시 들어가도 괜찮을까요?"

"아, 네. 잠시만요."

제수씨는 이내 문을 열고 나왔다. 그녀의 뒤로 똑같이 생긴 여자아이 둘이 고개를 내밀었다. 창석은 쌍둥이를 발견하고 환하게 웃었다.

"어이구, 녀석들! 이렇게 컸어? 연수랑 연서 맞지? 예쁘게 잘 컸네!"

제수씨에게 음료수 상자를 넘긴 창석은 아이들이 머리를 몇 번 쓰다듬었다.

"그나저나 상현이는 어디 있습니까?"

그때, 안쪽에서 굵고 낮은 목소리 하나가 또 들려왔다.

"누군데 그래? 누구기에 이 밤중에……. 어, 형님?"

"상현아, 오랜만이다."

상현이라고 불린 남자가 창석이 죽이고 싶다던 바로 그 '최 씨'인 모양이었다. 상현은 선이 굵으면서도 선해 보이는 인상의 미남이었다. 그는 반가운 얼굴로 창석을 맞이했다.

"오랜만입니다, 형님! 잘 지내셨습니까?"

"어어, 그래. 잘 지냈지. 너도 잘 지냈냐?"

"예, 저야 잘 지냈습니다. 아, 일단 안쪽으로 들어오십시오. 뭐라도 좀 마실 걸 드려야 하는데…….”

“아냐, 괜찮아. 잠깐 얘기나 하려고 온 거야.”

창석은 상현을 따라 집 안으로 들어갔다. 문이 닫히자 그들의 모습이 더 이상 보이지 않았다. 윤슬은 당황하며 카셀의 손을 잡아당겼다.

“카셀, 안 보이는데? 어떡해? 들어갈 수 있을까?”

“잠깐 몸을 투명하게 만들어서 들어가면 될 것 같아.”

카셀이 손가락을 튕기자 꿈가루가 카셀과 윤슬의 몸을 감쌌다. 둘의 몸이 점차 투명해졌다. 투명해진 몸은 벽도 통과할 수 있었다. 둘은 그 상태 그대로 현관문을 넘어 들어갔다.

창석과 상현은 식탁에 마주 보고 앉았다. 제수씨와 아이들은 거실 쪽에 있었다. 창석은 뻔뻔하게 웃는 얼굴로 상현에게 물었다.

“그래서, 회사는 좀 어떻고?”

“회사는 잘 돌아가고 있습니다. 걱정하실만한 일은 없습니다.”

그때, 웃고 있던 창석의 얼굴이 굳었다.

“내가 걱정할만한 일이 없다고?”

“예, 별일 없어서…….”

“너 지금 그 회사, 그게 온전히 네 거냐?”

“예?”

갑자기 격앙된 창석의 어조에 상현이 눈에 띄게 당황했다. 그는 눈을 크게 뜬 채 손사래를 쳤다.

“아, 아닙니다, 형님. 그런 뜻이 아니라…….”

"그 회사, 내가 젊음 바쳐 세운 회사야! 근데 네가 그걸 쏙 빼먹어? 그래 놓고 뭐? 걱정할 필요가 없어?"

상현은 그렇게 말한 적도 없고, 그런 의미로 말한 것도 아니었지만 창석은 제멋대로 받아들였다. 창석이 씩씩거리며 자리에서 일어났다. 분위기가 살벌해졌다. 거실에 있던 제수씨와 아이들이 불안한 눈으로 둘을 지켜봤다.

"내가 모를 줄 알아? 너 이 자식, 주주들 꼬셔서 총회에서 나 쫓아내 버리고 혼자 호의호식하니까 좋든? 응?"

"형님, 오해가 있으신 것 같습니다."

"오해는 무슨 놈의 빌어먹을 오해! 네놈이 내 인생 나락으로 떨궜으니 너도 한 번 떨어져야지. 남의 회사 처먹어 놓고 발 뻗고 잘 살 수 있을 줄 알았냐?"

창석이 갑자기 주먹을 날렸다.

"악! 여보!"

제수씨가 비명을 질렀고, 아이들은 울음을 터트렸다. 한순간에 창석과 상현의 몸이 얽히면서 둘은 바닥을 나뒹굴었다. 난장판이었다. 창석은 주먹이든 발이든 가능한 모든 수단을 동원해 상현을 때리기 시작했다. 하지만 상현은 방어만 할 뿐 반격은 하지 않았다.

"카셀, 괜찮을까?"

윤슬이 걱정스럽게 물었지만 카셀은 답하지 않았다. 그는 내면의 고민에 휩싸여 있었다.

카셀은 윤슬을 지키고, 현실을 지키고, 꿈 왕국을 다시 만들어

218

야 했다. 그게 카셀의 궁극적 목표였다. 그러기 위해서는 드림스톤을 전부 모으고, 드림이터를 소멸시켜야 했다. 지금 창석의 꿈은 하나의 과정일 뿐이었다. 과정도 중요하지만, 결과가 훨씬 중요했다. 그 결과에 윤슬과 윤슬의 부모님을 포함한 모든 현실 세계 사람들의 꿈이 달려 있다면 더더욱.

나름 꿈 왕국의 왕자로서 높은 도덕성을 가진 카셀이었다. 내면의 '진짜 카셀'이 이건 옳지 않다고 말했지만, 그는 기꺼이 타락한 구원자가 되기로 했다. 그건 윤슬을 위해서이기도 했고, 자신을 위해서이기도 했다.

세상에 온전한 성인(聖人)이 어디 있고, 떳떳한 영웅이 어디 있으랴.

누구든 손에 피를 묻혔기에 이름이 기억되고 찬가가 불리는 것이다.

카셀은 그래서 제 손으로 모든 일을 저지르고, 기꺼이 더렵혀진 손으로 자신이 모든 짐을 떠안기로 했다. 윤슬을 위해서, 세상을 위해서.

카셀은 결국 창석을 제지하지 않기로 마음먹었다.

그때, 창석이 바로 옆에 있던 싱크대에서 식칼을 집어 들었다. 아이들의 눈을 가리고 있던 제수씨는 경악하며 창석에게 달려들었다.

"여보! 위험해!"

제수씨는 칼을 들고 있는 창석의 손을 두 손으로 꼭 붙잡고 힘싸움을 하기 시작했다. 뒤늦게 자리에서 일어난 상현도 합세했지만, 이성을 잃은 창석의 힘을 이기기는 힘들었다.

"지가 능력 없어서 잘린 걸 갖고 어디서 남의 탓이야! 뒤지려면 혼자 곱게 뒤지든가, 왜 우리 집에 와서 행패야!"

제수씨가 악을 쓰며 연신 소리 질렀다. 창석 역시 지지 않았다.

"남의 회사로 먹고산 주제에 어디서 큰 소리야!"

"당신이 사업 말아먹고 회사 부도날 뻔했을 때 발로 뛰어 가면서 어떻게든 회사 지킨 사람이 내 남편이야! 당신이 죽겠다며 술 퍼마시다 쓰러졌을 때 내 남편은 그거 수습하느라 하루 한 끼도 제대로 못 먹고 과로로 쓰러졌어!"

"에잇, 이 년이 미쳤나!"

분노한 창석이 순간적으로 손에 힘을 줘서 아래쪽으로 칼을 휘둘렀다. 제수씨의 손에서 칼을 뺏어 오기 위해서였다. 칼날에 반사된 빛이 번뜩였다. 창석의 손과 칼을 쥐고 있던 제수씨의 몸이 딸려 가는 바람에 그녀는 중심을 잃고 넘어졌다.

그 자리에 있는 누구도 소리를 내지 못했다. 숨소리마저 잦아들었다. 갑자기 주변이 고요해졌다.

창석은 자신의 손끝에 닿은 이질적인 감각에 몸을 떨었다. 무언가 고깃덩이를 벤 것 같은 느낌이 들었는데, 그게 뭔지를 몰랐다. 넘어진 제수씨는 몸을 다시 일으키지 못했다. 창석은 떨리는 시선을 내려 제수씨를 쳐다봤다. 내리뜬 창석의 눈에 실핏줄이 가득 터져 있었다.

바닥에 잔뜩 흐트러진 여자의 긴 머리카락.

그녀의 머리카락 틈을 비집고 나와 점점 커지는 피 웅덩이.

"여, 여보."

가장 먼저 정신을 차린 건 상현이었다. 피는 그녀의 목에서부터 솟구치고 있었다. 그는 미친 사람처럼 덜덜 떨리는 손으로 아내의 축 처진 몸을 끌어안았다. 그러자 힘찬 핏줄기가 뿜어져 나왔다. 상현은 어떻게든 상처 부위를 막으려 애쓰며 울부짖었다. 아이들도 아빠를 따라 더 큰 소리로 울기 시작했다.

"여, 연수야! 연수야! 아빠 핸드폰 좀 가져, 아니, 119에 전화! 제발! 빨리! 살려주세요, 제발……. 아, 어떡해, 어떡……. 피가, 형님! 제 아내 좀 살려주세요. 아내는 잘못 없잖습니까. 제가 죽겠습니다. 예? 제발요!"

상현은 사랑하는 아내의 목을 벤 창석의 발치에 엎드려 빌었다. 창석은 그때까지도 정신을 차리지 못했다. 손을 스쳐 가던 감각과 눈앞의 끔찍한 광경이 영원히 잊히지 않을 것 같았다.

이런 것이 살인의 감각인가? 대체 살인범들은 어떻게 이런 것을 느끼고도 멀쩡히 숨 쉬며 살아가는 걸까?

상현이 피에 흠뻑 젖은 손으로 창석의 손을 붙잡았다. 창석의 손도 피범벅이 됐다. 그때까지도 칼을 쥐고 있던 창석의 손에서 힘이 빠졌다. 날카로운 소리와 함께 칼이 바닥에 떨어졌다. 창석이 피 웅덩이 위에 주저앉았다. 그는 상현의 울음소리를 듣지 않기 위해 귀를 막으려다, 제 손에 묻은 피를 보고 비명을 질렀다.

"으, 으아아악!"

이런 상황을 원한 게 아니었다. 제수씨를 죽일 생각은 없었다. 사실 상현을 죽이고 싶다고 큰소리치긴 했지만 진짜 죽일 수 있으리라는 생각은 하지 않았다. 단지 자신의 분노가 그만큼 크다는 것을 표현하고 싶었다.

"안 돼! 혜경아, 눈 좀 떠봐. 제발. 이렇게는 안 돼……."

상현은 점점 굳어 가는 아내의 몸을 미친 듯이 주무르기 시작했다. 그러나 전부 소용없었다. 소리 없이 절명한 여자는 눈도 감지 못했다.

윤슬은 제수씨가 넘어질 때부터 이미 눈을 감고 있었다. 일그러진 얼굴은 마치 윤슬이 고통을 대신 느끼고 있는 것처럼 보였다. 카셀은 윤슬의 어깨를 끌어안으려다 손을 거뒀다. 그는 자격이 없었다. 카셀은 이쯤에서 꿈을 멈추고 창석이 깨어날 때까지 기다려야겠다고 생각했다. 아마 창석은 원하던 꿈을 이미 실컷 꾸었을 테니.

그때, 윤슬이 작은 목소리로 물었다.

"카셀, 웃고 있어?"

"……아니."

"근데 왜 웃음소리가……."

윤슬의 눈꼬리에서 눈물 줄기가 흘러내렸다. 카셀은 이번에도 그녀의 눈물을 닦아 줄 수 없었다. 윤슬은 말을 이었다.

"누가 지켜보고 있어. 커다란 붉은 눈. 어디서 봤는데……."

"커다란 붉은 눈?"

카셀의 머릿속에 드림이터가 스쳐 지나감과 함께, 윤슬이 눈을 번쩍 떴다. 카셀은 그녀의 눈에서 순간적으로 번뜩이는 기이한 이채를 발견했지만, 바로 다음 순간 그 빛은 사라져 버렸다. 대신 초점 없는 눈동자가 그 자리를 채웠다. 이제 윤슬은 꿈 너머 어딘 가를 바라보고 있었다.

"드림이터가 웃고 있어. 날 부르고 있어. 진실을 알려 주겠대. 아니야, 필요 없어."

"윤슬, 그만. 정신이라도 연결된 거야? 그만 끊어 내. 정신 차려!"

"아, 드림이터가 여기로 오겠대. 안 되는데, 여긴……."

공간이 점차 일그러지기 시작했다. 어떤 곳은 길게 늘어지고 어떤 곳은 잔뜩 구겨졌다. 초현실주의 회화 작품 같았다. 창석과 상현과 제수씨와 아이들의 몸 역시 공간 속에 박제된 것처럼 함께 일그러졌다. 살아 있는 인물이 아니라 배경이었던 것처럼. 일렁이는 공간 속에서 멀쩡한 것은 오로지 카셀과 윤슬뿐이었다.

윤슬의 눈이 정상으로 돌아왔다. 그제야 주변을 확인한 윤슬은 기겁했다. 공간이 엿가락처럼 늘어지는 모습은 기괴하고 공포스러웠다. 평범한 인간의 정신으로는 받아들이기 힘들었다. 그나마 카셀은 숨을 몰아쉬면서 버티고 있었지만, 윤슬의 상태는 점점 심각해졌다.

두려움이 윤슬의 머릿속을 잠식해 나갔다. 윤슬의 동공이 과하게 확장되고, 온몸의 솜털이 가시처럼 바짝 섰다. 호흡이 가빠지면서 가벼운 현기증이 일었다. 폐가 산소를 제대로 받아들이지 못하면서 과호흡이 왔다. 카셀은 윤슬이 비틀거리자 결국 그녀를 붙잡았다.

"윤슬, 심호흡해."

그래도 윤슬이 좀처럼 숨을 쉬지 못하자 카셀이 윤슬의 뺨을 감싸 자신을 마주 보게 했다. 카셀이 코앞에서 직접 심호흡하자 그제야 윤슬도 그를 따라 숨을 쉬었다. 새파랗게 질렸던 윤슬의 안색이 점차 정상으로 돌아왔다.

공간 변형은 점차 심해져서 이젠 세상 만물의 형체조차 알아볼 수 없었다. 눈이 닿는 모든 곳이 추상화였다. 카셀은 멀미 때문에 구역질이 나오려는 것을 애써 참아 냈다.

그때 일그러진 공간의 틈에서, 새카만 날개가 천천히 튀어나왔다.

날개는 한 쌍, 두 쌍…… 다섯 쌍이었다. 총 열 장의 날개는 손처럼 움직였다. 날개가 공간을 양쪽으로 잡고 찢어 벌렸다. 이리저리 우그러졌던 공간이 한순간에 정상으로 돌아왔다가, 위아래로 쭉 늘어났다. 평범했던 가정집이 갑자기 층고가 30m는 되는 거대한 신전처럼 변했다. 내부를 꾸미던 가구도 전부 사라지고, 그저 텅 빈 공간이 되었다.

"우욱."

윤슬이 참지 못하고 주저앉아 헛구역질했다.

마침내 상대가 모습을 드러냈다.

이 큰 공간을 꽉 채울 정도로 거대한 몸이었다. 상대는 공중에 떠 있었다. 날개는 너무나 까매 모든 빛을 흡수했고, 깃털 하나하나마다 세상의 모든 언어로 의미를 알 수 없는 글이 빼곡하게 적혀 있었다. 날개 틈새로 살짝 보이는 피부는 전부 불타오르고 있었다. 간간이 허공에 불씨가 날렸다.

날개는 거대한 몸통을 중심으로 원을 그리며 붙어 있었는데, 몸통에 붙은 붉은 눈 한 쌍만이 타오르고 있었다. 날개의 위쪽, 뼈대 부분에는 자그마한 눈 천 개가 다닥다닥 달려 있었다. 수많은 눈은 각자 다른 속도로 깜빡이며 카셀과 윤슬을 주시했다. 하지만 몸통의 붉은 눈은 한 번도 깜빡이지 않았다.

다섯 쌍의 날개 중 가장 아래에 붙은 한 쌍을 제외한 나머지는 모두 위아래로 180도씩 움직였다. 그런데 아무 소리도 나지 않았고, 조금의 바람도 일지 않았다.

괴상하다 못해 위압감마저 불러일으키는 모습에 카셀과 윤슬은 얼어붙었다. 윤슬이 간신히 입을 뗐다. 목소리가 사정없이 떨렸다.

"저, 저게 뭐야……? 드림이터인가?"

"진화라도 한 모양이야."

카셀이 헐떡이며 답했다. 숨을 잘 쉴 수가 없었다. 카셀은 의지를 벗어나 제멋대로 도망치려는 몸을 애써 붙잡았다. 윤슬의 이마에서 식은땀이 줄줄 흘러내렸다. 윤슬이 눈가에 흐른 땀을 닦아내려 손을 올린 그 순간, 날개에 붙어 있는 눈동자들이 일시에 카셀과 윤슬을 향했다.

카셀과 윤슬은 수천 개의 시선 속에서 정신을 잃었다.

카셀은 자신이 드림이터의 꿈속에 들어왔다는 것을 깨달았다.

그는 이전에도 한번 드림이터에게 같은 공격을 당했고, 무사히 빠져나온 적이 있었다. 꿈이란 것은 생각보다 단순해서, 자신이 꿈을 꾸고 있다는 사실을 완전히 자각하게 되는 순간 그 꿈에서 빠져나오는 것은 힘들지 않았다. 단, 따로 외부의 힘이 없다는 전제 아래서만.

아무리 카셀이 강력한 꿈술사이고 지금 꿈꾸고 있다는 사실을 알아차렸다 해도, 드림이터가 자신의 힘으로 카셀을 꿈속에 가둬 버리면 그땐 쉽게 빠져나오기 힘들었다. 지난번 드림이터가 만들어 낸 꿈에서 카셀이 바로 빠져나오지 못했던 이유였다.

"이번엔 달라!"

카셀은 망설이지 않고 드림스톤 창을 소환했다. 창을 거꾸로 잡고 양손으로 높게 들어 올린 후, 힘껏 땅을 찍었다. 뾰족한 창끝이 땅에 파묻혔다. 카셀이 자신의 힘을 드림스톤 창에 불어넣자, 창은 카셀의 힘과 공명하며 은은한 빛과 함께 잘게 떨리기 시작했다. 카셀의 힘이 창끝에 점점 모였다. 끝없이 주입되는 힘이 차곡차곡 응축되었다.

"하압!"

카셀이 기합과 함께 응축된 힘을 한순간에 폭발시키자 드림스톤 창에서 쏘아진 빛이 번개처럼 땅 이곳저곳으로 퍼져나갔다. 땅이 조각조각 갈라지더니, 이윽고 지진이라도 난 듯 땅이 흔들렸다. 그렇게 끝도 없이 퍼져나간 번개 자락이 어느 순간, 꿈의 가장자리에 닿았다.

카셀은 그 순간을 놓치지 않고 그곳으로 온 힘을 쏟았다. 다른 곳으로 퍼져 나갔던 번개도 다시 모였다. 이윽고, 드림이터의 꿈에 균열이 가기 시작했다.

꿈은 머지않아 깨졌다. 카셀은 곧바로 눈을 떴다.

"아직 꿈속인 거지?"

카셀은 여전히 창석의 꿈속이었다. 열 개의 날개와 천 개의 눈이 달린 괴상한 생명체는 이미 모습을 감춘 이후였다. 주변을 둘러보던 카셀은 바닥에 쓰러진 윤슬을 발견했다.

"윤슬!"

카셀은 다급히 윤슬에게 달려가 그녀의 이마에 손을 얹었다. 드림이터의 꿈에서 어서 윤슬을 빼내야 했다. 드림이터가 꿈에서 어떤 장면을 보여줄지도 모르거니와, 꿈은 중첩되면 위험하다. 현실감을 떨어트려 무엇이 꿈속이고 무엇이 현실인지 구분하지 못하게 될 수도 있었다.

그러나 카셀은 윤슬의 머릿속에 들어갈 수가 없었다.

"대체, 대체 무슨 꿈을 꾸고 있는 거야……."

카셀이 간절히 윤슬을 붙잡고 있는 사이, 윤슬은 어린아이가 되어 있었다. 그녀는 드넓은 초원에 누워 새파란 하늘을 올려다봤다.

"심심해!"

한참을 누워 있어 봤지만 아무 일도 일어나지 않았다. 어린 윤슬은 결국 일어나 아장아장 걷기 시작했다. 그렇게 한참을 걷다가 윤슬은 커다란 나무 하나를 발견했다. 나무뿌리 쪽에 큰 구멍이 있었다. 윤슬은 천천히 구멍 주변을 살피다가, 문득 무언가를 깨닫고 눈을 크게 떴다.

"앨리스잖아?"

아무리 둘러봐도 어젯밤 읽었던 동화책 속의 그 구멍이 맞았다. 윤슬은 몇 발자국 물러났다가, 심호흡을 몇 번 하고는 앞으로 달려 나갔다. 윤슬의 몸이 구멍 안쪽으로 쏙 들어갔다.

"으아악!"

분명 마음의 준비를 하고 뛴 거였는데도 비명이 절로 나왔다. 소름 돋는 자유낙하의 감각이 오랜 시간 계속됐다. 그렇게 몇 분이나 떨어졌을까. 윤슬은 폭, 어떤 쿠션 위로 떨어졌다. 굉장히 크고 푹신한 쿠션이었다. 한참 동안 떨어졌으니 어딘가 다친 곳이라도 있어야 하는데 쿠션 덕분에 멀쩡했다.

윤슬은 일어나 엉덩이를 털고 주변을 둘러봤다. 주변엔 아무도 없었다. 인적이 드문 곳인지 작은 조명만 몇 개 켜져 있을 뿐, 전체적으로 어두웠다. 윤슬은 조심스럽게 탐방을 시작했다.

"와아······."

온갖 보석과 화려한 장신구로 가득한 방이었다. 마치 동화 속에 나오는 임금님의 보물창고 같았다. 물론 훔칠 생각은 없었다. 그건 도둑이니까. 윤슬은 아무리 어려도 도덕관념 하나만큼은 확실했다.

한참을 구경한 끝에야 보물창고의 끝에 다다랐다. 윤슬은 창고의 가장 안쪽에서 그 무엇보다 강렬한 빛을 내는 보석 하나를 발견했다.

그 보석은 윤슬의 얼굴만큼 컸고, 신비로운 광채를 내뿜고 있었으며, 왠지 모를 끌림이 느껴졌다. 윤슬은 무언가에 홀린 듯 그 보석을 향해 다가갔다. 마침내 얼굴이 닿을 정도로 가까워졌다. 보석의 안쪽에서 작게 반짝이는 가루들이 소용돌이치고 있는 것이 보였다. 윤슬은 보석이 내뿜는 빛이 바로 그 가루들에서 나오고 있음을 알아차렸다. 더 자세히 보기 위해 윤슬은 얼굴을 더욱 바짝 갖다 댔다.

윤슬의 이마가 보석에 닿았다.

그 순간, 윤슬의 머릿속이 엉망으로 뒤엉키기 시작했다. 폭포 같은 속도로 보석 내부에서 소용돌이치던 가루가 윤슬의 이마를 통해 그녀의 몸속으로 빨려 들어갔다.

인간의 언어로는 이해할 수 없는 정보들과 현실을 벗어난 환상들이 윤슬의 머릿속으로 흘러갔다. 그곳엔 모든 과거와 모든 현재와 모든 미래가 있었고, 가능성 있는 모든 경우의 수가 있었고, 가능성 없는 모든 꿈이 있었다.

윤슬의 눈동자가 점점 돌아가더니 이내 흰자만이 남았다. 윤슬의 피부 아래에서 혈관과 신경을 타고 은하수를 닮은 가루가 반짝이며 흘렀다. 신체의 모든 지점이 뾰족한 유리 조각에 찔리는 것처럼 아팠다. 아니면 불에 타고 있는 것일지도 몰랐다.

윤슬이 고통에 정신을 잃어 가는 와중에, 누군가 윤슬의 귀에 대고 알 수 없는 언어를 속삭였다. 하지만 윤슬은 본능적으로 그 언어를 이해했다.

**돌아가거라, 길을 잃은 아이야.**

그길로 윤슬은 튕겨 나오듯 다시 나무 구멍 위로 돌아왔다. 윤슬의 머릿속에서 그 순간의 기억은 지워졌지만, 윤슬이 얻게 된 능력까지는 완전히 지우지 못했다.

그날 이후 윤슬은 예지몽을 꾸기 시작했다.

윤슬은 멍하니 생각했다. 그래, 그런 일이 있었지. 그런데 지금은 언제지? 여긴 어디지? 아까 그 목소리는 누구지? 엄하고, 따스한 할아버지 같은······.

아하, 그렇게 되었구나. 그럼 지금 네 불행은 모두 네 탓인 거네? 네가 그날 꿈 왕국에 들어가서, 감히 드림스톤에 손을 얹어서 이렇게 된 거네? 부모님이 그렇게 된 것도 네 탓이고, 사람들의 꿈이 먹힌 것도 전부, 모두, 완전히 네 탓인 거네?

누군가 갑자기 윤슬에게 속삭였다. 요사스럽고 간악한 목소리였다.

자, 봐봐. 너는 현실과 꿈의 경계에 발을 반쯤 걸친 영혼이야. 네 엄마가, 네 아빠가 정말 그걸 몰랐으리라고 생각해? 자식이 어딘가 낯설다는 걸 정말 부모가 몰랐을까? 친구들은? 잘 봐. 이게 그들의 진짜 모습이니까.


　왜곡된 기억이 윤슬의 머릿속을 가득 채웠다.

　윤슬이 예지몽을 꾼다는 사실을 알게 된 날부터 윤슬을 끌고 전국의 정신병원이란 정신병원을 죄다 돌아다녔던 아빠. 소름끼친다며 무당을 불러 굿을 하고 윤슬에게 매일같이 닭 피를 뿌려댔던 엄마. 윤슬이 온전히 이 세계에 속해 있는 사람이 아니라는 것을 본능적으로 깨닫고 그녀를 따돌리던 친구들.

　어느 것이 진실이고 어느 것이 거짓인지 분간할 수 없는 꿈속에서 윤슬은 완전히 혼자였다. 온갖 장면들이 겹치고, 또 뒤섞이면서 세상의 색이 점차 탁해지다 이내 완전히 검게 변했다. 윤슬의 눈 역시 점점 흐려졌다.

　정신이 무너지고, 눈물이 줄줄 흘렀다. 심장 어딘가가 꽉 조이는 느낌이 들었는데 아픈 건지 간지러운 건지도 구분할 수 없었다.

　그런 와중에도 왜곡된 환상은 계속해서 이어졌다. 윤슬이 눈을 감고, 귀를 막아도 그 틈새를 뚫고 어떻게든 그녀의 정신에 침범했다. 사특한 목소리가 점차 커졌다. 윤슬의 공포로부터 힘을 얻은 목소리는 이제 거의 천둥처럼 쩌렁쩌렁 울렸다.


　한번 잘 생각해 봐. 네 인생은 불행의 연속이고, 네 영혼은 저주의 시작이지. 누가, 무엇이 너를 이렇게 만들었지?

"카……셀."

그래! 바로 그거야! 꿈 왕국이지! 드림스톤이지! 카셀, 아름다운 카셀이지! 그러니까 꿈 왕국은 너의 원수고, 카셀은 너의 적이야.

"카셀……. 나의 적……."

찢어질 것 같은 웃음소리가 울려 퍼졌다. 목소리는 흡족한 듯 기쁘게 말을 이었다.

내 손을 잡아. 한 번만 잡으면 돼. 그러면 모든 것이 끝나. 복수를 하는 거야. 왜 너만 이렇게 아파야 해? 너의 이런 갸륵한 고통을 세상 모두가 알아야지! 멍청하고 아둔한 카셀도 느껴 봐야지! 너는 버려졌고, 잊혔고, 사라졌지. 마치 나처럼. 너와 나는 같아. 우린 완전히 같다고! 그러니 내 손을 잡아. 버려지고, 잊히고, 사라진 자들의 복수를 하자.

"카셀……."

높은 웃음소리가 윤슬의 고막에 상처를 냈다. 윤슬은 바닥을 기어 다니며 울었다. 카셀이? 카셀이 나를 이렇게 만들었나? 내 모든 불행의 시작이 카셀인가? 카셀만 없으면 모든 것이 정상으로 돌아올 수 있나?

윤슬은 끝없이 자문했다. 하나의 질문을 던지면 대답 대신 열

개의 질문이 새롭게 생겨났다. 그렇게 끝없이 질문하던 시간은 단 몇 초에 불과했지만, 윤슬에게는 영겁과도 같았다. 그녀는 마치 자신이 세상에서 가장 오래된 생물처럼 느껴졌다.

그때, 윤슬의 이마에서 눈부신 빛이 새어 나왔다. 보석의 안에서 흐르던 가루들과 같은 빛이었다. 어린 시절, 윤슬의 이마로 흘러 들어간 바로 그 빛이었다. 그와 동시에, 사악한 목소리가 비명을 질렀다.

비명 틈에서, 누군가 윤슬에게 소리쳤다.

**정신 차려라!**

그 소리는 귀가 아닌 뇌를 통해 곧바로 윤슬에게 전달됐다. 그래도 윤슬이 여전히 정신을 차리지 못했다고 생각했는지 목소리가 다시 한 번 소리쳤다.

**드림이터의 환상에 속지 마라! 무엇 하나 믿지 마라!**

"그렇다면 저는 무엇을 믿으며 살아가야 하죠?"

**오로지 너 자신을 믿어! 너는 빛이다!**

윤슬이 눈을 번쩍 떴다. 기이한 안광 때문에 눈 전체가 하얗게 빛나는 것처럼 보였다.

윤슬의 이마에서 나오는 빛이 점점 더 밝아졌다. 윤슬은 눈부심 때문에 눈물을 흘리면서도 눈을 절대 감지 않았다. 그 빛이 까만 세상을 비췄다. 그러자 겹치고 뒤섞인 왜곡된 장면들이 빛이 닿을 때마다 하나둘씩 불타 재가 되어 흩어졌다.

시간이 얼마나 흘렀을까, 마침내 마지막 장면까지 사라졌다. 윤슬은 그제야 눈을 감고 끈 풀린 인형처럼 바닥에 털썩 주저앉았다. 얼굴이 눈물범벅이었지만 닦을 힘조차 없었다.

무슨 일이 있었던 건지 이해할 수 없었다. 하지만 점차 정신이 돌아오면서, 자신의 이마에 닿았던 그 보석의 정체를 알게 됐다.

"……드림스톤."

소리 내서 그 이름을 부르자 순식간에 모든 것이 명확해졌다. 윤슬은 어릴 적 꿈에서 길을 잃고 꿈 왕국에 들어선 적이 있었다. 그때 드림스톤과 접촉하게 됐고, 드림스톤의 힘 일부가 윤슬에게 흘러들어왔다. 윤슬은 그 꿈을 잊어버렸지만, 힘은 윤슬의 몸에 남아 그녀에게 예지몽을 꾸게 했다.

윤슬의 부모님은 그녀를 사랑했다. 그녀를 억지로 정신병원에 데려간 적도, 그녀에게 닭 피를 뿌린 적도 없었다. 친구들도 마찬가지였다. 윤슬을 따돌린 사람은 없었다.

누군가 그녀의 양 뺨을 부드럽게 감쌌다. 볼에서 느껴지는 온기가 익숙했다. 긴 손가락 끝이 그녀의 눈물 자국을 훔쳐 냈다. 상대는 아무 말도 하지 않았다. 그러나 보지 않아도, 듣지 않아도 누군지 알 수 있었다.

"……카셀."

윤슬이 예지몽을 꾸는 것은 저주가 아니었다. 예지몽이 아니었다면 엄마는 친구들을 만나러 갔다가 큰불에 죽었을 것이고, 아빠는 출장에 갔다가 돌아올 때 기차 탈선 사고로 죽었을 것이다. 예지몽은 축복이었다.

그리고 그 축복의 근원은…….

"사랑해."

윤슬이 절박하게 속삭였다.

따뜻하고 말랑한 입술이 그녀의 입술을 덮었다.

보지 않아도 알 수 있었고, 듣지 않아도 알 수 있었다.

윤슬은 드림이터의 꿈, 아니 거짓된 환상이 끝났음을 깨달았다. 현실 감각이 사라지고 꿈의 경계가 흐릿해졌지만, 윤슬은 나름 빠르게 정신을 차렸다.

"윤슬, 괜찮아?"

카셀이 조심스레 물었다. 윤슬은 무심코 고개를 끄덕이다 현기증을 느꼈다.

"으으……. 어지러워."

"왜 그래! 진짜 괜찮은 거 맞아?"

카셀이 다급히 그녀를 부축했다. 윤슬은 괜찮다는 의미로 카셀에게 고개를 끄덕였다. 하지만 카셀은 그녀를 놓아주지 않았다.

"다시 손님의 꿈속이야. 여전히 어딘가 드림이터가 있을 거야."

카셀이 윤슬에게 속삭였다. 윤슬은 주변을 둘러봤다. 기이하게 늘어났던 공간은 다시 원래 모습으로 돌아왔고, 괴상한 모습의 드림이터 역시 없었다. 창석과 상현도 정상이었다. 그들은 조금 전에 무슨 일이 있었는지 전혀 모르는 눈치였다.

여전히 상현은 아내의 몸을 붙들고 울부짖고 있었고, 창석은 정신이 나가 버린 사람처럼 제 손의 피를 보며 덜덜 떨고 있었다.

"전부 정상으로 돌아왔네."

"아직 여기 어디 분명 있을 텐……."

그때, 갑자기 공중에서 깃털 하나가 툭 튀어나왔다. 칼날처럼 날카로운 깃털은 위에서 아래로, 공간을 쭉 찢어 내렸다. 이윽고 갈라진 공간 틈에서 드림이터가 모습을 드러냈다. 거대한 몸뚱어리 때문에 집 벽 곳곳이 부서졌다.

상현과 창석은 그 믿을 수 없는 광경에 하던 일도 잊고 멍하니 드림이터를 바라봤다. 두 아이들 역시 마찬가지였다. 그중 한 명은 아예 다리에 힘이 풀렸는지 자리에 주저앉아 버렸다. 드림이터에게서 인간 내면 깊은 곳의 공포를 자극하는 섬뜩한 기운이 느껴졌다.

"저, 저게 뭐야?"

마침내 겨우 정신을 차린 창석이 뒷걸음질 치며 말했다. 드림이터는 주변을 한 번 쓱 훑어보더니, 갑작스럽게 창석을 향해 날개를 휘둘렀다. 꿈의 주인인 창석을 잡아먹고, 그의 꿈마저 흡수하기 위해서였다.

"형님!"

상현은 그 와중에도 창석을 걱정했다. 창석은 자신을 향해 빠르게 가까워지는 드림이터의 날개보다도, 아내를 죽인 자신을 걱정해주는 상현이 믿기지 않는다는 듯 많은 감정이 담긴 눈으로 상현을 바라봤다.

마침내 드림이터의 날개가 창석의 몸을 반으로 갈라 버리기 직전에, 상현이 품에 안고 있던 아내를 내려놓고 창석을 향해 달려

들었다.

　상현이 거세게 창석을 밀쳤다. 덕분에 둘은 함께 뒤엉켜 바닥을 굴렀다. 드림이터의 날개는 허공을 갈랐다. 공기가 쪼개지는 날카로운 소리가 울렸다.

　상현이 바닥에 누운 창석의 멱살을 붙잡고 소리쳤다.

"왜 가만히 서 계십니까! 피하지 않고요!"

"왜……. 왜 나를……."

"왜냐고요? 20년 전 기억하십니까? 제가 밥에 물 말아 먹을 돈도 없었을 때요. 형님이 맨날 일부러 절 불러내서 밥 사 주셨잖습니까. 외로워서 그렇다고 둘러대셨지만 결국 돈도, 꿈도 없던 절 구원해 주신 건 형님이셨습니다!"

　창석이 할 말을 잃은 채 믿을 수 없다는 눈으로 상현을 바라봤다. 언제 그런 일이 있었는지, 창석은 기억조차 나지 않았다. 그런데도 상현은 지금까지 그 일을 기억하고 창석의 목숨을 구해 주기까지 했다. 심지어 창석이 자신의 아내를 죽인 후였음에도.

　그 순간, 드림이터가 다시 한 번 날개를 활짝 펼쳤다. 이번엔 방해물인 상현까지 한 번에 제거하려는 모양이었다. 둘은 엉겨 붙은 채 바닥에 쓰러져 있어 드림이터의 공격을 피할 수 없었다.

"그만!"

　결국 카셀이 전면에 나섰다. 카셀은 손끝에서 꿈가루를 뽑아내 길고 튼튼한 실을 만들었다. 실은 끝없이 이어졌고, 별빛으로 반짝였다. 카셀은 창석과 상현을 향해 내려오는 드림이터의 날개를 실로 한 바퀴 감고, 공중을 나는 것처럼 뛰어올라 드림이터의 몸 위로 올라갔다.

그 상태에서 카셀이 실을 손에 감아 잡아당기자 드림이터의 날개가 멈췄다. 카셀은 드림이터와 힘겨루기를 했다. 드림이터가 몸을 비틀어 카셀을 떨구려고 했지만, 카셀은 납작 엎드려 붙었다. 다만 드림이터의 날카로운 비늘에 몸 이곳저곳이 옅게 베였다. 그동안 윤슬은 드림이터의 집중력이 깨진 틈을 타 사람들을 뒤쪽으로 대피시켰다.

카셀과 윤슬을 확인한 창석이 눈을 휘둥그레 떴다.

"엥? 꾸, 꿈술사?"

"예. 서약서 내용 기억하시지요?"

"아, 같이 들어온다고 했지. 저건 대체 뭡니까?"

"악몽 같은 겁니다."

카셀은 얼버무렸다. 진실을 모두 알려줄 수는 없었다. 카셀과 창석이 서로 아는 사이인 것처럼 대화하자 상현이 물었다.

"형님, 저 사람은 누군데 제 집에 있는 겁니까?"

"……복잡한 사정이 있어. 그냥 내가 아는 사람이야."

창석도 마찬가지로 대충 둘러댔다. 창석이 꿈의 주인이기 때문에 그의 의지가 반영됐는지, 상현은 창석의 이상한 대답을 순순히 납득했다.

"일단 시간이 없으니 간단히 말씀드리겠습니다. 저 악몽을 묶어 두는 동안 꿈을 나갈 수 있는 통로를 만들어 놓겠습니다. 그곳으로 들어가시면 됩니다. 윤슬이 안내할 겁니다."

"그냥 날 깨우면 되는 것 아닙니까?"

"……."

카셀은 뭐라고 말해야 할지 몰라 멈칫했다. 어디까지 설명해야 하고 어떻게 둘러대야 할지 고민이었다. 그때, 윤슬이 대신 답했다.

"꿈이라고 했지만, 일종의 최면 비슷한 겁니다. 무리하게 깨어나면 어지럼증 같은 부작용이 있을 수 있습니다. 지금 이곳에서 빠져나감으로써 자연스럽게 꿈에서 깨어나는 게 가장 좋습니다."

"아, 그렇군요."

"꿈이라니? 형님, 저게 무슨 소립니까?"

어리둥절한 상현이 다시 질문한 바로 그 순간, 드림이터를 묶고 있던 꿈가루 실이 끊어졌다. 무게를 반대쪽으로 실어 실을 당기고 있던 카셀의 몸이 중심을 잃었다. 윤슬은 높은 곳에서 힘없이 떨어지는 카셀을 발견하고 비명을 질렀다.

"안 돼!"

카셀은 당황하지 않고 다시 실을 만들어 냈다. 이번에는 끝에 낚싯바늘처럼 생긴 갈고리가 달려 있었다. 갈고리는 드림이터의 단단한 겉가죽을 뚫지는 못했다. 대신 비늘 끝의 뾰족한 부분에 갈고리가 걸려 카셀은 추락을 면했다.

카셀은 실을 잡아당겨 그 반동으로 다시 드림이터의 몸 위로 올라탔다. 그리고는 드림이터에게 속삭였다.

"감히, 너 따위가, 윤슬에게 손을 대?"

카셀은 드림스톤 창을 소환했다. 거대한 창끝이 향하는 곳은 드림이터의 양쪽 눈 사이, 정확히 뇌가 있는 부분이었다. 드림이터가 머리를 거세게 흔들었지만 카셀은 중심을 잃지 않았다.

그는 온 힘을 다해 창을 내리찍었다. 아니, 그러려고 했다.

창끝이 드림이터의 비늘에 닿은 그 순간.

"카셀!"

윤슬의 목소리와 함께 푸욱, 선득한 소리가 울려 퍼졌다. 위에서 무슨 일이 벌어졌는지 정확히는 몰라도, 창석은 본능적으로 그 소리가 무엇인지 알았다. 그 역시 그런 소리를 들어 본 적이 있었다. 살이 뚫리는 소리였다. 드림이터의 몸을 타고 붉은 피가 흘러내렸다. 카셀의 몸이 드림이터의 꼬리에 꿰뚫려 있었다.

드림이터는 꼬리를 천천히 움직여 카셀의 몸을 조심히 바닥에 내려놨다. 그리고는 뭔가 이상하다는 듯 카셀에게 코를 가까이 대고 냄새를 맡았다.

크게 뜬 윤슬의 눈이 카셀의 몸에 고정되었다. 분노와 충격으로 초점을 잃은 윤슬의 눈동자가 기이하게 빛나기 시작했다.

그 빛은 꿈가루를 닮아 있었다. 동공 중심에서 홍채 바깥쪽까지, 은하수를 닮은 찬란한 가루가 점점 퍼져나갔다.

너는 빛이다.

윤슬의 머릿속 목소리가 점점 또렷해졌다.

그래, 나는 빛이다. 그렇다면…… 뭐든 할 수 있지 않나?

그 순간, 윤슬로부터 폭발적인 기운이 쏟아져 나왔다. 그녀의 주변으로 기류가 소용돌이쳤다. 머리카락이 사방에 흩날렸다. 카셀에 정신이 팔렸던 드림이터는 익숙하면서 위협적이고, 무엇보다도 탐나는 기운에 윤슬을 노려봤다.

드림이터가 손을 까닥하자 죽은 상현의 아내가 말을 하기 시작했다.

"왜 그 힘이 네게 있는지는 알 수 없지만, 너는 그 힘을 감당할 능력도, 그 힘을 다룰 자격도 없다."

"닥쳐. 빙의할 몸이 없으면 말도 못하는 주제에."

"웃기는군. 꿈속의 존재에게 감정을 이입하고 환상에게 윤리를 따지는가? 그렇기에 네가 안 된다는 거다, 어리석은 자여."

윤슬은 대답 대신 손을 움직였다. 그녀가 가진 것은 드림이터의 힘. 심지어 오랜 시간 그녀의 몸속에서 그녀와 함께했던 힘이었다. 뭐든 할 수 있을 것 같았다. 윤슬이 상상하는 대로, 원하는 대로.

윤슬은 상현의 아내에게서 드림이터를 쫓아냈다. 아무리 꿈속의 존재라도, 그녀가 편히 쉬었으면 했다. 드림이터가 거세게 저항했다. 드림이터와 윤슬의 힘이 맞부딪히며 거센 반발력이 생겼다. 윤슬은 속에서부터 뜨거운 뭔가가 올라오는 것을 느꼈지만 애써 삼켜 냈다.

마침내 빙의가 풀린 여자는 다시 조용해졌다.

대신 드림이터가 사납게 날뛰었다. 거대한 날개에 부딪힌 벽이 무너지면서 건물이 크게 진동했다. 사람들은 중심을 잃고 넘어지거나 바닥에 납작 엎드렸다. 그러나 윤슬만은 태연하게 서 있었다.

드림이터는 윤슬이 서 있는 곳의 공간을 반으로 접어 버렸다.

윤슬은 공간을 도로 펼치려 했다. 하지만 드림이터의 힘 역시 만만찮았다. 결국 윤슬은 포기하고 몸을 뒤로 빼 반으로 접혀버리는 곳에서 빠져나왔다.

드림스톤의 힘이 있는데도 상대하기 버겁다니. 윤슬의 목을 타고 식은땀이 흘러내렸다. 그녀는 무심하게 땀을 닦으며 드림이터의 발치에 놓인 카셀의 몸을 흘긋 바라보았다. 그녀의 한쪽 입꼬리가 올라갔다.

"드림스톤의 힘을 갖고 싶었어? 그러면 신이 될 수 있을 줄 알았어?"

윤슬이 피식 웃으며 드림이터를 도발하기 시작했다.

"그런데 이를 어쩌나. 이미 그 힘은 내 건데."

분노한 드림이터는 불을 뿜어 내 모든 것을 녹여 버리려 했다. 아무것도 없던 드림이터의 붉은 눈 아래쪽이 길게 금이 가며 벌어졌다. 입이었다. 쩍 벌어진 검은 입속에서 끔찍한 열기가 만들어지기 시작했다.

"카셀은 날 사랑하고, 드림스톤의 힘도 내게 있어. 넌 가진 게 뭐지?"

그리고 마침내 거센 불길이 드림이터의 입에서 뿜어져 나오기 직전, 윤슬이 소리쳤다.

"카셀, 지금이야!"

윤슬의 말과 함께, 바닥에 누워 있던 카셀이 사라졌다. 바로 다음 순간, 카셀은 윤슬 옆에 서 있었다. 한쪽 손에는 완성된 마법진이 그려져 있었고, 반대쪽 손에는 드림이터 몰래 새로 찾아 낸 드림스톤 조각이 들려 있었다.

드림이터는 당황했다. 드림이터는 카셀을 박제하고 성대한 장례식을 치러 줄 생각이었다. 저 건방진 인간 여자가 방해할 수 없는 꿈 왕국의 왕궁에서. 조문객은 하나도 없이, 드림이터 혼자만 그 장례식에 참석할 것이었다.

그렇게 된다면 드림이터는 카셀을 향한 복수에 성공하고, 심지어 카셀과 영원히 함께할 수도 있었다. 두 마리 토끼를 모두 잡는 완벽한 그림이었다.

하지만 전부 허상이 되어 버렸다. 저 약삭빠른 여자 때문에! 진작 저것을 처리했어야 했다. 남겨 두면 더 큰 방해물이 될 것이 분명했다.

드림이터는 망설이지 않고 이 자리에서 윤슬을 끝내려 했다.

꿈에 존재하는 모든 물체가 변형됐다. 마치 날카로운 화살촉처럼, 끝이 뾰족해진 수백 개의 물체가 윤슬을 향해 날아들었다. 윤슬은 순간적으로 양옆의 공간을 접어 방어했다. 막힌 물체들이 공간의 표면에 수없이 박혔다. 공격에 한 번 실패한 드림이터는 곧바로 다음 공격을 준비했다.

그러나 이미 카셀의 마법진이 가동된 이후였다.

"여기로 들어가시면 됩니다! 어서요!"

카셀이 창석에게 외쳤다. 창석은 누구보다 빠르게 마법진을 통과했다. 카셀은 윤슬의 손을 잡았다. 둘은 함께 마법진을 향해 뛰어갔다.

윤슬은 마법진에 들어가기 직전, 고개를 돌려 드림이터를 비웃었다.

"야, 난 세상을 구할 거야. 넌 패배할 거고. 그러니까 꺼져."

모두가 마법진에 들어갔다. 창석의 꿈이 끝났다.

창석은 정신을 차리자마자 노발대발했다.

"이런 사기꾼들 같으니. 대체 이게 뭐야? 원하는 꿈도 아니고, 악몽이라니! 게다가 난…… 그냥 살인자가 됐잖아! 환불해 줘!"

"손님, 손님은 분명 원하시는 꿈을 꾸셨습니다. 다만 꿈속에서 벌어진 일들은 어디까지나 손님의 선택이었을 뿐입니다. 저희는 그에 개입하지 않았으며, 악몽 역시 손님이 원하시던 살인에는 영향을 끼치지 않았습니다."

"그럼 뭐해! 아직도 생생해. 제수씨를 찌르던 느낌이! 난 살인자가 됐다고!"

윤슬이 침착하게 창석을 달랬다.

"손님, 진정하세요. 아직 살인을 저지르신 것이 아닙니다. 꿈이었으니까요. 하지만 이제 선택하실 차례입니다. 진짜 살인자가 될지를요."

"진짜…… 살인자라고?"

"네. 아직도 그분을 죽이고 싶으신가요? 분명 아까는 어떻게 되든 상관없다고 하셨는데, 지금은 살인을 두려워하고 계시잖아요."

"……."

"아직 현실에선 아무 일도 일어나지 않았습니다. 얼마든지 바꿀 수 있어요. 꿈은 무의식을 반영합니다. 손님께서는 마지막까지 그분을 죽이지 못하셨고요. 정말 손님께서 원하는 게 뭔지 생각해 보시는 게 어떨까요?"

윤슬은 이런 말을 하면서도 창석이 자신을 가르치려 드냐며 화낼 거라고 예상했다. 창석이 더 난동을 피우면 아예 경찰에 신고할 생각까지 하고 있었다. 하지만 의외로 창석은 고개를 푹 숙인 채 가만히 있었다.

"손님?"

카셀이 물었지만 창석은 그 뒤로도 한참을 침묵했다. 잠시 후 고개를 든 창석의 눈가는 촉촉했다. 후회와 미안함이 한데 섞인 눈물이었다. 드디어 창석이 입을 열었다.

"생각해 보면 상현이는 항상 착한 놈이었습니다. 언제든 자기 이득보다는 저를 먼저 생각했고……."

"……."

"아무리 사소한 것이라도 은혜를 잊어버리지 않는 놈이었죠. 자기 아내를 죽였는데도 날 구해 주다니."

창석은 말하면서도 믿기지 않는다는 듯 고개를 절레절레 저었다.

"아무래도 그놈이랑 제대로 대화를 해 봐야겠습니다. 뭔가 사정이 있을지도 모르니까요. 어쩌면 상현이 그놈을 죽이고 싶은 게 아니라…… 그냥 믿었던 동생인 만큼 큰 배신감을 느꼈던 걸지도 모르겠네요."

창석은 자리에서 일어났다. 정신적으로 지쳤는지 잠시 비틀거렸지만, 금세 어깨를 펴고 제대로 걸었다.

창석은 상점 밖으로 나가기 직전, 작은 목소리로 사과했다.

"시끄럽게 굴어서 미안합니다. 그리고…… 뭐, 큼, 고맙습니다."

카셀과 윤슬은 창석의 뒷모습에 대고 허리 숙여 인사했다. 창석은 뒤도 돌아보지 않고 골목을 빠져나갔다.

"어영부영…… 잘 해결된 건가?"

"뭐, 대화해 보겠다고 했으니까. 잘됐으면 좋겠네."

"솔직히 좀 짜증 나기도 했지만."

둘은 마주 보고 피식 웃었다.

환상 상점 문을 닫고 집으로 돌아가는 길에서 윤슬이 말했다.

"아깐 얼마나 놀랐는지. 죽은 줄 알았다고. 미리 말이라도 해 주지."

"미안. 아깐 그럴 여유가 없어서……. 드림이터 눈을 속이고 드림스톤 조각을 가져오려면 그 방법뿐이었어. 그래도 너라면 눈치챌 거라고 믿었어."

"드림이터도 깜빡 속아 넘어간 거 봤지?"

둘은 킥킥대고 웃었다. 그러나 웃음은 잠시였고, 둘은 다시 현실로 돌아왔다. 카셀은 주머니에 넣어 뒀던 새 드림스톤 조각을 꺼냈다. 이걸로 다섯 번째 조각까지 모였다. 이제 원래의 윤곽이 언뜻 보였다.

"두 조각 남았네."

"다 모으면 어떻게든 합칠 수 있겠지?"

"모르겠어. 다만 드림스톤이 완성되면 그땐……."

카셀은 말꼬리를 흐렸지만 윤슬은 이어질 말을 짐작할 수 있었다.

드림이터를 소멸시키고, 세계를, 윤슬의 부모님을 구원하리라.

집에 도착한 둘은 저녁을 먹었다. 윤슬의 아버지를 돌보는 것도 잊지 않았다. 그리고 자정이 가까워졌다. 원래대로라면 각자 방에서 잠들었을 시간이지만, 카셀은 윤슬의 방문을 두드렸다.

"들어와."

윤슬은 침대에 비스듬히 누워 책을 읽고 있었다. 카셀은 그 옆에 걸터앉았다. 뭔가 머뭇거리는 기색이 역력했다.

"물어볼 게 있어서 왔어. 그냥 넘어갈까 하다가……."

"뭔데?"

윤슬이 드림이터가 만들어 낸 꿈속에서 무엇을 봤는지 알 수가 없었다. 대체 무슨 일이 있었길래 갑자기 꿈술사 능력을 쓰게 된 것인지 알아야 했다.

"아까 꿈에서 무슨 일이 있었던 거야?"

"아까? 손님 꿈에서?"

"드림이터가 꿈을 보여 줬잖아. 그때 뭘 본 거야? 뭘 봤길래……."

카셀은 속으로 갈등했다. 이걸 어떻게 물어봐야 하지? 언제부터 능력을 쓸 수 있었냐고? 왜 내게도 말해주지 않았느냐고? 혹시 일부러 속인 거냐고?

카셀은 자신의 질문이 너무 추궁하는 것처럼 들리지 않기를 바랐다. 하지만 어떻게 물어도 따지는 것 같았다. 하는 수 없이 최대한 돌려 질문했다.

"……아까는 어떻게 한 거야?"

"뭘 어떻게 해?"

"꿈술사 능력을 썼잖아."

윤슬이 멈칫했다.

"무슨 소리야?"

"무슨 소리냐니?"

"내가? 꿈술사 능력을 썼다고?"

카셀은 윤슬이 장난치는 줄 알고 살짝 한숨 쉬었다. 그러나 윤슬은 정말 어리둥절한 표정이었다.

"윤슬, 나 지금 장난하는 거 아니야."

"잘못 본 거 아니야?"

"분명히 너한테서 흘러나온 힘이었어. 혹시, 기억이 안 나는 거야?"

윤슬은 혼란스러운 얼굴로 카셀을 멍하니 바라봤다. 카셀의 얼굴이 딱딱하게 굳었다. 카셀이 다시 차근차근 설명했다.

"드림이터의 빙의를 풀고, 공간을 접어서 공격을 막아 내기도 했잖아. 정말 조금도 기억 안 나? 어디까지 기억하는지 말해 봐."

윤슬이 기억을 더듬었다. 그녀의 기억은 매끄러웠고, 조금도 끊어진 부분이 없었다. 그래서 그때까지도 그녀는 카셀이 너무 정신없던 나머지 잘못 봤으리라 생각했다.

윤슬은 자신이 기억하는 모든 것을 말해 줬다. 드림이터가 무슨 환상을 보여 줬는지, 거기서 어떻게 빠져나왔는지, 그리고 드림이터와의 전투까지 전부.

단 한 가지, 윤슬이 꿈술사 능력을 사용했던 부분만 빠져 있었다.

윤슬의 이야기를 전부 들은 카셀은 한참을 생각하다 나름의 결론을 내렸다.

"꿈속에서 드림스톤의 힘이 순간적으로 증폭된 것 같아. 원래는 예지몽만 꾸다가 직접 능력을 쓸 수 있게 된 것도 그 덕분이고. 그리고 지금은 힘이 원래대로 돌아오면서 기억도 사라진 거고…… 이게 아니면 설명이 안 돼."

"심각한 거야, 카셀? 무슨 문제가 생긴다거나."

"그런 건 아니야. 걱정하지 마."

"그럼 더 고민하지 말자. 난 그냥 너랑 같이 오래오래 살고 싶어."

그 말에 카셀이 윤슬을 뚫어져라 바라봤다. 그는 한동안 눈도 깜박이지 않았다. 옅은 바다를 닮은 홍채가 강렬하게 반짝였다. 윤슬도 카셀을 마주 봤다. 카셀은 한참 뒤에 입을 열었다. 하고 싶은 말이 많았지만 전부 생략한 채였다.

"그럼 잘 자, 윤슬."

"……응, 너도 잘 자."

둘은 한 번 서로를 끌어안았다. 카셀은 윤슬의 방에서 나왔다. 천천히 문을 닫은 그는 문에 등을 대고 스르르 주저앉았다.

결국 끝까지 '같이 오래오래 살자'는 말에 대답해 주지 못했다.

# 다섯 번째 손님

**9**

며칠 후.

간만에 환상 상점 예약이 없는 날이었다. 그동안 계속해서 여러 손님들의 꿈을 살펴봤지만, 남은 드림스톤 조각은 찾을 수 없었다.

카셀은 윤슬의 아버지를 씻기고 있었다. 모든 의욕이 사라진 윤슬의 아버지는 청결에 대한 욕구도 잃어버렸고, 덕분에 카셀이 직접 그를 씻겨야 했다.

그동안 윤슬은 소파에 앉아 계속해서 TV 채널을 돌렸다. 환상 상점을 연 이후 생긴 습관이었다. 그녀는 혹시라도 손님들의 이야기가 뉴스에 나올까 노심초사하며 계속해서 뉴스를 둘러봤다.

그러다가 어느 순간, 화면 아래에 뉴스 속보가 떴다. 빨간 줄을 배경으로 흘러가는 흰 글씨는 이렇게 쓰여 있었다.

## 전국 동시다발적인 혼수상태 환자 400여 명 발생… 원인불명

윤슬은 인상을 찌푸리고 뉴스 속보에 시선을 고정했다. 왠지 모를 불안함이 스멀스멀 피어올랐다.

곧바로 방영되던 모든 프로그램이 중단되고 특보 방송이 시작되었다. 딱딱하게 굳은 표정의 아나운서가 빠르게 소식을 전했다.

"오늘 오전, 전국에서 동시다발적으로 원인불명의 혼수상태 환자가 발생하였습니다. 현재 파악된 인원만 약 400여 명입니다. 환자들 사이의 공통점은 단 하나, 어젯밤 잠든 뒤 깨어나지 못했다는 것 뿐입……."

윤슬의 머릿속이 점멸했다. 잠든 뒤 이유 없이 깨어나지 못하는 혼수상태. 윤슬도 바로 곁에서 본 적 있는 증상이었다.

드림이터에게 꿈을 먹힌 사람들.

그때, 카셀이 윤슬의 아버지를 침대에 눕히고 방에서 나왔다. 옷이 잔뜩 젖어 물이 뚝뚝 떨어지고 있었다.

"표정이 왜 그래? 무슨 일 있어?"

얼굴이 새하얗게 질린 윤슬을 보고 놀란 카셀이 다급히 걸어왔다. 옷을 갈아입을 생각조차 하지 못했다.

윤슬은 카셀이 오는지도 모른 채 넋을 놓고 특보를 보고 있었다. 카셀이 윤슬의 어깨를 감싸 안았을 때, 아나운서의 기계적인 목소리가 다시 흘러나왔다.

"정부는 이번 사태에 대해 신종 전염병 가능성을 염두에 두고 조사 중이라고 발표했습니다."

카셀이 뉴스를 확인했다. 그 역시 이번 일이 드림이터의 짓이라는 사실을 곧바로 알아차렸다. 피해자의 규모까지 확인한 카셀의 얼굴이 분노로 굳어졌다. 화면은 곧바로 다음 특보로 넘어갔다.

**몽유병 환자들의 집단적 강력범죄, 경찰 "테러단체와 연루 가능성"**

"어젯밤, 전국에서 약 2만 6천여 건의 강력범죄가 발생하여 경찰이 긴급수사에 나섰습니다. 이는 하루 평균 강력범죄 발생 건수의 20배에 달하는 수치로, 경찰은 테러 단체의 연루 가능성을 염두에 두고 수사 중이라고 밝혔습니다."

불길했다. 카셀은 '몽유병 환자'라는 자막에 시선을 고정했다. 카셀의 젖은 옷에서는 여전히 물방울이 속절없이 떨어지고 있었다.

"특이한 점은, 범죄를 저지른 피의자들이 전부 평소 몽유병을 앓고 있었으며, 범행 시각이 한밤중이고, 당시의 기억이 없다는 점입니다. 경찰은 이에 따라 몽유병과 범행 사이의 연관성을 수사하고 있습니다."

카셀은 직감했다. 이것 역시 드림이터의 짓이었다. 드림이터가 본격적으로 현실에 영향을 끼치고 있었다. 자신이 원하는 바를 이루기 전까지는 계속해서 이런 짓을 벌일 터였다. 카셀의 시야가 분노로 붉게 물들었다.

"윤슬, 병원으로 가자. 확인해야겠어. 정말 저게 드림이터가
……."

카셀은 차마 말을 끝까지 잇지 못한 채, 나갈 준비를 했다. 아
직도 뉴스에서는 아나운서가 차분하게 잇따른 소식을 전하고 있
었다. 카셀과 상반되는 목소리였다. 윤슬도 카셀을 따라 나갈 채
비를 했다.

둘은 침묵 속에 뉴스에 나온 병원으로 향했다.


병원은 아비규환이었다. 출입도 통제되어 있었다. 병원 정문에
는 이미 기자들이 진을 치고 서 있었다. 여기저기서 발을 동동 구
르며 오열하는 사람들도 보였다.

카셀은 자신이 의료진에게 방해가 될까 잠시 망설였다. 하지
만 환자의 이마에 손만 얹으면 몇 초 만에 끝날 작업이었고, 무엇
보다도 정말 드림이터의 짓이 맞는지 확인해야 했다.

그때, 사이렌 소리와 함께 구급차가 한 대 들어섰다. 윤슬이 떨
리는 목소리로 물었다.

"어떡하려고, 카셀?"

"잠시 시간을 끌어 줘. 얼마나 걸릴지 모르니까 집에서 다시 만
나자."

윤슬은 정문을 통제하고 있는 경찰에게 다가가 열성적인 기자
처럼 질문 세례를 쏟아 부었다. 경찰이 윤슬을 밀쳤지만 윤슬은
꿋꿋이 질문했다. 결국 주변에 흩어져 있던 경찰 몇 명이 윤슬에

게 다가왔다.

"기자님, 이러시면 공무집행방해로 체포되실 수도 있습니다."

그 틈을 타서 카셀이 구급차에 접근했다. 마침 구급대원이 간이침대에 누워있는 환자를 구급차에서 내리고 있었다. 의료진 몇명이 병원 건물에서 뛰어나왔다. 카셀은 그들보다 먼저 환자에게 다가갔다.

"뭐야, 이 사람! 이러시면 안 됩니다!"

"잠시만요! 잠깐이면 됩니다!"

"저기요! 뭐 하는 거야, 이 사람! 경찰!"

구급대원이 카셀을 몸으로 막으려 했지만 오히려 역으로 밀쳐졌다. 카셀은 그를 막으려 하는 다른 구급대원들 사이로 손만 뻗어 환자의 이마를 짚었다. 그리고 어느 때보다 빠르게 환자의 꿈속으로 진입했다.

카셀은 또다시, 역겨운 검은 공간을 마주했다. 빛도, 열도, 생명도 없는 공간. 존재마저 무로 흩어지는 공간. 정확히는 시공간조차 존재하지 않는 텅 빈 공허를. 카셀은 구역질하며 그 광활한 공동(空洞)에서 바로 빠져나왔다.

다시 현실로 돌아오자 경찰들이 카셀을 몸으로 눌러 제압한 상태였다. 손목에는 수갑이 채워지고 있었다. 카셀은 몸에 가해지는 압박 따위는 상관하지 않고 말했다.

"소용없어요, 이건 불치라고요."

"뭐라는 거야? 일단 경찰서로 가!"

"다시 깨어나도, 살아있는 게 아닐 거라고……."

그리고 이게 모두 다 나 때문이라고.

카셀은 힘으로 사람들을 떨쳐버리고 순식간에 사라졌다. 그가 사라진 자리에 끊어진 수갑만이 덩그러니 남아 있었다.

엉덩방아를 찧은 경찰들은 어안이 벙벙한 얼굴로 서로를 마주 봤다.

"뭐 저렇게 힘이 세⋯⋯?"

"아니, 사라졌잖아. 뭐지? 귀신인가?"

그때, 의료진들이 소리를 고래고래 지르며 환자를 옮기기 시작했다.

"뭐 하십니까! 환자 얼른 옮겨주세요!"

경찰들은 귀신같이 사라져버린 카셀에게 더 이상 신경 쓸 여력이 없었고, 금방 카셀을 잊어버리고 자신들의 임무에 집중했다.


윤슬은 먼저 집에 도착해 있었다. 카셀이 집에 들어서자 윤슬이 간절한 눈으로 그를 바라봤다. 제발 아니라고 말해 달라는 듯이. 하지만 카셀은 그런 윤슬의 눈을 피한 채 아무 말 없이 방문을 닫고 자신의 방에 틀어박혔다.

윤슬은 짐작했다는 듯 눈을 감고 깊은 한숨을 토해냈다.

그날 밤, 카셀은 흐느껴 울었다. 부모님의 죽음과 꿈 왕국의 멸망을 지켜봤을 때도 이렇게까지 울지는 않았다.

몸속에 불덩어리가 있었다. 내장이 타오르는 고통이 고스란히 느껴졌다. 모든 것이 자신 때문이라는 죄책감이 그를 안쪽에서부터 파괴했다. 차라리 부모님과 함께 죽었어야 했다. 윤슬에 대한 사랑도 그런 생각을 막지는 못했다.

카셀은 윤슬이 울음소리를 듣지 못하도록 베개에 얼굴을 묻었다.

카셀이 울고 있던 그 시간, 윤슬은 악몽에 시달렸다. 새벽에 깨어났을 땐 식은땀에 온몸이 절어 있었다. 기억을 더듬어도 무슨 악몽이었는지 기억나지 않았다. 희미한 빛과 아득한 어둠을 동시에 본 것 같았다. 윤슬은 어렴풋한 카셀의 울음소리를 들으며, 이것이 예지몽은 아니길 간절히 빌었다.

그날 이후 윤슬은 때때로 이상한 감각에 시달리기 시작했다.

며칠 후, 간만의 예약 전화가 왔다.

"네, 꿈술사의 환상 상점입니다."

윤슬은 이마를 짚었다. 요즘 종종 이마 한가운데가 뜨거워지는 느낌이 들었다. 대부분은 그저 조금 따뜻한 정도에 불과했지만, 가끔은 말 그대로 불이 얹어져 있는 것처럼 뜨겁기도 했다.

몸의 이상 징후는 그뿐이 아니었다. 윤슬은 손님의 간단한 인적 사항과 질문을 받아 적기 위해 멀리 있는 볼펜을 가져오려 손을 뻗었다. 그리고…….

그녀는 마치 원래부터 초능력을 썼던 사람처럼 손가락을 까닥여 볼펜을 움직이려 했다. 의식하고 한 행동이 아니었다. 요즘 윤슬은 당연한 일들이 어색해졌다. 이를테면 멀리 있는 물건을 왜 직접 움직여서 갖고 와야 하는지, 걷는 대신 그냥 공간을 접어 버리면 안 되는지, 종종 이해되지 않을 때가 있었다.

……을 쓰면 편하게 볼펜을 가져올 수 있을 텐데.

머리로는 그게 불가능한 일이라는 것을 분명 알면서도 본능적으로 그렇게 생각하고 행동했다. 그리고 몇 초 후 그렇게 생각한 자신에게 깜짝 놀랐다.

그러던 어느 날, 윤슬이 아침 식사 도중 떨어뜨린 젓가락을 손가락만 까닥이며 주우려 하는 장면을 카셀이 목격하고 말았다.

"윤슬, 왜 그래?"

"뭐가?"

윤슬은 그때까지도 젓가락이 자신의 손으로 돌아올 거라고 믿어 의심치 않았다. 그녀는 손가락을 까닥인 자세 그대로 기다리고 있었다. 카셀은 결국 직접 젓가락을 줍고 윤슬에게 새 젓가락을 꺼내 줬다.

"아."

윤슬은 그제야 자신의 행동을 깨달았다. 윤슬의 얼굴이 붉게 달아올랐다. 얼마나 멍청해 보였을지, 너무나도 부끄러웠다. 하지만 카셀은 어딘가 이상한 윤슬의 상태가 더 걱정됐다.

"무슨 일이야? 요즘 왜 이렇게 넋을 놓고 다녀. 방금도 그렇고. 저번엔 새벽에 갑자기 이마에 불이 붙었다며 찬물을 뒤집어썼잖아. 혹시 트라우마 같은 거 아니야? 최근에 그런 일이 있었으니……."

드림이터에게 꿈을 먹힌 사람들은 계속 늘어났다. 모두 잠든 후 다시 깨어나지 못했다. 아무리 많은 검사를 해 봐도 현대의학으로는 원인을 알아 낼 수 없었다.

이제 사람들은 아예 잠을 거부하기 시작했다. 인터넷에는 신종

기생충이 뇌에 숨어 있다가 숙주가 잠들면 다시는 일어나지 못하게 뇌를 파먹어 버리는 거라는 괴담까지 돌면서 사회적 불안감은 점점 심해졌다.

윤슬은 대답하지 않았다. 자신도 상태가 이해되지 않는 탓에 어떻게 정리해서 말해야 할지 알 수 없었던 탓이었다. 덕분에 카셀의 걱정만 더 커졌다.

"상담이라도 받아보는 건 어때? 몸이 아픈 건 아니라며."

"그런 거 아니야."

"하지만, 윤슬."

"내 몸 상태는 내가 제일 잘 알아! 신경 쓸 필요 없어, 카셀. 그냥…… 잠깐 스트레스 받아서 이래."

카셀이 미심쩍은 얼굴로 윤슬을 바라봤다. 윤슬은 화제를 돌렸다.

"그나저나 오늘 간만의 손님이 오시는 날이네."

"이번엔 드림스톤 조각을 꼭 찾아 내야 해. 더는 시간이 없어."

카셀은 윤슬이 그렇게 숨기고 싶어 한다면 더 이상 물어봤자 소용없으리란 것을 알았다. 결국 그도 바뀐 화제에 맞춰 줬다.

지금까지 여러 번 허탕 친 것 때문에 드림스톤 조각은 여전히 5개였다. 두세 개만 더 있으면 전부 모을 수 있을 것 같은데, 여러 명의 꿈속에 들어가 봐도 도통 보이질 않으니 더 답답했다.

"찾을 수 있을 거야. 꿈술사랑 드림스톤은 서로를 끌어당긴다며. 너무 멀리 있어서 끌려오는 데 시간이 좀 걸리나 봐."

윤슬은 카셀을 위로하며 식사를 계속했다. 카셀은 윤슬이 또 이상한 행동을 하지는 않는지 눈에 불을 켜고 지켜봤지만, 그녀는 가끔 이마를 문지르기만 할 뿐이었다.

"어서 오세요. 꿈술사의 환상 상점입니다."

"와, 안녕하세요! 여기 너무 예쁘다!"

문을 열고 들어온 것은 이제 중학생 정도로 보이는 여학생이었다. 높게 틀어 올린 똥머리가 인상적이었다. 너무 말라 팔다리가 나뭇가지처럼 보였지만, 자세히 보면 지방이라고는 하나도 없이 오로지 근육으로 가득 차 있었다. 학생은 걸음걸이부터 시작해서 모든 동작이 묘하게 우아하고 가벼웠는데, 때문에 카셀과 윤슬은 그녀가 무용 전공생이라는 사실을 눈치 챘다.

"예약하신 고여름 님 맞으실까요?"

"네! 맞아요!"

여름은 굉장히 해맑고 활기찼다. 여름에게서 뿜어져 나오는 에너지 덕분에 환상 상점이 밝아 보일 정도였다. 요즘 내내 기분이 가라앉아 있었던 카셀과 윤슬은 간만에 미소를 지었다.

셋은 함께 상담실에 앉았다. 카셀이 여름에게 물었다.

"음료는 어떤 걸로 하시겠어요?"

"으음……. 아, 저 이런 거 잘 못 정하는데. 뭐 뭐 있어요?"

"뭐든 말씀해주시면 최대한 맞춰서 만들어 드립니다."

"그럼 저는 유니콘 맛 프라푸치노요!"

"예……. 예?"

기껏 해 봐야 딸기 프라푸치노를 생각했던 카셀이 당황해 말을 더듬었다. 윤슬은 그의 뒤에서 품, 하고 웃음을 터트렸다. 여름은 너무 귀여웠고, 카셀은 너무 사랑스러웠다.

"유니콘 맛 프라푸치노요! 이런 건 안 되나요?"

여름이 눈을 반짝이며 물었다. 카셀은 차마 그 눈에 대고 거절할 수가 없었다. 결국 그는 고개를 끄덕이며 기다리라는 말을 남기고 상담실을 나왔다.

카셀은 다급하게 목소리로 유리병에 들어가 잠든 팅글을 깨웠다.

"팅글, 팅글!"

"우음……. 왕자님? 부르셨어요?"

"너 유니콘 본 적 있어?"

"……뭐를요? 유니콘이요?"

"응. 본 적 없어?"

카셀의 어처구니없는 질문에 팅글이 인상을 찌푸렸다. 고작 이런 걸 묻겠다고 나를 깨운 거냐는 비난이 가득한 표정이었다.

"아니, 본 적 있냐고 묻기 전에 유니콘이 세상에 있는지부터 생각하셔야 하는 거 아닐까요, 왕자님……?"

"본 적 있어, 없어?"

"없죠, 당연히! 유니콘은 상상 속 동물이라고요. 근데 왜요?"

"아니, 세상에 꿈술사도 있는데 유니콘이 대체 왜 없어! 손님이 유니콘 맛 프라푸치노를 만들어 달래."

"헐, 그게 뭐예요?"

"몰라. 어떡하지?"

261

카셀이 넋 나간 표정으로 빈 잔을 바라봤다. 카셀의 뒤로 팅글의 잔소리가 따라붙었다.

"아니, 근데 그걸 그냥 알겠다고 했어요? 그냥 안 된다고 하면 될 걸 굳이 왜요? 지금이라도 가서 유니콘 맛이 뭔지 설명이라도 해달라고 하세요."

"팅글, 나 귀에서 피 나는 것 같아……."

귀하디귀한 제 왕자님의 귀에서 피가 나게 할 수는 없었던 팅글은 입을 다물었다. 대신 카셀을 위해 모든 상상력을 동원했다.

"대충 모양만 어떻게 그럴듯하게 만드는 게 어때요? 대충 우유에 딸기청 섞고, 믹서기에 얼음이랑 같이 갈아서 만들어 봅시다!"

카셀은 홀린 사람처럼 팅글의 말을 따랐다. 카셀이 믹서기를 돌리는 동안 팅글은 휘핑크림에 여러 가지 색소를 살짝 섞어서 파스텔 톤의 무지갯빛 휘핑크림을 만들어냈다.

그 뒤로는 팅글이 말하지 않아도 뭘 해야 할지 알 수 있었다. 카셀은 잔에 베이스를 따르고 그 위에 무지개 휘핑크림을 올렸다. 그리고는 한쪽에 원뿔 모양 화이트초콜릿을 꽂았다. 반대편에는 휘핑크림으로 말꼬리를 연상시키는 물결무늬를 그려 넣었다. 마지막으로 뿔 아래에 초콜릿 시럽을 콕콕 찍어 작은 눈을 만들어 주자, 제법 근사한 '유니콘 모양' 프라푸치노가 완성되었다.

"보기엔 괜찮은데 이게 유니콘 맛이 날까?"

"원래 이런 건 겉모습만 그럴듯하면 돼요, 왕자님!"

팅글이 그 위에 반짝이는 꿈가루를 뿌리며 말했다. 카셀은 그렇게 완성된 프라푸치노를 들고 상담실로 돌아갔다.

"유니콘 맛 프라푸치노 나왔습니다."

여름은 프라푸치노를 보자마자 눈을 반짝였다. 상기된 얼굴에 가득 지어진 웃음이 그녀의 마음을 대변해줬다.

"헐, 대박! 진짜 만들어주셨네요! 쩐다!"

여름은 곧바로 빨대를 꽂고 음료를 크게 한 모금 마셨다.

"엄청 맛있어요!"

그리고는 미친 듯이 프라푸치노를 마시기 시작했다. 반쯤 마시고 나서야 여름은 자신의 이야기를 시작했다.

"사실 꿈이 하나 있는데, 이뤄질 수 없는 꿈이거든요. 그 꿈을 꾸고 싶어요."

"뭔데?"

"마법 소녀가 되고 싶어요!"

카셀이 짧게 헛기침했다. 여름은 카셀의 반응에도 아랑곳하지 않고 자신이 원하는 꿈을 야무지게 말했다.

"주문을 외우면 보라색 마법 소녀 복장으로 변신하고! 마법봉으로 몬스터를 물리치는 거죠! 그런 거 본 적 있죠? 네?"

당연히 본 적 있었다. 윤슬이 어릴 때, 둘이 처음 만나고 얼마 지나지 않아 마법 소녀 만화가 유행했었다. 덕분에 카셀은 윤슬과 함께 수많은 마법 소녀들을 봐야만 했다. 그것도 온종일.

"어머, 나도 그랬는데. 옛날 생각난다, 카셀. 그렇지?"

"어어⋯⋯. 그러게. 마법 소녀복은 보라색이면 돼?"

"당연히 보라색이죠! 음, 근데 이제 졸려요. 그냥 자면 되는 거예요?"

카셀이 고개를 끄덕였다. 그는 혹시라도 위험할 수 있으니 몬스터들은 겉으로만 세 보이게 만들어야겠다고 마음먹었다. 그는 과거의 경험에서 얻은 정보를 바탕으로 '마법 소녀' 꿈을 구상했다.

윤슬은 이제 꾸벅꾸벅 졸기 시작한 여름을 부축해서 꿈의 방에 앉혔다. 여름이 완전히 눈을 감자 윤슬이 그 옆에 앉아 여름의 손을 꼭 잡았다. 카셀은 여름의 이마에 검지를 가져다 댔다.

카셀의 손가락 끝에서 신비로운 은하수 빛이 흘러나왔다.

여름은 너무 좋아서 그 자리에서 방방 뛰었다. 비록 지금은 평범한 옷을 입고 있었지만 주문만 외우면 순식간에 마법 소녀로 변신할 수 있었다. 여름은 지금 당장 변신할까 하다가 고개를 저었다. 급박한 상황에서의 변신이야말로 마법 소녀의 진수였다.

여름의 손에는 보라색 마법봉이 하나 들려 있었다. 마법 소녀 복과 세트였다. 마법봉의 끝엔 투명한 보석이 하나 달려 있었는데, 카셀은 거기에 집중했다. 그 보석에는 어쩐지 시선을 잡아끄는 힘이 있었다.

카셀은 함께 수풀 속에 숨어있는 윤슬의 팔을 잡아끌었다.

"윤슬, 저것 좀 봐. 마법봉."

"왜?"

"끝에 보석 말이야. 드림스톤 아냐, 저거?"

윤슬이 고개를 쭉 빼고 여름의 마법봉을 자세히 살펴봤다. 마법봉 끝의 보석은 그저 투명할 뿐이어서 드림스톤과는 완전히 달라 보였다.

"나는 모르겠는데."

"일단 지켜보자."

둘은 다시 여름을 지켜보기 시작했다.

여름은 잠시 주변을 살펴봤다. 높은 탑의 입구가 보였다. 뒤를 돌아봤지만, 수상하게 흔들리는 수풀 하나만 있을 뿐 다른 길은 없었다.

"일단 들어가면 어떻게든 되겠지, 뭐."

여름은 마법봉을 꽉 쥐고는 탑의 문을 스스로 열었다. 문을 열자마자 몬스터 두 마리가 여름에게 달려들었다. 슬라임이었다. 슬라임과 부딪혀도 찐득한 액체만 묻을 뿐, 피부엔 이상이 없었다. 그래도 확실히 기분은 나빴다.

여름은 마법 주문을 외웠다.

"변신해라, 참깨!"

마법봉 끝의 보석이 밝게 빛나는가 싶더니, 여름이 환한 광채에 둘러싸였다. 몇 초 뒤, 빛무리가 사라지자 보라색 마법 소녀복으로 변신한 여름의 모습이 보였다. 머리는 양 갈래에, 머리카락 색도 화려한 보라색으로 바뀌었다. 윤슬은 어릴 적 카셀과 함께 봤던 마법 소녀 만화를 떠올렸다. 어쩐지 익숙하다 싶더니, 윤슬이 가장 좋아하던 만화에 나오는 디자인이었다.

"죽어! 이 더러운 몬스터!"

변신이 끝난 여름은 마법봉을 굳세게 쥐고 휘두르기 시작했다.

"죽어! 죽어!"

마법봉에 맞을 때마다 슬라임의 물컹한 몸이 조금씩 터져나 갔다. 그러다가 어느 순간, 결국 슬라임이 완전히 터지면서 몬스 터가 죽었다.

윤슬은 떨리는 눈으로 카셀을 바라봤다. 카셀은 손사래를 치며 변명했다.

"아니, 아냐. 이건 진짜로 내가 설정한 게 아니야."

"마법봉으로 몬스터를 후려 패서 물리치는 마법 소녀라니 ······."

1층의 몬스터가 전부 죽자 다음 층으로 가는 문이 열렸다. 다음 층도, 다다음 층도 다양한 몬스터들이 달려들었지만, 전부 마법 봉에 맞아 터져나갔다.

여름은 큰 고난 없이 꼭대기 층까지 올라갔다. 카셀과 윤슬도 슬금슬금 여름의 뒤를 따랐다.

"사악한 마왕! 내가 왔다! 너를 무찌르고 세상을 구해내겠어!"

마법 소녀가 아니라 동화 속 용사님 같은 대사였지만, 여름은 마법봉을 검처럼 들고 기합과 함께 문을 열었다.

"하아아앗!"

꼭대기 층 내부는 지금까지와는 다르게 훨씬 거대했고, 장엄한 신전 같은 느낌이 풍겼다. 둥근 공간은 규칙적으로 세워진 기둥 들을 제외하면 아무것도 없이 텅 비어있어서 황량했다. 탁한 대리석 기둥과 천장엔 알 수 없는 그림들이 조각되어 있었고, 바닥은 이곳저곳이 움푹 패고 깨져 폐허나 다름없었다.

거대한 공간 한쪽에는 돌로 된 의자가 놓여 있었다. 마찬가지로 사람이 앉기에는 너무 거대했는데, 자세히 살펴보면 팔걸이와 등받이가 세밀하게 조각되어 있었다. 판타지 영화 속에 나올 법한 왕좌 같았다.

"어디 있냐, 이 사악한 마왕!"

여름은 용맹하게 소리쳤다. 목소리가 메아리가 되어 울렸다. 그러자 왕좌가 잘게 떨리기 시작했다. 이윽고 지진이라도 난 것처럼 땅까지 흔들렸다.

간신히 버티고 서 있던 여름이 결국 균형을 잃고 그 자리에 넘어졌다. 마법봉이 여름의 손에서 빠져나가 먼 곳까지 굴러갔다. 동시에 거대한 발톱이 돌 왕좌를 움켜쥐었다.

"캬아아악!"

귀가 찢어질 것 같은 울음소리와 함께 괴물이 마침내 모습을 드러냈다. 여름은 넘어진 채로 입을 떡 벌리고 상대의 모습을 바라봤다.

수십 개의 날개마다 가시처럼 보이는 검은 촉수가 빽빽했다. 마찬가지로 검은 몸통은 머리와 꼬리 정도만 알아볼 수 있을 뿐 흉측하게 뭉개진 모습이었다. 머리에는 붉은 눈 두 개가 더듬이처럼 돋아나 있었고, 몸통에 붙어 있는 앞발과 뒷발에는 흉악한 발톱이 마구잡이로 자란 채였다. 어찌나 거대한지 거인이 와도 앉을 수 있을 것 같던 돌 왕좌가 괴물의 앞발에 다 들어왔다.

"캬악!"

괴물이 짧게 울부짖으며 날개를 한 번 퍼덕이자 순식간에 소용돌이가 몰아치며 여름의 몸을 뒤로 날려 보냈다. 여름은 거센 바람에 날아가 기둥에 몸을 부딪쳤다. 그 기둥 뒤에 숨어있던 카셀과 윤슬은 화들짝 놀랐다.

"헉, 카, 카셀. 저것도 네가 만든 거야?"

"아니!"

"여름이는 괜찮겠지? 죽는 거 아니야, 이러다가?"

다행히 마법 소녀의 힘이 아직 남아 있는지 여름은 금방 자리에서 털고 일어났다. 기둥에서 돌가루가 후드득 떨어졌다. 여름은 잃어버린 마법봉을 찾아 두리번거렸다.

마법봉은 괴물의 바람 때문에 멀리까지 날아가 버렸다. 일단 마법봉을 찾아야 했다. 여름의 눈이 반짝임과 동시에 괴물이 위로 날아올랐다. 그리고는 날개를 접어 여름을 향해 빠른 속도로 낙하했다. 독수리가 사냥감을 사냥하는 모습을 닮아있었다.

여름은 재빨리 몸을 굴려 괴물의 공격에서 빠져나왔다. 여름이 있던 자리에 괴물의 날개 하나가 꽂혔다. 촉수의 끝이 어찌나 날카로운지 돌로 된 바닥이 그대로 산산이 조각났다. 여름은 괴물이 바닥에서 날개를 뽑고 고개를 두어 번 터는 동안 마법봉을 찾아 손에 쥐었다.

"죽어! 이 마왕!"

"캬아악!"

여름이 마법봉을 몽둥이처럼 들고 괴물에게 달려들었다. 괴물

역시 톱날처럼 날카로운 발톱을 앞세워 여름을 공격했다. 여름의 마법봉과 괴물의 발톱이 부딪히면서 커다란 소리가 났다.

"이익!"

양쪽 다 부서지지는 않았지만, 불행히도 괴물의 힘이 여름보다 훨씬 더 셌다. 힘 싸움에서 밀린 여름이 몸을 뒤로 빼며 괴물을 피했다. 쾅, 소리와 함께 괴물의 발톱이 기둥 중간에 박혔다. 기둥이 부드러운 스테이크처럼 썰렸다.

"헉, 허억. 맞으면 죽었겠네."

여름이 거칠게 숨을 몰아쉬었다. 괴물과 여름의 신경전이 다시 시작됐다. 둘은 서로를 노려보며 원을 그리듯 빙빙 돌았다. 긴장 감이 최고조에 이른 순간, 괴물이 다시 한 번 여름을 공격했다. 아예 여름의 몸을 움켜쥐려는 듯 발톱이 활짝 펼쳐져 있었다. 발톱하나하나가 여름보다도 컸다.

"호앗!"

여름은 기합을 외치며 앞으로 뛰어나갔다. 카셀은 혹시 모를 상황에 대비 꿈가루를 소환했다. 카셀의 손가락에서 반짝거리는 가루들이 흘러나왔다.

애당초 카셀은 꼭대기 층의 몬스터로 저런 걸 만들어낸 적이 없었다. 이번에도 꿈이 뜻대로 만들어지지 않았다. 이유는 몰랐지만, 어쩐지 저 괴물이 드림이터를 닮은 것 같았다.

괴물의 발톱이 사냥감을 스쳐 지나갔다. 여름은 아슬아슬하게 발톱 사이로 몸을 피했다. 공격에 실패한 괴물이 발톱을 거두고 여름을 찍어버리려 했다. 여름은 그 틈을 노려 괴물의 배를 마법봉으로 찔렀다.

"발동해라! 마법봉!"

그러자 마법봉 끝의 보석이 하얗게 빛나는가 싶더니, 이내 다시 깜박거리다 꺼지고 말았다. 그것은 다시 원래의 투명하고 평범한 보석으로 돌아왔다.

"어? 이거 왜 이래?"

아무 일도 일어나지 않았다. 초라한 보석은 그저 가만히 마법봉 끝에 달려 있기만 할 뿐이었다. 멍하니 마법봉을 바라보는 여름의 위로 그림자가 졌다.

모든 장면이 슬로우 모션처럼 지나갔다. 그렇게 빠르던 괴물의 발톱은 느릿하게 다가왔다. 여름은 발톱을 바라보며 눈을 한 번 깜박였다가, 이내 완전히 눈을 감았다. 반짝이는 눈물 한줄기가 흘렀다.

그때 어디선가 한 줄기 은하수가 투명한 보석에 닿았다. 실처럼 길게 이어진 은하수는 보석을 칭칭 감싸는가 싶더니, 이내 그 속으로 흡수되었다. 보석 속에서 은하수가 요동쳤다. 투명한 표면 덕분에 그 모습이 전부 보였다. 은하수의 움직임이 점점 빨라지고, 빨라지고, 빨라졌다.

그러더니 어느 순간, 쾅 하고 폭발했다.

폭발한 은하수의 힘은 빛이 되어 괴물의 배를 향해 일직선으로 쏘아 올려졌다. 그 힘이 어찌나 강한지, 괴물의 배를 뚫어 버리는 데에 그치지 않았다. 빛은 천장까지 부셔 버린 뒤 하늘에 닿았다. 마치 하늘에서부터 광선이 내려오는 듯한 모습이었다. 윤슬은 그 광경에 저도 모르게 입을 벌렸다.

죽음을 각오했던 여름이 슬그머니 눈을 떴다. 맨눈으로 보기 어려울 만큼 밝은 빛이 마법봉에서 흘러나오고 있었다. 여름은 뒤늦게 상황을 이해하고 웃으며 외쳤다.

"하하, 천벌이다! 이 마왕!"

광선에 뚫린 괴물의 배에서는 피가 흐르지 않았다. 대신 괴물은 아주 천천히 먼지가 되어 바스러졌다. 마침내 그 먼지조차 더 작은 먼지로 바스러지고 또 바스러져서 더 이상 눈에 보이지 않을 때까지.

어느 샌가 마법봉의 빛이 그쳤다. 보석은 다시 원래대로 돌아와 있었다. 여름은 폐허 속에서 주저앉았다. 그대로 거친 숨을 내쉬다가 이내 자리에 털썩 누워 버렸다.

"아, 행복하다."

여름의 호흡이 가라앉고, 이내 완전히 눈을 감았다.

숨어있던 카셀과 윤슬이 나왔다.

"주, 죽은…… 건……."

윤슬이 떨리는 목소리로 물었다. 차마 말을 끝맺지도 못했다. 카셀은 단호하게 고개를 저었다.

"아니야. 이제 곧 꿈에서 깰 거야. 소원 성취했네, 우리 손님."

카셀이 부드럽게 미소 지으며 여름의 손에서 마법봉을 빼냈다. 괴물의 발톱과 정면으로 부딪쳐도 멀쩡했던 마법봉이 카셀의 손안에서는 너무나도 가볍게 먼지가 됐다. 아까 전의 괴물처럼.

이제 카셀의 손에는 마법봉 끝에 달려 있던 보석만이 남아 있었다. 카셀이 투명하기만 했던 보석을 쥐자마자 보석이 오색 빛으로 반짝이기 시작했다. 윤슬이 감탄했다.

"와, 진짜 드림스톤이네."

"이제 거의 다 왔어. 하나만 더 찾으면 돼."

카셀이 따뜻한 눈으로 여름을 바라봤다.

"이제 현실로 돌아갑시다, 마법 소녀, 아니, 마법 용사님."

카셀이 손가락을 튕겼다.

여름이 천천히 눈을 떴다. 초점이 맞지 않는지 몇 번 눈을 깜박이다 이내 자리에서 벌떡 일어났다. 카셀이 따뜻한 물 한 잔을 건네며 물었다.

"어땠어요, 손님?"

"와, 진짜, 너무 행복했어요! 마지막 반전까지 대박 짜릿했어요."

"그래도 현실이 되지는 못했는데. 혹시 공허하다거나, 그게 현실이었으면 좋겠다거나, 그렇지는 않죠?"

"네! 그냥 한 번 그런 걸 해 보고 싶었어요. 나쁜 몬스터를 물리치는 멋진 마법 소녀! 이런 거요."

"걱정되는데. 가끔 꿈에 빠져서 현실을 잊는 사람들도 있거든요."

카셀이 조심스럽게 말하자 호록호록 물을 마시던 여름이 활짝 웃었다. 여름의 청량한 웃음은 카셀과 윤슬도 미소 짓게 했다.

"혜혜, 걱정하지 마세요. 저는 엄마 아빠가 있는 현실이 더 좋아요. 그리고 맨날 몬스터랑 싸우기만 하면 너무 피곤하잖아요. 세상을 구하는 건 한 번으로 족하다고요."

"그렇죠. 현실이 훨씬 낫죠."

여름이 자리를 털고 일어났다. 환상 상점 문까지 사뿐사뿐 걸어간 여름이 뒤 돌아 허리 숙여 인사했다.

"오늘 정말 감사했어요! 너무 재밌었어요! 번창하세요!"

"네, 그래요. 손님도 잘 가요. 우리도 고마웠어요."

윤슬이 웃으며 답했다. 카셀도 옆에서 함께 손을 흔들었다. 멀어지는 여름의 발걸음은 여전히 가벼웠다.

여름의 모습이 사라지자 카셀과 윤슬의 얼굴이 차츰 어두워졌다. 여름은 분명 밝고 주변 사람들에게도 에너지를 나눠주는 사람이었지만, 그 둘에게는 여름의 말이 사뭇 다르게 다가왔다.

"세상을 구하는 건 한 번으로 족하다……."

"엄마 아빠가 있는 현실이라……."

카셀과 윤슬이 각각의 고뇌에 빠져 있을 때였다. 허름한 차림의 한 노인이 환상 상점 앞에서 멈춰 섰다.

# 마지막 손님

**10**

"거, 영업하는가?"

노인의 질문에 카셀이 어리둥절한 표정을 지었다.

"오늘 예약 더 있었어?"

"아니, 없었는데. 저기, 혹시 어떻게 오셨을까요?"

윤슬이 묻자 노인이 혀를 끌끌 찼다.

"일단 들어가겠네."

노인은 무작정 카셀과 윤슬을 밀치고 환상 상점 안으로 들어왔다. 당황한 카셀이 막아서려 했지만 노인은 막무가내였다.

"흠, 이게 뭔 냄새람."

노인은 킁킁거리며 주변을 둘러보다가 소파에 털썩 앉았다. 노인의 옷에서 먼지가 풀풀 날렸다. 게다가 계속 맡고 있기 힘든 악취까지 났다. 카셀은 저도 모르게 코와 입을 가렸다.

"젊은 놈이 무례하구먼."

카셀은 재빨리 손을 내리며 말했다.

"불쾌하셨다면 죄송합니다, 손님. 저희 꿈술사의 환상 상점은 100% 예약제로만 운영되고 있습니다. 지금 예약을 도와드릴까요?"

"차나 내오게."

손님의 지나친 무례함에 결국 윤슬이 나섰다.

"손님, 죄송하지만 계속 이러시면 영업 방해로 신고할 수밖에 없습니다. 지금 바로 나가 주세요."

"이 가게는 손님 대우를 이딴 식으로 하나? 장사의 기본이 안 되어 있는 놈팡이들이구먼."

"노, 놈팡이요?"

결국 참지 못한 윤슬이 뿌리 깊이 각인된 유교 사상마저 집어 치우고 노인에게 눈을 부라릴 때였다.

"쯧쯧쯧. 후손이 선조를 못 알아봐서야."

노인의 한마디에 카셀이 눈을 크게 떴다. 카셀은 윤슬의 팔을 잡아당겼다.

"아, 왜 그래?"

"잠깐만, 윤슬. 진짜 잠시만."

카셀의 진지한 표정에 윤슬의 기세가 조금 수그러들었다. 카셀은 노인의 맞은편 소파에 앉아 심호흡을 두 번 하고 나서야 입을 열었다.

"저, 할아버지."

"오냐."

"방금 '후손이 선조를 못 알아본다'라고 하셨죠?"

"내가? 그랬나? 하도 늙어서 요즘 기억이 영 가물가물……."

노인이 갑자기 딴청을 피웠다. 카셸은 굴하지 않고 다시 물었다.

"제게 하신 말씀 같은데, 무슨 뜻이셨는지 여쭤 보고 싶습니다."

"큼, 뭐, 정 그러면……. 아, 아니지. 차 한 잔도 안 주면서 무슨 답을 원하는 게야?"

"지금 바로 끓여오겠습니다. 특별히 좋아하시는 차가 있으십니까?"

"아무거나 상관없어."

카셸이 벌떡 일어나 주방으로 향했다. 노인의 옆에 홀로 남은 윤슬이 미심쩍은 눈으로 노인을 바라봤다. 노인은 그런 윤슬에게 지지 않고 그녀를 마주 노려봤다. 그러다 갑자기 눈을 크게 뜨더니, 자신의 무릎을 팍 쳤다.

"아, 네가 그 애로구나!"

"그 애요?"

윤슬이 날카롭게 묻자 노인이 활짝 웃었다. 윤슬은 흠칫했다. 어쩐지 노인의 목소리가 익숙했다.

"겁 없던 계집!"

"계집이라니, 어디다 대고!"

익숙은 무슨. 윤슬이 소리를 빽 질렀다. 급한 대로 티백 하나를 우려 돌아오던 카셸이 흠칫 놀랐다. 차가 살짝 넘쳐 카셸의 손에 뜨거운 찻물이 닿았다. 카셸은 반사적으로 찻잔을 놓치고 말았다.

"아, 뜨거워!"

카셀도, 그 광경을 지켜보고 있던 윤슬도 곧 깨질 찻잔에 반사적으로 눈을 질끈 감았다. 그러나 둘이 예상했던 장면은 벌어지지 않았다.

찻잔은 공중에 떠 있었다. 카셀과 윤슬은 찻잔 깨지는 소리가 나지 않자 슬그머니 눈을 떴다가, 둥실둥실 떠 있는 찻잔을 발견했다. 차는 단 한 방울도 흘러넘치지 않았다.

"어?"

"뭐, 뭐야. 카셀, 네가 한 거야?"

"아니! 여긴 현실이라고. 난 이런 거 못……."

이상한 기운을 감지한 카셀이 불현듯 노인에게 고개를 돌렸다. 여유롭게 한쪽 손에 턱을 괴고 있던 노인의 반대쪽 손끝에서 반짝이는 꿈가루가 흘러나오고 있었다. 카셀이 입을 쩍 벌렸다. 카셀의 시선을 따라 노인을 쳐다본 윤슬 역시 마찬가지였다.

"뭘 그리 멍청하게 보고 서 있어? 내 차 가져와!"

"아, 예! 알겠습니다!"

카셀이 다급히 찻잔을 다시 쥐었다. 그제야 노인은 꿈가루를 거둬갔다. 카셀은 찻잔을 노인의 앞에 대령하며 물었다.

"아까는 어떻게 하신 겁니까? ……선조님?"

카셀은 잠시 노인을 뭐라 불러야 할지 고민했다. 노인이 우쭐댔다.

"원리는 간단하지. 찻잔이 있는 공간을 잠시 꿈에 편입시킨 거야."

"그, 그런 게 가능합니까?"

"원래는 안 되지! 이 몸이나 가능한 거라고."

노인이 에헴, 하며 자랑하듯 가슴을 쭉 내밀었다.

"그나저나 선조라 하시면…… 혹시 존함을 여쭤도 되겠습니까?"

"아르고."

툭 튀어나온 대답에 카셀과 윤슬의 눈이 커졌다. 카셀은 너무 놀란 나머지 반응조차 하지 못했고, 윤슬은 삿대질하며 크게 소리 질렀다.

"설마 그 논문집?"

그들은 한참의 대화 끝에 앞에 앉아 있는 노인이 한동안 카셀을 괴롭혔던 논문집의 저자 '아르고'가 맞다는 사실을 받아들였다.

"그런데 왜 그렇게 누추한 옷차림으로 계십니까?"

카셀의 질문에 아르고가 벌컥 화를 냈다.

"환상을 다루는 놈이 어찌 눈에 보이는 것만 믿으려 하느냐?"

그 말과 동시에 아르고가 손가락을 딱 튕겼다. 그러자 아르고의 복장이 순식간에 바뀌었다.

꿈 왕실의 전통 의상이었다. 꿈가루를 닮은 색의 천을 사용한 의상은 과할 정도로 길고 넓어 치렁치렁한 소매가 가장 큰 특징이었다. 전체적으로 얇은 천을 여러 겹 겹쳐 만드는 의상이라, 움직일 때마다 옷감이 겹쳤다 흩어졌다 하면서 수백 가지 색을 만들어 냈다. 아르고가 조금씩 움직일 때마다 옷감이 반짝여 마치 은하수처럼 보였다. 언뜻 동양의 어느 나라에서 입었을 법한 전통복처럼 보이면서도, 서양 왕족들이 입었을 것 같기도 했다.

장식 역시 화려하기 그지없었는데, 대부분 귀금속보다는 천을 이용한 장식이었다. 긴 띠가 허리춤에서 매여 있었다. 얼마나 가벼운지 바람이 거의 느껴지지 않는 환상 상점 실내에서도 공중에서 하늘거렸다.

복장만 바뀐 것이 아니었다. 아르고의 얼굴에 자글자글했던 주름이 펴지고, 세월에 따라 쳐졌던 피부도 탄력이 붙었다. 이제 아르고는 청년으로 보였다.

그 장면을 본 카셀은 두 번 놀랐다. 이것도 아르고가 아까 말했던 '공간을 꿈에 편입시키는 기술'인 듯했다.

"현실에서도 능력을 쓸 수 있다는 사실은 처음 알았습니다."

"너는 안 돼. 나니까 가능한 거다."

논문집을 해석할 때도 느꼈지만, 아르고는 매우 오만한 사람이었다. 그러나 그 오만의 근거는 뛰어난 능력이었고, 카셀은 아무 대꾸도 하지 못했다. 대신 가장 궁금했던 것을 물어보기로 했다.

"어떻게 찾아오셨습니까?"

"너, 드림스톤을 모으고 있잖느냐?"

"그걸 어떻게……."

"흥, 멍청한 놈. 나는 드림스톤과 연결되어 있다. 정확히는 내가 계속해서 수명을 다한 드림스톤에게 힘을 불어넣고 있었지. 드림스톤이 깨졌을 때도, 수많은 인간의 꿈속에서 그 조각이 흩날려

다닐 때도 전부 느꼈어."

"아니, 그게 무슨……."

아르고는 고대 꿈 왕국의 꿈술사다. 아르고의 설명대로라면 꿈 왕국을 유지하던 드림스톤의 힘은 이미 고대에 다했고, 지금까지 본래의 드림스톤 대신 꿈 왕국을 유지해 온 것은 오로지 아르고였다. 아르고의 강대한 힘이 어느 정도인지 가늠조차 되지 않았다.

"네놈의 계획이 뻔히 보인다. 보나 마나 드림이터를 소멸시키려는 거겠지. 그리고 드림스톤으로 멸망한 꿈 왕국을 다시 세우고."

"맞습니다. 혹시 불가능한 일인 겁니까?"

"아니, 가능해. 내가 찾아온 이유도 그거다. 그게 가능하니까. 그리고 드림이터의 일에는…… 나 역시 책임이 있다."

아르고가 세월을 헤아릴 수 없는 깊은 눈으로 카셀을 들여다봤다.

"애당초 드림이터를 만들어 낸 것이 꿈술사들이었으니까."

아르고의 이야기는 이랬다.

멀고 먼 옛날, 고대 꿈 왕국의 꿈술사들은 꿈을 재활용하고자 했다. 그들은 계속해서 새로운 꿈을 재배하는 것이 노동력 낭비라고 생각했다. 매일 새 꿈을 만들어 내기보다는 이미 인간들에게 나눠 준 꿈을 도로 회수해 재가공하는 편이 훨씬 이득이라고 여겼다.

그래서 그들은 꿈을 회수할 수 있는 생명체를 하나 만들어 냈다. 인간들에게 흩뿌려진 꿈을 모두 빨아들여 꿈 왕국에서 뱉어 내는 그런 생명체를.

그러나 창조란 뜻대로 되지 않는 법이었다. 꿈요정 하나도 마음껏 다루기 힘든데 그렇게 거대한 힘을 가진 생명체를 마음대로 조종하기란 불가능했다.

꿈 재활용을 위해 만들어진 생명체, '드림이터'는 이내 모든 꿈을 집어삼켜 소화해 버리는 괴물이 되었다. 단지 인간들에게 분배된 꿈만을 삼키는 것이 아니라, 꿈 왕국에서 재배되는 꿈마저 전부 삼켜 버리는 괴물. 삼킨 꿈을 뱉어 내는 것이 아니라 자신의 것으로 흡수해 버리는 괴물. 그렇게 강해진 드림이터의 마지막 목표는 꿈 왕국 그 자체였다.

꿈 왕국을 통째로 집어삼켜 버리려는 드림이터를 제지한 것은 아르고였다. 그러나 아르고마저도 드림이터를 완전히 소멸시키지는 못했다. 그저 꿈 왕국에서 추방해 오로지 꿈속에서만 떠돌아다니게 하는 것이 전부였다.

그들에겐 드림이터를 잡을 그물이 없었기 때문이다.

"그물을 만들려는 시도는 여러 차례 했다. 하지만 그때는 어떻게 그물을 만들어야 할지도 몰랐어. 계속해서 연구를 해 봤지만, 무슨 수를 써도 꿈에서 꿈으로 도망치는 드림이터를 잡아 둘 수가 없더군."

그 이후 아르고는 제 발로 꿈 왕국에서 나와 현실 세계로 왔다. 당시만 해도 차원 이동은 완전히 불가능하다고 여겨졌기에 아르

고는 절차에 따라 실종자 처리가 되었다가, 몇 백 년 후 사망자가
되었다.

아르고가 현실로 온 이유는 간단했다. 꿈술사들은 현실에서는
나이를 먹지 않는다. 오로지 꿈속에서만 세월의 흐름을 느낄 수
있었다. 아르고는 늙지도, 죽지도 않는 영원불멸의 삶을 스스로
선택했다.

오로지 드림이터를 소멸시킬 방법을 찾아 낼 시간을 벌기 위해
서.

그러는 사이, 모두가 드림이터를 잊었을 때쯤, 드림이터는 쇠
약해져 작아진 모습으로 꿈 왕국에 돌아와 순진한 왕자님에게 접
근했다. 왕자님을 속여 그 옆에 빌붙어 꿈을 야금야금 받아먹으
면서 차츰 힘을 키우고 몸집을 부풀렸다.

그리고 충분히 강해지자, 고대에 이루지 못했던 욕망을 실현하
기 위해 꿈 왕국을 무너트렸다.

"너, 겁 없는 계…… 아니, 아이야."

"저, 저요?"

"그래. 최근에 각성했지? 드림이터와 정신이 연결된다거나, 꿈
속에서 능력을 사용할 수 있다거나 하지 않았느냐? 갑자기 이마
가 뜨거워진다거나."

"이마……는 가끔 그랬는데, 다른 건 모르겠어요."

윤슬이 고개를 절레절레 저었다. 아르고가 미간을 찌푸렸다.
아르고는 '그럴 리가 없는데'라고 중얼거렸다. 그때 조용히 있던
카셀이 대신 답했다.

"제가 봤습니다. 윤슬이 드림이터에게 빙의된 것도, 꿈속에서 능력을 사용한 것도 제가 전부 봤습니다."

"그게 무슨 소리야, 카셀?"

"허어, 보아하니 본인은 기억을 못 하는 모양이로고."

젊은 얼굴에 어울리지 않는 말투였다. 아르고가 혀를 쯧쯧 차며 윤슬에게 설명했다.

"아이야. 너는 나를 기억하지 못하겠지만, 나는 분명히 너를 기억한단다. 꿈속에서 길을 잃어 꿈 왕국까지 들어오는 인간들은 종종 있었지만, 그 넓은 꿈 왕국 땅에서 드림스톤까지 찾아오는 인간은 없었지. 네가 최초의 아이다. 그리고 최후의 열쇠가 될 게다."

"저는, 저는 모르는 일이에요. 전 꿈 왕국에 간 적도 없……."

무작정 부인하던 윤슬의 머릿속에 어떤 기억이 스치고 지나갔다. 아주 어렸을 때, 넓은 초원에서 길을 잃어버렸던 기억. 마음 가는 대로 걷다 보니 동화 속에나 나올 법한 성이 보였고, 성에 들어가서 또 걷다 보니 반짝이는 보석 앞에 서 있었던 기억.

"혹시……."

"그래, 지금 떠올린 게 맞다. 아까도 말했지만, 나는 드림스톤과 관련된 모든 일을 느낄 수 있어. 한낱 인간이 드림스톤에 접촉했던 것도, 드림스톤의 힘이 네게 조금 흘러 들어간 것도. 아마 그 이후로 예지몽 같은 걸 꿨을 텐데, 그런 일은 없었느냐?"

"저는 그냥 그게 우연인 줄 알았어요."

아르고가 코웃음 쳤다.

"세상에 필연은 있어도 우연은 없다. 드림이터가 꿈 왕국을 기어코 멸망시킨 것처럼."

그 말과 함께 아르고가 윤슬에게 가까이 오라 손짓했다. 그 손짓을 따라 손목 근처의 천 장식이 흔들거렸다. 윤슬은 주춤주춤 아르고에게 다가갔다.

"기억을 떠올리게 해 주마. 아마 열이 좀 날 게다."

윤슬이 충분히 가까워지자, 아르고는 윤슬의 미간에 검지를 가져다 댔다. 아르고의 손끝이 빛나더니, 그 빛이 윤슬의 미간으로 스며들어갔다. 윤슬의 몸이 파드득 발작했다.

"아, 아악!"

윤슬이 비명을 지르며 몸을 떼려 했지만, 접착제로 붙여 두기라도 한 건지 아르고의 손가락은 떨어지지 않았다. 당황한 카셀이 윤슬을 붙잡아 뒤로 당겨도 소용없었다.

아르고의 말은 거짓이었다. '좀'? 열이 좀 날 거라고? 윤슬은 견디지 못하고 계속해서 비명을 질렀다. 미간뿐만 아니라 뇌 전체를 불에 달군 인두로 지지는 듯한 고통이었다. 윤슬은 아르고의 손가락을 절박하게 붙잡고 소리쳤다.

"제발, 제발 그만!"

"견뎌 내라."

그러나 아르고는 침착하고 냉담했다. 마침내 아르고가 원하는 만큼 윤슬이 기억이 돌아오고 나서야 아르고의 손가락이 떨어졌다.

비록 미간의 고통은 지나갔지만, 여전히 여운이 남은 탓에 윤슬이 나지막이 신음했다.

"으윽…….”

윤슬의 목소리는 그새 다 쉬어 있었다. 카셀은 무너지려는 윤슬의 몸을 지탱하며 안절부절못했다.

"윤슬, 괜찮아? 미안해, 미안해…….”

"괜, 찮아……. 네가 뭐가 미안해, 바보야.”

그 모습을 지켜보던 아르고가 꼴불견이라는 듯 얄밉게 입가를 일그러트렸다. 그는 못 볼 것을 본 사람처럼 시선을 돌리며 헛기침했다.

"험, 험. 이제 떠오르느냐?”

윤슬이 천천히 대답했다.

"……네.”

"전부?”

윤슬은 자신의 머릿속을 뒤적였다. 놀랍게도, 전부 기억났다. 기억이라기엔 너무 선명해서 이질감마저 느껴질 정도였다.

아주 어릴 적 꿈 왕국에 들어섰던 순간부터, 드림스톤과 접촉하고 이상한 목소리를 들었던 일, 지금까지 꿔 왔던 모든 예지몽들까지. 지난번 손님의 꿈속에서 꿈술사 능력을 사용했던 기억까지도 전부 돌아와 있었다.

가만히 기억을 되짚어 보던 윤슬이 갑자기 무언가 생각난 듯 고개를 번쩍 들고 아르고에게 물었다.

"그럼 혹시 그때 제가 들었던 목소리가 할아버지셨어요?”

"네가 드림스톤에 머리를 박았을 때 얘기라면, 맞단다.”

"그건 알고 있어요. 그게 아니라······."

윤슬은 고개를 저었다. 윤슬이 말하는 '그때'는 어릴 적이 아니었다. 최근의 일이었다. 윤슬은 분명 가까운 과거에 아르고의 목소리를 들었던 적이 있었다. 그러니까 그게 언제였냐면······.

"드림이터가 제게 환상을 보여 줬을 때요."

"음?"

"최근에 드림이터가 저한테 환상을 보여 줬던 적이 있어요. 꿈이라고 해야 하나?"

"허어, 벌써 그렇게까지 진화했다니. 이제 꿈을 직접 만들어 낼수도 있다는 것인가."

아르고가 탄식하자 카셀이 끼어들었다.

"완벽한 환상은 아니었습니다. 현실의 조잡하고 악랄한 변형에 불과했죠. 상대의 정신을 갉아먹으려는 속셈이었던 것 같습니다."

"단지 그 정도라면 다행이겠으나, 언제 어떻게 갑자기 진화할지 모르는 게 드림이터라는 존재다. 너무 방심해서는 안 되겠어. 그나저나 아가야, 그래서?"

"아, 그 안에서 제가 거의 정신을 잃기 직전이었는데····· 그때 갑자기 할아버지 목소리가 들렸어요. 정신 차리라고 했던 것 같아요."

아르고가 인상을 찌푸린 채 고민했다. 한참을 고민하던 그는 최대한 합리적인 이유를 추론해냈다.

"어떤 식으로든, 드림스톤이 네 머릿속에 영향을 끼친 모양

이다. 드림스톤에 심어 둔 내 힘이 의지를 갖고 네게 말을 걸었을
수도 있지."

"아⋯⋯."

"위험한 건 아닙니까?"

카셀이 끼어들었다. 아르고는 오묘한 표정으로 그런 카셀을 바
라보다가 험상궂게 말했다.

"연애질은 나가서 해라."

"여긴 저희 가겐데요."

"어린놈의 자식이 말대꾸는 꼬박꼬박! 여하튼, 당돌한 아이야.
아마 당분간 예지몽을 다시 꾸게 될 게다. 네 머릿속의 꿈술사 능
력을 다시 활성화 해놨으니. 익숙해지면 원할 때만 예지몽을 꾸
게 될 수도 있고."

아르고는 지금까지의 험하고 모진 말투와는 다르게 어딘가 죄
책감이 서린 눈으로 카셀과 윤슬을 번갈아 바라봤다. 카셀이 걱
정스러운 눈으로 윤슬을 살펴보느라 아르고의 시선을 알아차린
것은 윤슬뿐이었다.

그때, 윤슬의 머릿속에서 아르고의 목소리가 울렸다.

"네가 그물이다. 모든 것은 예지몽이 일러 주리라."

"네? 그게 무슨⋯⋯."

윤슬이 되물으려 하자 아르고가 자리에서 몸을 일으켰다.

"그럼 이 늙은이는 그만 가야겠구먼."

"벌써 가십니까? 더 쉬었다 가셔도⋯⋯."

"젊은 놈들 노는데 늙은이가 껴서 뭐 하겠나. 둘이 붙어 있는

꼴이 남사스러워서라도 빨리 자리를 떠야지, 원."

카셀과 윤슬의 얼굴이 누구 하나 할 것 없이 붉게 물들었다. 들어올 때와는 달리 정정한 걸음걸이로 상점을 나서려던 아르고가 문득 멈춰 섰다.

"아, 그렇지. 깜박할 뻔했군. 옜다, 받아라."

아르고가 돌연 품속에서 무언가를 꺼내 카셀에게 던졌다. 카셀은 반사적으로 두 손을 뻗어 그것을 낚아챘다.

카셀이 손을 폈다. 그곳엔.

"내가 알기론 그게 마지막 조각일 게다."

드림스톤의 마지막 조각이 있었다.

카셀이 놀란 눈으로 아르고를 바라봤다. 아르고는 머리를 긁으며 별것 아니라는 듯 말했다.

"내가 명색이 드림스톤의 계승자인데, 그 정도는 해야지 않겠느냐?"

"혹시 드림스톤 조각을 하나로 합치는 법도 알고 계십니까?"

"네 능력으로 조각을 엮으면 알아서 자기들끼리 붙을 것이다. 더 붙잡지 말거라! 에잉, 귀찮은 놈들 같으니."

"맙소사, 감사합니다! 아르고여, 영원히 기억하겠습니다."

아르고는 더 말하지 말라는 듯 손만 한 번 휘젓고는 환상 상점을 완전히 나섰다. 하늘거리는 천 때문인지, 어쩐지 아르고는 그대로 흩어져 사라져 버릴 것만 같았다.

카셀과 윤슬은 그 기묘한 분위기에 압도되었다. 둘은 아무 말 없이 점점 멀어지는 아르고의 뒷모습만 가만히 바라봤다. 마침내 환상 상점에서 아르고의 모습이 보이지 않을 정도로 멀어졌을 때, 아르고가 퉁명스럽게 중얼거렸다.

"마지막 업적치고는 소소하군. 드림이터를 물리치는 건 내가 될 줄 알았는데. 에잉, 쯧!"

카셀과 윤슬은 아마 드림이터를 소멸시키고 꿈 왕국을 재건하기 위해 드림스톤을 사용할 것이다. 그렇게 되면 드림스톤에 남은 아르고의 모든 힘이 소진될 것이고, 그러면……

드림스톤과 아르고는 같이 소멸할 것이다.

아르고는 드림스톤에게 힘을 불어넣어 줌으로써 꿈 왕국을 존속시켰다. 하지만 동시에 아이러니하게도 드림스톤에게 종속당했다. 아르고와 드림스톤은 생과 사를 같이 하게 되었다. 아르고가 곧 드림스톤이었고, 드림스톤이 곧 아르고였다.

카셀이 새로 만들어 낼 꿈 왕국에는 더 이상 드림스톤이 없을 터였다. 아예 없을 수도 있고, 드림스톤을 대신할 또 다른 무언가가 등장할 수도 있었다. 이러나저러나, '아르고의 드림스톤'은 꿈 왕국의 재건이라는 숭고한 마지막 임무를 끝으로 이제 세상에서 사라질 것이다. 드림스톤이 사라짐과 동시에 아르고 또한 꿈가루가 되어 흩어지게 될 테고.

이제 아르고가 할 수 있는 일은 단 하나였다.

후손들이 같은 실수를 범하지 않기를 바라는 것. 선조들의 오만이 역사에 길이길이 기록되어 다시는 이런 재앙이 반복되지 않기를 바라는 것.

그것이 후회뿐인 삶의 마지막 기대였다.

"그나저나, '예언된 자'라는 놈이 뭐 저렇게 무게감이 없어?"

아르고의 얼굴에 희미한 미소가 실렸다가, 이내 흩어졌다.

그날 이후, 아르고의 말대로 윤슬은 매일 예지몽을 꿨다. 주로 드림이터에 관한 꿈이었다. 꿈속에서 드림이터는 무자비하게 사람들의 꿈을 집어삼켰다가, 소름 끼치게 웃다가, 어느 순간에는 지금까지 먹어 치운 사람들의 꿈을 전부 토해 냈다. 꿈을 토하는 드림이터의 배를 거대한 검이 갈랐다. 카셀이 검 손잡이를 쥐고 있었다. 처음 보는 무기였지만, 단번에 저 검 또한 드림스톤이라는 것을 알 수 있었다.

그런 와중에 꿈의 내용이 갑자기 바뀌었다. 드림이터는 계속해서 꿈을 토하고 있었지만, 이번에는 창이 드림이터를 꿰뚫고 아주 깊게 내리꽂혀 있었다. 그 창의 손잡이를 잡고 있는 사람은 카셀이 아닌 윤슬이었다.

식은땀을 흘리며 꿈에서 깬 윤슬은 무엇이 아르고가 말한 '그물'일지 고민하다 다시 잠들곤 했다.

그러면 이번에는 꿈 왕국에 대한 꿈을 꿨다. 윤슬의 예지몽 속 꿈 왕국은 황홀할 정도로 아름답고 넋을 잃을 정도로 평화로운 곳이었다. 마치 그 옛날의 고대로 돌아간 것처럼.

그런 꿈 왕국의 가장 높은 곳에는 카셀이 앉아 있었다. 지금보다 훨씬 더 성숙해진 얼굴의 카셀은 종일 업무에 치여 정신이 없었다. 그는 팔목이 아플 정도로 계속 펜을 휘두르다가도, 어느 순간 멍하니 앉아 생각에 잠겼다. 그럴 때면 카셀의 얼굴은 마치 우는 듯 일그러졌다. 카셀의 주위로 꿈요정들이 바쁘게 날아다녔다. 그 한가운데 가만히 앉아 있는 카셀은 마치 시간의 흐름에서 빗겨나간 것 같았다.

그 모습을 지켜보던 윤슬은 어쩐지 눈물이 날 것 같아 꿈에서 깨어났다. 예지몽 속 꿈 왕국 그 어디에도 윤슬은 없었다. 윤슬은 애써 그 사실을 무시하려 했지만, 시간이 흐를수록 자신의 부재가 꿈 왕국의 부흥으로 이어지리란 불길한 예감을 지울 수가 없었다.

윤슬이 예지몽을 꾸는 며칠간, 카셀은 드림이터를 잡아 둘 '그물'을 연구하기 위해 골머리를 앓고 있었다. 아직 드림스톤을 하나로 이어 붙이기 전이었다. 드림스톤을 완성하는 순간 드림이터의 공격이 시작될 게 뻔했기 때문이었다.

그러던 어느 날, 윤슬이 카셀을 불렀다.

그날의 윤슬은 어딘가 이상할 정도로 가라앉아 보였다. 카셀은 차갑게 식은 윤슬의 손끝을 다정하게 주무르면서, 윤슬의 말을 기다렸다.

한참을 망설인 끝에 윤슬이 내뱉은 첫 마디는 이랬다.

"꿈을 꿨어."

윤슬이 매일 예지몽을 꾼다는 것은 카셀도 알고 있었으므로, 그는 차분하게 고개를 끄덕였다. 그러나 윤슬의 다음 말에는 침착함을 유지할 수가 없었다.

"이제 드림스톤을 완성해도 돼. '그물'을 만들 방법을 알아 냈어."

"뭐? 어떻게?"

허공을 바라보고 있던 윤슬이 눈동자만 움직여 카셀을 바라봤다. 그 순간, 카셀은 불길한 예감에 휩싸였다. 윤슬의 눈이 텅비어있었다. 무언가를 포기한 사람처럼.

"괜찮아. 날 믿어, 카셀."

"……그물을 어떻게 만드는데?"

"나만 따라오면 돼."

윤슬은 그렇게 말하고는 옅게 미소 지었다. 지금까지의 윤슬과는 전혀 다른 미소였다. 카셀은 알 수 없는 두려움 속에서 몸을 떨어야만 했다.

"일단 우리가 함께 내 꿈속으로 들어가는 거야. 너도 알다시피 내 꿈은 꿈 왕국과 연결되어 있어. 그러니까 꿈 왕국에 있던 드림이터가 내 꿈으로 들어올 수 있다는 거지. 그런데 다른 사람들의 꿈과는 달리, 내 꿈엔 다른 출구가 없어. 그러니까……."

"꿈 왕국으로 통하는 통로만 막으면 드림이터를 그 안에 잡아둘 수 있다는 거지? 드림이터가 네 꿈에 들어오면 통로에 바로 결계를 치고?"

"맞아, 카셀. 모든 일은 그곳에서 시작되고 그곳에서 끝날 거야. 최후의 순간에 우린 전부 괜찮을 거야. 대신 기회는 단 한 번뿐이겠지. 드림이터가 같은 함정에 두 번 걸려주지는 않을 테니까."

윤슬은 거기까지 말하고 작게 하품했다. 예지몽 때문에 요즘 계속 잠을 설쳤더니 피곤한 모양이었다.

"다시 자야겠다, 이제. 내일 드림스톤을 이어 붙이고, 밤에 내 꿈으로 가자. 내일이면 모든 것이 끝나. 내일이면 이 세상도, 내 부모님도, 네 왕국도 다시 예전으로 돌아갈 수 있어."

카셀은 그 말을 마지막으로 방으로 도로 들어가려는 윤슬의 팔목을 붙잡았다. 카셀은 숭배라도 하듯 윤슬의 손끝에 조심스럽게 입 맞췄다. 그리고 최대한 태연하기 위해 애쓰며 물었다.

"윤슬, 우린 정말 괜찮을 거지? 확실히 마지막까지 전부 본 거지?"

하지만 목소리가 조금 떨리는 것까지는 어쩔 수 없었다. 윤슬은 카셀을 물끄러미 바라봤다. 침묵 속에 시간이 지나갔다. 카셀은 이대로 몇 분이 흘렀다고 생각했지만, 실제로는 몇 초에 불과했다. 윤슬이 천천히 미소 짓더니, 이내 다시 예전처럼 씩씩한 얼굴로 돌아왔다.

"그럼, 당연하지! 나만 믿어! 이 누님이 방법을 알아냈으니까! 넌 얌전히 나만 따라오면 돼. 알겠지?"

카셀이 고개를 끄덕임과 동시에, 윤슬이 몸을 돌려 자신의 방으로 돌아갔다. 카셀은 윤슬의 얼굴을 다시 한 번 확인하고 싶었지만 그녀는 그럴 틈조차 주지 않았다.

이미 눈물로 얼룩진 얼굴을 그대로 보여 줄 수는 없으니까.

그렇게 결전의 날이 갑작스럽게 다가와 버렸다.

# 최후의 결전

**11**

드림이터는 눈을 떴다. 요 며칠 포식한 꿈들이 거의 다 소화된 모양이었다. 드림이터는 이번 꿈에서 새롭게 얻은 지식들을 되짚어 봤다. 이미 갖고 있거나, 쓸데없는 것들을 모두 버리자 남은 것은 얼마 없었다. 드림이터는 그 지식을 몸에 흡수시켰다. 꿈을 소화하고 얻은 지식을 흡수하면 그 지식이 몸의 변화로 드러난다. 수많은 지식이 섞이면서 점점 강하고 진화된 육체가 된다. 더 강한 육체는 더 많은 꿈을 한 번에 소화할 수 있었다.

드림이터에게서는 이미 더 이상 용의 모습을 찾아볼 수 없었다. 드림이터의 등가죽이 반으로 쩍 갈라졌다. 목에서 그르렁거리는 소리가 절로 울렸다. 고통은 얼마든지 참을 수 있었다. 중요한 것은 더 많은 꿈, 더 다양한 지식이었다. 갈라진 등가죽 사이로 허연 뼈가 튀어나왔다. 얼마 남지 않은 척추였다. 이제 척추는 필요 없어졌다. 척추가 몸에서 완전히 떨어져 나갔다. 바닥에 떨어진 척추뼈는 이내 가루가 되어 사라졌다. 머리와 꼬리도 떨어져 나갔다. 드림이터의 검은 몸뚱어리가 짧아지더니 마침내 작은 구 형태가 되었다. 두 눈은 꾸물거리며 둥근 몸 안쪽으로 들어가 숨어 버렸다. 눈은 그 안에서 끊임없이 증식했다. 수천 개의 눈이 우글거렸다.

드림이터의 검은 날개에 돋은 촉수들이 점점 길어졌다. 셀 수 없이 많은 촉수들 하나하나가 길고 가늘게 뻗어 나갔다. 촉수는 불규칙하게 일렁이고 때로는 관절이 있는 것처럼 꺾이면서 움직였다. 드림이터는 몸 안의 눈들을 각 촉수로 보냈다. 촉수에 수천 개의 눈이 빼곡하게 생겨났다.

촉수가 다 자라자, 날개의 뼈대 역시도 몸 안쪽으로 흡수되었다. 몸 가운데가 다시 열리더니 남아 있는 뼈와 불필요한 내장 기관을 전부 뱉어 냈다. 이제 드림이터는 검고 둥근 몸에 바늘 같은 촉수들이 뾰족하게 돋아 있는, 거대하고 흉측한 괴물이 되었다.

자신의 모습을 점검한 드림이터가 흡족하게 웃었다. 강해진 육체가 마음에 들었다. 어쩌면 카셀은 징그럽다며 싫어할지도 모르지만, 그런 건 중요하지 않았다. 어차피 카셀은 결국 자신과 함께하게 될 테니까. 드림이터는 행복한 장밋빛 미래를 꿈꾸며 황폐해진 꿈 왕국을 만족스럽게 내려다보았다.

하얀 천 위에 드림스톤 조각들이 놓여 있었다.

카셀은 심호흡하며 조각을 향해 손을 뻗었다. 그의 손끝에서 찬란한 빛무리가 흘러나왔다. 빛무리는 실과 바늘이 되어 드림스톤 조각들을 바느질하듯 엮어 내기 시작했다.

윤슬은 어깨에 팅글을 앉혀 놓고 카셀의 맞은편에 앉아 그 모습을 유심히 지켜봤다. 꿈 마법에 익숙해진 윤슬에게도 놀라운 광경이었다. 정교한 꿈가루의 움직임이 마치 기계가 바느질하는 것 같았다. 꿈가루는 드림스톤 조각의 단단한 표면을 부드럽게 파고들었다. 꿈가루의 바느질로 엮어지는 부분마다 드림스톤 조각들이 서로 합쳐졌다. 마치 처음부터 깨진 적도 없었다는 것처럼, 균열이나 흠집 하나 없이 완벽하고 매끈하게.

집중한 카셀의 관자놀이를 타고 땀방울이 흘렀다. 윤슬은 혹시라도 카셀에게 방해되지 않게 조심스러운 손길로 그의 땀을 닦아 주었다.

그렇게 시간이 얼마나 흘렀을까. 시간이 정지된 것처럼 얼마나 지났는지 알 수가 없었다. 어느덧 바느질은 마지막 조각만을 남겨 두고 있었다. 카셀은 그 어느 때보다 신중하게 작업했다.

마침내 마지막 바늘이 드림스톤을 꿰뚫고 나왔다. 카셀은 꿈가루로 만든 얇은 실이 끊어지지 않도록 조심스럽게 매듭을 지었다. 실과 매듭이 드림스톤으로 전부 흡수되었다. 동시에 드림스톤 조각들의 균열 또한 전부 사라졌다.

"와……."

윤슬이 경탄했다. 그녀가 어릴 적에 봤던 그 모습 그대로였다.

어린 윤슬이 두려움도 잊은 채 홀린 듯 다가갔을 정도로 아름다운 보석이었다. 드림스톤의 아름다움은 그 무엇에도 비할 수 없었다. 숭고함마저 느껴질 정도였다.

"어릴 때 봐서 크다고 착각한 줄 알았는데, 아니었네. 진짜 크다."

7개나 되는 각각의 조각들이 카셀의 주먹만 했으니, 모두 합쳐진 드림스톤의 크기는 성인 남성의 머리만큼이나 컸다. 현실의 보석들만큼 정교하게 세공되어 있지는 않았지만, 본연의 신비로움 때문에 지금의 투박한 모습이 오히려 더 섬세하게 느껴졌다.

"윤슬, 그래서 이제 뭘 하면 되는 거야?"

"이제 내 꿈으로 함께 들어갈 거야. 문제는 꿈의 통로를 어떻게 막느냐는 건데⋯⋯. 결계를 치면 될까?"

"강하게 치면 될 것 같아. 하지만 그렇게 되면 드림스톤을 사용할 때 힘이 부족할 것 같은데."

"그건 걱정하지 마. 네 결계는 믿을 만할 거고, 드림스톤에 힘을 불어넣는 건 내가 할 테니까. 팅글, 너도 카셀을 도와서 결계를 쳐 줘."

"네, 윤슬 님!"

팅글이 씩씩하게 대답했다. 카셀은 알 수 없는 표정으로 윤슬을 바라봤다. 윤슬은 태연하게 고개를 으쓱했다.

"아르고가 힘을 줬어. 정확히는⋯⋯ 내가 갖고 있던 힘을 쓸 수 있도록 깨우쳐 준 거지만."

"알아. 그냥, 기분이 이상해서 그래."

"뭐가 이상해?"

"너 무슨 다른 생각 하는 거 아니지?"

윤슬의 손가락이 움찔했다. 다행히 카셀은 보지 못했다. 윤슬은 티 나지 않게 마른침을 한 번 삼키고는 피식 웃으며 답했다.

"무슨 생각? 설마 내가 드림스톤 갖고 도망칠까 봐 의심하는 거야?"

"아니, 아니야. 그냥 기분이 조금 이상해서. 왜 이렇게 불안한지 모르겠네."

카셀이 고개를 떨궜다. 윤슬은 자리에서 일어나 카셀에게 다가 갔다. 그녀는 카셀의 양 볼을 붙잡고 자신을 바라보게끔 들어 올렸다. 카셀의 푸른 눈동자가 평소보다 짙게 물들어 있었다. 그 속에서 윤슬은 거대한 파도를 발견했다.

카셀은 이러면 안 됐다. 그는 최후의 순간까지도 침착해야 했다.

대의를 위해, 더 큰 것을 이루기 위해.

윤슬은 카셀을 부드럽게 타일렀다. 카셀의 입술에 가볍게 입을 맞추면서 그의 파도를 잠재우려 애썼다.

"원수를 잡을 기회가 코앞이잖아. 안 떨리면 그게 더 이상하지. 그러니까 카셀, 우린 승리만 생각하자. 다른 건 생각도, 걱정도 말고."

카셀은 윤슬의 손에 얼굴을 파묻었다. 한동안 그러고 있자 차츰 안정됐다. 그는 속으로 중얼거렸다.

그래, 문제 될 건 없다. 윤슬이 전부 다 괜찮으리라 했으니. 여차하면 내가 희생하면 된다. 그러니까…….

"알았어, 윤슬."

카셀이 살포시 웃으며 윤슬의 손바닥에 입을 맞췄다. 윤슬은 얼굴을 슬며시 붉히면서도 손을 빼지 않았다.

"그럼 이제 가보실까요, 백마 탄 왕자님?"

팅글이 둘의 주변을 날아다니며 닭살 돋는다고 뭐라 했지만 둘은 신경 쓰지 않았다.


윤슬은 침대에 누웠다. 카셀은 그 옆에 함께 누워 이불을 윤슬의 어깨까지 끌어올렸다. 윤슬이 잠들어 있는 동안 혹시라도 춥지 않도록.

카셀이 꿈가루를 불러내기 시작했다. 그의 긴 손가락 끝에 맺히는 빛을 바라보면서, 윤슬이 행복을 가득 담아 말했다.

"카셀, 사랑해. 내 삶에 와 줘서 고마워."

"나도 사랑해. 네 삶에 내 자리를 줘서 고마워. 다시 현실에서 보자."

윤슬은 그 말엔 대답하지 않고 눈을 감았다. 카셀은 윤슬의 미간에 손가락을 가져다 댔다. 카셀의 손가락에서부터 흘러나온 꿈가루가 윤슬의 미간으로, 이마로, 머리 전체로 퍼져나갔다. 윤슬은 이내 잠들었다. 카셀과 팅글도 윤슬의 꿈속으로 따라 들어갔다.

언제 봐도 놀라운 초원이었다. 지평선 어느 곳을 바라봐도 끝이 보이지 않았다.

　"맙소사, 전 이렇게 큰 꿈은 처음 봐요. 어떻게 이렇게 크지? 역시, 윤슬 님! 큰 꿈을 갖고 계신 분이셨어요! 그럴 줄 알았어! 윤슬 님은 우리 왕자님의 천생연분이 틀림없어요!"

　팅글은 내내 수다를 떨었다. 덕분에 카셀과 윤슬의 긴장도 풀어졌다. 윤슬은 고마움을 담아 팅글을 몇 번 쓰다듬어 줬다.

　카셀이 들고 있던 드림스톤을 몇 번 위로 던졌다 받았다. 공놀이처럼 여유로운 태도였다.

　"여기 있으면 드림이터가 올까?"

　카셀이 묻자 윤슬이 단호하게 고개를 끄덕였다.

　"드림이터의 탐욕은 잘 알고 있잖아. 꿈속에 드림스톤이, 그것도 조각이 아닌 완벽한 드림스톤이 등장한다면 분명 냄새를 맡을 거야."

　"그럼 일단 꿈 왕국으로 가는 통로를 찾아야겠네."

　그들은 어릴 적의 기억을 더듬어 꿈 왕국으로 향하는 길목을 찾아다녔다. 워낙 초원이 넓어 올 때마다 애를 먹긴 했지만, 그래도 경험이 쌓인 만큼 그들은 오래지 않아 꿈 왕국으로 이어지는 통로를 발견했다.

　"아, 이곳으로 가면 고향이 나오는 건가요……."

　팅글이 울먹임을 참으려 애쓰며 말했다. 카셀은 팅글의 날개를 손끝으로 부드럽게 쓰다듬으며 그런 팅글을 달랬다.

"아직 폐허야. 하지만 오늘이 지나면 다시 예전의 모습으로 돌아오겠지. 내가 그렇게 만들 거고, 윤슬이 그렇게 만들 거야. 반드시."

"흑흑, 아마 제 동료들은 다 사라졌겠죠? 좋은 꿈이 되었길……."

그래도 팅글은 좀처럼 그리움과 슬픔이 가시지 않는지 결국 눈물방울을 떨궜다. 팅글이 그만 울고 싶다는 듯 자그마한 손으로 눈가를 연신 문질렀다. 하지만 스며 나오는 울음소리까지는 막지 못했다.

그때였다. 카셀이 다급하게 팅글의 입을 막았다.

"쉿."

덩달아 윤슬도 숨소리를 죽였다. 그들은 모두 본능적으로 몸을 낮췄다. 전부 초원이었기에 쓸모없는 행동이긴 했지만.

"왜 그래, 카셀?"

윤슬이 속삭이며 묻자 카셀이 통로가 있는 곳을 뚫어져라 바라봤다. 윤슬도 카셀의 시선을 따라갔지만 그녀의 눈에는 아무것도 보이지 않았다. 분명 아기 땐 이상한 나라의 앨리스처럼 나무 밑동의 동굴로 들어갔던 것 같은데, 왜 성인이 되고 나서는 그 나무가 사라지고 보이지 않는 통로만이 남은 것인지 알 수 없었다.

자라면서 그만큼 동화 속 환상을 잊어 버린 것일까.

윤슬이 잠시 시답잖은 생각에 빠진 사이, 카셀은 통로 건너편의 움직임을 노려보고 있었다. 윤슬의 눈엔 보이지 않는 통로 건

너편에서 불온한 검은 그림자가 움직였다.

카셀은 팅글을 붙잡고, 윤슬의 어깨를 끌어당겨 조금씩 뒤로 물러났다. 발소리가 나지 않게 아주 천천히 뒷걸음질 쳤다. 카셀이 작전을 되새겼다.

"드림이터가 오면 통로에 결계를 치고 싸우다가, 드림이터가 도망가려 할 때 기회를 봐서 드림스톤 창으로 드림이터를 소멸시키는 거야."

사실 카셀은 이 작전이 완벽하다고는 생각하지 않았다. 당연한 일이었다. 애당초 드림이터는 셋이 힘을 합쳐도 궁지에 몰아넣을 수 있을지 알 수 없을 정도로 강한 상대였다. 하지만 카셀은 윤슬을 믿었다. 윤슬은 자신의 작전대로 하면 모두가 괜찮을 것이라고 말했다. 그러니 카셀은 윤슬을 믿는 수밖에.

통로 너머의 그림자가 크게 일렁였다.

"온다."

카셀의 목소리와 함께, 허공에서 촉수 수십 개가 순식간에 튀어나왔다. 카셀은 반사적으로 자신의 앞에 결계를 치며 윤슬과 팅글을 뒤로 물렀다. 촉수는 잠시 멈칫하더니 카셀과 윤슬을 향해 쇄도했다. 검은 촉수들의 끝엔 전갈의 꼬리처럼 거대한 낫 모양의 갈고리가 달려 있었다. 촉수의 줄기에는 흉악한 가시가 빼곡하게 박혀 있었다.

촉수들은 하나하나가 자아를 가진 것처럼 각기 다르게 움직이다가도, 때로는 마치 한 몸처럼 일사불란하게 움직였다. 몇 개는 결계를 우회해 뒤쪽에서 그들을 공격하려 했고, 몇 개는 퇴로를 막았으며, 몇 개는 결계를 깨부수기 위해 공격했다.

촉수의 공격 하나하나가 매섭도록 빨랐다. 눈으로 보고 피하면 늦었다. 카셀은 그들의 주변이 완전히 감싸이게끔 결계를 쳤다. 팅글이 힘을 보탰다.

초원이 망가지고, 풀이 뽑히고, 공기가 찢어졌다. 공격은 쉬지 않고 계속됐다. 카셀은 이를 악물고 소리쳤다.

"완전히 끌어내야 해! 아직 본체가 안 왔어!"

"카셀, 힘을 아껴! 결계는 내가 유지할 테니까, 촉수를 공격해!"

윤슬은 내면에 깃든 자신의 힘을 밖으로 끌어냈다. 의식하고 능력을 사용하는 것은 처음이었다. 윤슬의 몸이 희미하게 빛나기 시작했다. 그 빛은 아침에 떠오르는 햇살, 그 햇살이 잔물결에 반사되며 반짝이는 모습을 닮아 있었다.

그녀는 카셀이 펼쳐 둔 결계에 손을 갖다 대고 힘을 불어넣었다. 결계가 윤슬의 빛을 닮은 색으로 차츰 물들어 갔다. 결계가 윤슬의 색으로 완전히 물들자, 카셀이 결계에서 힘을 거뒀다.

윤슬은 결계를 조금씩 뒤로 물렸다. 드림이터의 본체가 완전히 꿈 왕국에서 나오게끔 유도하기 위해서였다. 하지만 촉수가 얼마나 긴지, 본체는 좀처럼 모습을 보이지 않았다.

카셀은 드림스톤 창으로 촉수를 찔러 댔다. 촉수를 잘라 내는 것이 목표였지만 창이라는 무기의 특성상 불가능했다. 하는 수 없이 카셀은 자신과 결계에 접근하는 촉수들을 창끝으로 찔러 물러나게 할 수밖에 없었다. 그러나 촉수에 생긴 상처들은 금방 치료되어 흔적조차 없이 사라졌다. 이렇게 해서는 끝도 없었다.

검이 필요했다. 카셀은 드림스톤 창을 내려다봤다. 문득 무기의 외형을 마음껏 바꿀 수 있지 않을까, 하는 생각이 들었다.

"왜 지금까지 이 생각을 못 했지?"

카셀은 촉수들을 쳐 내다가 뒤로 도약해 거리를 벌렸다. 촉수들은 이번엔 좀처럼 공격하지 않고 일렁이며 카셀의 빈틈을 노렸다.

카셀은 잠깐의 여유를 놓치지 않았다. 창에 자신의 힘을 불어넣으며 머릿속으로 거대한 대검을 상상했다. 윤슬과 함께 봤던 중세 판타지 드라마 속 기사들이 들고 다니던 대검을.

이내 창이 진동하더니 수만 가지 색채로 반짝였다.

그렇지. 익숙한 목소리가 카셀의 귀에 속삭였다. 드림스톤, 아니 정확히는 아르고의 목소리였다.

빛이 사그라지자, 드림스톤 창은 화려한 대검의 모습으로 변해 있었다. 정확히 카셀이 상상하던 그 모습 그대로였다.

카셀은 몸에 전율이 이는 것을 느꼈다. 드림스톤의 외형을 마음대로 바꿀 수 있었다. 즉, 그는 드림스톤의 완전한 주인이 되었다.

"흐아압!"

카셀은 대검을 두 손으로 단단히 틀어쥐었다. 기합과 함께 자리를 박차고 촉수를 향해 뛰어들었다. 수백 개의 검은 촉수가 카셀을 감싸다시피 사방에서 그를 공격했다.

카셀은 온 힘을 다해 검을 가로로 넓게 휘둘렀다. 그의 몸까지 같이 회전했다. 촉수 서너 개가 잘려 바닥에 툭, 떨어졌다. 바닥에 널브러진 촉수 끄트머리는 여전히 살아 있는 것처럼 이리저리 꿈틀댔다. 징그러운 광경이었지만, 카셀은 신경 쓰지 않고 남은 촉수들을 더 베기 위해 검을 다시 휘둘렀다.

그때, 촉수의 잘린 단면이 꿈틀거리더니 그 자리에서 새로운 촉수 두 개가 생겨났다.

"뭐야, 이거?"

카셀은 검을 휘둘러 새로운 촉수를 잘라 냈다. 하지만 또다시 그 자리에서 촉수 두 개가 새로 자랐다.

카셀은 누가 먼저 지치는지 보자는 듯 촉수를 쉬지 않고 베어 냈다. 하지만 카셀이 검을 휘두르는 속도보다 촉수가 다시 자라는 속도가 더 빨랐다. 잘라 내면 잘라 낼수록 더 숫자가 늘어나는 적이라니, 카셀은 당황했다.

그때, 상황을 보고 있던 윤슬이 곁의 팅글에게 말했다.

"팅글, 네가 가서 도와."

"하, 하지만…… 계속해서 다시 생겨나는데 어떻게……."

"드림이터는 모방할 뿐 창조할 수 없지. 저런 괴물은 신화에도 나와. 카셀이 촉수를 베면, 네가 재빨리 잘린 단면을 지져. 그럼 새로 생겨나지 못할 거야."

"저는 불을 불러낼 수 없는걸요?"

"아, 꿈가루로든 뭐로든 지져!"

윤슬은 비교적 안전한 뒤쪽의 결계를 살짝 열었다. 팅글은 그 틈으로 빠져나가 카셀에게 포로로 날아갔다. 팅글의 얼굴은 울상이었다.

"왕자님!"

거칠게 숨을 내쉬며 자신에게 달려드는 촉수들을 베어 내던 카셀이 팅글의 목소리에 깜짝 놀랐다.

"팅글!"

촉수 하나가 슬그머니 팅글의 뒤를 노렸지만, 카셀의 검에 스러졌다.

"왜 왔어! 윤슬은?"

"윤슬 님이 보냈어요. 왕자님이 저 괴물을 베면, 그 자리를 제가 지져 버리라고 했어요!"

"그 정도는 나 혼자서도 할 수…… 읏!"

"왕자님!"

카셀이 팅글과 대화하는 틈을 노린 촉수 하나가 마침내 카셀의 오른쪽 옆구리를 파고드는 데 성공했다. 촉수 끝이 갈고리처럼 생긴 탓에 살이 그대로 뜯겨 나갔다. 카셀은 다급히 왼손으로 다친 곳을 부여잡았다. 드림이터에 의해 입은 상처는 빠르게 회복되지 않았다.

"어, 어떡……."

"팅글, 진정해. 도와줄 수 있겠어?"

"꿈가루로 할 수 있을까요? 꿈가루에도 불이 붙나요?"

"일단 해 보자. 내가 베어 낸 곳을 꿈가루로 완전히 덮어. 그럼 내가 나중에 한 번에 꿈가루에 불을 붙일게."

팅글이 결연하게 고개를 끄덕였다. 팅글이 날아올랐다. 카셀은 급한 대로 붕대를 만들어 냈다. 지혈을 위해 붕대로 옆구리를 빙

둘러 대충 압박하고는 다시 검을 잡았다.

멀찍이서 윤슬이 드림이터를 끌어내기 위해 한 발짝씩 뒤로 물러나는 모습이 보였다. 다행히 소용이 있었는지, 통로 틈으로 거대한 검은 덩어리가 조금씩 비집고 튀어나왔다.

조금만 더 버티면 된다. 카셀은 남은 붕대로 자신의 손과 검 손잡이를 한데 묶었다. 손에서 힘이 빠지더라도 검을 놓치는 일이 없도록.

"비겁하게 숨지 말고 나와!"

카셀은 좀처럼 모습을 드러내지 않는 드림이터를 향해 소리 지르곤 공중을 날았다. 아니, 정확히는 공중을 걸어 올라갔다. 카셀이 허공에 걸음을 내디딜 때마다 그의 발밑에 동그란 발판이 생겼다.

카셀이 의도하고 만들어 낸 것이 아니었다. 카셀은 드림스톤의 주인이 되면서 말 그대로, 꿈의 왕이 되었다. 그리고 윤슬의 꿈이, 세상 모든 꿈의 진정한 군주인 카셀을 따랐다. 꿈은 카셀의 의지를 읽고 그대로 움직였다. 카셀은 이를 물 흐르듯 자연스럽게 받아들였다.

순풍이 불었다. 카셀은 바람의 도움을 받아 더 멀리, 더 높이 뛰어올랐다. 태양에 닿을 것처럼 높이 올라가자 끝도 없이 드넓은 초원이 한눈에 들어왔다. 저 아래, 카셀에게 닿기 위해 촉수가 빠르게 올라오는 것이 보였다.

마치 이무기가 승천을 바라고 태양을 공격하는 것 같았다.

카셀이 숨을 멈추고 팔을 높이 들어 올렸다. 옆구리에서 선득한 통증이 몰려왔지만 이를 악물고 견뎌 냈다. 통증 속에서도 검을 내리긋는 팔엔 한 점 흐트러짐이 없었다. 검 끝도 흔들리지 않았다.

검에 베인 공기가 찢어지고, 갈라진 공기의 충격파가 거세게 휘몰아쳤다. 공기가 그 자체로 거대한 반원형 무기가 되었다.

카셀에게 달려들던 촉수들이 단번에 위아래로 길게 갈라졌다. 팅글은 그 순간을 놓치지 않고 날아다니며 잘린 단면마다 꿈가루를 뿌렸다. 혹시라도 꿈가루가 부족하면 효과가 없을까 걱정했는지 그 양이 어마어마했다. 폭설이 온 것처럼 촉수의 살점마다 꿈가루가 두껍게 들러붙었다. 새로 자라나는 촉수는 촘촘한 꿈가루의 벽을 뚫지 못했다.

촉수가 워낙 많아 전부 뿌리지는 못했지만, 이것만으로도 충분했다. 남은 열 몇 개의 촉수들은 충분히 상대할 수 있었다.

검을 휘두르고 나서도 허공을 부유하던 카셀이 손가락을 딱 튕겼다. 어느 샌가 마법진이 완성돼 있었다.

꿈가루에 불이 붙었다. 불이 화려하게 춤추기 시작했다.

불은 꿈가루를 살라 먹으며 촉수의 잘린 단면을 완전히 익혀 버렸다. 그 와중에도 촉수의 겉가죽은 전혀 타지 않았다. 불은 정확히 촉수의 속살만을 태우고 꺼졌다. 매캐한 냄새가 사방에 자욱했다. 익은 단면은 그대로 생장이 멈춰 버렸고, 촉수는 다시 돋아나지 않았다.

"카셀, 드림이터가 보여!"

윤슬이 소리 질렀다. 평소라면 서로 들리지 않을 정도로 둘은 멀리 떨어져 있었지만, 꿈속 공기가 윤슬의 목소리를 멀리 실어 날라 카셀의 귀에도 똑똑히 들렸다.

카셀이 다시 검을 들어 올렸다. 옆구리의 상처에서 피가 더 많이 흘러나왔지만, 고통에 익숙해진 그는 이제 자신의 상처에 더 이상 신경 쓰지 않았다. 중요한 것은 오로지 드림이터와 윤슬. 그 둘 뿐이었다.

카셀은 바람을 동력 삼아 남아 있는 촉수들에게 빠르게 접근했다. 촉수 하나가 슬그머니 옆을 돌아 카셀의 상처를 다시 한 번 노렸다. 다른 하나는 반대쪽에서 카셀의 어깨를 노렸다. 공격은 짜 맞춘 듯 정확히 동시에 들어왔다.

카셀은 오른손으로는 검을 휘둘러 촉수를 베어 내고, 왼손으로는 달려드는 촉수 줄기를 직접 잡아챘다. 촉수에 빼곡했던 가시가 카셀의 손바닥을 뚫고 손등에 튀어나왔다.

열심히 꿈가루를 뿌리던 팅글이 비명을 질렀다.

"왕자님!"

카셀은 촉수를 쥔 채 고개만 돌려 습관처럼 윤슬을 확인했다. 슬슬 결계를 유지하는 게 힘에 부치는지 윤슬이 땀을 닦아 내는 모습이 보였다. 빨리 끝내야 했다. 카셀이 손에 쥔 촉수를 그대로 베어냈다. 팅글이 그 단면에 꿈가루를 뿌리자마자 카셀이 불을 붙였다.

그렇게 몇 번을 반복하자 촉수의 수는 계속 줄었고, 카셀의 상처는 계속 늘었다. 이제 촉수는 단 두 개만 남아 있었다. 촉수는 움찔거리더니 도망이라도 치려는 듯 슬그머니 카셀에게서 멀어졌다.

카셀은 검을 치켜들고 촉수에게 다가갔다.

"어딜 도망가려고!"

그리고는 검으로 촉수를 찔렀다. 힘주어 검을 찔러 넣자 마치 꼬챙이처럼 검 중간까지 촉수가 꿰였다. 촉수는 검에서 벗어나기 위해 거세게 몸부림쳤다.

카셀은 그대로 몸을 날렸다. 내내 부유하던 그가 빠르게 낙하했다.

윤슬은 반사적으로 몸을 움츠렸다. 워낙 멀리 있던 탓에 그녀는 위쪽의 상황을 하나도 몰랐다. 그녀를 공격하는 촉수들은 아직 물러가지 않았다. 결계를 유지하는 것만으로도 힘겨웠다. 그런 윤슬의 눈에 카셀이 떨어지는 모습은 단지 추락 그 이상도 이하도 아니었다.

"카셀!"

카셀은 윤슬의 결계 바로 옆에 착지했다. 바람 때문에 풀이 사방으로 누웠다. 흙먼지가 가라앉자 검을 땅에 꽂은 채 한쪽 무릎을 꿇은 카셀이 보였다.

윤슬은 결계를 카셀 쪽으로 옮기려다가, 그의 검이 드림이터의 촉수를 땅에 묶어 두고 있다는 사실을 알아차리고는 멈췄다. 그리고 그제야, 카셀의 상처가 눈에 들어왔다.

카셀이 이를 악물고 중얼거렸다.

"장난질 그만하고 이제 나와. 남은 촉수도 전부 태워 버리기 전에."

그 사이 팅글은 카셀의 상처를 바라보며 어쩔 줄 모르고 발을 동동거렸다. 그러다가 이내 어떻게든 상처를 지혈하려고 자신의 조막만 한 손으로 상처를 압박했다.

윤슬은 그제야 조금씩 물러나는 촉수들을 확인하고 결계를 거두었다. 힘을 너무 많이 사용하긴 했지만, 계획을 이행하기에는 충분했다. 윤슬은 카셀에게 달려가 팅글의 손을 치우고 얼기설기 감긴 붕대를 풀었다.

끔찍하게 벌어져 있는 상처가 드러났다. 여전히 붉은 피가 주룩 흘러내리고 있었다. 윤슬은 저도 모르게 입을 가렸다. 카셀은 윤슬의 표정을 보고도 아무렇지 않아 했다. 윤슬은 몸을 아끼지 않는 카셀을 노려보면서도 붕대로 상처를 꼼꼼히 싸맸다. 붕대가 금방 붉게 물들었다.

"윤슬, 너무 많이 감는 거 아냐?"

"……조용히 해."

카셀이 잠시 주의를 돌린 틈을 타 그의 검에 꽂혀있던 촉수가 꿈틀거렸다. 그러나 카셀은 검에 다시 힘을 줘 땅에 더 깊게 박아 넣는 것으로 답했다.

그제야 드림이터는 자신의 모습을 드러냈다.

드림이터의 본체가 투명한 장막을 넘어왔다. 본체의 크기는 거대하다는 말로는 부족할 정도였다. 드림이터를 올려다본 윤슬이 질색했다. 언젠가 '목성이 달만큼 가까이 있었다면?'이라는 제목의 동영상을 봤던 기억이 났다. 드림이터는 달만큼 가까워진 목성과 비슷한 크기였다. 쳐다보는 것만으로도 위압감을 느끼게 했다.

그러나 정작 가장 징그러운 것은 크기가 아니었다. 드림이터의 본체는 더 이상 명확한 형태를 갖추고 있지 않았다. 대신 수많은 촉수가 공처럼 얽히고설켜 우글거리는 듯한 모습이었다. 수만 개의 생명이 한 데 뭉쳐진 듯했다.

그리고 그렇게 우글거리는 본체에는 셀 수도 없이 많은 눈이 다닥다닥 달려 있었다. 빈틈없이 빼곡하게 달린 눈들은 생김새가 전부 달랐다. 게다가, 서로 다른 규칙에 따라 깜박여서 한순간도 전부 감는 법이 없었고, 눈동자는 각자 여러 방향으로 굴러다녔다.

본체를 지탱하고 있는 것은 길고 가느다란 촉수 열두 개였다. 유독 얇고 뾰족한 그 촉수들은 드림이터의 다리 역할을 했다. 양쪽으로 여섯 개씩 나와 있는 촉수가 거미 다리처럼 움직였다. 드림이터의 다리가 한 번 바닥을 짚을 때마다 초원이 푹푹 파였다.

공포보다 증오가 더 크지 않았더라면, 윤슬은 자신이 겁에 질려 자리에 주저앉았으리라고 확신했다. 카셀도 비슷한 생각을 하고 있었다. 그의 감정은 혐오에 조금 더 가까웠다. 그는 드림이터가 징그러웠다.

그때, 거대한 촉수 덩어리 한가운데가 꾸물거렸다. 안쪽으로 들어갔다가 다시 밖으로 꿀렁거리며 나오는 것이 마치 무언가를 토해낼 것 같은 모양새였다. 그곳도 입이라고 부를 수 있다면.

그리고 그 꾸물거리던 공간에서, 허여멀건 여자의 얼굴이 튀어나왔다.

윤슬은 깜짝 놀라 저도 모르게 비명을 질렀다. 여자는 눈을 감고 있었다. 그 눈에선 반짝이는 꿈이 눈물처럼 계속해서 흘러내렸는데, 여자의 혀가 쉴 새 없이 날름거리며 그 꿈을 다시 받아 마시고 있었다.

여자는 카셀만을 바라봤다. 정확히는 본체의 수많은 눈들이 하나같이 카셀을 향해 깜박인 것이었지만.

여자의 얼굴을 확인한 윤슬이 저도 모르게 입을 벌렸다. 설령 눈을 감고 있다고 해도, 보는 사람을 몽롱하게 만들 정도로 지독하게 아름다운 얼굴이었다. 미(美)가 극에 달하면 인종의 구분이 없어진다는 말이 진짜였구나. 윤슬은 저도 모르게 계속 쳐다보게 되는 무국적의 얼굴을 보면서 생각했다.

촉수 틈에서 얼굴만 배꼼 나와 있어 머리카락이나 목은 보이지도 않았지만, 얼굴 때문에 그 광경이 섬뜩하기는커녕 오히려 성스러워 보일 정도였다.

꿈을 받아 마시던 입이 가로로 길게 벌어졌다. 미소처럼.

"안녕, 사랑하는 나의 카셀. 오랜만이야."

흉악한 몸과는 달리, 그녀의 목소리만큼은 얼굴을 닮아 맑고 청아했다. 전문가의 실로폰 연주 같은 목소리였다. 말투 역시 조곤조곤하고 부드러웠다.

"또 누구를 흉내 내는 거야?"

카셀이 역겹다는 말투로 물었다.

"흉내라니. 이제 이건 내 얼굴이야. 이 여자의 꿈을 내가 먹었거든."

그녀는 드림이터가 지금까지 먹은 셀 수 없는 사람들의 꿈에
나온 사람 중 가장 아름다운 여자였다. 드림이터가 흡수한 지식
에 따르면 보편적으로 사람들은 예쁘고 잘생긴 사람에 대해 더
큰 호감을 보였다. 드림이터는 자그마한 카셀의 호감이라도 얻기
위해 자신이 먹어 치운 모든 꿈에 등장하는 사람 중 가장 아름다
운 얼굴을 흉내 냈다.

"나 예뻐?"

"소름 돋는 소리 하지 마."

"너를 위한 선물이었는데. 이런 반응이라니, 실망인걸. 하지만
상관없어."

드림이터가 밝게 말했다. 이미 자신의 욕망에 취해 현실을 부
정하는 것처럼 보였다.

"내 발밑에 무릎 꿇고 내가 아름답다며 울부짖게 만들면 되니
까."

"아름답다고? 네가? 지금 네 모습을 봐. 그게 괴물이 아니면 뭐
지? 예전의 너는 그나마 형체라도 있었는데, 이젠 온전한 흉물이
되었구나. 지금 너는 그저 징그럽고 추해."

"내게 상처를 주려는 거니? 하지만 사랑하는 카셀, 나는 이제
네 그런 말엔 상관하지 않기로 했어. 정말이지 그런 말들은 내게
더 이상 의미가 없거든."

"개소리."

"대신 그저…… 널 갖기로 했어. 너는 이제 싫어도 내게 영원히
종속된 채로 살아갈 거야."

드림이터의 입이 가로로 더 길게 찢어졌다. 기분이 좋아 보였다.

"이제 저 얼굴도 점점 소름 돋는데."

윤슬이 카셀에게 말했다. 들으라는 것처럼 큰 소리였다. 카셀의 말에는 조금도 신경 쓰지 않던 드림이터가 눈동자를 굴려 윤슬을 쳐다봤다. 셀 수 없을 정도로 많은 눈이 갑자기 자신을 향하자 윤슬의 뒷목이 서늘해졌다. 정말이지 기괴한 광경이었다.

"닥쳐. 나의 카셀 곁에 딱 붙어 간사한 말이나 속삭이기는."

드림이터가 사납게 으르렁거렸다. 드림이터는 윤슬을 향해 입에 담을 수 없을 만한 욕을 해주려 했지만, 윤슬의 곁에 카셀이 있으니 그건 참기로 했다.

마치 다중인격 같았다. 어떤 의미에서는 정확한 표현이기도 했다.

여러 꿈을 먹으면서 세상의 모든 생물의 생김새와 성격마저 자신의 것으로 흡수해 버린 드림이터는 너무나도 불완전한 상태였다. 일관된 형체도, 일관된 성격도 유지할 수 없을 지경이었다. 힘은 커졌지만, 멋진 용을 닮아 있었던 겉모습을 잃었다. 게다가 시시각각 기분이 변했다. 어떨 때는 죽여 버리겠다는 카셀의 말도 아무렇지 않게 넘겼다가, 어떨 때는 네가 보기 싫다는 말에도 크게 상처받았다.

드림이터는 곧바로 기분이 좋아져 나른하게 웃으며 살랑거리는 말투로 말했다. 마치 여왕이 아끼는 신하를 치하하는 듯한 말투였다.

"그나저나 너희는 역시 기대를 저 버리지 않는구나. 아주 잘했어."

무슨 소린지 도저히 이해가 가질 않아, 카셀과 윤슬은 인상을 찌푸렸다.

"너희라면 드림스톤을 완성할 줄 알았지. 내 목적을 대신 달성해 주다니 정말 고맙구나."

"목적? 웃기고 있네. 이건 네 교수대야."

윤슬이 입술을 비틀며 웃었다. 드림스톤은 코웃음 쳤다.

"그게 아니라면 내가 왜 지금까지 너희들을 살려 두고, 드림스톤을 직접 가져가지 않았겠니?"

드림이터가 주절거렸다.

"나는 아직 꿈가루를 다룰 수 없어. 그래서 드림스톤이 파괴됐을 때 정말 마음이 아팠단다. 나는 그걸 먹고 싶었지, 부수고 싶었던 게 아니었거든. 부서진 드림스톤은 맛도 떨어지고 말이야."

"……."

"나는 수많은 꿈에 흩어진 드림스톤의 조각을 찾아 낼 재주도, 그 조각을 다시 하나로 이어 붙일 재주도 없었지. 그래서 너희에게 그 임무를 맡겼단다. 너희는 날 위해 열심히 드림스톤을 모아 준 거란다. 그러니 칭찬해 줘야지."

윤슬은 할 말을 잃었다. 머리로는 드림이터의 말이 전부 헛소리이고, 믿으면 안 된다는 것쯤은 알고 있었다. 하지만 그들은 저 말을 들은 순간, 자신도 모르게 스스로에게 자문했다.

정말 온전한 우리의 힘으로 드림스톤을 무사히 완성할 수 있었는지.

정말 그 안에 드림이터의 묵인이 없었는지.

윤슬은 스스로의 의지와 능력을 의심하기 시작했다. 자신에 대한 불신은 마음속 가장 깊은 곳에 뿌리를 내린 잡초 같았다. 마음대로 뽑아내기엔 뿌리가 너무 깊이 있고, 그렇다고 농약을 뿌려 죽이기엔 잡초가 자라는 땅도 함께 못 쓰는 땅이 된다.

윤슬은 평범한 인간이었을 뿐인데, 그저 어릴 적 운 좋게 드림스톤과 접촉하고, 카셀을 만났을 뿐인데 그녀는 어느새 세계를 구할 사람이 되어 있었다. 지금까지 윤슬은 그것을 자신에게 내려진 사명이라고 생각해 왔다.

하지만 사실 그건 윤슬 자신이 아니라 다른 그 어떤 사람이라도 가능한 일이 아니었을까? 어쩌면 카셀이 윤슬이 아닌 다른 사람을 만났다면 모든 일이 훨씬 잘 풀렸을 수도 있었다.

여전히 은은하게 반짝이던 윤슬의 힘이 점차 사그라졌다. 팅글의 날갯짓도 느려졌다.

그 속에서 믿음을 유지하고 있는 것은 오로지 카셀뿐이었다. 그는 온전한 꿈 왕국의 후계자였고, 꿈 왕국의 유일한 희망이었으며, 이젠 드림스톤의 인정을 받고 꿈의 군주가 되었다. 카셀이 잘게 떨리는 윤슬의 손을 붙잡았다. 어느 틈엔가 싸늘하게 식어 있던 윤슬의 손이 카셀의 온기로 점점 따뜻해졌다.

"윤슬, 헛소리라는 거 알잖아. 난 네가 아니었으면 애당초 이 세상에 받아들여지지도 않았을 거야. 오로지 너였기에, 오로지 네 덕분에 나는 여기까지 왔어. 모든 것이 운명이었던 거야."

윤슬은 심호흡하며 마음속의 불신을 뽑아내기 위해 애썼다. 그러나 쉽지 않았다. 일단 윤슬은 알았다는 듯 카셀에게 잡히지 않은 반대쪽 손으로 그의 손등 위를 덮었다. 그러나 카셀은 그것만으로는 충분하지 않다는 듯 다시금 속삭였다.

"윤슬. 너를 믿지 못하겠다면 날 믿어. 나는 네가 있기에 온전할 수 있고, 오로지 네가 있기에 여기까지 왔어. 지금도 봐. 네 꿈이 특별했기에, 네가 꿈속에서 올바른 길을 찾아 꿈 왕국까지 찾아왔기에, 보물창고 깊은 곳에 보관돼 있던 드림스톤을 찾아냈기에 우리가 꿈을 이룰 수 있게 됐지."

"카셀, 하지만……."

"네가 환상을 사랑했기에 나를 아무런 의심 없이 받아 줬고, 네 부모님이 너를 믿고 사랑했기에 그분들도 나를 받아들여 주셨지. 오늘도 그래. 네가 예지몽을 꾸지 않았더라면 우리가 드림이터를 물리칠 방법을 찾을 수 있었을까? 이 모든 것을 할 수 있는 사람이 정말 있을까?"

"……."

"모든 것이 마치 잘 짜인 퍼즐처럼 맞춰지잖아. 네 인생에서 단 하나라도 어긋나는 부분이 있었다면 오늘의 나도, 오늘의 너도 없었을 거야. 네 모든 길을 똑같이 걸어올 사람이 세상에 단 하나라도 있을까?"

카셀이 미소 지었다. 윤슬이 반했던 그 미소였다. 세상이 밝아지고, 공기가 반짝이는 듯한 찬란한 미소.

"세상에 같은 길을 걷는 사람은 없고, 그렇기에 모든 사람이 유일무이해. 그러니까 너는 유일해, 윤슬. 내가 유일하듯이."

드림이터가 찬물을 퍼부었다. 배알이 꼴린 듯 비꼬는 목소리로.

"정말이지 꼴불견이네. 카셀, 저런 유약한 인간 따위는 너와 함께할 수 없어. 그럴 자격도, 그럴 가치도 없지. 지금도 그래. 고작 말 몇 마디에 스스로를 의심하는 꼴이라니."

"네가 사악한 탓이지, 윤슬이 약한 탓이 아니야."

카셀은 드림이터의 흉측한 몰골을 자세히 뜯어봤다. 카셀이 드림이터를 향해 물었다.

"드림이터, 꿈술사들이 너를 만들어 냈다는 사실을 전해 들었다. 너도 알고 있었나?"

"글쎄."

드림이터가 모호하게 대답했다. 그러나 카셀은 그것만으로도 드림이터가 이미 사실을 알고 있었음을 눈치 챘다. 카셀이 조금 일그러진 얼굴로 물었다.

"알고 있었다면, 내가 어릴 때 내게 접근한 것도 계획된 것이었나? 다시 힘을 얻어 꿈 왕국을 멸망시키고 네 탐욕을 채우기 위해?"

"카셀, 그런 것이 중요해? 지금 나는 달라졌어. 너를 사랑해."

"제대로 대답해. 처음부터, 이럴 계획이었나?"

"다시 대답할게. 그런 건 중요하지 않아."

"아니, 중요해."

"왜?"

"더 이상 내가 배신자가 아니게 되지."

드림이터가 입을 다물었다.

"지금까지 내 마음속 한쪽엔 너에 대한 죄책감이 있었다. 말도 하지 못하던 어린 너를 버린 것은 나였으니까. 네가 죽을 거라고 생각했으면서도, 결국 너를 추방하는 데에 동의했으니까."

"……."

"하지만 처음부터 네가 힘을 비축하기 위해, 불순한 의도를 갖고 내게 접근했다면 그땐 우리의 입장이 뒤집혀."

"……."

"내가 아니라, 네가 배신자가 돼. 나는 네 배신자가 아니라, 그저 사악한 네 계략을 눈치 채지 못했던 피해자가 되는 거지."

카셀이 촉수를 찍고 있던 검을 다시 들어 올렸다. 옆에서 윤슬이 카셀의 상처가 불안한 듯 본능적으로 손을 뻗어 말렸다. 하지만 카셀은 굳건했다.

검 끝이 드림이터를 향했다. 정확히는 드림이터의 아름다운 얼굴을 향해.

"원래는 너를 죽이고 나면 네게 무덤이라도 하나 만들어줄 작정이었다. 네가 비록 세상 모든 꿈의 원수일지라도, 궁극적으로 네가 그렇게 탐욕스러운 악귀가 된 것은 내 탓이라고 생각했으니까."

드림이터는 대답하지 않았다. 궤변을 늘어놓으며 불신을 속삭일 때는 그렇게도 유창했던 입이 꾹 다물려 있었다.

윤슬은 드림이터의 감은 눈을 보며 궁금해 했다.

꿈을 통해 수많은 감정을 배웠다면, 지금은 어떤 감정을 느끼고 있을까?

"그러니 나는, 이제 온전한 복수를 할 수 있게 된다. 나의 배신자인 너에게."

카셀이 드림이터를 향해 달려들었다. 윤슬은 카셀의 몸 주변에 정교하게 결계를 둘러 드림이터의 촉수가 카셀을 상처 입히지 못하게 했다. 팅글도 주변을 돌아다니면서 카셀을 도왔다. 이제 몇 개 남지 않은 촉수가 다시 자라나지 못하게끔 열심히 꿈가루를 뿌리고, 일부러 드림이터의 얼굴 근처를 날아다니며 집중력을 흐트러뜨렸다.

촉수가 서너 개쯤 남았을 때, 드림이터의 공격이 멈췄다. 전략을 바꿨는지 공격만 하던 촉수를 동그랗게 말아 몸 주변에 둘렀다. 그리고는 겉가죽을 단단하게 굳혔다. 촉수의 표면이 검게 반질거렸다. 그 촉수는 마치 방패처럼, 드림이터의 본체 이곳저곳을 방어했다.

"그래 봐야 소용없어!"

카셀은 지금까지처럼 드림스톤 검으로 그 표면을 내리쳤다. 하지만 쇠와 쇠가 부딪히는 날카로운 소리와 함께 검이 튕겨 나왔다.

무시무시한 충격이 카셀의 손목에 그대로 전해졌다. 뼈 안쪽까지 시큰거리는 통증에 카셀이 저도 모르게 검을 놓쳤다. 그는 자신의 손목을 붙잡고 신음했다. 윤슬의 결계는 외부의 공격은 막아 낼 수 있어도, 카셀의 움직임에 따른 충격을 감소시키지는 못했다.

드림이터의 촉수 하나가 방어 태세를 풀더니 떨어진 드림스톤 검을 향해 슬금슬금 움직였다. 윤슬은 벌떡 일어나 검을 향해 달려갔다. 촉수가 검 손잡이를 감아올리기 직전, 윤슬은 발로 촉수를 차면서 재빨리 검을 주웠다. 발뼈가 부서질 각오도 했지만, 다행히 방어 태세가 풀린 촉수는 그렇게 단단하지 않았다.

그녀는 오른손으로는 검을 휘두르고, 왼손으로는 촉수의 잘린 단면에 불을 질렀다. 촉수가 발작하듯 꿈틀거렸다.

"카셀, 받아!"

윤슬이 던진 검을 카셀이 정확히 받았다. 그는 곧바로 검을 위로 세우고 드림이터를 향해 달려갔다. 그는 본체와 가까워지자 상체를 눕혀 바닥에 미끄러지듯 움직였다. 검 끝에 무언가 걸리는 느낌이 났다. 카셀은 그대로 검을 든 손에 힘을 주었다. 검 끝의 느낌이 강해졌다. 가죽이 찢어지는 소리와 함께 뭔지 모를 것들이 카셀의 위로 떨어졌다.

카셀은 눈을 감았다. 한때 윤슬이 좋아했던 영화에 등장하던 외계인들은 체액이 강한 산성이어서 닿으면 녹아내렸다. 카셀은 제발 드림이터의 체액이 그렇지 않기만을 바라며 끝까지 검을 놓지 않았다.

"끼에에엑!"

드림이터가 비명을 질렀다. 지금까지의 맑은 목소리와 대비되는, 칠판을 긁는 것처럼 소름 끼치는 소리였다.

카셀이 벤 곳은 드림이터의 위 근처였다. 드림이터는 극도의 고통 때문에 열두 개의 다리를 탭 댄스 추듯 움직였다. 풀로 가득했던 땅이 푹푹 파이면서 주변이 폭격 맞은 전쟁터처럼 변했다.

카셀은 본능적으로 자신 근처로 벼락처럼 내리꽂히는 드림이터의 다리를 피했다. 그는 이리저리 굴러다니느라 온통 흙먼지를 뒤집어써야 했다.

다리 중 하나가 카셀의 귀를 아슬아슬하게 스쳤다. 귓바퀴가 화끈했다. 카셀은 구르고 뛰면서 최대한 드림이터에게서 멀어졌다.

"괜찮아?"

어느 틈에 다가온 윤슬이 카셀의 귓바퀴를 매만지며 물었다. 그녀는 상처를 봉합했다. 치유는 불가능하지만 최소한 상처가 더 벌어지는 것만은 막을 수 있었다. 윤슬의 손길이 닿는 곳마다 열감이 가라앉았다.

카셀이 그녀의 손을 붙잡으려다가 더러워진 자신의 손을 발견했다. 그는 옷에 손을 쓱쓱 문질러 닦았다. 하지만 옷도 더러운 건 매한가지라 별 소용은 없었다. 하는 수 없이 그는 윤슬의 손을 잡지 못했다.

그는 천으로 얼굴을 대충 닦았다. 액체가 묻은 천에 코를 대고 냄새를 맡자 달콤한 향이 확 올라왔다.

"저게 뭐야?"

윤슬이 여전히 발작하는 드림이터의 아래쪽에서 줄줄 흘러내리는 검푸른 액체를 보고 물었다. 카셀은 자신도 모른다며 고개를 저었다.

윤슬은 인상을 찌푸린 채 드림이터가 몸을 뒤틀 때마다 주변에 흩뿌려지는 액체를 쳐다봤다. 액체는 기본적으로 검푸른 색이었는데, 조금씩 떨어질 때는 색이 달랐다. 살짝 은빛이 도는 옅은 푸른색이었다. 액체는 매우 끈적끈적해서 닦아도 흔적이 남았다.

"피? 그건 아닌 것 같은데……."

한참을 쳐다보고 있던 카셀이 숨을 급히 들이마셨다.

"윤슬, 저기 봐봐."

윤슬은 카셀이 손가락으로 가리키는 곳을 향해 시선을 돌렸다. 검푸른 액체가 고인 곳에서 꽃이 피어나고 있었다.

꽃잎이 둥글게 겹겹이 싸여 마치 작은 공처럼 보였다. 각각의 꽃잎은 모두 다른 빛을 띠었고, 너무 얇아 뒤가 그대로 비쳐 보였다.

윤슬은 저 꽃을 어디서 봤는지 바로 떠올렸다. 꽃은 아르고가 입고 있던 꿈 왕국의 전통 의상과 놀랍도록 닮아 있었다.

"꽃?"

"꽃."

"그게 왜……. 설마, 저 액체에서 꽃이 피어나는 거야?"

카셀이 고개를 끄덕였다. 카셀은 저 꽃을 본 적이 있었다.

저 꽃이 다 자라서 열매를 맺으면, 꿈요정들이 날개를 팔락거리며 다가와 작은 손으로 그 열매를 수확한다. 수확한 열매는 꿈 왕국의 꿈 보관소로 보내진다. 날짜별로 분류된 열매들은 일주일 정도 숙성된 뒤, 가장 알맞게 익은 날에 사람들에게 배달된다. 평화롭고 아름답던 시절의 꿈 왕국에서 매일같이 봤던 광경이었다.

그렇게 사람들은 꿈을 꾼다.

꿈 왕국의 왕자였을 때, 카셀 역시도 저 꽃을 길러 냈다. 그리고 수확한 열매를 드림이터에게 나눠 주었다.

저것은 꿈 그 자체였다.

"그럼, 저게 지금……."

"드림이터가 지금까지 먹어 치운 꿈이 저렇게 몸속에 농축되어 있던 것 같아. 그게 터진 거고."

드림이터는 카셀과 윤슬이 그 액체의 정체를 알아차리는 동안에도 끊임없이 꿈을 줄줄 흘려댔다. 상처에서 흐르는 것만으로도 모자라 이젠 입으로 토해 내기까지 했다.

"우, 우웨엑!"

드림이터가 토해 낸 액체에서도 어김없이 꽃이 피었다. 윤슬은 아름다운 꽃과 흉측한 드림이터를 번갈아 바라봤다.

"그럼 드림이터는 지금…… 힘을 잃고 있는 거야?"

"그런 것 같아."

몇 번 더 꿈을 토해 낸 드림이터는 겨우 고통을 추슬렀는지 몸부림을 천천히 멈췄다. 그러나 여전히 깊은 상처 부위는 근육이 간헐적으로 경련했다.

마지막으로 한 가지, 궁금한 것이 있었다. 카셀이 물었다.

"드림스톤을 어디에 쓰려고 이렇게까지 하는 거지? 단순히 탐나서? 아니면 배가 고파서?"

"카셀, 나의 사랑하는 카셀. 나의 구원자, 나의 배신자. 내게로 와. 영원히 하나가 되자."

드림이터는 카셀의 말이 전혀 들리지 않는 모양이었다. 언제나 그랬듯, 드림이터에게는 카셀의 말이나 행동은 전혀 중요하지 않았다. 그저 함께하는 것만이 중요했다. 드림이터는 이미 자신만의 세상에 빠져 있었다.

"헛소리 집어치워. 드림스톤을 어디에 쓰려고 이러는 거냐고!"

"나의 카셀, 꿈을 먹다 보면 무엇이 늘어나는지 아니?"

"……."

"지식이 늘어난단다. 세상 모든 것들에 대한 지식이. 꿈을 먹으면 다른 사람이 본 것, 생각한 것, 느낀 것, 경험한 것이 모두 내 것이 돼. 그중에서도 내가 가장 많이 배운 것은 마음에 관한 거였단다. 감정이나 믿음 같은 것들."

카셀은 드림이터의 헛소리를 더 들어주고 싶지 않았다. 하지만 늘 그랬듯, 드림이터는 카셀의 마음에는 관심이 없었다.

"그래서 난 내 마음이 뭔지 알게 됐어. 왜 나는 너를 죽이고 싶을까. 왜 나는 너를 영원불멸의 존재로 만들고 싶을까."

"개소리를……."

"이건 애증이야, 내가 사랑하고, 내가 미워하는 카셀. 그러니까 애증은 좋은 거지. 너에 대한 내 마음이니까."

드림스톤을 손에 넣으면 뭘 할 거냐고? 드림이터가 간사한 목소리로 속삭였다. 그 속삭임이 뇌를 파먹는 듯한 느낌이 들었다. 카셀은 귀를 막았다.

"상상해 봐. 나의 강대한 힘과 너의 능력이 하나가 된다면 세상에 이루지 못할 것이 뭐가 있겠니? 우리는 새로운 세계의 신이 될 거야.”

“신이 되고 싶은 건가?”

“그래. 나만의 세계를 만들 거야. 드림스톤으로 나만의 세계를 만들어서, 그 세계의 법칙을 내가 쌓아서…… 나는 신이 될 거야. 내 세계 속에 너를 가둬 두고, 영원히 죽지도 살지도 못하게 만들 거야.”

“미친 새끼.”

드림이터가 웃었다. 그 말 때문에 자신이 살아갈 힘을 얻는다는 것처럼.

“그래, 바로 그거야. 애증은 좋은 거야. 너도 나를 애증하기를 원해. 나는 신이 되고, 너는 나를 영원히 애증하게 될 거야. 이 모든 일이 드림스톤만 있다면 가능하단다.”

카셀의 입에서 험한 욕설이 마구잡이로 쏟아져 나왔다. 욕을 들을 때마다 드림이터의 거대한 몸뚱어리가 기쁘게 춤을 췄다. 길게 갈라진 배가 양쪽으로 출렁거렸다.

“내게 줘! 드림스톤을 내게 건네. 내가 네게 모든 것을 줄게.”

그 와중에도 드림이터의 촉수들이 교묘히 카셀에게 접근했다. 기척조차 내지 않고 카셀의 발치까지 간 촉수가 발목을 휘감으려 했다. 카셀은 이미 알고 있었다는 듯 가차 없이 검을 휘둘러 촉수를 쳐 냈다.

확실히 꿈을 토해 내면서 약해졌는지 촉수는 힘없이 나가떨어졌다. 그 모습까지 확인한 윤슬이 직감했다.

때가 왔다. 이제 작전의 마지막 단계를 실행할 차례였다. 윤슬은 조용히 카셀이 쥐고 있던 드림스톤 검을 빼앗았다.

"윤슬?"

"통로에 결계를 쳐. 드림이터가 빠져나가지 못하게. 지금이 기회야."

"……알았어."

카셀이 순순히 고개를 끄덕이곤 순식간에 드림이터의 뒤로 움직였다. 공간을 접어서 움직인 탓에 순간이동을 한 것처럼 보였다. 카셀은 곧바로 통로에 마법진을 그리기 시작했다. 드림이터가 쉽게 뚫고 지나갈 수 없는 결계를 만들기 위해서는 아주 정교한 마법진이 필요했다.

카셀이 시야에서 사라지자 드림이터의 수많은 눈동자가 빠르게 굴러가며 주변을 샅샅이 살피기 시작했다. 드림이터는 카셀을 찾고 있었다.

윤슬은 그런 드림이터를 이해할 수가 없었다. 드림이터는 마치 카셀을 너무 사랑해서 어쩔 줄 몰라 하는 것처럼 보였다. 드림이터의 그런 모습을 볼 때마다, 윤슬은 같은 질문을 떠올렸다.

저런 것도 진정한 사랑이라고 부를 수 있을까.

사랑해서 죽이려 하고, 영원히 옆에 두려 집착하는 것을.

그럼 내가 하는 것은 진정한 사랑이라고 할 수 있을까.

사랑해서 죽으려 하는 것을.

그러나 아무리 생각해 봐도 답을 알 수 없었다.

윤슬은 일부러 드림이터의 주의를 끌기 위해 앞으로 나서며 드림스톤 검에 자신의 힘을 불어넣었다.

검이 밝은 금색으로 빛나더니 다시 창으로 바뀌었다. 창은 무거웠지만 마치 윤슬을 위해 만들어진 무기처럼 손에 착 감겼다. 힘이 주입된 드림스톤이 잘게 진동했다. 드림이터도 그 진동을 느꼈는지 도로 윤슬에게 집중했다.

"네가 그렇게 원하는 그 드림스톤이야. 어디 한 번 빼앗아 봐."

"나약하고 하찮은 인간 주제에!"

이리저리 얽혀 꿈틀거리며 드림이터의 본체를 이루고 있던 촉수 몇 개가 풀렸다. 본체의 크기가 조금 줄어들었다. 풀어진 촉수들은 새로운 무기가 되어 윤슬을 공격했다.

카셀은 마법진을 그리는 데 집중하면서도 곁눈질로 그런 윤슬의 모습을 힐끔거렸다. 그녀가 걱정되어 견딜 수가 없었다. 윤슬이 무슨 생각을 하고 있는지는 알 수 없지만, 어떤 돌발 상황이 벌어지더라도 그녀를 지켜야 했다.

윤슬은 창으로 촉수를 쳐 냈다. 창에 닿은 촉수는 감전된 것처럼 몇 번 경련하다가 금방 멀쩡해졌다.

채 쳐 내지 못했던 촉수 몇 개가 창대를 타고 올라왔다. 촉수 끝자락이 갈라지더니 손가락처럼 창을 움켜쥐었다. 드림이터는 이 기회를 놓치지 않고 창을 잡아당겼다. 윤슬은 두 손으로 창을 쥐고 눕다시피 체중을 뒤로 실었다. 윤슬과 드림이터의 힘겨루기가 시작됐다.

촉수 중 하나가 길게 늘어나더니 창대를 타고 슬금슬금 윤슬의 손 쪽으로 접근했다. 윤슬도 그것을 발견했지만 그렇다고 손을 뗄 수는 없었다. 곧 촉수의 끝이 윤슬의 손에 닿았다.

차갑고, 축축하고, 미끄러웠다. 윤슬은 본능적인 혐오감에 몸 부림쳤다. 그 틈을 놓치지 않고 드림이터가 촉수를 통해 윤슬의 머릿속에 침투하려 했다.

그만 포기해. 내가 신이 되면 너를 내 옆자리에 앉혀 주마. 아무런 힘도 없는 지금의 너와는 다른 존재가 되는 거야. 궁금하지 않니? 절대자의 옆에서 보는 새로운 세상이.

윤슬은 두 눈을 부릅뜨고 홀리지 않으려 애썼다. 저건 달콤한 거짓말이 분명했다. 윤슬은 절대자의 옆자리가 탐나지 않았다. 대신 윤슬은 그녀가 사랑하는 모든 것들을 생각했다. 푸른 하늘과 바다, 봄비, 여름 초목, 가을 낙엽, 겨울 눈, 평범한 일상, 꿈, 환상, 부모님, 카셀……. 끊임없이 생각나는 세상의 아름다운 것들이 윤슬의 정신을 붙들었다.

그곳에서는 네가 그토록 사랑하는 카셀도 영원할 거야. 물론 너도.

"저번처럼, 쉽게, 당해 주지는 않을걸!"
잠시 비등한 것처럼 보였던 힘겨루기는 금세 드림이터 쪽으로 승산이 기울었다. 드림이터의 속삭임 때문에 윤슬의 집중력이 떨어졌다. 윤슬이 질질 끌려가기 시작했다. 발끝이 초원의 흙을 파고들었다.

윤슬은 이를 악물고 버티다가 이내 포기했다. 힘으로는 상대가 안 된다. 다른 방법을 써야 했다.

윤슬은 드림스톤에 주입했던 힘을 전부 거둬들였다. 반쯤은 도박이었는데, 다행히 성공했다. 윤슬의 혈관과 신경, 피부가 섬세하게 반짝였다. 마치 몸이 다이아몬드로 이루어진 것 같았다.

힘이 사라지자 창은 원래의 보석으로 되돌아왔다. 촉수가 꽉 감고 있던 창대 역시 사라졌다. 창을 잡아당기던 촉수가 허공을 움켜쥐었다. 마지막으로 창대를 타고 윤슬의 손에 닿아 있던 촉수도 떨어졌다. 윤슬의 머릿속을 어지럽히던 드림이터의 목소리가 사라졌다.

윤슬은 허공에서 떨어지는 드림스톤을 잡아챈 후 뒤로 굴렀다.

"이게 되네."

"건방진 계집! 그때 너를 아예 없애 버렸어야 했는데! 이 세상에서 소멸시켰어야 했는데!"

거의 손안에 들어왔던 드림스톤을 놓친 드림이터가 격분했다. 촉수가 위협적으로 공격했다. 윤슬은 몇 개는 피하고, 몇 개는 쳐내고, 그래도 피할 수 없는 몇 개는 공간을 이동하면서 드림이터의 공격에서 벗어났다.

결계는 언제 완성되지? 윤슬은 카셀을 힐끔 쳐다봤다. 카셀은 여전히 마법진을 그리고 있었다. 지금껏 본 적 없을 정도로 복잡한 마법진이었다. 마법진은 중심축을 이루는 거대한 태엽 한 개와, 그 태엽의 주변을 도는 작은 태엽 수십 개, 그리고 그 태엽이 원활히 돌아가게 해줄 작은 부품 수백 개로 이루어졌다. 거대한 기계 장치 같았다. 윤슬은 언젠가 본 적 있던 시계 제작 영상을 떠올렸다. 카셀은 영상 속 시계 장인처럼 그 부품을 하나하나 만들어 내고, 조립하고 있었다.

"카셀, 얼마나 남았어?"

"거의 다 됐어!"

드림이터가 무언가 심상치 않음을 느끼고 뒤쪽 시야에 집중했다. 눈동자가 드르륵 굴러가며 카셀의 마법진을 살폈다. 그러나 이내 공격용 마법진이 아니라는 사실을 알아차리고 카셀에게서 신경을 껐다. 일단 드림스톤만 손에 넣자는 속셈이 훤히 보였다.

드림이터가 남은 촉수를 모두 펼쳤다. 자그마한 여자의 얼굴을 중심으로 수많은 촉수가 방사형으로 뻗어나갔다. 촉수는 점차 두꺼워지더니 윤슬을 중심으로 그녀의 주변을 감쌌다. 거대한 검은 반구가 초원 위에 생겨났다. 드림이터는 촉수의 표면을 단단하게 굳혔다.

윤슬은 촉수의 방 안에 갇혔다. 카셀의 모습이 가려지고, 순식간에 사위가 어두워졌다. 오로지 드림스톤의 빛만이 주변을 밝혔다. 윤슬은 당황하지 않고 촉수의 벽에서 약한 부분을 찾아내려 했다.

"윤슬! 괜찮아?"

다행히 바깥의 소리는 들렸다. 윤슬은 카셀을 안심시켰다.

"카셀, 괜찮으니까 신경 쓰지 마!"

윤슬은 다시 드림스톤에 힘을 주입했다. 그리고 다시 완성된 창으로 촉수의 벽을 찔렀다. 하지만 겉에 작은 홈집만 날 뿐, 겉가 죽을 뚫을 수는 없었다. 세상에서 가장 단단한 물질로 만든 것처럼 벽은 너무나도 견고했다.

윤슬은 벽 쪽은 포기하고 주변을 더 둘러봤다. 검은 벽 한가운데 덩그러니 박혀 있는 드림이터의 허연 얼굴이 눈에 들어왔다. 정확히는 이름 모를 희생자의 얼굴이겠지만.

"아무리 날뛰어도 소용없어. 너는 절대 내 몸을 뚫을 수 없다."

"웃기시네. 네 말대로 드림스톤이 그렇게 대단하다면 뚫지 못할 것도 없어."

"드림스톤의 힘을 제대로 쓰지도 못하는 것이 큰소리는."

드림이터가 대놓고 윤슬을 비웃었다. 감은 눈 아래, 입술의 한쪽 끝이 높게 올라갔다. 입술은 토해 낸 꿈 때문에 검푸르게 물들어있었다.

윤슬은 창으로 드림이터의 얼굴을 겨냥했다. 그러나 드림이터는 태연했다.

"얼굴은 겉가죽일 뿐이지. 어리석은 것."

"이 상태로는 공격도 못 하지 않아? 뭘 어쩌겠다는 거지? 이대로 영원히 있을 생각인가?"

윤슬이 벽을 두드렸다. 쇠를 두드리는 느낌이 났다. 드림이터의 촉수는 공격할 때와 방어할 때 재질이 달랐다. 공격할 때는 비교적 얇고 빨랐지만, 쉽게 잘릴 정도로 약하고 물렀다. 방어할 때는 두껍고 느린 대신, 무엇으로도 자르거나 뚫을 수 없을 정도로 단단했다.

"영원히 이러고 있지 못할 것도 없지. 누구 인내심이 먼저 바닥나는지 볼까?"

드림이터는 그렇게 말하면서도 쉴 새 없이 윤슬의 정신에 침투하려 했다. 윤슬은 드림스톤 창을 꽉 쥐었다. 몇 번 당해 보니 드림이터의 정신 공격은 쉽게 파훼할 수 있었다.

오로지 믿음과 신념만 잊지 않으면 됐다.

윤슬은 드림스톤에 힘을 주입하며 동시에 창끝에 그 힘을 집중했다. 그러자 금빛 광선이 창끝에서 쏘아졌다. 영화 속 한 장면 같네. 그 와중에도 윤슬은 우주를 배경으로 하는 옛날 영화를 떠올렸다.

광선이 벽에 부딪히자 창으로 찌른 것보다는 깊은 흔적이 남았다. 물론 아예 벽을 뚫어 버리기엔 역부족이었다. 윤슬은 몇 번더 광선을 쏘아 보내다가 이내 포기했다. 힘을 너무 많이 소진하면 마지막 작전을 완성하기 어려웠다.

윤슬은 이제 막다른 길이라는 사실을 인정했다. 이제 정말 방법은 하나뿐이었다. 애당초 그 하나뿐인 길을 생각하고 짠 작전이기는 했지만, 그래도 내심 더 나은 방법이 있지 않을까 고민하기도 했다.

윤슬에게 다른 방법이 있었다면 그녀도 당연히 그렇게 했을 것이었다. 처음 예지몽을 꾸고, 그녀가 희생해야 한다는 사실을 알게 되었을 때, 그녀는 인정도, 납득도, 체념도, 순응도 할 수 없었다. 그저 다른 방법이 있을 것이라며 현실을 부정하고 미래를 낙관했다.

윤슬은 카셀을 사랑했고, 그와 평생 함께하기를 꿈꿨다.

그러나 그녀가 사랑하는 것은 카셀뿐만이 아니었다. 윤슬은 이 세상도 사랑했다. 푸른 하늘과 바다를 사랑했다. 봄비, 여름 초목, 가을 낙엽, 겨울눈도 사랑했다. 평범한 일상을 사랑했고, 꿈을 사랑했고, 환상을 사랑했다. 자신의 부모님도 사랑했다.

그녀의 불도저 같은 성격은, 그녀 내면의 가장 많은 부분을 차지하는 정의감은 모두 그런 사랑에서 비롯됐다.

윤슬은 자신이 사랑하는 모든 것들을 위해서라면 목숨을 내던질 수 있었다.

지키기 위해 투신하는 것. 그녀는 원래 그런 사람이었다.

윤슬은 이 모든 사실을 인정했다.

그러자 놀랍도록 머릿속이 명료해졌다.

마침내 온전한 인정과, 납득과, 체념과, 순응이 그녀를 지배했다.

"윤슬, 끝났어!"

막 결계를 완성한 카셀이 외쳤다. 윤슬은 크게 한 번 심호흡했다. 목소리가 떨리지 않기를 바라며.

"카셀, 이제 나가!"

"뭐?"

카셀은 자신이 잘못 들었다고 생각했다. 나가라고? 어디로? 어떻게?

"나가라고! 팅글 데리고!"

"무슨 소리야? 그럼 너는!"

윤슬이 생긋 웃었다. 상황에 맞지 않는 맑은 웃음이었다. 벽 건너편에 있는 카셀은 보지 못했겠지만.

"내가 전부 괜찮을 거라고 했잖아! 뒤따라갈게!"

카셀은 윤슬을 두고 간다는 선택지를 생각해 본 적조차 없었다. 윤슬과 함께 나가기 위해 카셀은 결계에서 촉수의 벽을 맨주먹으로 두드렸다. 손이 망가질 만큼 세게 두드렸다. 쿵쿵, 하는 진동이 벽 안쪽까지 느껴졌다. 윤슬은 고개를 저으며 말했다.

"네가 없어야 내가 끝낼 수 있어. 그게 내가 꾼 예지몽이야. 이것만이 유일한 방법이야. 결계를 유지하고 나가, 빨리!"

여전히 윤슬은 카셀이 이해할 수 없는 말을 했다. 그 말을 하는 윤슬의 목소리는 너무나도 굳건했다. 카셀은 윤슬을 지나칠 정도로 잘 알고 있었다. 저런 목소리의 윤슬은 절대 꺾이지 않는다. 카셀은 윤슬을 말리기엔 너무 늦었다는 사실을 깨달았다.

그리고 지금까지 무시해왔던 자신의 불안감이 어디서 왔는지를 깨달았다.

"처음부터…… 이런 생각이었어?"

"늦기 전에, 어서!"

"윤슬, 제발! 내가 너를 두고 어떻게……."

"마지막 기회마저 놓쳐 버리겠다고? 모든 것을 포기하고?"

카셀이 이를 악물었다. 눈시울이 타들어 가듯 뜨거워졌다. 카셀의 눈이 붉어졌다. 실핏줄이 터져 흰자가 물들었다.

카셀은 미친 듯이 벽을 두드렸다. 피부가 터지고, 근육이 뭉개지고, 뼈가 부서졌지만 멈추지 않았다.

"같이 가자, 제발. 내가…… 내가 전부 해결할게. 윤슬, 제발! 뭘 어쩌려고!"

"드림스톤으로 꿈을 터트릴 거야. 완전히 파괴돼서 형체도 안 남을 정도로."

윤슬의 목소리는 시종일관 침착했다. 아무런 동요도 느껴지지 않았다. 카셀은 숨을 멈췄다. 너무 많은 말이 머릿속을 떠다니는데, 혀가 굳어버린 것처럼 그 어떤 말도 입 밖으로 내뱉을 수가 없었다.

윤슬은 상대방을 위해 죽는 것을 진정한 사랑이라 할 수 있는지 의문을 품었지만, 카셀은 단 한 번도 자신의 사랑을 의심한 적이 없었다. 카셀은 윤슬을 위해서라면 망설임 없이 죽을 수 있었다. 그에겐 그게 진정한 사랑이었다.

카셀은 윤슬 역시 그런 사랑을 하고 있었다는 사실을 깨달았다.

눈가에 열기가 몰렸다. 벽을 두드리던 손이 멈췄다. 카셀은 머리를 짚고 비틀거렸다. 울음이 목구멍을 타고 새어 나왔다. 차라리 심장을 토하고 싶었다. 윤슬의 꿈에 함께 들어가고, 결계를 만들어주고……. 카셀은 자신이 한 모든 일이 윤슬의 죽음을 위해서였다는 사실을 믿고 싶지 않았다.

"내가 할게. 내가……."

"카셀, 네가 하면 너는 죽어. 하지만 나는 죽지 않지. 너는 꿈속 사람이고, 나는 현실 사람이니까."

"내 일이었잖아! 내가 널 사지로 내몰았잖아!"

"나는 안 죽을 거라니까."

"그게 죽는 거랑 뭐가 달라! 나 때문에, 네가…… 대체 뭐가 괜찮다는 거야? 너를 이곳에 두고 혼자 살아남으면, 내가 남은 평생을 어떻게 살아?"

"카셀, 시간이 없어."

윤슬이 진지하게, 그리고 냉정하게 말했다.

"이게 가장 좋은 방법이야. 나는 죽지 않을 거고, 드림이터는 소멸할 테고. 내 꿈은 네가 다시 만들어 주면 돼. 그러니까 빨리 가. 결계가 얼마나 버텨 줄지도 모르고, 내 힘도 최대한 아껴야 해. 곧 뒤따라갈게."

"윤슬, 제발. 내게 이러지 마. 그렇게 잔인하게……."

카셀이 흐느끼는 소리가 선명하게 들렸다. 드림이터가 이를 갈았다. 드림이터는 질투에 눈이 반쯤 뒤집혀 있었다. 그러나 벽을 풀지는 않았다. 말 그대로 이대로 영원히 버틸 생각인 모양이었다.

"이게 최선이고, 우린 전부 괜찮을 거야! 날 믿어!"

카셀도 이제 순응해야 했다. 그는 이를 악물고 말했다. 한 단어 한 단어를 짓씹어 뱉으며, 카셀이 눈을 치켜떴다. 눈물로 부풀어 오른 눈동자가 굴절되어 보였다.

"약속, 지켜. 꼭."

그렇지 않으면 남은 인생을 오로지 널 원망하고 슬퍼하는 데에 쓸 거니까.

그러나 윤슬은 대답하지 않았다.

카셀이 딱 현실로 돌아갈 수 있을 만큼의 힘만을 남겨 두고 전부 결계에 불어넣었다. 당분간은 드림이터의 공격도 막아 낼 수 있을 터였다.

카셀은 탈진해서 바들바들 떨고 있는 팅글을 낚아채듯 손안에 쥐고 꿈가루를 불러 냈다.

"사랑해."

윤슬이 카셀에게 들리지 않을 정도로 작게 속삭이는 순간, 카셀과 팅글이 윤슬의 꿈에서 사라졌다.


윤슬은 카셀과 팅글이 무사히 사라진 것을 확인했다. 그녀는 드림이터의 얼굴을 향해 창끝을 겨눴다. 창끝은 흔들리지 않았다. 마치 카셀의 검처럼. 드림이터는 그것이 마음에 들지 않았다.

"카셀을 붙잡으러 갈 줄 알았는데."

"드림스톤만 있다면 언제든 붙잡을 수 있지. 내 우선순위는 명확해."

"글쎄. 가져갈 수 있다면 가져가 봐."

"이 자리에서 널 죽일 거다."

윤슬은 대꾸하지 않았다. 대신 창을 높게 고쳐 잡았다.

"네 말대로 얼굴이 찔려도 피 한 방울 안 나오는지 볼까?"

빛처럼 쇄도한 윤슬이 드림이터의 얼굴을 정확히 찔렀다. 뼈를 뚫는 감각은 없었다. 대신 물컹한 느낌만이 있었다. 드림이터의 얼굴이 마치 솜처럼 푹 꺼졌다.

드림이터의 얼굴이 사라졌다가 다른 곳에서 다시 나타났다. 멀쩡한 모습이었다. 얼굴 가죽도 이동시킬 수 있나 보군. 윤슬이 무심하게 생각하며 새롭게 나타난 드림이터의 얼굴을 찔렀다.

윤슬은 그 짓을 몇 번이고 반복했다. 한 번 찌를 때마다 이름 모를 희생자를 위해 기도하고, 카셀에 대한 죄책감을 끌어안고, 어쩔 수 없는 일이었다고 스스로를 합리화했다.

얼굴이 겉가죽에 불과하다던 드림이터의 말과는 달리, 윤슬이 얼굴을 찌를수록 견고한 벽이 조금씩 물렁물렁해졌다. 그러다 어느 순간, 드림이터는 꿈을 토해 내기 시작했다.

"역시. 그것도 거짓말이었구나?"

꿈을 많이 토해 낸 드림이터는 이제 눈에 띨 정도로 쇠약해졌다. 그러나 벽은 아직 충분히 약해지지 않았다. 얼굴을 찌른다고 죽지는 않을 테니, 고통과 쇠약해짐을 감내하고서라도 이대로 버틸 모양이었다.

어느새 드림이터의 얼굴은 없어진 지 오래였다. 윤슬은 드림이터의 얼굴이 더 이상 보이지 않자 촉수에 달린 수천 개의 눈을 하나하나 찔렀다.

"아아악……!"

드디어 드림이터가 비명을 내질렀다. 윤슬은 드림이터를 계속해서 찔렀다. 동작 한 번, 한 번에서 증오가 뚝뚝 떨어졌다. 한참이 지나자 이제 제대로 뜨고 있는 눈은 한두 개뿐이었다. 수천 개의 눈에서 검푸른 꿈이 피처럼 흘러내렸다. 그렇게 많이 토해 내고서도 아직 꿈이 남아 있다는 게 놀라웠다.

"대체 얼마나 처먹은 거야?"

윤슬이 다시 창을 높게 치켜들었다. 드림이터는 그제야 촉수를 급히 거뒀다. 주변을 가리고 있던 벽이 사라지자 쨍한 햇살이 윤슬을 비췄다. 갑작스러운 밝은 빛에 눈이 시렸다. 한참 인상을 찡그리고 서 있던 윤슬의 눈에서 눈물이 한 방울 흘러내렸다. 생리적인 반응인지, 감정의 산물인지 알 수 없었다.

이제 드림이터는 하나의 점에서 뻗어 나온 촉수 두 개가 전부였다. 지금까지 수도 없이 마음대로 조종하던 촉수들은 힘을 잃고 바닥에 아무렇게나 널브러져 있었다.

눈 몇 개가 남은 단 두 개의 촉수만이 팔처럼 움직였다. 드림이터는 그 촉수로 윤슬을 향해 기어갔다. 드림이터의 뒤로 죽어 버린 촉수들이 머리카락처럼 늘어졌다. 드림이터가 기어 오자 촉수는 폐허가 된 초원 위에 질질 끌렸다.

촉수들은 드림이터에게 희생당한 사람들의 팔처럼 보였다. 드림이터를 붙잡아 지하로 끌어내리려는 몸짓 같았다. 감당할 수 없을 정도로 무거워 보였다. 드림이터는 그 짐을, 자신의 죄를 지고 기었다.

한 걸음이라도 더 드림스톤에 가까워지기 위해서, 지금까지도 포기하지 못한 자신의 야망을 실현하기 위해서.

"하, 찮은…… 인간!"

드림이터의 목소리가 형편없이 갈라졌다. 아름다웠던 목소리는 온데간데없었다. 대신 진짜 목소리가 나왔다. 나이도, 성별도, 발성도 다른 수백 수천 명이 한 번에 말하는 것 같은 목소리였다.

거슬리고 시끄러웠다.

"그래, 그게 네 진짜 목소리지. 수억 개의 꿈속 목소리를 한데 모아둔, 소음 같은 목소리 말이야."

"죽여…… 버리겠……어……."

드림이터의 목소리가 고장 난 카세트테이프처럼 길게 늘어졌다.

"이제 다 끝났어."

"끝? 끝, 이라고?"

드림이터가 그 와중에도 미친 사람처럼 웃음을 터트렸다. 물론 힘이 하나도 없어 바람 빠지는 소리 몇 번 낸 것에 불과했다.

"넌 날…… 죽일 수, 없어!"

윤슬은 통로를 막고 있는 결계의 남은 시간을 가늠했다. 아직 꽤 여유가 있었다. 마지막 대화를 할 정도는 됐다. 윤슬이 대놓고 드림이터를 비웃었다.

"왜 못 죽여? 널 죽이려고 여기까지 왔는데."

"난, 죽지 않아. 도망, 치면 돼!"

"드림스톤은 포기하고? 뭐, 알았어. 그럼 어디 한 번 가 봐, 도망."

드림이터는 망설이다가 윤슬이 다시 창을 치켜들자 통로가 있는 방향으로 몸을 날렸다. 그리고 카셀의 결계에 튕겨 나왔다. 드림이터는 너무 당황한 나머지 소리를 질렀다.

"뭐, 뭐지?"

"카셀이 만들어 주고 갔어. 어때?"

"하, 가소로운 것. 꿈에 출구가 저것 하나뿐이겠느냐?"

드림이터가 다른 방향으로 몸을 돌렸다. 드림이터는 잠시 남은 꿈의 힘을 긁어모아 또 다른 출구로 탈출하려 했다.

윤슬은 드림이터가 하려는 대로 내버려 뒀다. 드림이터에게 공포와 절망을 알려 주고 싶었다. 수많은 꿈을 집어삼키며 매번 접했을 테지만, 그럼에도 제대로 느껴본 적은 없을 그 감정들을.

드림이터가 몇 번 더 힘을 사용했다. 그러나 남은 꿈만 소진될 뿐, 그 어디로도 윤슬의 꿈에서 나갈 수가 없었다. 드림이터가 다시 윤슬을 바라봤다. 어딘지 모르게 당당하고 침착한 모습을 보고 나서야, 드림이터는 자신이 함정에 빠졌다는 사실을 자각했다.

공황에 빠진 드림이터가 소리를 질렀다. 여러 영혼이 섞여 칠판을 긁는 것처럼 소름 돋는 목소리가 나왔다.

"나는, 물리적으로 죽지 않아. 죽을 수 없어! 나는 생명체 같은 장기가 없고, 별 같은 핵도 없어! 토해 낸 꿈은 다시 보충하면 돼! 수억 번을 찔러도 나는 죽지 않는다!"

윤슬은 대답하지 않았다. 대신 창을 높이 들어 올렸다가 그대로 힘주어 아래로 찔렀다.

푹.

"이건 내 몫."

창이 드림이터를 아예 관통했다. 드림이터가 거세게 몸부림쳤다. 그래 봐야 살아남은 촉수 두 개가 지렁이처럼 꿈틀거리는 것에 불과했다.

푹.

"이건 카셀의 몫."

푹.

"이건 사람들의 몫."

푹.

"이건 꿈 왕국의 몫."

윤슬이 숨을 골랐다. 커다란 창을 쉬지도 않고 계속해서 크게 찔러 넣자 호흡이 거칠어졌다. 하지만 윤슬은 두어 번의 심호흡 끝에 다시 한 번, 그 어느 때보다도 깊이 찔러넣었다.

"이건 네게 먹힌 모든 꿈들의 몫이다."

드림스톤 창은 드림이터의 몸을 꿰뚫은 것만으로도 모자라 땅에 깊숙이 박혔다. 윤슬은 그대로 양손으로 드림스톤 창을 잡았다. 몇 번 더 힘주어 누르자 창이 절반 이상 땅을 파고 들어갔다.

윤슬은 창에 매달리다시피 몸을 지탱했다. 더 이상 다리에 힘이 들어가지 않았다. 윤슬의 손이 창대를 타고 주르륵 미끄러졌다. 그녀는 그대로 그 자리에 무릎을 꿇었다.

처음부터 다른 방법은 없었다.

윤슬은 자신의 꿈을 가득 담아 드림스톤에 힘을 불어넣었다.

다양한 꿈이었다.

세상의 모든 사람들이 원래대로 돌아오는 꿈.

꿈 왕국이 예전처럼 돌아오는 꿈.

……카셀이 행복해지는 꿈.

344

자신이 무사하기까지 바라지는 않았다. 그건 너무 큰 욕심이었다.

윤슬의 힘은 본래 아르고의 것이었지만, 동시에 윤슬의 내면에 잠들어 있는 동안 그녀의 고유한 힘으로 변화했다.

일정 수치를 넘어 계속해서 드림스톤에 힘을 불어넣자, 드림스톤에 담긴 아르고의 힘과 윤슬의 힘이 드림스톤 안에서 섞여 들어갔다. 서로 다른 성질을 가진 두 거대한 힘이 드림스톤의 작은 공간 내부에서 충돌했다. 드림스톤이라는 강력한 외벽이 충격파를 몇 번 막아 냈지만, 충돌은 끝없이 계속됐다.

마침내 계속되는 충격에 드림스톤이 내부에서부터 무너져 내리기 시작했다. 드림스톤의 안쪽이 산산이 조각나면서 꿈가루처럼 고운 입자가 되었다. 깨진 드림스톤 입자가 내부에 섞여 들어가면서 소용돌이가 점점 커졌다.

윤슬은 폭발이 가까워지고 있음을 직감했다. 그녀는 창을 멀리 집어던지고 싶은 본능을 꾹 눌러 참았다. 대신 더욱 단단하게 창을 고쳐 잡았다.

드림이터에게 남은 눈 몇 개가 그 모습을 바라봤다. 눈동자들이 하나같이 불안하게 흔들렸다. 윤슬은 그 눈을 똑바로 바라보며 해맑게 웃어 주었다.

"승자는 나야."

마침내 드림스톤이 완전히 가루가 되었다. 폭발을 막아 줄 마지막 방어막이 사라졌다.

은하수를 닮은 색의 거대한 꿈가루 폭발이 윤슬의 꿈 전체에 퍼져나갔다. 폭발은 가장 먼저 제일 가까이 있던 윤슬을 집어삼키고, 드림이터의 촉수를 증발시켰다. 이어서 끝없이 펼쳐진 초원과 하늘을 게걸스럽게 핥으며 지나갔다. 폭발은 그렇게 끝없이 커지다가 어느 지점에서 멈춰 섰다.

정확히 카셀의 결계, 그리고 윤슬의 꿈의 경계까지였다.

폭발은 결계를 깨뜨렸지만, 그 너머 꿈 왕국까지 퍼지지는 못했다. 하지만 결계와는 달리 꿈의 경계는 그런 폭발을 견뎌 낼 수 없었다.

윤슬의 꿈은 폭발에 닿자마자 유리구슬처럼 깨졌다. 깨진 조각들은 이내 폭발에 삼켜졌다.

마침내 끝났다.

윤슬의 꿈이 '무(無)'로 돌아갔다.

# 작별과 해후

## 12

카셀은 윤슬의 방에 또다시 굴러떨어졌다. 윤슬을 처음 만났던 날과 같은 자세였다. 그의 손엔 기절한 팅글이 들어 있었다.

윤슬과의 첫 만남이 연상되는 상황 속에서, 단 한 가지 다른 점이 있었다.

윤슬이 이 방에 없었다.

카셀은 떨어진 상태 그대로 감히 움직이지도 못했다. 머리로는 일어나야 한다는 것을 알고 있었지만, 몸이 움직여지지 않았다.

곧 따라오겠다고 했으니 기다리면 올 텐데. 어째선지 윤슬은 오지 않을 것만 같았다.

그는 진실을 알기가 두려웠다. 드림이터를 소멸시키는 데 성공했는지는 궁금하지도 않았다. 윤슬은 모든 것이 괜찮으리라고 약속했다. 하지만 카셀은 윤슬이 말한 '모든 것'의 범주에 윤슬 본인도 포함되는지 알 수 없었다.

윤슬의 이마에 손가락만 대면 꿈속을 엿볼 수 있었다.

하지만⋯⋯.

만약 윤슬의 꿈을 살펴봤는데 그곳에 아무것도 없다면?

오로지 검은 공허만이 입을 벌리고 카셀을 반겨준다면?

그게 그 드넓고 아름다운 초원의 말로라면?

그것도 카셀 자신이 초래한⋯⋯.

카셀은 옆으로 누워 몸을 웅크렸다. 태아 같은 자세였다. 그는 식어버린 방바닥에서 며칠 동안 꼼짝도 하지 않았다.


그대로 기절한 카셀을 깨운 것은 팅글이었다.

"왕자님, 왕자님."

팅글은 다 쉬어 버린 목소리로 카셀의 이름을 부르며 그를 흔들었다. 팅글의 작은 몸으로는 카셀의 팔 한쪽도 제대로 흔들지 못했지만, 그 사소한 자극에도 카셀은 눈을 떴다.

"왕자님, 괜찮으세요?"

팅글이 작은 목소리로 물었다.

"모르겠어."

"시간이 얼마나 흘렀을까요?"

"모르겠어."

카셀의 목소리는 무감정했다. 그럴수록 팅글의 목소리는 반대로 간절해졌다. 급기야 팅글이 애원했다.

"왕자님⋯⋯."

카셀은 도로 눈을 감았다. 그냥 모든 것이 끝났으면 좋겠다고 생각하며. 아무리 감각을 더듬어 봐도 드림스톤의 기운은 느껴지지 않았다. 모든 것이 끝난 모양이었다. 드림스톤도, 아르고도, 그리고 윤슬도.

치유력이 좋은 카셀의 몸은 이미 작은 상처만 남기고 거의 다 나아 있었다. 혼자 살겠다고……. 자신이 저주스러웠다.

팅글은 그런 카셀의 머리맡에서 어쩔 줄을 몰라 했다. 팅글은 윤슬의 이야기를 꺼낼까 고민하면서도, 지금 카셀을 위해서는 어떤 게 최선일지 알 수 없어 차마 그러지 못했다.

카셀이 눈을 다시 뜨게 한 것은 밖에서 들리는 말소리였다.

"여보!"

카셀이 퍼뜩 상체를 일으켰다. 반사적인 행동이었다. 하지만 선뜻 움직이지는 못했다. 무력감이 휩쓴 정신은 작은 동작 하나하나 조심하게 했다. 카셀은 자신의 귀를 믿지 못하고 다시 목소리가 들릴 때까지 신중하게 기다렸다.

"여보는 괜찮아요? 우리 딸, 윤슬이는? 카셀은?"

"나도 방금 막 정신 차렸어. 진정해, 윤슬 엄마."

"아, 어떡해……. 무슨 일이 있었는지 모르겠어요. 애들은 어딨죠?"

윤슬의 부모님이었다. 익숙하면서도 낯설고, 그리우면서도 슬픈 목소리였다. 동시에 카셀은 윤슬의 '작전'이 성공했다는 것을 깨달았다. 카셀은 고개를 돌려 침대 위를 바라보았다. 윤슬은 여전히 누워있었다.

카셀이 비틀대며 일어났다.

문고리를 잡으려던 찰나 반대쪽에서 먼저 문이 열렸다. 얼굴이 눈물로 범벅된 윤슬의 어머니였다. 그녀는 카셀을 보자마자 그를 껴안으며 주저앉았다. 덩달아 카셀도 함께 주저앉았다.

"카셀. 우리 아들, 무사했구나…… 흑, 다행이다, 다행이야."

"누누이 말하지만 아들이 아니고 사위 삼을 거야."

흐느끼는 윤슬의 어머니 뒤로 윤슬의 아버지가 천천히 걸어왔다. 목소리는 여느 때처럼 중후하고 침착했다. 하지만 그런 그도 눈꼬리를 타고 흐르는 눈물은 어찌하지 못했다.

카셀이 겨우 목소리를 냈다.

"……이모, 어머니. 삼촌, 아버지."

어딘가 이상한 호칭이었지만 오래간만에 재회한 그들에게 그런 것은 중요하지 않았다.

"응, 그래. 무사하니 됐어. 다 괜찮아. 우린 다 괜찮으니까……. 걱정 많이 했을 텐데 미안해."

윤슬의 어머니가 카셀의 등을 쓰다듬으며 상냥하게 말했다. 카셀은 죄책감에 짓눌렸다. 한참을 울다 웃기를 반복하고서야 윤슬의 어머니는 카셀을 끌어안고 있던 팔을 풀었다. 그녀는 카셀의 얼굴을 재차 살펴봤다. 그러고서야 카셀이 무사하다는 것을 확인했는지 안도의 한숨을 내쉬었다. 그리고는 한참, 망설이며 입술을 달싹였다.

카셀은 윤슬의 어머니가 무슨 말을 할지 알 것 같았다.

그래서 비명을 지르고 싶어졌다.

"윤슬이는?"

"그……."

그러나 성대가 조여들면서 비명은커녕 제대로 된 목소리도 낼 수가 없었다. 밖으로 나가지 못한 비명이 압축되어 눈물로 변했다. 카셀은 그제야 소리 내어 울기 시작했다.

"죄송해요. 저 때문이에요. 제가 해야 했는데. 전 처음부터 끝까지 겁쟁이예요. 잘못했어요. 제가 잘못했어요……."

울음은 점점 커졌다. 카셀의 몸이 무너졌다. 감정이 너무 무거워서 몸을 가눌 수가 없었다. 카셀은 바닥을 기다시피 하며 오열했다.

"진정하렴. 진정해. 괜찮단다."

그런 카셀의 머리를 껴안은 것은 윤슬의 아버지였다. 윤슬의 아버지는 자신의 가슴에 카셀의 얼굴을 묻게 했다. 그리고는 주문을 외듯 '괜찮다'라는 말을 반복했다.

카셀은 그의 심장 소리를 들었다. 둔중하고, 규칙적이고, 침착한 소리였다. 기묘하게도 안정감이 느껴지는 소리였다. 카셀은 심장이 뛰는 박자에 맞춰 심호흡했다. 차츰 울음이 잦아들었다.

카셀이 어느 정도 진정하자, 윤슬의 아버지가 물었다. 평소보다 느릿하고 차분한 어조였다.

"너만 괜찮다면, 무슨 일이 있던 건지 우리에게 알려 줄 수 있겠니?"

"……전부 말씀드릴게요."

그렇게 카셀은 모든 진실을 털어놓았다. 오래된 거짓말과 숨겨둔 진실을 모두 꺼내 보였다.

시작은 자신이 누구인지부터였다. 그 뒤로는 여러 이야기가 이리저리 얽혔다. 꿈술사, 꿈 왕국, 드림이터, 드림스톤, 아르고, 꿈을 먹힌 사람들, 환상 상점, 윤슬의 예지몽, 마지막 전투……. 정리되지 못한 이야기들이 카셀의 입에서 더듬더듬 흘러나왔다.

그 이야기를 전부 털어놓는 데만 꼬박 이틀 밤낮이 걸렸다. 그리고 그 이틀 동안 꿈을 먹혔던 사람들이 하나둘씩 깨어나기 시작했다.

한동안 뉴스부터 신문까지 모든 언론이 시끌시끌했고, 온갖 인터넷 사이트에서는 근거 없는 허위 사실이나 음모론 따위가 어지럽게 나돌았다. 학계에서는 과학적 상식으로는 설명되지 않는 이번 사건을 연구하느라 혼란이 일었다.

세상에 떠돌아다니는 소문 중 그 어떤 것도 진실이 아니었지만, 수십에서 수백만 명이 갑자기 '영혼을 잃은 사람'처럼 행동하다가 정상으로 돌아온 일은 신화나 전설처럼 과장되고 부풀려졌다.

돌봐 줄 사람이 없어 꿈이 먹힌 이후 아사한 소수의 몇몇 사람을 제외하고는 희생자가 거의 없었다. 꿈이 돌아온 사람들은 공통적으로 폐소공포증 같은 정신적 후유증에 시달렸지만, 오랫동안 움직이지 않아 근육이 약해진 것을 제외하고는 건강에 큰 이상도 없었다.

사람들은 빠르게 일상으로 복귀했고, 얼마 지나지 않아 뉴스에서도 더 이상 관련 소식을 들을 수 없었다. 인터넷은 더 빠르게 식었다. 가끔 음모론만 조금 떠돌 뿐, 사람들은 금방 이 일을 잊어

버렸다.

결론적으로 세상은 다시 예전으로 돌아왔다.

단 한 사람을 제외하고는.

카셀은 젖은 물수건으로 윤슬의 이마를 닦아 주었다. 그는 아직도 윤슬의 꿈속을 확인하지 못했다.

"너는 그렇게나 용감한데, 나는 이렇게도 겁쟁이지."

카셀은 물수건을 치우며 자조적으로 중얼거렸다. 그리고는 습관처럼 윤슬에게 오늘의 일상을 전해줬다.

"오늘 익명 커뮤니티 사이트에서 또 새로운 음모론이 올라왔어. 이번에는 NASA에서 비밀리에 쏘아 올린 공격용 위성이 지구를 향해 강력한 전자파를 쏘아 보냈다는 거야. 그 전자파를 맞은 사람들의 전두엽이 일시적으로 마비되었고, 그래서 영혼을 잃은 것처럼 보였다는 거지. 시간이 지나 자연스럽게 마비가 풀리면서 다시 돌아왔고. 대체 어디부터 지적해야 할지도 모르겠네."

아하하, 진짜? 너무 웃기다.

갑자기 윤슬의 목소리가 들렸다. 카셀은 흠칫 윤슬의 입술을 살폈다. 그러나 그녀의 입술은 여전히 굳게 닫혀 있었다.

이젠 환청까지 들리네. 카셀의 숨이 가빠졌다. 근래 호흡곤란이 잦았다. 윤슬을 떠올릴 때마다 그랬다.

카셀은 빠르게 다른 주제로 넘어갔다.

"후……. 그리고 우리 부모님은, 음, 나름 잘 지내고 계셔. 잘 이겨 내고 계시고. 어머니가 조금 많이 힘들어하시긴 하는데, 아버지도 나도 많이 위로해 드리려고 애쓰고 있어. 그래도 강한 분이시니까 괜찮을 거야. 너무 많이 걱정하지 마."

"……."

"참, 아버지가 환상 상점은 다시 고서점으로 바꾸실 거래. 이제 나는 더 이상 환상을 팔지 않을 거니까. 네가 없으면 환상 상점도 의미가 없지. 그래도 인테리어는 내버려 두신대. 마음에 드셨나 봐."

카셀은 그즈음에서 다시 한숨을 내쉬었다. 숨이 가빠지는 것을 애써 누르며 그는 시선을 돌렸다. 한여름 밤, 열어둔 창문 사이로 커튼 자락이 조금씩 살랑거렸다. 조금 식은 공기가 창문으로 타고 들어왔다. 여름 특유의 진한 풀냄새가 코끝을 자극했다.

카셀은 죄인이 고해하듯 속삭였다.

"그리고 윤슬, 나는 이제 떠나려고 해."

윤슬의 부모님은 선뜻 자신들이 되찾은 꿈을 카셀을 위해 빌려주겠다고 했다. 카셀은 그들의 꿈을 통해 꿈 왕국으로 되돌아갈 수 있게 되었다. 그렇게 돌아가기로 한 것이 바로 오늘 밤 자정이었다.

"사실 돌아가는 거지만, 어쩐지 떠나는 느낌이 들어. 이제 이곳이 내 세계 같아."

카셀은 윤슬의 머리카락을 부드럽게 쓰다듬었다. 손짓 한 번에 망설임과 손짓 한 번에 염려와 손짓 한 번에 애정을 가득 담아서.

"하지만 해야 할 일이 아주 많아. 꿈 왕국을 다시 세우고, 사람들이 다시 꿈을 꿀 수 있도록 해야지."

"……"

"그리고 네게 꿈을 되찾아 줄 거야. 반드시 방법을 찾을 거야. 현실은 꿈 왕국보다 시간이 아주 느리게 흐르고, 꿈술사들은 아주 오래 사니까, 나한테는 아주 많은 시간이 있어. 그리고 그 많은 시간을 전부 널 위해 쏟아 부을 거야. 아, 물론 꿈 왕국이 안정되고 나서. 그렇다고 오해하지는 말아 줘. 너를 우선순위에서 뒤로 미룬 게 아니야."

윤슬은 세상의 모든 것들을 사랑했다. 그리고 자신이 사랑하는 모든 것들을 지키려 했다. 카셀은 윤슬이 사랑했던 것들을 떠올렸다. 하지만 결국 마지막에 떠오르는 것은 카셀 자신이었다. 늘 알고 있었다. 윤슬의 시선 끝에 항상 자신이 있다는 사실을. 그리고 자신의 시선 끝에도 늘 윤슬이 있었다는 것을.

"단지 네가 다시 깨어났을 때, 세상이 여전히 아름답기를 바라서야. 네가 세상을 계속해서 사랑할 수 있도록. 푸른 하늘과 바다, 봄비, 여름 초목, 가을 낙엽, 겨울 눈, 평범한 일상, 꿈, 환상, 네 부모님까지. 그 모든 것을 네가 사랑할 수 있도록."

카셀은 한참 동안 울음을 삼켰다. 시계는 어느덧 11시 58분을 가리켰다. 작별이 다가오고 있었다.

"……그러니까 이제 잠시 다녀올게. 너무 늦지 않을게."

윤슬. 카셀은 그 이름을 입안에서 천천히 굴려보았다. 부드럽고 사근사근한 어감이 혀끝을 굴렀다.

윤슬의 이름은 매일 아침 바다 위로 떠오르는 찬란한 태양과 그 햇빛이 비쳐 금색으로 반짝이는 잔물결을 연상시켰다. 그리고 그 금빛 잔물결을 상상하면, 결국 다시 원점으로 돌아와 윤슬을 떠올리게 됐다.

돌고 돌아 모든 사고가 윤슬로 귀결됐다. 카셀은 버석하게 웃었다.

"사랑해."

카셀이 미처 듣지 못했던, 윤슬의 마지막 고백에 대한 답이었다. 카셀은 윤슬의 미간에 자신의 입술을 가져다 댔다. 솜털처럼 가볍고 환상처럼 흩어지는, 짧고 경건한 입맞춤이었다.

카셀은 그대로 윤슬의 방을 나갔다. 문을 닫는 마지막 손길까지도 조심스러웠으나, 윤슬을 돌아보지는 않았다.

윤슬의 부모님과도 짧고 애틋한 마지막 인사를 나눈 카셀은 이내 잠든 그들의 이마에 손을 얹었다.

카셀이 손가락을 튕겼다.

그가 있던 자리에, 꿈가루만이 잠시 흩날리다가 이내 사라졌다.

……고대 꿈 왕국 학자들의 욕심에서 시작되었던 '드림이터'라

는 예언된 종말은 중세 꿈 왕국의 마지막 왕, '소네페 1세' 시대에 마침내 실현되었다.

소네페 1세의 유일한 아들이자 꿈 왕국의 적법한 후계자였던 '카셀 3세'는 종말의 날에 가까스로 살아남았다. 이후 드림이터의 손에 깨진 드림스톤을 결합하고, 완성된 드림스톤으로 드림이터를 소멸시켰다.

이때, 신원불명의 누군가가 드림이터를 소멸시키는 데에 중추적 역할을 했다고 보는 견해 또한 존재하지만, 주류 학설은 아니다.

이후 카셀 3세는 꿈 왕국을 재건하여 황금기의 토대를 다졌다. 재건된 꿈 왕국은 더 이상 드림스톤의 힘에 의지하지 않고, 자립하여 존속하게 된다.

이로써 신(新) 꿈 왕국 시대가 시작되었다.

…(중략)… 카셀 3세는 평생 혼인을 하지 않았는데, 이유는 알 수 없다. 대표적인 학설로는 드림이터와의 마지막 전투에서 입은 큰 부상으로 혼인을 할 수 없는 몸이 되었다는 설과 사랑하는 연인이 따로 있었으나 신분 차이로 혼인할 수 없어 차라리 독신을 택했다는 설이 있다.

카셀 3세는 140세의 나이에 돌연 뛰어난 꿈술사였던 '아산네바 1세'에게 양위한 뒤, 모든 기록에서 사라진다. 아산네바 1세 시대에 꿈 왕국은 역사에 다시없을 황금기에 이르러……

－『꿈 왕국 역사총서 3권 － 신(新) 꿈 왕국 시대 中』

카셀은 꿈 왕국에서 가장 높은 곳에 앉아 있었다.

현실에서 돌아와 왕위에 오른 카셀은 지금까지 눈코 뜰 새 없이 바빴다. 계속 펜을 휘두르느라 팔목과 팔꿈치에 염증도 여러 번 났다. 주변에는 늘 꿈요정들이 정신없이 날아다녔다.

그 한가운데 가만히 앉아 있자면 카셀은 자신이 마치 시간의 흐름에서 빗겨나간 것 같았다. 카셀은 종종 멍하니 앉아 무언가를 생각했다. 그럴 때 카셀의 홍채는 짙게 가라앉아 심해의 색으로 변했다. 하지만 상념은 길지 못했고, 그는 다시 서류로 시선을 돌려야 했다.

그러나 지금은 모처럼 한가했다.

발코니 아래, 넓게 펼쳐진 광경을 내다보는 그의 눈가엔 주름이 자글자글했다. 풍요로운 땅과 평화로운 노래가 카셀의 눈과 귀를 가득 채웠다. 하늘에는 꿈가루 은하수가 반짝이고 있었다. 참으로 행복하다고 할 만한 정경이었다.

그러나 카셀은 조금도 행복하지 않았다. 그저 오랜 짐을 내려놓은 기분이었다. 홀가분하고, 떨리고, 설레지만, 아직 그는 행복할 수 없었다. 카셀은 기억되지 못한 사람을 잊지 못한 사람이었기 때문이었다.

꿈 왕국 재건 사업이 시작되고 백여 년. 이제 꿈 왕국은 전성기 시절 이상의 아름다움과 평화로움을 자랑했다. 그리고 카셀은, 어제 막 일생일대의 연구를 끝마쳤다. 그가 오늘 발표한 논문의 제목은 「파괴된 꿈의 복원 방법 - 꿈가루의 작동 기전을 중심으로」였다.

누군가 카셀의 뒤로 다가왔다. 발걸음 소리만 들어도 누군지 알 수 있었다.

"아산네바."

"대왕이시여."

아산네바는 다가와 카셀의 앞에 무릎 꿇고 카셀의 손등에 입을 맞췄다. 그녀는 훌륭한 학자이면서도, 카셀을 제외하면 가장 강한 꿈술사였다. 그러니 선조들이 했던 실수는 반복하지 않을 터였다. 어쩌면 카셀 자신보다도 훌륭한 군주가 되어 꿈 왕국을 영광으로 끌고 가리라.

아산네바가 상체만 일으켜 앞으로 흘러내린 카셀의 빛바랜 금발을 쓸어 넘겨주었다. 그리고는 무릎을 꿇은 그대로 애원했다.

"대왕께서 부디 마음을 돌려주시길 간청 드리옵나이다."

카셀이 웃었다. 그는 한평생 이 순간만을 위해 살아왔다. 이제와 마음을 돌린다면 그의 평생을 부정하는 것이나 마찬가지였다.

"지켜야 할 약속이 있다."

"그 약속이 이곳 꿈 왕국보다 우선이옵나이까?"

카셀은 대답하지 않았다. 그러나 현명한 아산네바는 그 뜻을 알아차렸다. 이 위대한 대왕에게 있어 침묵은 곧 긍정이었다. 그리고 대왕께서는 한번 결정한 일을 절대로 번복하지 않았다.

지금 카셀의 표정은 그 어느 때보다 굳건했다. 아산네바는 그 무엇으로도 대왕의 마음을 돌릴 수 없으리라는 사실을 직감했다.

"……일전에 하명하신 대로 그 여인에 대해 누구도 기록하지 않을 것이며, 대왕의 양위에 대해서도 감히 함부로 말을 얹는 자가 없을 것이옵나이다."

"훌륭하구나. 내 너에게 모든 믿음을 주겠다."

"대왕의 자비와 은혜에 감읍하옵니다."

카셀은 고개를 끄덕이고는 미리 준비했던 서류를 내밀었다. 카셀 3세가 아산네바 1세에게 꿈 왕국의 왕위를 양위한다는 내용이 담긴 조서였다. 아산네바가 이 칙령을 받아 드는 그 순간부터, 카셀은 더 이상 왕이 아니고, 아산네바는 더 이상 신하가 아니게 된다.

"꿈술사 아산네바는 왕명을 받들라."

아산네바는 자리에서 일어나 두어 걸음 뒤로 물러섰다. 그리고는 신하로서 군주를 향한 마지막 예를 표했다. 그녀의 무릎이, 양손이, 마지막으로 이마가 바닥에 닿았다. 그렇게 네 번 절했다. 카셀은 깊이를 알 수 없는 대양 같은 눈으로 아산네바를 바라보았다.

"만세 만만세. 대왕이시여, 홍복을 누리소서."

그리고는 다가와 카셀이 내미는 조서를 받들었다. 카셀은 조서가 자신의 손을 떠나간 순간, 자리에서 일어났다.

"대왕이시여, 이제 어디로 향하시옵나이까?"

아산네바가 물었지만 카셀은 대답하지 않았다. 그저 무거운 왕의 망토를 벗어 그녀의 어깨에 걸쳐주었다. 카셀은 그녀를 두어 번 토닥인 뒤, 발코니를 향해 걸어갔다. 카셀의 발자국을 따라 꿈가루가 은은하게 남았다. 한 걸음을 걸을 때마다 그의 외관은 10년씩 젊어졌다. 마침내 카셀이 발코니 난간 위에 올라섰을 때, 그는 윤슬과 막 헤어졌을 때의 청년이 되어 있었다.

아산네바는 위대한 대왕의 마지막 모습을 차마 보지 못하고, 고개를 숙인 채 마음속으로 대왕께서 원하시는 바를 모두 이루시기를 빌었다.

아산네바가 다시 고개를 들었을 때, 카셀의 모습은 이미 사라지고 없었다. 그녀의 코끝에 눈에 보이지 않는 꿈가루 하나가 내려앉았다가 이내 공기 중으로 스며들어 사라졌다.

카셀은 현실에 도착했다. 이번엔 굴러 떨어지지 않았다. 그는 주변을 둘러봤지만, 어딘지 알 수가 없었다. 카셀은 무작정 걷기 시작했다.

어느 순간 그의 시야 저 멀리에, 거짓말처럼 환상 상점이 나타났다. 카셀의 얼굴이 활짝 피었다. 그러나 달려가서 본 간판에는 '장미 골동품점'이라고 쓰여 있었다. 카셀은 가게 주변을 걸으며 자신의 기억을 더듬었다. 위치나, 인테리어나 틀림없는 환상 상점이었다. 카셀은 골동품점의 문을 열고 들어섰다.

골동품점 내부는 건조하고, 약간 서늘했다. 크리스마스가 가까운지 소박하게 장식된 트리가 서 있었다. 트리에 얼기설기 두른 조명이 규칙적으로 깜박였다. 카셀은 상품을 둘러보는 척하며 주인을 찾았다.

"찾는 거라도 있으쇼?"

그때, 카운터 안쪽에서 한 중년 남성이 나왔다. 배가 너무 부풀어 몇 걸음 걷는 것조차 버거워 보였다.

"혹시 이곳이 고서점 아니었나⋯⋯요?"

카셀은 무심코 하대할 뻔한 자신의 혀를 지그시 깨물었다. 습관이란 게 무서웠다. 다행히 남성은 카셀을 미심쩍은 눈으로 훑어보기만 할 뿐, 불쾌해하지는 않았다. 카셀은 최대한 예의 바른 표정을 지어 보였다. 백 년이 훌쩍 넘는 시간 동안 이런 표정은 지어 본 적이 없었다. 입 꼬리가 어색하게 떨렸다.

"전에 있던 그 고서점 말하는 거요? 나간 지가 언젠데."

"그럼 혹시 주인 분이 어디로 갔는지 아시나요? 연락처라든가."

"내가 이 가게 산 게 17년 전이오, 17년 전. 그런 게 있을 리가."

"부탁드립니다. 한 번 찾아보기라도 해주시면 안 될까요? 반드시 찾아야 하는 이유가 있습니다."

남성은 잠시 구경이나 하며 기다려보라는 말과 함께 다시 카운터 안쪽으로 들어갔다. 그동안 카셀은 남성이 했던 말을 곱씹었다.

17년. 분명 17년 전에 가게를 샀다고 했다. 카셀이 떠날 때까지만 해도 이곳은 환상 상점이었고, 카셀이 떠난 후엔 윤슬의 아버지가 다시 고서점으로 사용하겠다고 했으니, 최소한 17년 이상의 시간이 흐른 것이었다.

카셀은 잘게 떨리는 손을 움켜쥐었다. 동요하지 말자. 일단 찾는 것이 우선이었다. 17년에 대한 죗값을 치르는 것은 약속을 지킨 후에 해도 늦지 않았다.

남성은 한참 뒤에야 다시 나왔다. 손에는 얇은 장부 하나를 들고 있었다. 그는 다소 흥분한 기색으로 카셀에게 장부를 건넸다.

"크으, 내가 또 누구요? 골동품점을 제대로 하려면 말이야, 아주 작고 사소한 것이라도 모두 소중히 보관을 해둬야 한다고."

그리고는 장부 한쪽을 손가락으로 가리켰다.

"보쇼. 한석주. 이 사람 찾는 거 맞으쇼?"

한석주. 윤슬의 아버지 성함이었다. 카셀은 오래되어 누런 종이 위에 검은색으로 쓰인 그 이름을 손가락으로 조심스럽게 쓰다듬었다.

"맞습니다. 여기 이 번호로 연락하면 되는 건가요?"

"한번 해 보쇼. 번호가 바뀌었으면 나도 더 해 줄 수 있는 게 없소."

"감사합니다. 정말 감사합니다."

카셀은 볼펜을 빌려 자신의 손등에 전화번호를 옮겨 적었다. 그리고는 몇 번이나 허리 숙여 인사하며 골동품점을 나섰다.

그러나 얼마 지나지 않아 되돌아와야 했다. 머쓱한 미소와 함께.

"저, 그, 정말 죄송합니다만, 혹시 핸드폰 좀…… 빌려주실 수 있으실까요?"

이번에는 남성의 얼굴이 불쾌하게 일그러졌다.

다행히 연락은 쉽게 닿았다. 전화를 받은 윤슬의 아버지는 카셀을 기억하지 못했다. 카셀은 몇 번이고 자신이 누구인지 설명했고, 그 끝에 일단 찾아오라는 답을 받았다.

윤슬의 부모님은 예전의 환상 상점에서 멀지 않은 곳에 살고 있었다. 카셀은 떨리는 손가락으로 초인종을 눌렀다.

"누구세요?"

"카셀입니다. 그, 아까 전화 드렸던⋯⋯."

카셀이 말을 끝맺기도 전에 안쪽에서 다급한 발소리가 들려왔다. 문이 벌컥 열렸다. 흠칫 놀란 카셀은 한두 걸음 뒤로 물러섰지만, 문을 열고 나온 상대가 그를 끌어안는 것이 더 빨랐다. 흰 머리카락이 카셀의 가슴팍에서 흔들렸다. 카셀은 상대가 누군지 곧바로 알아차렸다.

"카셀!"

"이모."

"아, 세상에⋯⋯. 세상에, 정말 너니? 내 아들, 카셀? 어쩜, 너는 이렇게 하나도 변하지를 않았니."

"너무 늦었죠. 오랜만이에요. 잘 지내셨나요?"

윤슬의 어머니는 눈물을 훔치며 카셀의 양 뺨을 손으로 감쌌다. 너무 오랜 시간이 지나 카셀의 기억 속에서도 흐릿했던 온기였다. 카셀은 눈을 감고 간만의 따뜻한 감각을 만끽했다.

"아까 이모부께 전화했는데, 저를 기억 못 하시더라고요."

"아, 윤슬 아빠는⋯⋯ 조금 상태가 안 좋아. 우리도 많이 늙었으니까. 그래도 곧 기억하실 거야. 기다려보자. 일단 안으로 들어

오렴."

카셀은 조심스럽게 집안으로 들어섰다. 카셀과 윤슬이 유년기를 보냈던 곳은 아니었지만, 그래도 똑같은 온기와 정겨움이 있는 집이었다.

카셀은 소파에 앉아 있는 윤슬의 아버지에게 다가갔다. 윤슬의 아버지 앞에 무릎을 꿇은 카셀이 그와 눈을 마주치며 물었다.

"이모부, 저예요. 카셀. 기억하세요?"

"누구라고?"

"여보, 카셀이요. 우리 아들."

"카셀? 그런 사람 몰라."

카셀은 낙담하지 않고 그의 손을 찾아 꼭 쥐었다. 다행히 윤슬의 아버지는 카셀의 손길을 거부하지 않았다. 오히려 윤슬의 어머니가 더 안절부절못하며 남편의 기억을 되살리려 애썼다.

"여보, 왜 모른다 그래요. 우리 며칠 전에도 얘기했잖아요."

"몰라. 난 아들 없어."

"아이고⋯⋯. 카셀, 미안하다."

"아니에요. 제가 너무 늦게 온 거잖아요. 이모부, 저 왔어요."

윤슬의 아버지는 카셀의 얼굴을 찬찬히 살폈다. 주름으로 가득한 눈가가 세월의 흐름을 알려주는 듯했다. 그는 카셀의 푸른 눈을 유심히 들여다보더니 이내 무릎을 탁, 쳤다.

"아들은 무슨! 사위구먼!"

"아니, 여보⋯⋯. 아들로 합의 봤잖아요."

"사위! 내 사위라고. 카셀은 내 사위야. 우리 딸이랑 결혼시킬 거야. ……그런데 우리 딸 이름이 뭐였지, 여보?"

"윤슬이요. 한윤슬."

"그렇지. 우리 윤슬이랑 결혼시킬 거야. 사위, 이름이 뭐라고?"

카셀은 대답 대신 윤슬의 아버지를 꽉 끌어안았다. 기억보다 훨씬 작고 굽어진 등이 한 품에 들어왔다.

"늦어서 죄송해요. 제가 더 빨리 왔어야 했어요. 죄송해요. 제 탓이에요."

윤슬의 아버지는 고개를 갸웃하면서도 얌전히 안겨 있었다. 카셀은 붉어진 눈을 하고 자리에서 일어났다.

이제 오랜 사랑을 만나러 갈 차례였다.

문 하나만 열면, 낮은 문지방 하나만 넘으면 그녀를 만날 수 있었다. 카셀의 손이 긴장으로 차갑게 식었다. 카셀은 그녀를 만나러 오기 위해 그렇게 많은 세월을 보내고 무거운 의무를 다해야 했다. 그게 무색하게도 문은 가벼운 힘만으로도 쉽게 열렸다.

거기에 윤슬이 있었다.

모든 감각이 아득해졌다. 귀가 먹먹해지고, 카셀 자신의 호흡 소리만이 아릿하게 들렸다. 조금 열어둔 창문 틈으로 바람이 들어왔고, 바람에 따라 커튼이 천천히 하늘거렸다. 공중을 부유하는 먼지 하나하나가 시야에 들어왔다. 시간이 느리게 흘러가는 느낌이었다.

그렇게 흐릿해진 감각 사이에서, 윤슬만이 온전했다.

카셀은 직감했다. 죽는 날까지 이 순간을 잊지 못하리라고.

카셀은 한 걸음 한 걸음, 침대에 누워있는 윤슬에게 다가갔다.

세계의 모든 것이 묘연하고 아득했지만, 윤슬만은 점점 더 선명해졌다.

윤슬의 부모님은 주름이 늘고 머리가 하얗게 셌지만, 윤슬은 여전히 마지막 모습 그대로였다. 지나간 세월에 따르면 마흔이 넘었을 윤슬은 아직도 20대 중반의 얼굴을 하고 있었다. 카셀은 윤슬의 머리카락을 쓰다듬었다. 조금도 자라지 않은 머리카락이 윤기를 머금고 있었다. 손톱도 깔끔했다. 마치 시간이 그녀를 빗겨나간 것 같았다.

카셀은 지난 백몇십여 년 간 끊임없이 윤슬을 생각했다. 왕으로서 눈앞의 꿈 왕국을 돌보면서도 그를 움직이게 하는 원동력은 언제나 윤슬이었다. 단 한 순간도 잊어본 적이 없었고, 단 한 순간도 원하지 않았던 적이 없었다. 너무 간절하고 또 간절해서 괴로울 정도였다.

그리움이란 이름의 절벽 끝에서 카셀은 간신히 버티기만 했다. 정신을 차려보면 울며 비명을 지르고 있었고, 또 정신을 차려보면 아산네바가 자신을 진정시키고 있었다. 그렇게 점멸하는 시간을 보내고 나면 며칠이 지나 있었다.

그러나 지금은 눈물이 나지 않았다. 모든 것이 모호해서 현실인지, 환상인지 구분조차 할 수 없었다.

그러나 역설적으로, 카셀은 비로소 지금에서야 자신의 존재 이유를 느꼈다.

카셀은 윤슬의 미간에 손가락을 얹었다. 그는 이것이 생애 마지막으로 꿈술사 능력을 사용하는 순간이 되리라는 것을 직감했다.

카셀은 윤슬의 파괴된 꿈속 공간으로 진입했다. 카셀이 할 일은 단 하나였다. 윤슬의 꿈을 재창조하는 것. 평생 품어 온 그의 사명이었다.

그건 하나의 우주를 창조하는 일과 똑같았다.

가장 먼저 비어있는 공간을 만들고, 그 속에 들어갈 원자 하나부터 차곡차곡 쌓아야 했다. 모든 것이 카셀의 상상력과 환상을 구현하는 힘에 달렸다. 카셀은 자리를 잡고 앉아 지난한 작업에 돌입했다.

최대한 옛날의 그 넓고 푸른 초원을 똑같이 만들기 위해 카셀은 자신이 가진 모든 힘을 쏟았다. 아르고가 드림스톤에게 했던 것과 같은 방식이었다.

윤슬의 꿈이 끝나는 순간 자신의 생명도 함께 끝나기를 바라는 마음으로.

거대한 우주를 닮은 공간에 흙을 만들어 채워 넣고, 생명력으로 가득한 풀잎으로 흙을 덮었다. 수억 개의 풀뿌리가 하나의 유기체처럼 약동했다. 그 생생한 광경 속에서 카셀은 자신의 눈동자를 닮은 푸른 하늘과 윤슬의 빛을 닮은 태양까지 만들어냈다.

셀 수 없이 많은 원자를 하나하나 빚어가면서, 카셀은 그렇게 윤슬의 꿈을, 그녀의 우주를 다시 창조해나갔다.

또다시 오랜 시간이 지났다. 그러나 카셀은 이번엔 자신이 늦지 않았다는 것을 확신했다.

"아, 이것도 잊으면 안 되지."

그는 마지막으로 거대한 나무 한 그루를 심었다. 그 밑동 근처에는 꿈 왕국으로 이어지는 큰 구멍이 하나 나 있었다. 아주 어릴 적 윤슬이 꿈 왕국으로 찾아왔을 때 뛰어들었던 바로 그 구멍이었다.

그렇게 막 창조를 마무리한 카셀이 하늘을 올려다본 순간이었다.

바스락.

풀잎 밟는 소리가 났다.

보지 않아도 알 수 있었고, 듣지 않아도 알 수 있었다.

카셀은 뒤를 돌았다.

윤슬이었다.

잊지 못했던, 잊을 수 없었던,

그래서 고통 속에 살게 했던 그의 유일한 사랑이었다.

그제야 눈물 한 방울이 떨어졌다.

그제야 모든 것이 선명해졌다.

그제야 살아 있음을 느꼈다.

"안녕. 잘 잤어?"

카셀이 물었다.

윤슬이 미소 지었다.

카셀이 단 한 순간도 잊어본 적 없는 미소였다.

"카셀."

"윤슬."

많은 대화는 필요하지 않았다.

세계의 경계를, 환상과 현실을 넘어선 사랑이었다.

환상처럼 찬란하고 현실처럼 생생한 사랑이었다.

그들은 서로에게 영원을 약속했다.

눈을 뜨면,

바로 그곳에,

환상 같은 영원이 빛나고 있을 것만 같았다.

꿈술사의
# 환상상점

**초판 1쇄 인쇄** 2023년 8월 10일
**초판 1쇄 발행** 2023년 8월 24일

**지은이** 이효린
**공동기획** 스토리공장 발작

**펴낸이** 박세현
**펴낸곳** 서랍의 날씨

**기획 편집** 김상희 곽병완
**디자인** 김민주
**마케팅** 전창열

**주소** (우)14557 경기도 부천시 조마루로 385번길 92 부천테크노밸리유1센터 1110호
**전화** 070-8821-4312 | **팩스** 02-6008-4318
**이메일** fandombooks@naver.com
**블로그** http://blog.naver.com/fandombooks

**출판등록** 2009년 7월 9일(제386-251002009000081호)

**ISBN** 979-11-6169-241-8 (03810)

**서랍의 날씨**는 **팬덤북스**의 가정/육아, 문학/에세이 브랜드입니다.